전쟁의 슬픔

The Sorrow of War by Bao Ninh
Martin Secker & Warburg Limited (English Translation) ⓒ 1993.

Korean translation edition ⓒ 2012 by Asia Publishers
Published by arrangement with Harvill Secker, London, UK
Through Bestun Korea Agency, Seoul, Korea.
All right reserved.

이 책의 한국어 판권은 베스툰 코리아 에이전시를 통하여 저작권자와 독점 계약한 도서출판 아시아에 있습니다. 저작권법에 의해 한국 내에서 보호를 받는 저작물이므로 어떠한 형태로든 무단 전재와 무단 복제를 금합니다.

전쟁의 슬픔

Nôi Buôn Chiên Tranh

바오 닌 장편소설 | 하재홍 옮김

아시아

작가의 말

나의 스승 낌 런의 가르침

2000년은 잊을 수 없는 특별한 해였습니다. 그해 봄 나는 처음으로 미국을 방문했고, 한여름인 7월엔 역시 처음으로 한국을 방문했습니다. 서울의 거리와 뉴욕의 거리에서 본 사람들의 모습은 지극히 평범했습니다. 그 모습이 어찌나 낯설고 믿을 수 없던지요. 젊은 시절 내가 맞닥뜨렸던 미국인과 한국인은 전쟁터에서 손에 총을 들고 내게 총을 쏘아 대던 사람들이었습니다. 그러했기에 비행기가 김포 공항에 내릴 때 나는 혼란스럽고 주저하는 마음을 떨칠 수 없었습니다. 심지어 꺼림칙한 마음이 들기도 했습니다. 그 순간 내 머릿속에는 청룡 여단 해병대의 모습이 빠르게 스쳐 지나갔습니다. 전쟁 당시 북베트남 군대는 그들을 일컬어 박정희 군대라고 불렀습니다. 우리는 한국군을 미군이나 남베트남군보다 훨씬 두려운 적군이라 생각했습니다.

공항의 입국 심사대 앞에서 나는 순식간에 인산인해의 한국인 무리 속에 파묻혔습니다. 그러면서 전쟁의 기억 역시 내 마음속에서 순식간에 사라졌습니다. 주변에는 한국의 청춘 남녀, 아저씨, 아줌마, 어린이들이 하노이의 내 친구, 내 자식, 내 아내, 내 부모와 마찬가지로 평범한 옷차림과 친숙한 얼굴로 서 있었습니다. 단지 사용하는 언어만 다를 뿐 나머지는 똑같았습니다. 심지어 언어의 차이조차 거리감을 만들어 내진 않았습니다. 내가 인파에 파묻혀 어찌할 바를 몰라서 헤매고 있을 때 아주 매력적인 아가씨가 눈치를 채고 나를 입국장 출구까지 친절하게 안내해 주었습니다. 출구에는 소설가 김남일이 기다리고 있었습니다. 통역이 없어서 김남일은 한국어로 인사를 하고, 나는 베트남어로 인사를 했습니다. 우리는 악수한 다음 서로의 어깨를 껴안았습니다. 눈물이 핑 돌 만큼 감동적인 순간이었습니다.

그날 밤 방현석, 김남일, 김정환, 이성아 등 서울의 소설가, 시인, 《한겨레21》의 기자들이 시내까지 안내해 주고 식사 자리를 함께했습니다. 통역이 없어서 서로의 말을 이해할 수 없었지만 우리는 함께 그 시간을 즐겼습니다. 통역이 없다는 것이 친밀한 대화를 나누는 데 장애가 되지는 않았습니다. 한국 친구들이 인사동 거리를 구경시켜 주고 아름다운 전통 주점으로 나를 이끌었습니다. 한국 친구들은 한국어를 하고 나는 베트남어를 했기에 서로 아무것도 이해할 수 없었지만 또한 서로를 아주 잘 이해했습니다. 정말 신기한 일이었습니다. 나는 마치 하노이에 있는 듯한, 하노이의 시인들 곁에 앉아 있는 듯한 느낌이 들었습니다. 우리는 안동 소주와 전주 막걸리를 마셨습니다. 얘기 내용과 낭송시를 이해할 수 없었지만 나는 그 속에 어려 있는 깊은 정감과 울림을 진심으로 느낄 수 있었습니다.

그날 밤에 만났던 소설가와 시인 중 젊은 사람들 대부분은 1980년대 군사독재에 저항했던 사람들이었습니다. 그리고 나와 비슷한 또래의 몇몇은 베트남전에 참전했던 사람들이었습니다. 예전엔 서로에게 총을 쏘던 사이였는데 그날은 그렇게 가까이 앉아서 술을 마시고 시를 읊었습니다. 우리가 정녕 서로의 '원수'인지, 아니면 몇십 년 만에 만난 '절친'인지 가늠하기 어려웠습니다.

몇 년 후에 나는 세 차례 더 한국을 방문해서 여러 곳을 가 보았습니다. 부산, 포항, 경주, 제주도, 남이섬, 휴전선…. 방문이 거듭될수록 나는 한국과 한국인에 대해 더욱더 친밀하고 깊은 애정을 느끼게 되었습니다. 미국을 방문했을 때도 마찬가지였습니다. 영어를 할 줄 모르지만 미국을 세 차례 방문해서 그 넓은 나라 곳곳을 가 보았습니다. 가는 곳마다 미국인들을 친구로 사귀었습니다. 신기하게도 나와 친구가 된 미국인들은 모두 베트남전 참전 군인 출신이었습니다.

내게 전쟁은 인생에서 접한 가장 커다란 비극이었습니다. 전쟁은 내게 결코 바래지 않는 고통과 슬픔을 안겨 주었습니다. 나날이 더욱더 분명하게 깨닫게 되는 끈질긴 고통 중 한 가지는 이런 것입니다. 나와 전쟁터에서 적으로 만났던 이들이 본래는 서로를 존중하고 애정을 나누고 친구로 사귈 수 있는 존재들이건만 서로를 죽이려 들었다는 사실입니다. 베트남, 한국, 미국의 수십만 젊은이들이 아무런 원한 관계도 없이 서로를 죽이면서 흐르는 핏물로 강물을 만들었습니다. 어찌 이렇게 잔인하고 야만적이고 부조리한 일이 있을 수 있습니까.

내 생각에 그 광기 어린 살육 행위의 원인은 서로의 국가와 민족에 대한 이해가 없고 공감이 없었기 때문인 듯합니다. 특히 서로의 문화에 대한 이해가 없었습니다. 서로의 문화에 대한 이해가 없는 젊은이들이 정치권력에 속아서 서로를 적개시하고 살육을 저질렀던 것입니다.

전쟁이 끝나고 1992년이 되어서 베트남과 한국은 외교 관계를 수립했습니다. 그 이후로 두 나라의 협력 관계는 나날이 강력하고 견고하게 발전했습니다. 그런데 경제 협력 위주로 관계가 진행되었습니다. 문화 관계, 특히 문학

교류 분야는 여전히 초보적 수준을 벗어나지 못하고 있습니다.

2002년이 되어서야 한국 문학 작품 『춘향전』과 『한국 현대시 5인 시선집: 고은, 신경림, 김지하, 김광규, 박제천』이 베트남에서 출간되었습니다. 그리고 2005년에 방현석의 『랍스터를 먹는 시간』이 출간되었고, 2010년에 『고은 시선집』이 출간된 정도입니다.

한국에 번역 출간된 베트남 문학 작품의 수는 더욱 적습니다. 실은 한국에서뿐만 아니라 전 세계에서도 마찬가지입니다. 세계에 알려진 베트남 문학 작품의 수는 극히 적습니다.

1975년 이전에 베트남은 프랑스, 미국과 전쟁을 치러야 했습니다. 30여 년간의 기나긴 베트남 전쟁 기간 세계는 아주 거칠고 사납게 둘로 나뉘어 있었습니다. 한쪽은 사회주의 체제에 속해 있었고 다른 한쪽은 자본주의 체제에 속해 있었습니다. 베트남 현대 문학 작품이 건너편의 세상 속에 소개될 기회는 전혀 없었습니다. 그 30여 년 동안 베트남 문학 작품의 대부분은 단지 프랑스, 미국과의 전쟁을 그리면서 동시에 적개심 가득한 냉전 체제와 세계를 에워싸고 있는 반문화적 대결을 묘사하는 데 치중했습니다. 당시의 베트남 소설가, 시인, 독자들은 오로지 스탈린 시대의 소련 문학과 모택동 시대의 중국 문학만 접할 수 있었습니다. 프랑스, 한국, 일본, 영국, 미국, 스페인, 독일 등의 문학에 대해서는 아무것도 알 수 없었습니다. 수십 년간 계속된 냉전 시대 속에서 반공 국가들의 시와 소설은 자본주의의 추악한 독극물로 취급되었습니다.

그리고 반대로, 세계인들의 눈에 비친 베트남은 단지 전쟁터로만 보일 뿐 문화와 전통이 있는 나라로 여겨지지 않았습니다.

베트남 문학 작품이 세계 각 나라의 독자들에게 소개된 것은 20년 전 사회주의 체제가 무너진 이후부터입니다. 수십 년간의 전쟁 이후 세계를 향한 베트남 민족의 첫 번째 평화 사절단은 문학 작품이라고 할 수 있습니다. 문학 작품들을 통해서 세계는 베트남이 전쟁과 공산 혁명의 나라가 아니라 수천 년의 문화 전통이 이어져 오는 민족이라는 것을 인식하기 시작했습니다.

베트남의 대작가이자 나의 스승인 낌 런은 내게 이런 가르침을 주었습니다. "자네처럼 전쟁을 겪은 작가는 말이야, 전쟁 속에서 사람이 사람에게 저지른 잔인한 폭력과 끔찍한 적개심을 절대로 잊어서는 안 되네. 물론 전쟁에 대해서 글을 쓸 때는 반드시 적개심으로부터 멀리 벗어나야 해. 왜냐하면 전쟁에 대해 글을 쓰는 것은 곧 사랑과 인도적인 성품과 관용에 대해 쓰는 것이고, 전쟁에 관한 글은 곧 평화를 사랑하는 마음을 표현하는 것이니까 말이야."

2012년 4월
바오 닌

일러두기

1. 이 책은 장편소설 『전쟁의 슬픔』(Nỗi buồn chiến tranh)을 우리말로 옮긴 것이다.
2. 이 책의 베트남어 표기는 국립국어원의 외래어 표기법을 따르되, 특히 인명과 지명 등 고유명사는 음절 단위로 띄어 쓰는 것을 원칙으로 했다. 다만 베트남, 호찌민, 하노이, 사이공 등과 같이 이미 굳어 버린 말은 우리말 관례를 따랐다.
3. 본문 각주는 원문에는 없던 것으로 모두 옮긴이 주이다.

차례

작가의 말 나의 스승 낌 런의 가르침 4

전쟁의 슬픔 13

발문 바오 닌과 『전쟁의 슬픔』 방현석 328

옮긴이의 말 의심과 비난, 환영과 찬사 하재홍 337

작가 연보 343

전쟁의 슬픔

1

B3[1]전선의 후방 기지인 깐 박[2] 지역에 전쟁 이후 첫 건기가 고요하게 그러나 때늦게 찾아왔다. 9월과 10월, 11월이 지났는데도 야 끄롱 뽀꼬 강변을 따라 우기의 짙푸른 강물이 계속 범람했다. 날씨는 변덕스러웠다. 낮은 뜨거웠고 밤에는 비가 내렸다. 가는 빗발이었지만, 비⋯ 비⋯가 하염없이 내렸다. 산은 흐릿했고 멀리 길들은 안개 속에 잠겼다. 나무들은 흠씬 젖었고 숲은 고요했다. 대지가 밤낮으로 김을 물씬 뿜어 대어 온통 초록의 바다에 나뭇잎 썩는 냄새가 피어올랐다.

섣달 초순에 들어서도 숲의 모든 길은 여전히 질척이는 진창이었고, 평화 속에 버려진 길들은 사람이 거의 다닐 수 없을 정도로 황폐해져 있었다. 길들은 무성한 수풀 속에 가라앉아 조금씩 흔적을 잃어 가고 있었다.

이런 얄궂은 날씨에 이 같은 진창길을 지나는 여정은 말할 수 없이 고되고 힘들었다. 사 터이 지방 동쪽에 있는 '악어 호수 계곡'에서 67현[3]을 지나 뽀꼬 강변 서쪽의 '십자가 언덕 삼거리'까지는 50킬로미터도 채 안 되는 거리인데 덩치 크고 튼튼한 질(Zil) 트럭의 성능 좋은 3기통 엔진으로 종일 쉬지

---

1) 전쟁 당시 북베트남 정규군과 남베트남 민족해방전선은 전선을 9개로 구분하여 운용했다. B5, B3, B2, Khu 5, Khu 6, Khu 7, Khu 8, Khu 9, T-4로 나누었으며 그중 B3는 서부 고원 지대에 해당한다. 동으로는 Khu 5, Khu 6, 서로는 라오스, 남으로는 B2, 북으로는 B5와 접한다.
2) '북쪽 날개'라는 뜻으로 B3전선의 북부를 지칭한다.
3) 한국의 군에 해당하는 행정 단위.

않고 사력을 다해 달렸어도 제시간에 닿지 못했다. 밤이 늦어서야 고이 혼[4] 덤불숲 어귀에 겨우 다다랐다. 시냇가에 차를 세웠다. 냇물에는 썩은 나뭇가지가 가득 떠다녔다. 운전사는 운전석 안에서 자고 끼엔은 짐칸으로 올라가 해먹을 걸고 혼자 누웠다. 한밤중에 비가 내렸다. 대부분 소리가 되지 못하고 고요히 떨어져 내리는, 안개처럼 감미로우며 얇고 가는 빗발이었다. 낡고 오래된 트럭 덮개 천막에 빗물이 스며들어 얼룩이 졌다. 트럭 바닥에 가지런히 깔아 놓은, 전사자의 유골들이 담긴 나일론 자루 위로 빗물이 천천히 방울져 떨어졌다. 습한 공기는 더욱 끈끈해지고 축축해져서, 마치 냉기가 도는 기다란 손가락들이 해먹의 안쪽을 시나브로 쓸어 대는 것만 같았다. 비는 부슬부슬 구슬프게 내렸다. 비몽사몽 중에 시간이 소리가 되어 흐르는 것 같은 지루한 빗소리를 들었다. 깨어 있을 때는 물론이고 꿈속에서조차 밤은 칠흑같이 깜깜했고 축축한 습기로 가득 차 있었다. 젖은 바람이 길게 숨을 토했다. 갑자기 트럭이 엔진도 운전사도 없이 저 홀로 천천히 바퀴를 굴리며 고독한 숲길을 꿈결 속에서 떠도는 듯했다. 시냇물 소리에는 멀고 먼 곳에서 들려오는 듯한 깊은 숲의 한숨 소리가 은밀히 섞여 있었다. 그것은 과거 어느 한 시대로부터 울려오는 메아리 같은, 어쩌면 아주 오래전부터 풀밭 위로 하염없이 떨어져 내리는 낙엽 소리 같은 지극히 몽상적인 것이었다.

　이곳은 끼엔도 잘 알고 있는 지역이다. 바로 이곳은 1969년 건기의 끝 무렵, B3전선 전역을 참혹한 절망으로 몰아갔던 그 건기에 불운의 제27 독립 대대[5]

---

[4] '혼을 부른다'는 뜻.
[5] 베트남의 병력 편재 단위는 소대-중대-대대-소단-중단-사단-군단으로 되어 있다. 한국의 분대-소대-중대-대대-연대-사단-군단에 해당한다. 병력 규모에 대한 원활한 이해를 위해 한국군 병력 편재 단위를 기준으로 번역했다.

가 적들의 포위공격으로 전멸당해 그 이름조차 완전히 사라져 버린 곳이다. 끼엔은 그곳에서 살아남은 열 명의 행운아 중 하나였다. 전투는 끔찍하고 잔인하고 야만적이었다. 그해 건기에 햇볕은 타는 듯이 뜨거웠고 바람은 거세게 불었다. 휘발유에 흠뻑 젖은 숲은 지옥 불에 휘감겼다. 괴멸당한 중대들을 재편성하면 이내 또 괴멸당했다. 네이팜탄에 맞아 참호를 뛰쳐나온 이들은 병사건 지휘관이건 할 것 없이 모두가 이성을 잃고 빗발치는 총탄 속으로 우르르 뛰어들거나 불바다 속으로 뛰어들어 차례로 쓰러져 갔다. 머리 위로는 나무 꼭대기 바로 위까지 내려온 헬리콥터들이 중기관총의 총구를 한 사람 한 사람의 목덜미를 겨냥해 쏘아 대는 듯했다. 피가 사방으로 튀고 콸콸 쏟아져 땅을 흥건히 적셨다. 덤불숲 사이에 있는 마름모꼴의 이 불모지에는 나무와 풀이 지금까지도 넋이 돌아오지 않아 싹을 틔우지 못한다고 한다. 갈가리 찢기고 부서지고 깨진 나뭇조각들만이 어지러이 널린 채 헐떡거리며 뜨거운 김을 내뿜고 있었다.

"항복하느니 죽는 게… 동지들, 차라리 죽어 버리자!" 대대장이 미친 듯이 울부짖었다. 두려움에 사로잡혀 얼굴이 하얗게 질린 그는 권총을 마구 휘두르다가 바로 끼엔의 눈앞에서 자기 머리에 총구를 들이댔다. 그의 귀에서 뇌의 수액이 쏟아져 나왔다. 끼엔은 혀가 굳어 어… 어… 신음 소리만 목구멍에서 맴돌았다. 미군들이 옆구리에 자동 소총을 끼고 돌진해 왔다. 총알이 벌떼처럼 날아들었다. 끼엔이 크게 딸꾹질을 하며 총을 떨어뜨리고 옆구리를 움켜쥔 채 꼬꾸라졌다. 그는 뱅글뱅글 원을 그리며 물이 말라 버린 시내로 천천히 굴러 떨어졌다. 그의 뜨거운 피가 완만하게 비탈진 냇가를 흠뻑 적셨다.

며칠 후 까마귀 떼가 하늘을 뒤덮었고, 미군이 물러가자마자 우기가 들이 닥쳐 숲에 홍수가 졌다. 전장은 늪지로 변했고 짙은 갈색 수면 위로 새빨간 피가 막을 이루며 떠올랐다. 물 위에는 퉁퉁 불어 엎어지거나 뒤집힌 시신들, 시커멓게 타 버린 들짐승의 시체들이 폭탄에 잘게 부서진 나뭇가지나 나뭇잎들과 뒤엉켜 떠다녔다. 홍수가 지나가자 그것들은 하나같이 살 썩는 냄새를 풍기며 진흙투성이의 모습을 햇빛 아래 드러냈다. 끼엔은 냇가를 기어 올라갔다. 그의 입과 상처에서는 시체에서 흐르는 피와 같은 차갑고 끈끈한 피가 끊임없이 흘러나왔다. 뱀과 전갈이 그의 몸을 기어 지나갔다. 저승사자가 그의 몸을 더듬는 듯했다.

그때부터 아무도 27대대에 대해 말하지 않았다. 그러나 그 패배가 낳은 수많은 혼령과 귀신은 여전히 하늘로 올라가는 것을 거부하고 밀림 근처, 잡목 숲 모퉁이, 강물 위를 배회했다. 그 후 사람들은 독기를 뿜어내는 이 희뿌연 무명의 골짜기에 들기만 해도 머리카락이 곤두서는 듯한 '고이 혼'이라는 이름을 붙였다. 이따금, 아마도 혼령들의 축제가 열리는 날이면, 이 불모지에 대대의 전 부대원이 점호를 하듯 모여든다고 한다. 시냇물이 흐르는 소리, 산바람이 울부짖는 소리는 바로 병사들의 황폐한 영혼이 내는 목소리인 것이다. 이승에 사는 우리들은 수시로 그 소리를 듣게 되고 때로는 소리의 의미까지 이해한다.

끼엔이 전해 듣기로는, 밤에 이곳을 지날 때면 새가 사람처럼 탄식하며 흐느끼는 소리를 들을 수 있다고 한다. 그들은 결코 나는 법이 없고 한결같이 울음만 울 뿐이어서 아직껏 본 사람이 아무도 없지만 실제로 그런 종류의 새가 있을 수도 있다. 그리고 이곳의 죽순은 마치 피가 뚝뚝 흐르는 살점과도 같이 소름 끼치도록 붉었다. 그 같은 죽순은 서부 고원 어디에서도 찾아볼 수 없었다. 또한 반딧불이는 두려울 정도로 컸다. 철모만큼이나 큰, 때로는 그보다 더 큰 반딧불이를 본 사람도 있다.

  이곳에서는 해 질 녘 나무들이 바람결에 내는 신음 소리가 마치 귀신의 노랫소리와도 같았다. 그리고 숲의 어느 구석도 다른 어떤 구석과 같지 않고, 그 어느 밤도 여느 밤과 같지 않아서 누구도 이곳에 익숙해질 수 없었다. 방금 지나간 전쟁에 대한 가장 원시적이고도 야만적인 전설들, 온몸을 부들부들 떨게 하는 허구적인 이야기들도 이 지역 사람들이 지어낸 것이 아니라 아마도 산이 낳고 숲이 낳았을 것이다. 대체로 기가 약한 사람들은 이곳에서 살기 어려웠다. 여기에서 산다면 두려움에 미쳐 버리거나 말라비틀어져 죽고 말 것이다. 그래서 1974년 우기에 연대가 이 지역에 은신했을 때, 제단을 세우고 숲 속을 여전히 떠돌고 있는 27대대 병사들의 영혼을 위로하기 위해 끼엔의 정찰대는 비밀리에 진혼제를 올렸다. 향불이 밤낮으로 깜빡였다.

  숲에 있는 이곳 원주민의 혼령들에 대해서도 얘기해야 한다. 이 밤 질 트럭이 서 있는 곳 아주 가까이에는 나환자 마을로 들어가는 오솔길의 자취가 남아 있다. 3연대가 여기에 들어왔을 때 마을은 완전히 폐허가 되어 사람의 그림자도 찾아볼 수 없었다. 끔찍한 질병과 끝없는 굶주림이 이곳의 모든 생명을 완전히 궤멸시킨 것이다. 물론 사람들은 실오라기 하나 걸치지 않은 채 으스러진 육신을 끌고 다니는 귀신들이 지천에 널려 있다고들 했다. 모두의 상상 속에서 악취는 끊임없이 피어올랐다. 연대에서는 병균을 없애고 소독을 하기 위해 마을에 휘발유를 부어 깡그리 불태워 버렸다. 그러나 병사들은 여전히 두려움에 떨었고 귀신과 나병이 무서워 그 근처에는 감히 얼씬도 하지 않았다.

어느 날 제1대대의 '작은' 틴[6]이 위험을 무릅쓰고 더듬더듬 이곳을 찾아왔다. 마을의 잿더미 속에서 그는 아주 큰 고릴라 한 마리를 쏘아 죽였다. 네 명이 매달려서야 간신히 그놈을 정찰대의 오두막집까지 메고 올 수 있었다. 그런데, 하느님 맙소사, 그놈을 땅에 눕혀 놓고 털을 벗겨 내니 어이구, 습진으로 희뜩희뜩한 피부에 살이 축 늘어진 통통한 할머니가 두 눈을 까뒤집고 누워 있는 것이 아닌가. 끼엔과 대원들은 깜짝 놀라 소리를 지르며 냄비와 그릇, 도마와 칼까지 모두 내던지고 잽싸게 달아났다. 연대에서는 아무도 이 이야기를 믿지 않았지만 그건 사실이었다. 끼엔 일행이 정성껏 '그 사람'의 무덤까지 만들어 주었지만, 할머니의 복수를 피해 갈 수는 없었다. 얼마 후 '작은' 틴이 죽었다. 그리고 차례로 거의 모든 소대원이 희생되었다. 끼엔만이 홀로 이렇게 살아남았다.

당시… 당시라고는 해도 실은 겨우 작년 우기 때의 일이다. 깐 남[7] 지역으로 내려가 부온 마 투엇으로 진군하기 위한 작전을 앞두고 끼엔의 3연대는 2개월 가까이 이곳에 진을 치고 있었다. 그때와 비교해 경치는 그다지 달라진 게 없었다. 숲에 있는 나무들의 수가 적어지거나 많아지기엔 너무 짧은 시간이었고, 잡초들도 그들이 매일 지나다니던 오솔길을 남김없이 집어삼킬 만큼 자라지는 않았다. 당시 정찰대는 오두막집을 지을 장소로 바로 이 냇가를 골랐다. 그러나 저편 숲 속으로 10분 정도 더 들어가니 시냇물이 산줄기에 부딪혀서 둘로 갈라져 좁은 골짜기를 타고 흘러내리는 곳이 있었다. 시냇물

---

6) 끼엔의 부대에는 틴이 두 명 있었는데, 병사들은 나이가 많은 틴을 '큰 틴', 나이가 적은 틴을 '작은 틴'이라 불렀다.
7) '남쪽 날개' 라는 뜻.

이 두 갈래로 갈라지는 지점의 억새밭 사이에 있던, 낮고 초라한 초가지붕을 얹은 우리들의 '암자'[8]가 지금도 남아 있는지 모르겠다.

당시에 연대는 전방의 병사들을 후방 기지에 모아놓고 정훈 교육을 실시했다. 정치 교육만 계속 이어졌다. 아침에도 정치, 오후에도 정치, 밤에도 정치…. 우리는 승리하고 적은 패배할 것이다, 북베트남에 풍작이 들었다, 세계는 세 진영으로 분명하게 나뉘었다…. 물론 귀염둥이 우리 정찰병들은 언제나 열외였고 거의 구속당하는 일이 없었기 때문에 다시 전선으로 불려 갈 때까지 음탕한 놀이에 열중하거나 빈둥거릴 수 있는 시간이 충분했다. 사냥을 가거나 덫을 놓거나 독을 풀어 물고기를 잡고 밤이 되면 카드놀이를 했다. 끼엔이 그때처럼 도박에 푹 빠진 적은 없었다. 닥치는 대로 판을 벌였다. 보통은 땅거미가 지기 시작하는 저녁, 식사를 마치고 나면 곧바로 자리를 깔았다. 눅눅한 데다 땀 냄새와 모깃불 연기로 숨이 막힐 듯한 공기 속에서도 도박꾼들은 밑천이 몽땅 털릴 때까지 카드짝에 들러붙어 있었다.

판돈은 대체로 '동포'[9]들의 지독한 냄새가 나는 잎담배였다. 그러다가 열을 받으면 물 담배, 부싯돌 또는 마리화나의 원료인 홍마초 줄기, 비상식량에다 사진까지 다 나왔다. 서양 여자, 베트남 여자, 예쁜 여자, 못생긴 여자, 애인에다 모르는 여자까지 온갖 여자 사진을 닥치는 대로 끄집어내어 한판 내기를 걸었다. 더는 승패를 가르고 자시고 할 게 없어지면 얼굴에 수염을 그리거나 검댕 칠을 하며 놀았다. 도박꾼이든 구경꾼이든 하나같이 시끌벅적 흥

---

8) 임시 거처로 쓰려고 지은 산막인데, 끼엔과 대원들은 이를 '암자'라고 불렀다.
9) 54개 다민족 국가인 베트남은 소수 민족을 '동포'라 부른다. 건국 신화에서 어우 꺼가 낳은 알 자루 속에 들어 있던 100개의 알은 한 동포 다민족을 상징한다.

겹게 어우러져 숱한 밤을 지새우며 놀았다.

참으로 행복한 나날이었다. 그해 우기가 다 가도록 전투는 한 번도 없었고 소대원 열세 명이 모두 살아 있었다. '작은' 틴도 죽기 전 이곳에서 한 달 넘게 함께 살았다. 깐도 아직 탈영하기 전이었다. 빈과 '큰' 틴, 끄, 오안, '코끼리' 따오까지 전부 살아 있었다. 그런데 지금 죽은 자들의 손때가 덕지덕지 묻은, 꾸깃꾸깃 구겨지고 색이 바랜 카드 말고는 소대원들의 어떤 유품도 남아 있지 않았다.

"…나인, 텐, 잭!"

"여기, 퀸, 킹, 에이스!"

아직도 끼엔은 가끔씩 꿈속에서 그들을 만나고 카드짝들을 본다. "하트 하나, 다이아몬드 하나, 클로버 하나…." 혼자서 중얼중얼 카드놀이를 한다. 병사들은 연대 행진곡의 가사를 이렇게 바꾸어 불렀다. "어차피 죽을 것이다. 우리 힘차게 힘차게 내려치자. 모든 걸 잊고 마음껏 놀아나 보자…." 끼엔은 마지막 카드판을 떠올렸다. 소대에는 뜨, 탄, 번, 끼엔까지 단지 네 명만이 남아 있었다.

그때는 아직 어스름이 가시지 않은 새벽, 사이공 진격 개시를 알리는 포격이 있기 30분 전이었다. 황폐한 들판 저편으로는 풀을 가득 뒤집어쓴 미군들이 구찌 방어선을 구축하고 있었다. 괴뢰군[10]들은 펑펑 박격포를 쏘아 대거나 무턱대고 중기관총을 갈겨 대며 몸을 풀고 있었다. 보병들은 아직 도랑이나 개인 참호 속에서 잠의 마지막 한 자락까지 부여잡고 있었다. 그러나 곧 선봉에 서서 돌격대를 이끌게 될 정찰병 네 명은 "전진!"을 외치며 여전히 카

---

10) 남베트남군을 일컬어 괴뢰군이라 불렀다.

드놀이에 몰두해 있었다.

"천천히 치자고." 끼엔이 말했다. "만약 이 판을 다 끝내지 못한다면, 하늘이 우리 네 놈 모두 이번 전투에서 살아 돌아와 이 게임을 마저 끝내도록 해 줄 거야."

"차암 영악도 하셔라." 탄이 이를 드러내며 웃었다. "하느님이 속아 넘어갈 정도로 그렇게 멍청할 것 같아? 만약 우리가 일부러 판을 오래 끈다면 보나마나 그 영감탱이가 우리 네 놈 모두를 지옥으로 떨어뜨려 서로 쥐어뜯게 만들걸."

"네 명씩이나 내려갈 필요가 어딨어." 뜨가 말했다. "나 혼자 이 카드만 움켜쥐고 가면 돼. 불가마를 지키는 저승사자들하고 포커를 치거나 카드점이나 쳐 주지, 뭐. 좋아서 환장할걸!"

갑자기 안개가 산산이 흩어졌다. 공격 신호탄이 솟아올랐다. 보병들이 와글와글 깨어났다. 탱크가 포탑을 좌우로 흔들며 전선으로 나아갔다. 탱크 체인이 땅을 갈아 대는 소리가 아침 바람을 흔들었다.

"그만 정리할까?" 끼엔이 카드를 던지며 투덜댔다. "내가 그렇게 천천히 패를 돌렸는데도 짜아식들이 모두 승부에만 안달이 나 가지고 말이야."

"그건 그렇고," 말라깽이 번이 흥분한 기색으로 허벅지를 치며 소리쳤다. "포커며 블랙잭이며 이 재밌는 것들을 어쩌자고 이제야 알게 되었냔 말이야. 좀 더 잘 치려면 연습을 해야겠어. 내가 죽으면 있지, 땅 구덩이 속으로 이 카드를 던져 줘. 알았지?"

"딱 한 벌밖에 없는데 저놈이 다 가져가겠다네. 징허게 약아 빠진 녀석 아니냐고?" 그 순간 발사된 수십 발의 대포 소리에 탄의 고함 소리가 묻혔다.

그러고 나서 30분쯤 후에 선두에 섰던 T54 탱크와 함께 번이 불에 타 죽었다. 그의 육신은 시커먼 재가 되어 무덤조차 필요 없었다. 탄은 봉 다리에서 죽었다. 그 역시 장갑차 안에서 운전병과 함께 불에 타 죽었다. 단지 뜨만이 떤 선 녓 공항 5번 출입문에서 끼엔과 함께 싸우다가 희생되었다.

29일 밤에서 30일 새벽까지 따우 바이 퍼[11] 집 옥상에서 둘이 마지막으로 만났을 때, 뜨가 배낭 밑바닥에서 카드를 꺼내더니 끼엔에게 주었다.

"어찌 되었든 난 이번 전투에서 뒈질 거야. 그러니 네가 가져가. 살아서 돌아가거든 이것으로 네 인생과 도박을 벌여 봐. 여기 2번, 3번, 4번 카드에 우리 소대원들의 신성한 혼이 깃들어 있어. 네가 백전백승하도록 우리들이 지켜 줄 거야."

끼엔은 말없이 회상에 잠겼다.

이 밤 어떤 영혼이 누구의 영혼을 부르는 걸까. 깊고 음침한 숲 어디에선가 구슬픈 울음소리가 고이 혼의 쓸쓸한 산모퉁이를 타고 울려왔다. 외로이 구천을 떠도는 영혼들이었다.

산도 여전했고, 숲도 여전했고, 개울 또한 변함이 없었다. 일 년이란 그다지 긴 시간이 아닌 것이다. 다만 한 가지 다른 점이라곤, 당시는 전쟁 중이었고 지금은 평화가 찾아왔다는 것뿐이다. 한 번 뿐인 생에 두 개의 세상, 두 개의 시대를 살게 되었다….

그해 8월이 끝나 갈 무렵, 빗속에 이 개울을 따라 홍마초 꽃이 활짝 피어나 숲 모퉁이를 온통 하얗게 뒤덮으며 짙은 향기를 뿜어 댔다. 특히 밤이면 더욱

[11] 베트남 쌀국수.

진해진 꽃향기가 달콤하고 그윽하게 코끝을 자극했다. 향기는 잠 속으로 스며들어 기이한 꿈들을 만들어 내고 끊임없는 쾌락과 관능에 잠기게 했다. 아침에 눈을 뜨면 향기는 옅어졌지만 사람들의 가슴속엔 달콤하면서도 두려운 듯한, 매우 은밀한 열기로 달뜬 감정이 아련하게 남아 있었다. 꽤 오랜 시간이 지나서야 사람들은 지난밤의 환각이 홍마초 꽃향기 때문이란 것을 알게 되었다. 이 악마의 꽃을 끼엔은 응옥 린 산의 서쪽 비탈에서, 더 멀리는 캄보디아의 따렛 지방에서 본 적이 있었지만, 어느 곳에서도 여기처럼 무성하지는 않았다. 홍마초 꽃은 야생 찔레꽃처럼 생기긴 했지만 꽃송이가 좀 더 잘고 소담했다. 이 꽃은 보통 시냇가에 수북이 자라나곤 했다. 이 지역에 사는 '물소주둥이물고기'는 평소 홍마초를 뜯어 먹고 자라 살이 아주 달고 맛있지만 쉽게 중독을 일으키고 심지어 사망에 이르게 하기도 했다. 놈들의 독성은 마전[12]을 주로 먹고 사는 라우고기보다도 강했다. 사람들은 또한 말하기를 홍마초는 많은 사람이 억울하게 목숨을 잃은 땅에, 죽음의 기운이 가득 서린 곳에 곧잘 피어난다고 했다. 홍마초는 피를 좋아한다는 뜻일진대 그 말이 실로 믿기지 않을 정도로 향기가 기막혔다.

    그 후 하릴없이 빈둥대던 끼엔의 정찰대원들은 홍마초의 뿌리와 이파리와 꽃잎을 잘게 잘라 말린 다음에 담뱃잎과 섞어서 말아 피우면 어떨까 생각했다. 그 효과는 실로 대단했다. 단지 몇 모금만 깊이 빨아들이고 나면 마치 바람에 한 줄기 연기가 사라지듯 금세 몽롱해졌다. 대원들은 홍마초 연기에 기대 자신의 취향에 따라 스스로 온갖 환각을 만들어 냈고, 마치 칵테일처럼 자

---

12) 마전과의 낙엽 교목으로 씨는 '마전자'라고 하는데 알칼로이드가 함유되어 있어 흥분제 따위의 약재로 쓰며, 독 성분이 있어 쥐약의 재료로도 쓴다.

신의 꿈과 환상을 섞어 나갔다. 홍마초 연기 덕분에 병사 생활의 고달픔을 모두 잊을 수 있었고 배고픔, 죽음, 그리고 내일까지도 완전히 잊어버렸다.

끼엔도 매번 이 독극물을 들이마실 때마다 평소에는 좀체 가 닿을 수 없었던 웅장하고도 오묘한 꿈의 세계로 들어가곤 했다. 점점 중독성이 강해지는 가운데 상상 속에서 세상은 맑고 투명했으며 하늘은 드높았다. 황홀한 구름과 햇빛, 어린 시절 꿈속에서 보았던 하늘이 거기에 있었다. 그리고 이 밝은 하늘 아래서 끼엔은 고향 하노이, 서호[13] 와 여름 오후 호숫가에 늘어선 불꽃나무,[14] 황혼이 질 무렵 울려 퍼지던 매미의 울음소리를 다시 들을 수 있었다. 호수에 세차게 이는 바람과 뱃전에 부딪치는 물결도 느낄 수 있었다. 그는 꿈속에서 조각배에 함께 앉아 있는 프엉을 보았다. 바람에 머릿결이 나부끼는 프엉은 젊고 아름다운 소녀 시절의 모습 그대로였으며 얼굴에는 한 점 슬픔의 빛도 없었다.

그의 부대원들도 홍마초 연기 속에서 저마다 꿈의 세계로 빠져 들었다. 모두가 현실 세계를 빠져나가는 각자의 길을 가지고 있었다. 끄의 경우 곡주나 홍마초에 취할 때면 오로지 고향 사람들과 행복한 시간을 보내는, 믿기지 않을 정도로 감상적인 광경만을 떠올렸다. 얘기를 듣는 것만으로도 다들 눈물이 뚝뚝 떨어질 정도로 아름다운 재회였다. 빈은 초지일관 여자만을 꿈꾸었

---

13) 하노이는 호반의 도시로 60개의 호수가 있다. 이중 가장 큰 호수가 하노이 서북쪽에 위치해 있는 서호(西湖 : Hồ Tây)로 둘레가 18km에 달한다. 베트남 최초 왕조의 발상지며 현재도 인근에 주석 궁과 공산당사, 국회, 호찌민 묘, 바딘 광장이 있다.
14) 플램보이언트 나무(Flamboyant tree) : 열대성 콩과의 관상 식물로 세계에서 가장 아름다운 나무 5위에 드는 나무다. 눈부시게 빛나는 붉은 꽃과 노란색 꽃술이 조화를 이루고, 포근한 우산 모양의 우람한 가지를 따라 꽃이 뒤덮듯이 활짝 피어난다.

다. 그는 신이 나서 상상 속 여인들과 함께했던 아주 기이하고도 환상적인, 그 질탕하고도 음란했던 밤에 대해 시시콜콜 들려주곤 했다. 코끼리 따오는 오직 먹는 꿈만 꾸어 댔다. 단지 배부르게 먹는 것뿐만 아니라 그의 머릿속에는 또한 환각이 빚어낸 갖가지 먹음직스런 음식들의 향연이 한가득 펼쳐졌다.

 홍마초로 인해 맛이 간 상태는 정찰병들의 오두막에서 온 연대로 번져 나갔다. 급기야 정치 위원회에서 홍마초의 사용을 엄금하는 명령을 내렸지만 그때는 이미 병사들이 고이 혼 전역을 샅샅이 훑어 꽃과 열매를 따고 뿌리째 캐내서 홍마초는 멸종 위기에 이른 상태였다.

 이렇게 도박과 마약에 빠져 있던 시기는 또한 연대에 온갖 소문과 예언과 섣부른 전망이 난무하던 시기이기도 했다. 아마도 홍마초의 환각 작용 때문이었겠지만 병사들은 수없이 많은 헛것을 목격했다. 어떤 이들은 날개에 젖가슴까지 있고 도마뱀 꼬리가 달린 털북숭이 괴물들을 보았는데 그 괴물들이 피비린내를 풍겼다고 했다. 또 어떤 이들은 고이 혼 저편 탕 티엔 협곡 아래 어느 어두운 동굴에서 이 괴물이 울부짖거나 노래하는 소리를 들었다고도 했다. 머리가 잘려 나간 한 무리의 흑인 병사가 횃불을 들고 산기슭을 행군하는 것을 두 눈으로 똑똑히 보았다고 주장하는 이들도 많았다. 그러나 무엇보다 끔찍한 것은 비가 추적추적 내리는 새벽 어스름마다 들려오는 소름 끼치는 고함 소리였다. 그 소리를 듣는 사람은 누구나 할 것 없이 불행해진다고 믿었고, 그래서 병사들은 그 소리를 들을 때마다 새파랗게 질리곤 했다. 그 소리는 오래전부터 이 서부 고원에 존재한다는 소문이 돌았던, 행성에 남아 있는 마지막 유인원들이 자신의 무리를 부르는 소리라고도 했다.

 이런 목격담과 증언들은 당연히 아주 참혹하고 피비린내 나는 재앙의 순간을 예고하는 것이었다. 어쩌면 무신년의 전투[15] 때보다 더 많은 피와 죽음이 닥치게 되리라는 불길한 예감이 전선에 횡횡했다. 황당한 얘기를 즐기거나 점성술에 밝은 이들은 별자리 점을 쳐 동료들의 운명을 조심스레 알려 주기도 했다. 당시 연대의 모든 분대 막사에는 죽은 전사들의 영혼을 달래는 제단이 세워졌다. 병사들은 매캐한 향불 속에 엎드려 간청했다. "비참하게 살다가 고통스럽게 가셨으니, 살고 죽는 것은 다만 군인의 공통된 운명일 뿐이로다…. 신성한 혼령이시여, 부디 우리를 보호하사 전쟁의 화염을 뚫고 나가 원한을 씻게 하옵소서…."

날이면 날마다 비가 내렸다. 전쟁은 마치 우기의 거대한 안개 바다 속으로 잠겨 버린 듯했다. 그러나 밀림을 두드리는 빗소리에 한참 귀 기울이다 보면, 또는 동굴 천장처럼 낮고 어두운 잿빛 하늘을 하염없이 올려다보고 있노라면 머리에 떠오르는 생각은 오직 하나 전쟁, 전쟁뿐이었다.

사방이 빗속에 갇혀 산도 숲도 잿빛으로 무겁게 가라앉았고 온통 암담함과 굶주림뿐이었다. 서부 고원 지대 전역, 깐 박에서 깐 쭝,[16] 깐 남에 이르기까지 끝도 없이 펼쳐지는 광활한 밀림의 어디에선가는 사람들이 말없이 죽어 가고 또 어디에선가는 총성이 쉼 없이 울려 퍼졌다. 평화 협정[17]의 시기에도

---

15) 1968년의 구정 대공세를 말한다. 1968년 구정 연휴에 북베트남 정규군과 베트콩은 남베트남 주요 도시의 군사 기지와 공관을 공격한다. 군사적으로는 실패한 작전이었지만 미 대사관을 3시간 동안 점령하는 등 미군에도 막대한 피해를 입혀서 정치적으로는 승리를 거둔다. 전세계적으로 반전 여론을 확산시키는 계기가 되었고, 존슨 대통령은 재선 포기 선언과 함께 평화 협상을 추진한다.
16) '중간 날개'라는 뜻.
17) 파리 평화 협정. 1968년 5월에 파리에서 회담을 개시하여 1973년 1월 27일 북베트남, 미국, 남베트남, 남베트남 임시 혁명 정부(남베트남 민족해방전선)가 평화 협정을 체결한다. 협정의 발효로 미군을 비롯한 연합군이 베트남에서 철수한다.

B3전선 보병들의 비참한 생존은 처절하게 이어졌다. 몇 달 동안 싸우고 후퇴하기를 거듭했다. 대대적인 역습을 감행하고 나서는 부상병과 시체들을 이끌고 피를 뿌리며 후퇴했다. 그러고는 또다시 반격…. 승리에 승리를 거듭했지만 전장의 상황은 여전히 오리무중이었고 절망적이었으며 헤어날 길이 없어 보였다.

둔탁한 여운을 남기며 160킬로미터 너머까지 울려 퍼지는 대포 소리는 지긋지긋한 건기가 다가오고 있음을 예보했다. 꼰 룸, 망 덴, 망 붓에 이어 9월에는 우리 군인들이 꽁 뚬 시의 방어 진지에 강공을 퍼부었다. 위대한 전투는 깐 박 지역 전역을 뒤흔들었다. 당시 이 고이 혼에 은신해 있던 3연대의 병사들은 저마다 두려움에 떨면서, 삶과 죽음이 하나인 세상으로 떠나는 행군명령을 기다렸다. "망망대해에 펼쳐진 죽음의 수평선, 병사들의 끝없는 무덤이 파도가 되어 일렁이네…." 이렇게 1974년의 병사들은 화롯가에 둘러앉아 기타를 치며 노래를 불렀다. 끔찍한 노랫말은 기나긴 밤들을 더욱 오싹하게 했다. "오, 강변도 나루터도 없는 전쟁… 내일 아니면 오늘, 오늘 아니면 내일. 아, 운명이여 제발 말해 다오 내 차례가 언제일지…."

깐이 탈영하던 날 저녁, 온종일 비가 지겹도록 내리던 가을 오후 내내 끼엔은 개울가에 앉아 낚시를 하고 있었다. 그날 오후의 비는 빗발이 굵지는 않았지만 고르고 단조로운 소리를 내며 구슬피 내렸다. 팽팽하게 불어난 개울물은 금방이라도 언덕을 쓸어 버릴 기세로 요란한 소리를 내며 흘렀다. 그러나 끼엔이 앉아서 낚싯대를 드리운 자리는 물이 흙더미를 쓸어내려 로즈애플나무의 뿌리가 다 드러나고 그렇게 스며든 물이 고요한 연못을 이룬 곳이었다.

끼엔은 도롱이를 걸치고 웅크려 앉아 두 팔로 무릎을 감싸고 아무런 욕망도 없이 아무 생각도 없이 일렁이는 물결만 바라보았다. 최근 홍마초마저 완전히 없애 버린 뒤 그의 영혼은 정박할 곳 없는 배처럼 표류했다. 끼엔은 날마다 비탄과 졸음에 자신을 내맡긴 채 암담한 심정으로 이 개울가에 몇 시간이고 우두커니 앉아 있곤 했다.

길고도 침울한 가을이었고, 온몸이 욱신거리는 우기였다. 식량도 밑 빠진 독의 물처럼 빠르게 줄어들었다. 끔찍하게 배가 고팠고 만성 말라리아로 핏속까지 썩어 들어갔다. 옷은 너덜너덜해져 누더기가 되었고 나병 환자처럼 피부에 고름집이 가득해 소대 안의 어느 누구에게서도 예전의 민첩한 정찰병의 모습을 찾아볼 수 없었다. 얼굴에는 더께더께 버짐이 피었다. 너나없이 침통했고 염세적이었다. 인생이 썩어 가고 있었다.

가끔씩 끼엔은 무력감에서 벗어나기 위해 억지로라도 다른 생각을 하려 했다. 자신을 나락에서 끌어올리기 위해 애써 기억을 되살려 옛일을 추억하기도 하고 안간힘을 써서 이런저런 회상에 잠겨 보려고도 했다. 그러나 헛수고일 뿐이었다. 인생은 시작부터, 어쩌면 어린 시절부터 이미 그의 손을 벗어나 저 아득히 먼 곳으로 무심히 흘러가고 있었던 것인지도 모른다. 군대에 막 입대했을 때부터 따라다녔던 '슬픔의 신'이라는 자신의 별명이 여기 비 내리는 고이 혼에서의 음울한 끼엔의 모습만큼 잘 어울린 적은 없었다. 그를 둘러싼 모든 사람과 사물에 냉담했고 무심했다. 그는 남몰래 자신과의 영원한 결별을 준비하고 있는 것처럼 보였다. 그는 죽음을 기다렸다. 그러나 죽음조차도 그에게 그리 특별한 것은 아니었고 이제 흥밋거리도 되지 않았다. 끼엔은 태연히, 약간의 감상과 때로는 냉소로 죽음을 받아들이고 있었다. 야릇하게도 그랬다.

　지난주 저쪽 산에서 적군의 정찰대와 정면으로 마주쳤을 때에도 끼엔은 실제로 저승사자를 희롱하듯 운명을 가지고 놀았다. 적군과 아군이 모두 산개하여 나무 뒤에 몸을 숨기고 서로 총을 난사할 때도 끼엔은 당당하게 앞으로 돌진했다. 바로 앞에서 나무 밑동에 몸을 숨긴 적군의 AK 소총이 연속적으로 불을 뿜었다. 끼엔은 지친 표정으로 적병을 조롱하듯 몸을 굽히지도 않고 천천히 앞으로 나아갔다. 적병은 초조하게 총알을 갈겨 댔다. 그는 당황한 기색이 역력했다. 총성이 귀청을 찢었다. 그러나 어찌 된 일인지 적의 탄창에 들어 있던 서른 발의 총알은 어느 한 발도 끼엔의 몸을 스치지도 못한 채 모두 빗나갔다. 끼엔은 응사하지 않았다. 사냥감으로부터 단지 몇 발자국밖에 떨어지지 않은 곳에서도 그는 쏘지 않았다. 마치 적에게 생존의 기회라도 주려는 듯, 아니면 적병에게 총을 다시 장전하고 자신을 정확히 겨냥해 쓰러뜨릴 충분한 시간이라도 벌어 주려는 것처럼 보였다. 적은 끼엔의 이런 무모함에 오히려 넋이 나간 듯했다. 그는 몸을 덜덜 떨며 총을 떨어뜨렸다.

　"등신이냐?" 끼엔은 욕지거리를 내뱉으며 방아쇠를 당겼다. 적병이 나무 밑동에서 튕겨져 날아갈 정도로 가까운 거리였다.

　"어머니이이…" 그가 실성한 듯 울부짖었다. 끼엔은 진저리를 치면서 펄쩍 뛰어 그에게 다가섰다. 나무들 사이에서 적들의 총탄이 빗발치듯 날아왔다. 그러나 끼엔은 전혀 개의치 않고 총구를 아래로 떨어뜨린 채 몸을 내맡기듯 서서 이를 갈았다. 그러고는 마지막 고통에 사지를 부르르 떨며 발버둥 치는, 아직 온기가 남아 있는 적병의 몸에 못을 박듯 한 발 한 발 방아쇠를 당겼다. 피가 용솟음쳐 끼엔의 바짓가랑이를 적셨다. 허리께에 아무렇게나 총을 끼고 군복 앞섶도 열어젖힌 채 풀밭 위에 새빨간 발자국을 찍으며 끼엔은 다시 천천히 나무 뒤에 숨어서 총을 쏘고 있는 다른 정찰병들에게 다가갔다. 두렵지도 않았고 가슴이 뛰지도 않았다. 다만 모든 것이 지긋지긋하고 피곤할 따름이었다. 그랬다….

그런데도 이날 점심때 연대 군사 위원회는 끼엔을 불러 그가 육군 사관학교의 장기 교육생으로 뽑혔다는 사실을 통보했다. 이제 사단의 결정만 기다리면 북으로 돌아가게 된다는 것이다.

"전쟁은 더 오래갈 것 같소. 언제 그 끝이 올지는 아무도 모르는 일이지." 위원장이 쉰 목소리로 침울하게 말했다. "반드시 종자를 보호해야 하오. 아니면 전멸하게 될 것이오. 흉년이 들어 아무리 굶주린다 해도 다음 추수를 위해 가장 좋은 낟알을 골라 보전하는 법…. 귀관들이 공부를 마치고 돌아올 때쯤 우리 지휘관들 중 한 사람이라도 살아 있을지 의문이오. 연대와 나아가 전쟁의 승패는 바로 귀관들의 손에 달려 있소."

끼엔은 침묵을 지켰다. 몇 년 전이었다면 아마도 이를 행운이라 여기며 기뻐하고 자랑스러워했을 터였다. 그러나 지금은 그렇지 않았다. 이제는 충분했다. 그는 바라지도 않았을 뿐만 아니라 결단코 공부하러 가지도 않을 것이다. 솔직히 이 끝도 없는 전쟁을 위해 뿌려지는 씨앗이 되고 싶은 마음은 없었다. 그는 전쟁의 벌레, 일개미와 같은 운명에 순응하며 그저 평화롭고 조용하게 살고 싶었고 또 그렇게 죽고 싶었다. 그는 병사의 대오에서 살다가 기꺼이 병사로서 죽을 수도 있었다. 어질고 무던하게 살아온 바로 이 순박하고 온순한 농민 의병들이야말로 어느 전장에서나 무적의 힘을 발휘했으며, 결코 전쟁 옹호자들이 아니었음에도 그들은 그 모든 전쟁의 참화를 묵묵히 견뎌 냈다.

등 뒤에서 누군가가 다가오는 발소리가 들렸다. 그러나 끼엔은 돌아보지 않았다. 발소리가 다가오더니 그의 옆에 앉았다. 개울 건너편의 대나무 숲에서 짙은 어둠이 몰려왔다. 노을 또한 어둠 속에 흩어졌다. 비 내리는 날의 짧은 해가 지고 있었다.

"낚시해?" 그가 물었다.

"음." 끼엔은 건성으로 답하며 그를 쳐다보았다. A2 분대장 깐이었다. '풍덩 다리'[18] 고장 출신으로 체구가 왜소한 친구였다. 대원들은 그를 '풍덩 다리 깐'이라 불렀다.

"미끼로 뭘 쓰는데?"

"지렁이와 침." 끼엔이 굼뜨게 대답하고는 이 사이로 침을 내뱉었다. "아프다고 들었는데 비까지 맞으면서 여긴 뭐하러 기어 나와?"

"아직 한 마리도 못 잡은 모양이네!"

"응. 그냥 심심해서 하는 거지, 뭐." 끼엔이 중얼중얼 답했다. '젠장, 한바탕 고민이라도 쏟아 부을 태세군.' 그는 누군가 개인사를 구구절절 늘어놓는 것을 몹시 싫어했다. 이 끔찍한 시절에 소대원 모두가 자신을 찾아와 이런 고민 저런 걱정들을 토로해 댄다면 분명 그는 폭포에 머리를 처박고 떨어져 죽게 될 것이라 생각했다.

"북베트남에도 비가 많이 온다던데." 깐이 풀 죽은 목소리로 말을 붙였다. "라디오에서 그랬어. 전에 없이 큰비라네. 우리 고향에는 또 홍수가 졌을 거

---

[18] 예전에는 마을의 강이나 개울에 놓인 다리에 가서 볼일을 보는 경우가 많았는데 다리 밑에는 그 똥을 받아먹고 사는 물고기들이 있었다. 그래서 사람들은 이를 '풍덩 다리'라고 불렀다. 여기서는 지대가 낮아 항상 홍수가 지고 물이 넘치는 것을 빗댄 말로 보통 베트남 하 남 성이나 남 딘 성을 가리킨다.

야."

끼엔이 알아들을 수 없는 말로 무어라 답했다. 빗발이 거세졌다. 공기도 점점 차가워졌다. 이제 곧 깜깜해질 것이다.

"교육받으러 북쪽으로 돌아간다며?"

"응." 끼엔의 얼굴이 어두워졌다. "그게 뭐?"

"아니, 그냥 물어보는 거야. 축하해, 형."

"축하한다고?" 끼엔이 비웃듯 되물었다. 그러고는 심한 욕설을 퍼부었다.

"아니, 형을 시기한다고는 생각하지 마. 진심이야. 형이 나를 좋아하지 않는다는 것은 알지만 그래도 내 기분을 조금은 이해해 줄 수 있는 거 아냐? 우리 중 누구라도 살아서 북으로 돌아갈 수 있다면 당연히 모두가 기뻐할 일이지. 일단 돌아가고 보는 거야. 그러고 나서 생각해. 어쨌든 간에 다음 건기까지는 죽지 않겠네. 하늘이 주는 기회이니까 기꺼이 받아들여야지. 형은 이미 많은 걸 견뎌 냈어. 게다가 지식인이잖아. 죽어서는 안 되지. 하기야 누군들 죽고 싶겠어. 안 그래?"

"그래, 죽고 싶은 사람은 아무도 없어. 하지만 또 피한다고 피할 수 있는 것도 아니잖아. 더더욱 다른 사람이 대신 죽어 줄 수는 없는 일 아니겠어. 난 아무 데도 안 갈 거야. 그러니 축하해 줄 필요도 없어."

"난 오래전부터 기회를 노려 왔어. 솔직히 고백하자면 난 이번에 사관학교에 뽑히기를 기대했어. 왜 아니겠어. 난 형보다도 어리잖아. 10학년[19]도 졸

---

[19] 당시 북베트남의 교육과정은 초등 4년, 중등 3년, 고등 3년 총 10년 과정으로 편제되어 있었다. 남베트남은 초등 5년, 중등 4년, 고등 3년 총 12년 과정이었다. 북베트남의 교육과정은 통일 후에도 10년 과정으로 유지되다가 1986년에 이르러서야 오늘날과 같은 12년(5-4-3) 과정으로 바뀐다.

업했어. 전공 훈장도 받았지. 형도 알다시피 난 최선을 다했어. 항상 임무를 완수했고, 상관에게 대든 적도 없어. 술도 홍마초도 입에 대지 않았고 도박을 하거나 계집질을 한 적도 없어. 욕지거리 한번 내뱉은 적이 없단 말이야. 그게 다 헛수고가 되고 말았지. 형을 질투하는 건 아니야. 난 진짜 살고 싶어. 내가 언제 제대로 살아 본 적이나 있냐고. 단 일주일이라도 북으로 돌아갈 수만 있다면 모든 걸 버릴 각오가 되어 있어."

"그렇다면 군사 위원회에 가서 네 이름과 내 이름을 바꿔 달라고 부탁해 보지그래." 끼엔이 조소를 머금은 채 말했다. "그리고 그만 좀 징징대. 막사로 가서 잠이나 자라고!"

"싫어. 그런 식으로 말하지 마. 형, 나는 지금 진지하게 말하고 있을 뿐이지 다른 의도는 없어. 난 내 힘으로 해낼 거야. 그뿐이야. 죽음 따위는 두렵지 않아. 하지만 이런 식으로 끝도 없이 싸우고 죽이고 하다 보면 인간성마저 잃게 될 거야. 요즘 밤마다 죽는 꿈을 꿔. 사체에서 빠져나온 나는 흡혈귀가 되어 사람들의 피를 빨아 먹으러 다니지. 형, 1972년 뻘러이 껀 전투 생각나? 그때 군인 마을에 시체들이 즐비했던 것도 기억나지? 장딴지까지 차오른 핏물 속을 철벅철벅 걸었지. 난 줄곧 칼이나 총검으로 사람을 죽이는 일만은 피하려고 했어. 그러나 이젠 아주 손에 익어 버렸지. 이런 내가 말이야 어린 시절엔 하마터면 신학도가 될 뻔했다고."

끼엔은 호기심이 어린 눈빛으로 깐을 쳐다보았다. 군대에는 가끔씩 이런 종류의 미신을 믿는 자들이 불쑥 튀어나오곤 했다. 정신도 혼란스럽고 말도 횡설수설하는. 이 잔인하고 진창 같은 전쟁의 현실이 그들의 육체뿐만 아니라 정신까지 완전히 갉아먹은 것이다. 그러나 이상한 것은, 수년 동안 같이 싸웠지만 깐이 이렇게 길게 철학을 읊조리는 것을 이제껏 본 적이 없다는 것이다. 그동안 끼엔은 그에게서 지옥과도 같은 참호 속에서도 완벽하게 적응하는 농민의 면모만을 보아 왔다.

"깐, B3의 병사로서 그렇게 불평이 많고 눈물이 헤퍼서야 어디 쓰겠니. 힘들다 힘들다 하면 더욱 힘들어지는 거야. 계속 그러면 결국엔 정찰병의 대오에서 낙오하게 될 거야."

"난 자주 나 자신에게 물었어." 깐은 계속해서 고뇌에 찬 목소리로 말을 이었다. "의지할 곳도 없이 너절한 집에서 밤마다 자식이 그리워 탄식하는 노모를 버려두고 난 여기서 지금 무엇을 하고 있나…. 내가 입대할 무렵 우리 마을에 홍수가 났어. 갖은 용을 다 써서야 간신히 어머니를 방파제까지 모셔 올 수 있었지. 어머니는 내게 어떻게든 징병을 피할 방법을 찾아보라고 애원하셨어. 그런데 어떻게 도망을 치냔 말이야. 형도 이미 입대한 후였어. 당연히 나는 독자로 인정되어 면제가 되어야 마땅한 거였지만 면 당국이 받아들이지 않았지. 가만히 앉아서 태연스레 전쟁의 녹이나 처먹는 영악한 놈들도 많을 거야. 우리 같은 농민의 자식들이나 의지가지없는 노모를 뒤에 남겨 두고 눈물을 머금고 떠나와야 했던 거지. 그래서 형, 그래서…."

갑자기 깐이 얼굴을 무릎에 파묻고 흐느껴 울기 시작했다. 순식간에 비에 젖어 드러난 그의 깡마른 어깨뼈와 등줄기가 흐느낌으로 들썩였다.

끼엔은 낚싯대를 거둬들이고 일어섰다. 그러고는 눈살을 찌푸리면서 깐을 내려다보았다.

"자식, 뻐라 냄새를 너무 많이 맡았군. 누군가 상부에 보고하면 넌 죽음이야. 너 지금 도망치려는 거지?"

깐이 고개도 쳐들지 않고 말했다. 그의 목소리를 빗소리와 개울물 소리가 삼켜 버렸다.

"그러면 어때? 난 갈 거야⋯. 난 형이 좋은 사람이라는 걸 알고 있고 또 나를 이해해 줄 거라 믿어. 그래서 형을 찾아온 거야. 부디 다른 전우들에게도 내 작별 인사를 전해 줘⋯."

"너 아주 돌았구나, 깐! 첫째 네겐 그럴 권리가 없고, 둘째 그게 가능하지도 않아. 곧 잡히고 말 거야. 그다음엔 군사 재판, 그리고 총살형, 더 비참해지는 거야. 내 말 들어. 진정하라고. 나만 입 다물면 아무도 모를 거야."

"벌써 배낭을 밀림에 숨겨 놓았어."

"네가 도망가도록 내가 내버려 두지 않을 거야. 당장 막사로 돌아가. 조금만 더 참아. 조만간 전쟁도 끝나지 않겠어?"

"아냐, 난 가겠어. 전쟁이 빨리 끝나든 늦게 끝나든 이기든 지든 내겐 아무 의미도 없어. 난 갈 테니 내버려 둬!" 깐이 딸꾹질을 했다. "내 인생은 끝났어. 하지만 무슨 일이 있어도 어머니를 다시 만나야 해. 반드시 내 고향을 보고야 말 거야⋯. 형은 나를 막지 않을 거야. 그렇지? 무슨 이유로 나를 막는단 말이야?"

"내 말 들어, 깐! 이렇게 가는 것은 자살 행위나 다름없어. 그리고 더없이 창피한 일이야."

"살인이라면, 난 이미 수없이 많은 사람을 죽였어. 자살이라 해도 전혀 두렵지 않아. 진심이야. 그리고 창피하다는 얘기는⋯." 깐은 천천히 일어나 마주 서서 끼엔의 눈을 똑바로 쳐다보았다. "그동안 수없이 싸워 왔지만 솔직히 말해 한 번도 이 놀음을 영광스럽게 생각한 적이 없어. 그래도 희망이 있었기 때문에 견뎌 냈어. 고향에 돌아가면 더 비참해지겠지. 나도 알아. 사람들이 날 가만히 내버려 두지 않을 거야. 근데 요 며칠 밤 어머니가 꿈속에서 계속 나타나 나를 부르는 거야. 아마도 형은 죽고 어머니는 상심해서 병이 나셨을 거야. 더는 우물쭈물할 수가 없어. 사관학교도 형의 차지인걸…. 난 반드시 고향으로 가야 해. 다만 우리 소대의 전우들이 날 안쓰럽게 생각하고 이해해 주길 바랄 뿐이야. 만약 우리 정찰대 동료들이 추격만 하지 않는다면 난 절대 잡히지 않을 거야. 특히 형, 끼엔 형만 날 놓아주면 난 갈 수 있어. 난 동료들에게 죄를 짓기로 작정했어. 내 고향은 형도 알고 있지? 하 남 성[20] 빈 룩이야. 언젠가 기회가 되면…."

어둠 속에서 깐은 차갑게 곱은 손을 뻗어 끼엔의 손목을 잡았다. 끼엔은 한참 동안 가만히 있다가 깐의 손을 뿌리치고는 한마디 말도 없이 돌아섰다.

거의 막사에 다 와서야 끼엔은 문득 정신을 차린 듯 우뚝 섰다. 그러고는 낚싯대와 고기 망태기를 집어던지고 다시 개울가를 향해 전력을 다해 뛰었다.

"까안!" 끼엔은 이름을 부르고는 잠시 귀를 기울였다가 다시 큰 소리로 외쳤다 "까…아…안…! 기다려어…!"

불어난 개울물이 신음 소리를 내며 흘렀다. 어둠 속에서 줄기차게 비가 내렸다. 어둡고 축축하고 두려움에 몸이 떨려 왔다. 마치 하늘과 땅이 한데 맞닿아 버린 듯했다. 끼엔은 와락 울음을 터뜨렸다. 그는 도무지 자기 마음을 알 수 없었고, 자신을 주체할 수도 없었다. 하염없이 눈물이 흘렀다.

그맘때쯤 연대 전체에 탈영이 유행처럼 번져 마치 한바탕 토하고 나면 위장이 헐듯 소대마다 병력 손실이 많았지만 이를 막아 낼 재간도 없었고 그렇

---

[20] 한국의 도에 해당하는 행정 단위.

전쟁의 슬픔

다고 다 잡아들일 수도 없는 노릇이었다. 그럼에도 상부에서는 깐을 잡아들이려고 혈안이었다. 깐이 작전 지도 등 기밀을 빼돌려 적지로 달아나지나 않았나 의심했기 때문이다. 몇 날 며칠 밀림을 수색한 끝에 헌병대가 도주자를 찾아냈다. 그는 멀리 도망가지도 못하고 정찰대의 야영지에서 걸어서 두 시간도 채 안 걸리는 또 보[21] 협곡에서 발견되었다. 거기서 빈 룩까지는 여전히 멀었고 그 길은 또한 수없이 많은 장애로 가로막혀 있었던 것이다⋯.

  9월 말, 연대가 고이 혼을 떠나 다른 지역으로 이동하기 바로 며칠 전 병사들은 집에서 부쳐 온 편지를 받았다. 우기를 통틀어 딱 한 번 온 우편물이었다. 정찰대에는 한 통의 편지만이 배달되었는데 그것은 깐에게 온 것이었다. 어머니의 편지였다. "엄마가 다행스레 네 편지를 받게 된 것을 우리 '고' 마을의 모든 사람이 함께 기뻐했다. 네 편지를 받고는 바로 답장을 쓰는 거란다. 우리 안쓰러운 군사 우체국 아저씨들이 이 편지를 한시라도 빨리 전해 주기를 바라면서 말이다. 아들아, 이미 죽었어야 마땅할 이 어미가 아직도 이렇게 살아갈 수 있는 건 다 네 편지 덕분이라는 걸 명심해라." 어머니는 계속 써 내려갔다. "아들아, 형의 전사 통지서가 도착한 날부터 면에서는 장례도 치러 주고 조국 훈장도 주었단다. 아들아, 엄마는 밤낮으로 더욱 열심히 땅을 일군단다. 그리고 밤이면 밤마다 하느님과 부처님께, 조상님께, 돌아가신 네 아버지와 형에게 부디 너와 네 동료들을 보호하사 무사히 돌아오게 해 달라고 기도한단다⋯."

  끼엔은 그 편지를 읽고 또 읽었다. 편지지가 파들파들 떨렸고 그의 눈물로 얼룩졌다. 깐은 죽고 없었다. 그날 위병이 그의 시신을 날라 왔다. 시신은 문

---
21) '땅벌'이라는 뜻.

드러지고 비쩍 말라비틀어진 게 꼭 홍수에 진흙투성이의 갈대밭으로 떠밀려 온 개구리 시체 같았다. 얼굴은 까마귀 떼가 콕콕 쪼아 먹었고 입은 진흙과 썩은 나뭇잎으로 꽉 차 있어 보기만 해도 구역질이 났다. "그 급살 맞아 죽은 탈영병 자식 말이야, 냄새 한번 더럽게 역하더군." 깐을 직접 묻어 준 위병이 정찰병들에게 말했다. "빌어먹을, 두 눈구멍은 참호처럼 패었는데, 그새 시퍼런 이끼가 돋아설랑…. 너무 끔찍해." 그러고는 침을 퉤 뱉었다.

그때부터 아무도 깐에 대해 언급하지 않았다. 그가 죽임을 당했는지, 물살에 휩쓸려 죽었는지, 아니면 자살을 했는지, 정확히 그가 어떻게 죽었는지에 대해 의문을 품는 이도 없었다. 그리고 깐의 잘잘못을 따지려는 이도 없었다. 한때 죽음에 맞서 싸웠고, 본디 그다지 볼품없는 사람도 아니었지만, 누구에게 뒤질 것도 없던 한 인간이 그 이름과 형해가 순식간에 사라져 버렸다. 단지 끼엔만이 그를 뇌리에서 지울 수 없었다. 밤마다 끼엔은 깐이 돌아와 해먹 바로 옆에서 어느 오후의 개울가에서처럼 싱거운 얘기를 끝도 없이 주절거리는 소리를 들을 수 있었다. 중얼거림은 점차 흐느낌으로 변했고, 훌쩍거리는 소리는 물에 빠져 죽어 가는 사람의 목구멍에서 올라오는 꺼억꺼억, 소리와도 같았다.

"사체에서 빠져나온 나는 흡혈귀가 되어…." 끼엔은 깐의 말을 떠올리며 몸을 떨었다. 소대 안의 열사[22]들을 위한 제단 앞에 무릎을 꿇을 때마다 끼엔은 남몰래 숨죽여 치욕 속에 고통스럽게, 박복하게 죽어 간 깐의 영혼을 위해 빌었다. 어느 누구에게서도 일말의 동정조차 받지 못하고 죽어 간, 그리고 이제는 아무도 기억하지 않는 깐을 위해….

22) 베트남은 전사자를 열사라 칭한다.

몇 달 전부터 끼엔은 전사자들의 유해를 수습하는 대원들과 함께 깐 박 지역을 누비며 크고 작은 전장을 다시 찾았다. 그리고 전사자 명부에서조차 빠져 있던, 그동안 조용히 잊혀 갔던 수없이 많은 주검을 찾아낼 수 있었다. 밀림의 한가운데 음습한 땅속 깊숙한 곳에서 그들은 그저 하나의 운명일 뿐이었다. 영웅도 비천한 자도, 용감한 자도, 비굴한 자도, 살 가치가 있는 자도 죽어 마땅한 자도 없었다. 어떤 이는 이름만이 거기에 남아 있고, 어떤 이는 그마저도 세월에 씻겨 사라져 버렸고, 어떤 이는 한 줌의 뼈와 걸쭉한 흙으로 고여 있을 뿐이었다.

삽질을 하다 보면 묘혈의 바닥이 드러나고 그곳을 가득 덮고 있던 죽은 자의 마지막 숨결이 끼엔을 파고들었다. 달이 가고 해가 갈수록 끼엔의 가슴속에는 그 죽음의 기운들이 켜켜이 쌓이고 그의 잠재의식 속으로 스며들어 영혼에 어두운 그림자를 드리웠다. 이 친근한 혼령들은 오래도록 끼엔의 기억 속을 떠다녔으며 그의 삶은 아무도 모르는 전쟁의 슬픔에 질질 끌려 다녔다.

밤, 실로 이상한 밤이었다. 아마도 그의 인생에서 항하[23]의 모래알만큼이나 많았던 밤 중에서 가장 신비로운 밤이었을 것이다. 그가 전장에서 마주쳤던 거의 모든 병사가 끝도 없이 이어지는 긴 꿈의 어두운 차양 문들 사이를 비집고 그의 곁에 돌아와 있었다. 지나간 날들의 메아리가 멀리서 일직선으로 달려와 연방 울어 대는 천둥소리처럼 그의 영혼을 순간 들끓게 하고 또는 쿡쿡 쑤셔 대고 또는 고요히 멎게 했다.

아침이 밝아 올 무렵, 끼엔은 몸서리를 치며 갑자기 잠에서 깨어났다. 그는 방금 깬 꿈의 깊은 바다 어디에선가 슬프고도 끔찍한, 그의 몸을 관통하는 듯

---

[23] 갠지스 강.

한 긴 울음소리를 들었다. 그 소리는 두 암벽 사이로 울려 퍼지는 메아리처럼 주위를 맴돌았다. 일어날 작정이었으나 끼엔은 순간 자신을 억누르고 해먹에 그대로 누워 눈을 감고 머릿속으로 그 울음소리를 쫓았다….

이 사건 또한 전쟁의 마지막 우기였던 작년 우기에 여기 고이 혼에서, 바로 이 개울가에서 일어났던 일이다. 저편 산골짜기에서 솟아오른 울부짖음이 이편까지 울려왔다. 산 귀신의 울음소리라고들 말했지만 끼엔은 그 소리가 사랑을 부르는 소리라는 것을 알고 있었다. 그때, 그랬다, 바로 이곳에서, 구슬프게 내리는 빗속에서 3농장의 정찰대원들은 기이한 사랑에 빠져 한 시절을 살았다. 이 둘도 없이 무모하고 은밀한, 죄악에 가득 찬 사랑 놀음이 어떻게 시작되었는지, 누구로부터 점화되었는지, 그 손아귀에 누구누구를 끌어들였는지, 끼엔은 거의 알지 못했다. 유감스럽게도 그는 이 사랑에서 제외된 몇몇 사람 가운데 하나였다.

끼엔은 회상했다. 그의 부대가 산기슭 아래 개울이 갈라지는 삼거리 근처에 막사를 지은 지 하루, 이틀, 사흘째가 되던 밤 소대 안에 뭔가 이상한 기운이 감도는 것을 느꼈다. 사실 그것은 단순한 느낌이 아니라 끼엔이 얼핏 보고 들었던 것이다.

여느 때와 다름없던 그날 밤, 8월이었고, 비가 억수로 내렸다. 번개가 어둠을 가르자 순간 숲이 그 위협적인 자태를 드러냈다. 그날 밤까지 사흘 내리 고열에 시달린 끼엔은 열이 내리긴 했지만 온몸이 쑤시고 기진맥진하여 밤새 한잠도 이루지 못했다. 왠지 불안한 마음에 끼엔은 이른 아침 비옷을 걸치고 총을 멘 뒤 막사를 한 바퀴 순찰하러 나섰다. 숲길은 빗물 때문에 질척거렸다. 끼엔은 도롱이 속으로 몸을 웅크리고 총을 어깨에 늘어뜨린 채 조심조심 걸어 나갔다.

1분대 막사에 거의 다다랐을 때 끼엔이 갑자기 멈춰 섰다. 웃음소리. 분명 그는 누군가 깔깔거리며 웃는 소리를 들었다. 우리 소대에 저렇게 웃을 수 있는 사람이 누가 있을까? 어떤 발정 난 녀석이 여자 웃음소리를 흉내 낸 것인지도 모른다. '영락없이 귀신 웃음소리 같군.' 끼엔은 그렇게 생각하며 서둘러 막사 문 쪽으로 다가섰다. 안은 칠흑같이 어두웠다. 그러나 코 고는 소리는 들리지 않았다. 의심스러울 만큼 조용했다. 끼엔은 참지 못하고 문틈에 얼굴을 바짝 들이대고 짜증 섞인 목소리로 물었다.

"안에서 방금 웃은 사람이 누구지?"

"무슨 일이야, 끼엔?" 탄의 심드렁한 목소리가 즉각 터져 나왔다. "누가 웃었다는 거야? 혹시 하느님이 웃으셨나?"

"분명히 들었다니까. 잡아떼지 말라고, 원숭이 같은 자식!" 끼엔이 소리쳤다. "그럼 내가 열도 없는데 헛소리라도 들었단 말이야?"

"그렇다면 어디 소대장이 직접 들어와서 누가 웃었는지 확인해 보시지그래요?"

빌어먹을, 여기 고이 혼에 진짜 귀신이라도 있단 말인가? 끼엔은 씩씩거리며 자리를 떴다. 그렇지만 그 웃음소리는 실제 소리처럼 낭랑하고 맑게 들려왔다. 분명 여자의 웃음소리였다. 귀신도 아니었고, 누군가의 잠꼬대도 아니었다.

갑자기 끼엔은 몸이 굳어 다시 우뚝 섰다. 순간 심장이 멎는 듯했다. 막사 아래로 번개가 내리쳐 강가의 갈대밭을 훤히 비추는데 끼엔은 한 소녀가 그의 앞을 비스듬히 스쳐 지나가는 것을 똑똑히 보았다. 그녀는 발가벗은 채였다. 끼엔은 분명 그렇게 기억했다. 피부가 강물처럼 반짝였고 긴 머리가 등을 휘감고 엉덩이까지 흘러내렸다.

"누구야? 거기 서!" 끼엔이 소리치며 옆으로 몸을 홱 틀면서 총을 치켜들었다. "남!"[24]

대답이 없었다. 거센 빗소리 때문에 발소리도 들리지 않았다. 바로 그 순간 천둥 번개도 멎어 쥐 죽은 듯이 조용했고 막사들을 비추던 섬광도 모두 꺼져 버리고 없었다.

"서! 안 그러면 쏜다!" 끼엔이 발악하듯 소리쳤다. "남!"

"거기에 넷을 더하라고!"[25] 나야, 틴. 끼엔 형?"

"뭐라고?" 깜짝 놀란 끼엔이 물었다. "틴, 네가 거기 왜 있어?"

"내가 보초 설 차례거든." 또랑또랑한 '작은' 틴의 목소리였다. "무슨 일인데?"

"방금 누구랑 같이 있었지?" 끼엔이 눈을 부릅뜨며 물었다.

"아니, 누구?"

"그럼 조금 전에 아무도 보지 못했단 말이야?"

"아니… 왜 그러는데? 형, 무슨 일이야?"

"개자식!" 끼엔이 욕지거리를 내뱉었다. 그러고는 이를 갈았다. 마치 조롱이라도 하듯 다시 하늘에서 번개가 쳤다. 그러나 거센 빗줄기와 요란스레 흐르는 개울물, 치렁치렁 늘어진 나뭇가지들뿐이었다. 숲은 얼굴을 찡그릴 뿐

---

24) '다섯'이라는 뜻으로 여기서는 암구호로 사용했다.
25) 베트남에서는 형제 중 다섯째를 '남(Năm)'이라 부른다. 틴은 자신이 형제 중 아홉째인 것을 빗대서 농을 던진 것이다.

말이 없었다. 틴은 웃통을 벗어젖히고 짧은 반바지만 입은 채 흠뻑 젖은 몸을 움츠리고 끼엔 앞에 서 있었다.

"미치겠군, 정말 미치겠어…!" 끼엔이 신음하듯 말했다. "대체 무슨 재앙이 오려나?"

끼엔은 발을 질질 끌며 막사로 돌아와 쓰러지듯 해먹 위에 누웠다. 알 수 없는 재앙이 소대를 덮칠지도 모른다는 예감이 그의 심장을 무겁게 옥죄어 왔다. 아니다, 그가 잘못 본 것도, 잘못 들은 것도 아니었다. 그러나 그게 귀신일까 아니면 사람일까?

다음 날 아침 틴과 탄은 어젯밤의 사건에 대해서 아무 말도 꺼내지 않았다. 다른 병사들은 무슨 일이 있었는지조차 알지 못하는 것처럼 보였다. 그러나 끼엔은 그들 사이에 은밀한 공모가 있음을 분명히 느낄 수 있었다. 화가 나지는 않았으나 슬픈 생각이 들었다. 처음으로 그는 부대원들에게 따돌림을 당했다. 그렇지만 그는 침묵했고, 동료들의 비밀에 대해서 결코 언급하지 않았다. 몇 차례의 자아비판 토론 시간에도 그는 이 일에 대해 한마디도 꺼내지 않았다. 그럼에도 그 범죄 행위가 계속되고 있다는 걸 끼엔은 알았다. 다만 그에게 발각된 이후부터 여자 유령들이 슬그머니 소대에 나타나는 일은 없었고, 이젠 정찰대원들이 직접 그들의 소굴을 찾아 나섰다.

밤이면… 한밤중이면… 그림자들은 조용히 해먹에서 미끄러져 나와 까치발을 하고 막사를 빠져나가서는 누군가와 미리 짜기라도 한 듯 넌지시 신호를 주고받고 개울가를 따라 난 오솔길로 재빨리 사라져 버렸다. 산자락의 깊은 어둠과 폭포처럼 쏟아지는 빗물에 파묻혀 흔적도 남지 않았다. 매일 밤 그랬고, 그 그림자들이 깨어나 해먹을 빠져나가고 개울가에서 길 떠날 채비를 할 때면 끼엔도 잠에서 깨어났다. 그는 소리 없이 누워 있었다. 소곤거리는 소리, 진흙탕을 철벅철벅 걸어가는 발소리… 보초병의 목소리… 누군가 미끄러져 넘어지고… 숨죽여 웃는 소리… . 어느 날 밤에는 옆 막사에서, 또 어느 날 밤에는 그의 막사에서, 그의 바로 옆 해먹에서 그림자들이 빠져나갔다. 어느 날 밤에는 사나운 폭우가 쏟아지고, 또 어느 날 밤에는 성급하게 소나기가 퍼부어도 그 일은 하루도 거르지 않고 이어졌다. 흠씬 젖고, 진창에 빠지고, 고생이 보통이 아닐 병사들의 야행…. 그리고 몇 시간이 지나 녀석들이 새벽 이슬비를 뚫고 추위에 떨며 진흙투성이가 되어 숨을 헐떡이며 돌아올 때면 끼엔도 이미 잠에서 깨어 있었다. 그런데도 그는 가만히 누워 살금살금 걷는 발소리들을 하나하나 세고 모두 무사히 돌아온 것을 확인하고는 안도의 한숨을 내쉬곤 했다. 바로 그 순간에 끼엔은 사람들이 산 귀신의 것이라고 하는 울음소리를 들었다. 그 소리는 참으로 슬프고도 처참하게 들려왔다. 그러나 끼엔은 그것이 남자와 여자가 작별 인사를 나누고 다시 만날 것을 약속하기 위해 서로를 불러 대는 소리가 암벽을 타고 퍼지는 메아리라는 것을 알았다.

물론 끼엔은 열세 명의 소대원 모두가 그런 것은 아니라는 걸 알았다. 그러나 그는 밤이면 밤마다 저편 산속으로 나 있는 험난한 길을 오가는 이들이 항상 일정한 세 그림자가 아니라는 것까지도 알고 있었다. 그곳에는 끼엔이 알기로, 어둡고 황량한 계곡 아래 폭포 근처에 여러 해째 방치되어 온 67현 부대의 생산 농장이 있고, 거기에 여자들만 셋이 살고 있었다. 단 세 여자가 오롯이 살면서 매일 밤 남정네들의 발소리를 애타게 기다리고 있을 터였다.

다 알고 있었다. 그리고 그렇기 때문에 지휘관이라면 당연히 이 엄청난 군기 문란 행위를 막었어야 했다. 그래야만 했다. 사람들이 흔히 말하듯, 군기를 바로잡고 도덕 기풍과 생활 규범을 다시 세우기 위해 정신 교육을 하고, 가차없이 문책을 해서라도 마법에 홀린 자신의 대원들을 미망에서 끌어냈어야 했다. 그게 옳았다…. 그러나 심장이, 그의 심장이, 병사의 살아 있는 심장이 그가 그렇게 하는 것을 결코 허락지 않았다. 그의 심장이 애원할 뿐만 아니라 그를 침묵케 하고 그로 하여금 마음으로 이해하라 했다. 청춘의 그 황량하면서도 원초적인 부르짖음 앞에서 달리 어찌할 도리가 있단 말인가? 그때 그와 깐을 빼고는 정찰대원 모두가 스무 살도 채 안 된 젊은이였다. 그리하여 끼엔은 자신에게 묻고 또 물었다….

　게다가 밤이면… 홀로 잠을 잘 때면… 타는 듯이 뜨겁고 꿀처럼 달콤한, 농밀한 감각들이 꿈 속을 가득 채우곤 했다. 비 내리는 밤마다 기억의 안개 속 깊이 침잠해 있던 멀고도 푸른 공간으로부터 고향의 소녀가 다시 나타나 흐릿한 선녀의 모습으로 그에게 걸어왔다. 온몸에 소름이 돋고 뼈와 살이 엇물린 것처럼 와들와들 떨려 왔다. 장미 꽃잎처럼 감미로운, 아련한 사랑의 몸부림과 함께 그는 현기증이 일 만큼 두려우면서도 부드러운 촉감 속으로 빠져들고 싶었다. 절정으로 치닫고 싶은 욕망에 심장이 터질 것만 같았다.

　"우리 둘은 죽는 날까지 순수할 수 있어…. 그럴지라도 우리가 서로를 또 얼마나 많이 사랑하는지…." 귓전에 울리는 프엉의 이 말이 그의 심장을 조여 왔다. 겨우 열일곱 살, 그때 우리는 또 얼마나 어설펐던가. 그런데 만일 그녀가…. "아니야, 그런 생각은 그만 해야 해. 빨리 다른 생각을!" 그의 마음이 어지러이 소리쳤다.

　그가 잠에서 깨어 저편 산에서 돌아오는 동료들의 발소리를 들을 때면 숲에 동이 트고 있었다. 그들의 막사에는 홍마초 꽃향기 말고도 실체를 알 수 없는 낯선 향기가 스치듯 감돌았다. 남자의 것도 아닌, 병사의 것도 전혀 아닌, 몽롱하면서도 어딘지 비밀스런 냄새가 흘러다녔다. 머리 위로, 옷깃 위로, 바람 속으로….

꿈은 끼엔의 영혼을 흔들어 깨웠다. 끼엔에게도 한때는 젊은 시절이 있었다. 지금은 상상조차 하기 힘들지만 마음과 외양, 끼엔이라는 인간 자체가 아직 전쟁의 폭력과 야만에 훼손되기 전의 시절, 욕망과 도취와 열정으로 가슴에 거품이 가득 일던 시절, 어리석을 만큼 무모했던 시절이었다. 사랑의 고통으로, 질투와 회한으로 마음이 갈기갈기 찢기던, 지금의 저들처럼 사랑스럽던 시절이 그에게도 있었다. 아아! 전쟁이란 집도 없고 출구도 없이 가련하게 떠도는 거대한 표류의 세계이며 남자도 없고 여자도 없는, 인간에게 가장 끔찍한 단절과 무감각을 강요하는 비탄의 세계인 것이다. 끼엔에게는 자기의 영혼이 황폐해지는 것을 막을 기회가 없었다면 그의 젊은 부대원들만큼은 반드시 일상의 구속과 억압에서 벗어나 아직 남아 있는 사랑의 마지막 한 방울이라도 누려야 했다. 내일이면 모두 사라져 버릴 것들이니.

그러나 지금은 모두 죽고 없는 이 남자들과 여자들이 나누던 불륜 행위, 그들의 집단 애정 행각 속의 짙은 범죄성과 부도덕성이 그때는 끼엔을 몹시 괴롭혔다. 한편으론 가슴이 아프면서도 한편으론 화나고, 속상하고, 의심스럽고, 걱정되었다. 그의 마음속에서 남모르는 두려움이 불을 지폈다. 아마도 그때는 전쟁 중이었기 때문일 것이다. 모든 것이 뒤바뀐 시절이라 거대한 위험이나 큰일이라고 여겨지던 것들은 모두 일상적인 것이 되어 버렸고, 매일매일의 기쁨이나 슬픔 같은 인간사의 소소하고 자잘한 것들은 오히려 이치에 어긋나는 것으로 받아들여지고, 또한 거의 존재하지도 않았다. 그것은 불행의 징조로 여겨질 만큼이나 드물었다. 그리고 실제로 그랬다.

이제, 눈을 감고 기억 속을 더듬어 끼엔은 마치 어제의 일인 것처럼 물끄러미 자신을 들여다본다. 그는 산 너머 계곡 어귀에 외따로 떨어져 있는 작은 농장에서 비를 맞고 서 있었다. 물이 흥건한 마당에서 얼굴도 머리도 옷도 모두 비에 흠뻑 젖었고, 어깨에 멘 소총은 금방이라도 미끄러져 내릴 듯했다. 비가 주룩주룩 내렸다. 흩어진 빗방울들이 집채와 헛간 지붕 위에 둥근 테를 두르며 출렁였다. 빗줄기는 거셌지만 한낮의 하늘은 여전히 밝았다. 산골짜기 위의 구름 떼가 점차 성기어지면서 반짝 한 줌의 햇빛이 비치기도 했다.

"호비아아…!" 끼엔이 말릴 틈도 없이 그의 뒤에 있던 '작은' 틴이 소리쳐 불렀다. 그러자 어찌할 바를 모르고 농장 여기저기에 흩어져 서 있던 다른 정찰대원들도 일제히 한목소리로 세 여자의 이름을 불러 대기 시작했다.

"호비아…! 마아이…! 터어엄…!"

그러나 메아리조차 되돌아오지 않았다. 커다란 암벽에서는 거대한 물줄기가 흰 거품을 일으키며 우릉우릉 떨어져 내렸고 그 물줄기가 일으킨 돌풍이 한 차례 한 차례 농가로 들이칠 때마다 굵고 낮은 울림이 꼬리를 물고 이어졌다.

바람 소리, 빗소리, 폭포 소리가 주위의 공기를 가득 메워 오히려 평온한 고요를 자아냈다. 아담하고 예쁜 세 칸짜리 집, 대나무 지붕, 집 안에서는 야생백합 향기가 그윽이 풍겨 왔다. 가구들은 제자리에 잘 정돈되어 있었다. 등나무 탁자와 의자. 꽃병. 찻주전자와 찻잔. 읽다 만 책 한 권. 침대와 돗자리. 이불과 베개. 거울과 빗. 곁채 밖에는 빨랫줄에 옷가지가 걸려 있었다. 어떤 것은 거의 말라 가고, 어떤 것은 젖은 채로…. 마당에 길게 늘어선 평상에는 벼, 쌀, 옥수수, 카사바 등이 그득했다. 그리고 말린 죽순 냄새, 목이버섯 냄새, 향버섯 냄새에다 꿀 냄새까지 뒤섞여 지독한 향이 코를 찔렀다. 부엌에는 대나무 평상 위에 막 차린 듯한 밥 쟁반이 상보가 덮인 채로 놓여 있었다. 밥공기 세 개, 젓가락 세 벌, 비름나물이 담긴 접시, 방동사니 소금,[26] 생선조림. 의자에는 밥이 담긴 냄비가 뚜껑이 닫힌 채 놓여 있었다. 화로의 재는 아직도 따뜻했다…. 부엌 뒤에는 땅콩, 가지와 비름이 자라고 있는 밭뙈기가 있었다. 그리고 식용 칸나 밭. 바나나 묘목. 히비스커스[27] 울타리. 엉성하게 닫힌 문 바깥으로 개울가의 비탈진 둔덕이 보였다. 둔덕으로 나 있는 작은 계단, 대나무로 엮은 흔들다리가 농장과 개울 저편의 숲을 이어 주고 있었다. 저 멀리, 숲 뒤로는 어슴푸레 솟은 두 개의 우뚝 선 봉우리가 바로 그곳이 골짜기의 중심임을 알려 주고 있었다.

밤이고 낮이고 비가 내렸지만, 농장의 여주인들은 빗물을 받아먹지 않고 여전히 개울물을 사용하고 있었다. 우물 안의 물은 맑게 걸러져 있었다. 우물에는 뚜껑이 덮여 있었고 우물 둘레엔 작은 도랑이 패어 걸러지지 않은 개울물이 흘러드는 것을 막아 주었다. 개울가의 대나무 숲 사이에 양철 지붕을 얹은 목욕탕이 숨어 있었다. 우물에서 목욕탕까지 이어지는 길에는 풀들이 깨끗이 베여 있었고 자갈이 깔려 있었다.

처음에는 끼엔 혼자 개울로 내려갔다. 그는 우물가에 서서 눈을 들어 대나

---

[26] 소금에 방동사니 뿌리를 잘게 빻아 넣어 함께 볶은 것으로 매운 향이 난다.
[27] 부상화라고도 불리는 열대성 상록 관목. 무궁화처럼 생긴 꽃이 피는데, 꽃의 색깔은 백색, 홍색, 자홍색, 적색, 등색, 황색 등이다. 키가 2~5미터까지 자라 농촌에서는 울타리용으로 많이 심는다.

무 숲 쪽을 바라보았다. 목욕탕 문은 활짝 열려 있었고, 그리고…. 반사적으로 끼엔은 땅에 웅크리고 앉아 잽싸게 어깨에서 총을 내려 들었다. 사람이 있다! 순간 그는 그렇게 생각했지만….

지금도 모든 것이 바로 눈앞의 풍경처럼 끼엔의 머릿속에 선명했다. 목욕탕 문은 열려 있었던 것이 아니라 이음쇠가 떨어져 나가 문짝이 땅에 엎어져 있었던 것이다. 안에는, 구석에 물이 반쯤 차 있는 플라스틱 물통이 두 개 놓여 있었고, 알루미늄 대야 안에 코코넛 바가지가 들어 있었다. 슬리퍼 한 켤레와 비누통. 얇은 아마포로 된 여성용 군복 한 벌이 꽃이 수놓인 수건과 함께 줄에 걸려 있었다. 진흙으로 더러워진 다른 한 벌은 젖은 채로 목욕탕 칸막이에 녹색 천막천 우비와 함께 걸쳐져 있었다.

끼엔은 젖은 자갈 바닥 위에 언제부터 거기에 떨어져 있었는지 모르는 새하얀 브래지어를 보고는 흠칫 놀랐다. 희미하게 반짝이는 자갈 위에 신비롭게 피어난, 커다란 꽃봉오리 같았다. 여자의 속살처럼 보드라운 두 개의 얇은 꽃잎이 매끈하게 펼쳐져 있었다. 한쪽 꽃잎에는 고무 뒷굽이 밟고 지나간 요철 문양과 함께 작은 핏자국이 선명하게 찍혀 있었다.

끼엔은 갑자기 가슴에 채찍이라도 얻어맞은 것처럼 현기증을 느끼며 몸을 떨었다. 그리고 짧은 순간 녹색의 유령들이 소리도 없이 스치듯 부드럽게 밀림을 가로지르고 개울을 건너 느닷없이 농장으로 뛰어드는 것이 눈앞에 보이는 듯했다. 세 여자 모두, 한 명은 집 안에서, 한 명은 부엌에서, 한 명은 목욕탕에서, 그 누구도 반항할 틈조차 없었을 것이다. 비명 소리 한마디 없이. 아마도 그랬을 것이다. 그리고 총소리도 없이.

"첩보대… 첩보대… 분명 그놈들 짓이야, 끼엔…!" 틴이 끼엔에게 다가와 갈라진 목소리로 더듬더듬 속삭이듯 말했다.

그들의 머리 위에서 양철 지붕이 파르르 떨며 울었고 대나무 가지들이 벽을 긁어 댔다. 끼엔이 무겁게 숨을 토하고는 입술을 앙다물었다.

"오늘 아침에 누구 이상한 소리 못 들었나?"

"아니, 아무 소리도 못 들었어."

그런데, 도대체 무슨 일이 일어난 걸까? 그리고 그의 동료들은 어떻게 저 산속에서 일어난 재앙의 신호를 알아챈 걸까? 어떤 위험의 예감도 불길한 전조도 전연 없었다. 전날 밤에도 그들은 이곳에 와서 즐겼다. 그런데 어찌 상상이나 했겠는가? 어찌 되었거나 이곳은 전선에서 하룻길은 걸어야 하는 후방 지역이었고, 게다가 여자들만 사는 농가였다. 그리고 지금은 1974년이지 그 옛날 전투가 치열하던, 암흑과도 같던 구정 대공세 직후의 1968년, 69년이 아니지 않은가?

"첩보대라는 걸 어떻게 알았지?"

"헛간 뒤에 군화 자국이 있었어. 루비 담배꽁초도."

"오늘 아침에 이상한 낌새 같은 거 없었어?"

"전혀 없었어. 그런데 웬일인지 다들 속이 타서 견딜 수가 없었어."

"이제야 내게 실토를 하는군. 참 대단한 전우들이셔. 그래, 채소밭 뒤편은 살펴보았나?"

"응. 하지만 아무런 흔적도 없었어."

"그 흔적이 저기 있다고!" 끼엔이 손가락으로 목욕탕 쪽을 가리키며 말했다.

틴이 끼엔 앞으로 조금 다가와 느릿느릿 무릎을 꺾고는 바닥에 엎드렸다. AK 소총이 쿵, 자갈 바닥에 떨어졌다.

"호비아 거야…. 호비아의 옷이야…." 틴이 목이 메는 소리로 말했다. 그리고 떨리는 두 손으로 바닥에 납작 들러붙어 있는 실크 속옷을 집어 들더니 거기 얼굴을 묻었다.

"자기… 자기야, 호비아… 이놈들이 호비아를 어디로 데려간 거야? 응? 어떻게 이런 일이. 도대체 갑자기 무슨 일이 벌어진 거야…. 이제 어떡하지? 아, 아, 자기야…." 틴이 괴상하게 흐느껴 울었다. 숨이 막히는 듯 들릴락 말락 한 목소리로 의미 없는 탄식과 간청과 기도를 끝도 없이 주절거렸다.

그 후, 아주 오랜 시간이 지나 중년의 작가가 되어 작품 창작에 몰두하고 있을 때였다. 끼엔은 이미 전쟁에 대한 중편과 단편을 여러 편 썼고 소설 초안을 위해 자신의 군인 인생 전부를 거의 다 뒤지고 파헤쳤던 터였다. 그러던 어느 날 갑자기, 신비한 기억의 연상 작용에 의해, 어느 무언극 배우가 자신의 온몸을 고통스럽게 뒤틀며 은밀하면서도 처절하게, 절망에 빠진 삶을 절규하는 장면을 보고 있는데, 불현듯 그 옛날 전쟁에 의해 깊은 산속에 감금되었던 그의 정찰대원들과 세 여자의 비참하면서도 무모한 사랑 이야기가 떠올랐다. 알맞은 순간은 아니었지만, 그 기억은 마치 탐조등을 비추듯 밝고 또렷하게 살아났다. 가만히 앉아 있는데도 반가움과 고통으로 가슴이 떨려 왔다. 끼엔은 돌연 살아온 이 추억을 자신의 심장으로 꼭 끌어안고 싶은 심정이었다. 이토록 선연한 추억이 어떻게 그 오랜 세월 동안 그의 숙련된 기억에서 걸러지고 지워질 수 있었는지 이해가 되지 않았다. 끼엔은 기막힌 사랑 이야기라고 생각했고, 언젠가 이것이 자신의 작가 인생을 다 바친 소설이 될 것이라 예감했다.

그가 기억하기론, 그날 늦은 오후에야 그들은 첩보대의 소굴을 찾아낼 수 있었다. 놈들은 세 여자를 농장에서 바로 살해하지 않고 골짜기의 깊은 밀림 속으로 끌고 갔다. 비가 흔적을 싹 지워 버렸다. 소대원들이 놈들과 언덕 밑에서 교전을 벌이게 된 것은 순전히 우연이었다. 일곱 명의 첩보대 중 세 명은 사살했고 나머지 네 명은 생포했다. '작은' 틴도 이 총격전에서 희생되었다. 총알이 가슴을 관통해 비명을 지를 새도 없이 쓰러졌다….

"어딨지? 여자들 어디 있냐고? 세 여자 말이야." 끼엔이 물었다. 사뭇 온순한 어조였다. 네 명의 포로를 포박하지는 않았다. 포로들은 죽도록 얻어맞아 옷이 너덜너덜 찢기고 피와 진흙으로 범벅이 된 채 아무 말도 없이 서 있었다. 그들이 한쪽으로 지탱하고 서 있던 다리를 슬그머니 바꾸었다.

"자, 여자들이 어디에 있지? 만약 여자들이 살아 있다면 너희들도 살려 주지." 놈들 중에 키가 가장 커 보이는 녀석은 왼쪽 눈이 개머리판에 찍혀 눈알이 툭 비어져 나오고 얼굴 반쪽이 피와 빗물로 붉게 물들어 있었다. 그가 다치지 않은 눈을 들어 끼엔을 올려다보며 조소를 머금더니 하얀 이를 드러내며 갈라진 목소리로 말했다.

"고 어린것들, 귀하신 분들께 보고를 올리자면 말이야, 우리가 고기를 만들어 용왕님께 바쳐 버렸지. 쬐그만 것들이 제법 악을 쓰며 울어 대더군…."

정찰대원들이 너 나 할 것 없이 철컥철컥 단검을 빼 들었다. 끼엔이 급히 그들을 막았다.

"가만! 잠깐만… 이놈들이 진짜 목이 터져라 실컷 울다가 죽고 싶은 모양이야. 이거 바로 죽이면 어디 좋아하겠냐고!"

"니기미, 죽일 테면 죽여 봐!" 한 녀석이 발악하듯 소리를 질렀다. "우리를 고기로 해 처먹어. 어서 죽여. 여기, 내 손을 보라고. 너희 꼬마들의 벌건 피가 아직도 묻어 있잖아!"

"닥쳐." 끼엔이 나직한 소리로 말했다. "곧 바라는 대로 해 줄 거야. 근데 하나 물어보자고. 너희들이 여기에 온 것은 우릴 정탐하기 위해서였어. 주력군이니까 말이지. 안 그래? 그런데 왜 여자들을 공격했지? 그렇게 무참하게 죽여 버린 이유가 뭐냐고? 우리를 그렇게까지 증오하는 이유가 뭐냔 말이야, 응?" 끼엔 자신도 왜 이렇게 시간을 허비하며 마치 그들을 책망이라도 하려는 듯 부드러운 말씨로 쓰잘 데 없는 얘기를 나누는지 알 수 없었다.

네 녀석은 함께 구덩이를 파야 했다. 그들은 공사판에서 삯을 받고 일하는 일꾼들처럼 열심히 몸을 놀려 땅을 팠다.

"깊게 팔 거 없다고. 누워 있을 거지 서 있을 것도 아닌데 뭘 걱정이야." 끼엔이 말했다. "너희들 팔과 다리가 비어져 나오지 않을 정도면 충분해. 서둘러. 벌써 날이 어두워졌잖아!"

놈들의 손에는 각자 삽이 쥐여 있었다. 여러 용도로 쓸 수 있고 접을 수도 있는, 특공대의 아주 날카로운 삽이었다. 녀석들은 하나같이 코끼리처럼 살집이 단단하고 신체가 건장해 보였다. 그리고 모두가 고집이 세 보였다. 그들은 무모하리만큼 열심히 땅을 파고, 흙을 퍼서 밖으로 내던졌다. 구덩이가 아주 넓게 꽤 깊이 파이고 붉은 흙탕물이 배어 나왔다.

"됐어. 올라오라고!" 끼엔이 명령을 하고는 덧붙였다. "너희들이 올라와서 저기 세 놈의 시체를 먼저 던져 넣어야지, 아님 누가 하겠어? 저렇게 밀림에서 썩어 가도록 내버려 둘 참인가?"

녀석들이 몸을 씻고 담배를 피우게 해 달라고 사정했다. 끼엔이 고개를 끄덕였다.

"아예 놈들을 풀어 주든지, 아님 사탕이라도 하나씩 안겨 주지그래요? 왜 이렇게 질질 시간을 끄는 겁니까?"

"어딜 풀어 줘?" 끼엔이 손을 저었다. "나도 이 추악한 새끼들을 참을 수가 없단 말이야. 저놈들이 개처럼 죽어 가는 꼴을 보고 싶다고."

네 녀석은 개울가로 내려가 정성껏 손발을 씻었다. 그러고는 조심스럽게 군복 위에 묻은 진흙을 털고 핏물을 닦아 냈다.

"저… 소대장님께 담배를 올려도 될까요?" 그중 가장 어려 보이는 녀석이 잽싸게 담배 한 갑을 두 손으로 받쳐 들고는 끼엔에게 건넸다. 얼굴이 둥글고 피부가 하얬다. 부드럽고 정중한 북부 말투였다.

"가지라고?" 끼엔이 손을 내저었다. "조금 이따가 저기 내려가거든 함께 나눠 피우라고."

적병이 어깨를 들썩이며 길게 한숨을 내쉬었다. 그리고 애절한 눈빛으로 끼엔을 바라보더니 목소리를 낮추어 말했다.

"저, 소대장님, 방금 무례하게 말했던 자가 지휘관입니다. 중위예요."

"그래? 오, 이런. 중위든 중장이든 저기 내려가면 이등병하고 다 똑같다고. 이제 널 지휘할 수도 없을 텐데 무슨 걱정이야."

"제발 저를 용서해 주세요." 적병이 웅얼거렸다. "전 절대 강간에 참여하지 않았어요. 저는 손도 대지 않았다고요. 주먹질 한번 하지 않았어요. 저는 기독교인입니다. 이렇게 맹세할게요."

"내게 맹세할 건 없어. 자리로 돌아가." 키 큰 적병이 눈물을 철철 흘리며 끼엔의 발밑에 무릎을 꿇고 엎드렸다.

"제발 절 불쌍히 여겨 주세요, 소대장님! 전 아직 젊잖아요. 늙으신 어머님이 계십니다…. 전 곧 결혼할 거예요. 우린 서로 사랑하고 있어요…. 제발 소대장님!"

그가 허둥지둥 군복 윗주머니에서 컬러 사진을 꺼내 끼엔의 손에 살짝 쥐여 주었다. 끼엔이 사진을 들고 바라보았다. 까만색 수영복을 입은 소녀의 사진이었다. 파마머리가 부드럽게 어깨를 감쌌다. 여자는 바다를 등지고 서서 환하게 웃었다. 한 손에는 막대 아이스크림을 들고 다른 한 손은 살짝 들어 올려 사진기를 향해 흔들고 있었다. 예쁘게 균형이 잡힌 몸매는 아무리 봐도 싫증이 날 것 같지 않았다. 끼엔은 사진에 떨어진 빗방울을 가볍게 털고 병사에게 돌려주었다.

"예쁘군. 꽤 잘 찍은 사진이야." 그가 칭찬했다. "넣어 두라고. 안 그러면 젖고 말 테니."

적병이 눈을 반짝이며 입을 쩍 벌리고 가쁘게 숨을 몰아쉬었다.

"그럼… 절 살려 주시는 거죠? 그렇죠? 오, 천지신명이시여…."

"구덩이로 돌아가!" 끼엔이 소리쳤다. "개자식, 아직 시간이 있을 때 담배에 불이나 붙여 피워 두라고. 거기 다른 놈들도 빨리 피워!"

적병들은 방금 파 놓은 구덩이에 걸터앉아 있었다. 그들은 진흙 바닥에 서로 포개져 있는 세 동료의 시체 위로 발을 늘어뜨리고 건들건들 흔들어 댔다. 희푸른 담배 연기가 빗줄기 사이로 끈끈하게 피어올라 천천히 흩어졌다. 골짜기는 사방이 산으로 둘러싸여 있었다. 비탈마다 어둠이 구물구물 밀려들고 있었다. 개울물이 낮은 신음 소리를 내며 흘렀다.

"자, 일렬횡대로!" 끼엔이 턱을 쑥 내밀며 어깨에서 AK 소총을 내려 들었다. 새파랗게 질린 네 얼굴이 불쑥 고개를 쳐들었다. 시선들이 멍하니 한곳으로 고정되었다.

"일어나서 일렬로 서." 끼엔이 재차 느릿느릿 말했다. 그러고는 엄지손가락으로 안전장치를 조르고 조종간을 연발로 맞추어 놓았다.

"소대장님, 제발 이 담배라도 다 피울 수 있게 해 주십시오, 네?" 북베트남 억양의 병사가 외쳤다.

"일어섯!" 끼엔이 윽박질렀다.

"끼엔 형! 담배라도 맘껏 피우게 놔두죠." 정찰대원 중 하나가 당황한 목소리로 끼엔의 귀에 속삭였다.

이제 곧 처형될 네 포로가 서로에게 의지해 비틀거리며 일어났다. 그들은 마치 무중력 상태에 있는 것처럼 몸을 가누지 못했다. 그러나 죽음이 두려움마저 쫓아 버린 듯했다. 그들의 얼굴이 굳어지며 증오심으로 일그러졌다. 그들은 입술을 꾹 다물고 이를 갈았다. 끼엔은 미칠 듯이 화가 났다. 자제할 수 없는 잔인한 의지가 정신을 차릴 수 없게 했다.

"다들 죽기를 바라는 것 같으니 내가 그렇게 해 주지. 네놈들에게 차례대로 저승사자를 불러다 주겠어. 이제 곧 너희들이 그토록 원하던 피 냄새를 마지막까지 실컷 맡게 될 거야." 그가 말했다. 그러고는 얼굴에 조소를 띤 채 조종간을 뒤로 당겨 단발로 고정시켰다. 갑자기 북베트남 억양의 병사가 큰 소리로 울부짖으며 열에서 뛰쳐나와 끼엔의 발에 얼굴을 묻고 엎드렸다. 그는 말도 나오지 않는지 몸을 비틀며 으… 으… 신음 소리를 내더니 흑흑 흐느껴 울기 시작했다.

"자진해서 선봉에 서겠다는 건가?" 끼엔이 그의 이마에 총구를 들이댔다.

"오, 하느님. 제가 이렇게 빌게요. 어르신들께 빌어요. 제발… 목숨만 살려 주세요! 그 은혜는 절대 잊지 않을게요. 어르신들께 엎드려 빌어요…. 아, 제발…."

그의 울부짖음이 끼엔의 골을 뒤흔들어 대는 것 같았다. 끼엔이 개머리판으로 적병을 쳐서 뒤로 자빠뜨렸다. 그 일격이 정신을 번쩍 들게 한 듯 그가 울음을 뚝 그쳤다. 적병은 여전히 무릎을 꿇은 채 몸을 일으켜 세워 흐리멍텅한 눈빛으로 끼엔을 바라보며 손을 뻗었다. 이마의 상처에서 한 줄기 피가 반짝이며 콧등을 타고 흘러내렸다.

"제가 알아서 흙을 덮을게요. 어르신들이 애써 수고하실 필요가 없어요. 그리고 제가 자원해서 어르신들의 지휘관에게 많은 정보를 드리겠어요. 우리 당의 정책은, 적은 물리쳐도 투항해 온 사람은 용서해 주는 거잖아요. 어르신들은 저를 죽일 권리가 없어요… 권리가 없다고요! 아, 제발… 제가 이렇게 엎드려 빌잖아요…."

누군가 뒤에서 끼엔의 팔꿈치를 잡아당기며 떨리는 목소리로 속삭였다.

"끼엔, 일단 저들을 살려 주고… 상부로 데려가서 처리하는 게 어때."

끼엔이 홱 뒤로 돌아섰다. 속에서 타는 듯한 분노가 치솟아 그를 태우고 갈기갈기 찢는 듯했다.

"입 닥쳐!" 끼엔이 으르렁댔다. 그러고는 *끄*의 입에 거칠게 총부리를 갖다 댔다. "그렇게 저들을 사랑한다면 그들과 함께 서라고. 네놈까지 죽여 줄 테니. 네… 네놈까지 말이야!"

"끼엔! 끼엔! 왜 그렇게 소릴 질러 대는 거야?" 운전사가 두툼한 손을 해먹 안으로 뻗어 끼엔의 어깨를 두드렸다.

"일어나. 빨리 일어나서 길을 떠나야지. 어서!"

끼엔이 눈을 떴다. 노곤함이 그의 전신을 무겁게 짓눌렀고, 꿈속에서 느꼈던 고통으로 여전히 관자놀이가 지끈지끈 쑤셔 댔다. 한참 만에야 간신히 몸을 일으킬 수 있었다. 그는 천천히 해먹을 빠져나와 무거운 몸을 질질 끌며 힘겹게 트럭에서 기어 내려왔다. 끼엔이 우물우물 밥을 먹는 것을 보고 운전사가 한숨을 쉬며 말했다.

"짐칸에서 자서 그래. 해골을 쉰 남짓이나 끼고 잤으니 오죽하겠어. 끔찍한 꿈이라도 꾼 게야?"

"어. 온몸의 진이 다 빠져 버렸어. 기괴한 꿈이었어. 머리까지 멍해. 유해발굴단에 참가하면서부터 매일 밤 악몽에 시달렸지만 어젯밤 같은 경우는 없었어."

"고이 혼이잖아. 저렇게 황량해 보이지만 저기 땅속엔 시신들이 무더기로 쌓여 있다고. 사실 말이지 여기 B3전선에 귀신이 없는 곳이 어디 있겠어. 지난 1973년부터 지금까지 이 유해발굴단에서 운전을 해 왔는데도 저기 무덤에서 나타나는 승객들에게는 익숙해지지가 않아. 매일 밤 하루도 빼놓지 않고 그들이 얘기 좀 하자고 나를 흔들어 깨우는 거야. 정말 끔찍한 일이지. 온갖 귀신이 다 있어. 오래된 귀신, 방금 죽은 귀신, 10사단 귀신, 2사단 귀신, 지방군 귀신, 320기동대, 559부대 귀신까지, 가끔은 긴 머리의 여자 귀신까지 본다고. 때로는 남베트남군 귀신들도 끼어들고 말이야."

"아는 귀신을 만난 적도 있어?"

"왜 없겠어. 같은 부대 친구. 동향 사람. 한번은 1965년에 희생된 사촌 형까지 만난 적이 있어."

"그럼 얘기도 해 봤어?"

"물론이지. 우리 큰아버지의 아들인걸. 그런데 저세상의 말을 쓰는 거야. 소리도 없고. 말도 없고. 설명하기가 너무 힘들어. 언젠가 꿈에서 보면 알게 될 거야."

"정말 재미있네!"

"재미는 무슨 재미? 아주 슬프지. 너무 불쌍하고. 가슴 아프고. 땅속 깊이 누워 있는 사람이 어디 사람이겠어. 서로 바라보고 이해할 수는 있지만 서로를 위해 아무것도 해 줄 수 없지."

"그들에게 우리가 승리했다는 소식을 알려 줄 수만 있다면 그래도 위안이 되지 않을까?"

"어이구! 설령 말을 할 수 있다 한들 그게 무슨 소용이겠어. 저승에 있는 사람들은 전쟁을 기억하지도 못한다고. 죽고 죽이는 것은 살아 있는 사람들이나 하는 짓이지."

"어쨌든 평화가 왔잖아. 평화의 시간이란 전쟁으로 죽은 자들이 모두 부활하는 시간 아니겠어?"

"홍, 평화? 빌어먹을. 평화라는 것도 그저 우리 형제들의 피와 살을 먹고 자란 나무일 뿐이지. 이렇게 한 줌의 뼈만 남겨 두고 말이야. 그런데, 저기 누워서 숲을 지키는 임무를 맡은 자들이야말로 누구보다도 살았어야 할 사람들 아니냐고."

"무슨 말을 그리 끔찍하게 해. 좋은 사람들도 아직 많아. 그리고 좋은 사람들은 다음 세대에도 계속 태어날 거야. 살아남은 사람들은 정말 사는 것처럼 제대로 살아 보려고 노력할 테고. 그렇지 않다면 전쟁이 다 무슨 소용이고 평화는 또 무슨 소용이겠어?"

"아, 그래? 그렇다면 희망을 가져야겠지. 물론 그래야지. 하지만 우리 다음 세대가 언제쯤에야 현명해질 수 있을지 모르겠어. 게다가 그들이 커서 어떤 식으로 현명해질지 누가 알겠어. 다만 확실한 것은 너무나 많은 가치가 죽어 버렸다는 거야. 조금 남아 있다손 치더라도 저들이 다 갖다 팔아먹었지. 저기, 난장판인 장터를 좀 보라고. '남베트남에서는 북베트남의 형제들을 받아들이고 북베트남에서는 남베트남의 물자를 받아들인다.' 도시마다 낙담하지 않은 자들이 없어. 그리고 다시 여기 우리 형제들의 무덤과 유골을 봐. 어찌나 속상한지…."

"그래도 평화는 좋은 거 아니겠어?"

"평화라…. 흠, 내가 보기엔 예전에 사람들이 쓰고 있던 가면이 몽땅 벗겨진 것뿐이야. 이제 그 추악한 얼굴이 드러나기 시작했지. 피를 얼마나 많이 뿌렸는데…."

"젠장. 선, 왜 그렇게 이상한 말을 하는 거야?"

"이상하긴 뭐가 이상해. 당신 같은 군인들도 깨져 버린 꿈을 안고 괴로워하며 살고 있잖아. 게다가 우리 시대는 이미 다 끝났어. 솔직히 말하자면, 이 영광스런 승리 이후에도 끼엔, 당신과 같은 병사들은 이제 다시는 평범한 사람으로 돌아갈 수가 없어. 인간의 목소리까지도. 빌어먹을, 우리가 다시 정상적으로 이 세상과 소통하며 살아가려면 아주 오랜 시간이 걸릴 거야."

"참 대단한 철학이군. 사뭇 비극적이고."

"나는 쩐 선, 병사였지. 그래서 나는 철학가일 수밖에 없어. 당신은 안 그런가? 그래, 당신은 지금 행복해? 어젯밤 귀신들이 당신에게 뭐라고 하던가?"

질 트럭이 반 바퀴씩 아주 느리게 나아갔다. 길은 진창으로 질척거렸고 상태가 너무 나빴다. 기어를 줄곧 1단으로 놓고 달렸지만 엔진이 금방이라도 터질 듯 으르렁댔다. 끼엔은 애써 어두운 생각을 떨쳐 버리려 창밖을 내다보았다.

비가 그쳤다. 그러나 공기는 여전히 침울하게 가라앉아 있었고 하늘은 납빛으로 어두웠다. 고이 혼이 서서히 멀어져 갔다. 숲도 산도 개울도 사라졌다. 그런데도 끼엔은 그쪽에서부터 무언가 목을 길게 늘여 빼고 자신을 계속 쳐다보는 듯한 느낌을 떨칠 수 없었다. 어쩌면 그것은 이른 아침 그가 남겨두고 온 피투성이 꿈의 마지막 장면 때문일지도 모른다.

"어이, 끼엔." 엔진 소리를 누르려 선이 고함치듯 말했다. "이번 유해 수송만 끝나면 바로 떠나지?"

"모르겠어. 아직도 수속이 많이 남았는걸."

"돌아가면 뭘 할 건데?"

"일단 고등학교를 마저 마치려고. 그러고 나면 대학 시험을 치르겠지. 총을 갈겨 대는 것 말고는 내가 뭐 할 줄 아는 일이 있어야지. 근데 형은 운전을 계속할 거지?"

차가 비교적 마른 땅으로 들어섰다. 선이 속도를 높였다. 그가 말했다.

"제대하면 난 운전을 그만둘 거야. 기타 하나 둘러메고 여기저기 떠돌아다니려고. 노래도 하고 얘기도 하면서. 아저씨, 아주머니, 형, 누님, 이 슬픈 이야기 좀 들어 보소…. 그리고 나서 모든 사람에게 우리 시대의 끔찍한 노래들을 들려주는 거야."

"지나치게 감상적인 것 아냐?" 끼엔이 말했다. "내 생각엔 말이야, 사람들에게 어서 잊으라고 해야 마땅할 것 같은데."

"하지만 어떻게 잊을 수 있겠어? 어느 하나도 잊을 수 없을 거야."

당연히 쉽지 않을 거라고 끼엔도 생각했다. 언제쯤에야 그의 마음이 온전히 가라앉을지, 그의 심장이 전쟁의 기억에서, 그 억센 손아귀에서 놓여날지 알 수 없었다. 그 기억들은 아름다운 것이든 끔찍한 것이든 모두 상처를 남겼고 일 년이 지난 지금도, 아니 10년 후에도, 아니 20년 후에도 여전히, 아니 어쩌면 영원토록 고통스러울 것이다.

어쩌면 이제부터 그의 인생은 늘 이럴지 모른다. 어둡고, 고통스러운 가운데 행복의 빛줄기를 매만질 것이다. 그리고 어쩌면 그는 악몽과 현실 사이에서 남은 인생을 높고 가파른 절벽 위를 오가듯 살아야 할지도 모른다. 어쨌든 이제 겨우 인생의 스물여덟 해를 살았을 뿐이다. 그리고 비록 그것이 잃어버린 시간이었다 할지라도 그것은 그의 잘못도, 그 누구의 잘못도 아니었다. 그는 계속 살아갈 것이고 이제부터 그 삶은 그에게 달려 있다고, 그의 앞에는 새로운 삶뿐만 아니라 새로운 시대가 기다리고 있다고 믿어야 하리라.

2

…그러나 나의 영혼은 그 시간들에 붙박여 있었다. 내게는 내 삶처럼 내 영혼을 바꿀 재주가 없었다. 직감적으로 나는 과거가 내 주변에 몸을 숨기고 있음을 느낄 수 있었다. 밤이면 잠을 자면서도 멀고 먼 어느 시간으로부터 보도블록을 울리며 다가오는 내 발소리를 듣는다.

때로는 눈만 감아도 내 안에서 기억이 스스로 몸을 돌려 옛길을 쫓고 오늘의 현실은 통째로 풀밭에 내던져지곤 했다. 그 많은 참혹한 기억, 그 많은 아픔을 오래전부터 나는 그저 흘려보내려 애써 왔다. 그러나 결국에 그것들은 여기저기 흩어져 있는 지극히 작고 무의미한, 모든 하찮은 것에 의해, 어디서 생겨나는지 느닷없이 찾아오는 연상에 의해 아주 쉽게 흔들려 깨어나곤 했다. 이 끝없는 날들 속에서 내 삶은 하루하루가 맥 빠지고, 단조롭고, 우울했다.

얼마 전 꿈속에서 나는 고이 혼을 다시 찾았다. 개울물, 오솔길, 불모지, 그리고 그 옛날 숲 언저리로 비에 섞인 햇빛이 반짝였다. 저 멀리 남서쪽 하늘에는 응옥 버 러이 산의 이끼색 단애 네 개가 높이 솟아 있었다. 고요한 산수화 앞에서 꿈은 한 장 한 장 기억의 갈피를 넘겼다. 밤새 나는 다시 정찰대의 삶을 살았다. 그 시절의 하루하루, 한 사람 한 사람, 하나하나의 추억들이 마치 느리게 돌아가는 필름처럼 점점 또렷해졌다. 마지막 장면은 개울가의 정경이었다. 깐 박을 떠나기 직전의 어느 오후, 소대원 전원이 '작은' 틴의 무덤에 모여 있었다.

"틴, 이 사랑스런 숲 속에 누워 있으려무나. 우리는 새로운 전투를 위해 떠난다." 나는 소대를 대표해 틴의 영혼에 바치는 조사를 읽던, 그날 오후에 울리던 내 목소리를 들었다. "축축한 땅의 깊은 품속에서, 사랑하는 친구여, 형제들이 전하는 작별 인사를 들으렴. 우리가 적진을 뚫고 나가 임무를 완수할 수 있도록 네가 우리를 지켜봐 주고 보호해 주길 바란다. 너를 위한 형제들의 복수의 총소리가 기어이 천지를 진동케 하리니 부디 귀 기울여 들어 주기를…."

아, 나의 날들, 나의 시대, 나의 세대여! 그리움 때문에, 안타까움과 쓰라림 때문에 나는 밤새 눈물이 베개를 흠뻑 적시도록 목메어 울었다.

또 다른 어느 날 밤, 역시 꿈속에서 나는 고이 혼에 있는 호아를 보았다. 하이 허우 출신의 예쁘고 청순한 연락병이었던 그녀는 1968년 그 어둡고 암울했던 시절에 희생되었다. 꿈속의 만남은 우리가 산 자와 죽은 자로 갈린 뒤 오랜 세월 동안 서로 그림자처럼 스친 거의 유일한 만남이었다. 꿈의 짙은 안개 속에서 나는 멀리서 어른거리는 호아를 보았을 뿐인데도 정작 그때는 느끼지 못했던 친근함과 사랑과 열정으로 가슴이 미어지는 듯했다. 당시에는 단지 두려움, 굴욕적인 무력감, 패배감, 절망에 허우적댔을 뿐이다. 밤새도록 나는 무신년의 그 지옥 같은 바다를 떠다녔다. 잠에서 깨어났을 때는 창밖으로 이미 여명이 밝아 오고 있었고, 두렵고 가슴 아픈 마지막 광경만이 머릿속에 남아 있었다. 호아는 풀밭에 쓰러져 있었고 뒤에서 달려온 미군들이 그녀를 에워쌌다. 오랑우탄처럼 털이 난, 피둥피둥한 알몸의 미군들이 숨을 헐떡이며 서로 먼저 차지하려 짐승처럼 으르렁댔다…. 온몸이 얼어붙는 것 같았는데도 땀이 흥건하게 솟았다. 미친 듯이 고함을 쳐 대 목구멍이 쓰리듯 아팠고 입술에서는 피가 배어 나왔다. 가슴을 손톱으로 쥐어뜯어 피부가 깊이 패이고, 잠옷의 단추는 모두 뜯겨져 달아났다. 심장이 와들와들 떨리며 욱신욱신 쑤셔 왔다. 마치 교수대의 밧줄에 매달린 것처럼 가슴이 빠르게 두방망이질 쳤다.

전쟁이 끝나고 나서 지금까지 나는 날이면 날마다 밤이면 밤마다 이 기억에서 저 기억 속으로 떠다녀야 했다. 벌써 몇 년째인가?

멀쩡한 정신으로도 나는 사람들로 가득한 길 한가운데서 문득 길을 잃고 꿈속을 헤매기도 한다. 그런 날이 결코 적지 않다. 길가에 뒤섞인 악취가 갑자기 썩은 냄새로 변하고, 나는 1972년 섣달 끝 무렵의 어느 날로 돌아가 피비린내 나는 육박전 끝에 시신들이 즐비했던 '고기탕' 언덕을 지나고 있다. 보도에서 풍겨 오는 죽음의 냄새가 너무 지독해 나는 지나가는 사람들 앞에서 마치 실성한 사람처럼 황급히 팔을 올려 코를 틀어막는다. 어느 날 밤에는 천장 선풍기가 돌아가는 소리에 소스라치게 놀라 깨어나기도 했다. 그 소리가 등골이 오싹한 무장 헬리콥터의 굉음처럼 들려왔던 것이다. 침대에 몸을 웅크리고 숨을 죽인 채 나는 저공비행 헬기에서 로켓포가 발사되기를 기다렸다. 슈웅… 꽝! 그리고 텔레비전에서 미군들이 방탄복을 입고 고함을 치며 돌격하는 모습을 보면 참을 수 없게 된다. 화염 속으로, 피바다 속으로, 광란의 살육 현장으로 나는 언제든 다시 뛰어들 채비가 되어 있는 것 같다. 살인의 습관. 잔인한 피. 야수의 본능. 검은 의지와 목석 같은 마음. 개머리판과 총검을 들고 싸우는 근접전의 광경이 불현듯 눈앞에 살아올 때면 나는 야만적인 흥분으로 어질어질 현기증이 일곤 했다. 가슴이 둥둥 북을 쳐 대고 나는 갈가리 찢긴 유령들이 시뻘겋게 터진 상처를 부여안고 자주 모습을 드러내는 계단의 어두운 구석구석을 뚫어져라 쳐다보았다.

내 삶은 사실 강물을 거슬러 끊임없이 과거로 떠밀려 가는 배와도 다르지 않았다. 내게 미래는 저 멀고도 먼 뒤편에 누워 있다. 나를 구원해 주는 것은 새로운 삶도, 새로운 시대도, 미래에 대한 아름다운 희망도 아니다. 그와는 반대로 내 영혼을 지탱해 주고, 내게 정신적 힘을 주고, 오늘의 인생 만사에서 벗어나게 해 주는 것은 과거의 참극이다. 내 안에 삶에 대한 약간의 믿음과 욕망이 남아 있다면 그것은 미래에 대한 환상 때문이 아니라 회상의 힘 때문이다.

물론 내가 아무리 무지하더라도 기억에 기대어 얻을 수 있는 것은 아무것도 없다는 걸 모르지 않는다. 이미 오래전부터 남아 있는 것은 없다. 모든 것은 한 줌 아쉬움도 없이 사라져 버렸다. 나는 또한 내 시대를 비추던 별빛마저 영원히 꺼져 버렸다는 걸 모르지 않는다. 지나간 시대의 영광은 그것이 제아무리 절정이었다 할지라도 일순간에 지나지 않는 것이다. 전쟁 직후의 눈부신 후광도 저마다의 숙명 속으로 빠르게 묻혀 갔다. 죽은 자들은 어차피 죽은 목숨일 뿐이고 살아남은 자들은 어찌 되었든 계속 살아갈 터이다. 그러나 한때 시대를 관통했던 궁극적 목적이면서 한때 우리의 역사와 사명, 우리 세대의 운명을 비추던 불타는 갈망은 유감스럽게도 우리가 상상했던 것처럼 항전의 승리와 함께 곧바로 현실이 되지는 않았다. 지금까지도, 여기 이 순간까지도 우리 주변의 실체들을 돌아보면 전후 복구 시대의 그 거칠고 비천한 삶과 무엇이 달라졌는가?

그리고 그렇게 또 얼마나 많은 세월이 흘렀던가? 10년, 11년, 12년, 13년.

그토록 멀게 느껴지고 참으로 믿기지 않던 마흔이라는 나이조차도 이제 이 겨울만을 남겨 두고 있다. 과거의 지평으로부터 사랑과 자유의 슬픈 바람이 불어온다. 바람은 마치 가라앉지 않는 안타까움처럼 쉼 없이 불어 닥친다. 도시를 지나 마을을 지나 내 인생에….

끼엔은 펜을 놓고 손을 들어 책상 위의 불을 껐다. 그리고 살며시 의자를 밀치고 일어나 창가로 향했다. 방 안이 몹시 추운데도 마치 한여름 밤 스콜이 쏟아지기 직전처럼 숨이 막혀 오고 뜨거운 기운이 치밀어 가슴이 답답했다. 마음대로 되지 않아 기분이 씁쓸하기 짝이 없었다. 앞으로 나아갈수록 그의 펜은 작품의 중심에서 더욱 비껴가는 것 같았다.

매일 저녁 책상에 앉아 초안을 펼치기 전에 끼엔은 늘 자신의 마음을 가장 적합한 상태로 추스르려 애를 썼다. 일정한 시간 내에 써야 할 각 장과 각각의 페이지에 대한 계획을 세우고 머릿속에 구상한 대로 하나하나의 감정을 명료하게 구별하고 복잡한 문제들의 뼈대를 다듬기 위해 노력했다. 그의 인물들이 무엇을 하고 무슨 말을 하고 어떤 상황에 맞닥뜨리게 될지의 대강을 미리 계산해 두어야 했다. 그러나 막상 글을 쓰기 시작하면 예정했던 모든 것이 제멋대로 나아가거나 어지러이 뒤엉켜 끼엔이 원했던 수순이나 맥락들이 허사가 되어 버리곤 했다. 초안을 다시 훑어볼 때면 그는 자신이 앞 장에서 방금 규정했던 것이 바로 다음 장에서 부정되는 것을 보고 아연실색하기도 했다. 또한 그의 인물들은 서로 모순되기 일쑤였다. 매달리면 매달릴수록 그는 자신이 끌어안고 있는 문제들로부터 더욱 빠르게 멀어져 가는 것 같았다.

많은 밤을 책상에 앉아 그는 하나의 이상을 좇는 데 골몰했다. 한 줄 한 줄 그것에 매달렸고, 한 장 한 장 그것과 씨름했고, 그것 때문에 머리를 싸맸다. 그런데 결국에 가서는 자신에겐 어떤 이상도 없었다는 것을 깨닫게 될 뿐이었다. 설령 이상이 있었다 해도 그것은 여전히 아주 모호한 것에 지나지 않았고, 그것은 초안의 바깥에, 그의 영혼이 미치는 범주의 바깥에 있는 것이었다. 또한 그것은 어쩌면 타고난, 그러나 결코 밖으로 드러나는 법이 없는, 영원토록 단지 잠재되어 있을 뿐인 정신력과 비결의 영역, 마음속 가늠할 수 없는 영역에서 길을 잃고 헤매고 있는 것만 같았다.

그는 마치 버리기 위해서 쓰고 있는 듯했다. 헛되이 애쓰며 고민하는 데 대한 안타까움과 쓰라림, 천벌과 같은 병적 완벽주의의 응보를 감당하지 못하고 이곳에서 영원토록 발목이 잡혀 있을 것 같은 두려움에 떨었다. 그 속에서 긋고, 지우고, 긋고, 지우고, 또 찢고, 모두 찢어 버리고, 그러고는 다시 심혈을 기울여 썼다. 처음 글을 배우는 사람처럼 그는 한 자 한 자 간신히 문장을 이어 갔다. 그럼에도 끼엔이 자신에게 글쓰기의 재능이 전혀 없을 가능성, 심지어 소질조차 없을 가능성을 받아들인 적은 결코 없었다. 그는 절망했지만 한순간도 완전히 절망하지는 않았다. 그는 쓰고, 기다리고, 다시 쓰고, 다시 기다리고, 마음속이 걱정으로 가득 차오르길 안달복달, 노심초사하며 기다리고 또 기다렸다. 그는 홀로 자신의 감정들과 함께 살면서, 정신노동을 멈추지 않았다. 그러면서 눈에 띄게 늙어 갔다. 아마도 자기 자신에 대한 기괴한 믿음이 숱한 실패를 견디게 하고, 예술 창작 과정에서 얻게 될 성과를 위해 영감을 유지하고 키워나가게 한 듯했다.

물론 이 소설을 쓰기 시작하면서부터 끼엔은 늘 벼랑 끝에 선 심정이었다.

자신의 천직에 대한 희망과 믿음의 한쪽에서 그는 정작 자신의 창의성을 줄곧 의심해 왔다. 그는 자기 안의 자아를 신뢰할 수 없었다. 이 페이지에서 다음 페이지로, 이 장에서 다음 장으로 넘어가긴 했지만, 쓰면 쓸수록 끼엔은 자기 자신이 아니라, 심지어는 자신에게 대적하는 독립된 무엇인가가 글을 쓰고 있는 것 같았다. 그것은 문학과 인생에 대한 그의 가장 깊고 단단한 원칙과 믿음을 끊임없이 침범하고, 끊임없이 뒤집어 놓았다. 그리고 더는 저항할 수도 없이 날이 갈수록 끼엔은 글쓰기의 그 험난하고 종잡을 수 없는 소용돌이 속에 더욱 깊이 빠져 들었다. 소설의 첫 장부터 그는 전통적인 줄거리를 틀어쥐지 못했고, 합리성은커녕 제멋대로 엉클어진 시간과 공간 설정, 뒤죽박죽인 구성에다 각 인물들의 삶과 운명도 즉흥에 내맡겨졌다. 각 장마다 끼엔은 자기 기분이 내키는 대로 전쟁을 그렸다. 그리하여 그것은 이제껏 듣도 보도 못한 전쟁이 되어 버렸고, 자기 혼자만의 전쟁이 되어 버렸다. 그리고 그렇게 반미치광이가 되어 끼엔은 자기 인생의 전쟁 속으로 뛰어들어 다시 싸웠다. 외롭게, 비현실적으로, 처절하게, 여기저기 널려 있는 숱한 장애와 오류에 맞닥뜨리며.

결국에는 크게 패하고 말 것을 분명히 알면서도 끼엔은 멈출 수가 없었다. 몇 편의 단편과 중편 이후 이제 이 불확실하고도 불완전한 첫 소설은 군인으로서의 마지막 표류인 동시에 작가로서뿐만이 아니라 그의 생존을 위한 가장 엄중한 도전이었다. 작가라는 직업은 피하거나 미룰 방법조차 없는, 어떤 마법이나 구원도 없는 인생의 가장 높은 절벽 위에 끼엔을 서게 했다. 그러나 이러한 모든 이유에 앞서서, 더 솔직히 말하자면 끼엔에게는 여러 해 전부터 이상한 생각이 자리 잡고 있었다. 그는 남몰래 자신이 이 세상에 존재하게 된 것은 신성하고도 고귀한, 그러나 절대 비밀의, 이름 없는 천명에 의한 것이라고 믿게 되었다. 바로 그 천명 때문에 그는 그러한 유년 시절을 보내야 했고, 그러한 청춘과 전쟁 시기를 보내야 했던 것이다. 결론적으로 말하자면 바로 그런 연유에서 그는 이처럼 행복과 고통으로 얼룩진 지난 40년의 삶을 살아 온 것이다. 또한 불가사의한 숙명을 타고났기 때문에 평범한 사람이라면 결코 죽음을 피할 수 없었던 전쟁에서 살아남았던 것이다. 그러한 천명의 맑은 빛과 무형의 그림자가 실제로 그의 삶에 모습을 비치기도 했지만 그것은 순식간에 얼핏 스친 것이어서 결코 그가 이해하거나 붙잡을 수는 없었다. 그것은 고통스러웠고 별똥별처럼 반짝 비치다 갑자기 꺼져 버렸다. 처음으로 끼엔이 천명의 신비로운 힘이 자신의 안을 비추는 것을 느낀 것은 전쟁 때가 아니라 막 평화가 찾아왔던 날들, 그러니까 그가 전사자들의 유해발굴단에서 일하면서부터였다. 바로 그 힘이 자신의 안을 쿡쿡 쑤셔 대며 병사로서 살아야 했던 암흑 같은 시절을 견디게 해 주었고 그에게 믿음과 삶에 대한 욕망과 사랑을 심어 주었다. 그는 그 천명을 이해할 수도, 심지어 인지할 수조차 없었지만, 그것이 그의 안에 은밀하면서도 고요하게 존재한다는 것을 알 수 있었다. 그리고 그것은 그가 인식할 수 없는 고통을 안겨 주었다. 세월이 흐를수록 그의 영혼은 자기 인생의 이 신성하고도 신비로운 천명을 체현하고야 말겠다는 갈망으로, 적어도 그것의 정체를 알아내고 말로써 그것의 이름을 부르고야 말겠다는 갈망으로 채워져 갔다.

…몇 년 전 여름, 방랑의 길에서 끼엔은 우연히 냐 남 읍을 지나게 되었고, 또 정말 우연하게도 읍에서 예전에 아주 작은 마을이었던 '살구나무 언덕' 으로 가는 길로 접어들게 되었다. 20년 전 그의 신병 대대가 당시 'B 장정'[28]이

라고 불리던 남부 전선으로 출정하기 전에 석 달 동안 머무르면서 훈련을 받고 휴식을 취했던 곳이다.

20년이라는 긴 세월이 지났건만 단 하루도 시간이 흐르지 않은 듯했다. 마치 세월이 그곳을 잊어버리고 지나치기라도 한 것처럼 모든 것이 옛날 그대로였다. 소나무 언덕, 천일화 언덕, 잡목과 여우꼬리풀로 뒤덮인 언덕, 개암나무 숲, 백단향 숲은 적막하고 황량했다. 언덕마다 한 채씩 드문드문 있는 집들은 예전과 다름없이 쓸쓸했다. 끼엔은 별생각 없이 큰길을 벗어나 살구나무 언덕을 에둘러 나 있는, 풀숲에 가려진 오솔길로 접어들어 란 어머니의 작고 허름한 오두막집을 찾았다. 그녀는 당시 한 삼삼조[29]에 속해 있던 그들 삼총사를 돌봐 주던 양어머니이기도 했다.[30]

오두막집은 여전히 그곳에 있었고 예전과 똑같은 모습이었다. 흙벽, 초가지붕, 좁은 안마당, 잡풀이 무성한 뜰. 집 문턱 옆 덤불 사이의 우물도 끼익끼익 울어 대는 도르래와 함께 그대로 있었다. 그러나 양어머니는 죽고 없었다. 지금 옛날의 오두막집에서 그림자처럼 혼자 살고 있는 사람은 양어머니의 막내딸인 란이었다. 그녀는 끼엔을 단번에 알아보았고, 당시 '슬픔의 신'이라는 그의 별명까지도 기억하고 있었다. 그럼에도 끼엔은 그때 여기에 여자아이가 살고 있었는지조차 전혀 기억이 나지 않았다. "전 그때 겨우 열세 살이었는걸요. 댁들을 삼촌이라고 불렀죠. 게다가 못생기고 수줍음 많던 산골

---

28) 베트남전쟁 당시에는 북베트남 전선을 A, 남베트남 전선을 B, 라오스 전선을 C, 캄보디아 전선을 D라고 불렀다.
29) 베트남전쟁 당시 3인 1조로 구성된 부대의 가장 작은 단위. 3개 조가 모여 1개 분대를 이루었다.
30) 전쟁 기간에 잠시 머무르는 병사들을 도와주는 여자를 '양어머니'라고 불렀다. 병사 3명이 1조가 되어 양어머니 한 분에게 도움을 받았다.

아이라서…." 그녀가 말했다. 그러나 지금 끼엔의 눈앞에는 큰 눈에 슬픔이 그렁그렁 담긴, 은근한 매력이 풍겨 나오는, 젊고 가녀린 한 여인이 서 있었다.

끼엔이 자기와 같은 삼삼조에 속했던 꾸앙과 홍이 전쟁 중에 죽었다는 소식을 전하자 그녀의 눈에 금방 눈물이 어렸다. "정말 끔찍한 시절이었어요." 그녀가 말했다. "그리고 길고도 긴 시간이었지요. 얼마나 많은 목숨을 앗아 갔는지…. 수없이 많은 신병이 우리 집에 머무르다 갔죠. 제 엄마를 어머니라 부르고, 저를 친동생처럼 아껴 주었어요. 그런데 오로지 당신만이 이곳을 다시 찾아 주었군요. 제 두 오빠, 학교 친구들, 우리 그이까지 모두 다 댁들의 동생뻘이었는데, 당신들이 떠난 뒤 몇 년 후 차례로 입대했죠. 하지만 아무도 돌아오지 못했어요."

그녀는 양어머니의 묘지가 있는 언덕으로 그를 데려갔다. 비가 갠 오후, 석양으로 붉게 물든 살구나무 언덕에는 물기에 젖은 풀빛이 투명하게 빛났다. 언덕 아래에는 강물이 구불구불 흘러가고, 언덕 위에서는 울창한 수풀 사이로 언뜻언뜻 물결이 햇빛을 되쏘며 반짝이는 것을 볼 수 있었다. 끼엔은 양어머니의 무덤 앞에 향을 피우고 한참 동안 고개를 숙였다. 양어머니의 얼굴을 애써 그려 보려 했지만 잘 떠오르지 않았다.

"그때 사람들이 오빠들의 전사 소식을 따로따로 알려 줬더라면 엄마는 지금까지 살아 계셨을 거예요. 안타깝게도 당시는 막 평화가 찾아온 시기였고, 그들은 죽음 따위의 일들을 서둘러 마무리 짓고 싶어 했지요. 그게 이토록 끔찍한 재앙을 불렀어요. 딱 하루 날을 잡아서, 두 오빠의 전사 통지서를 잇따라 보냈어요. 엄마는 그야말로 나동그라지듯 쓰러져 혼절하셨어요. 사흘 내리 의식을 잃은 채 한 번도 깨어나지 못하셨죠. 엄마는 그렇게 말 한마디 남기지 못하고 돌아가셨어요…."

양어머니의 무덤 옆에는 란의 아들의 작은 무덤이 있었다. 란은 눈물도 흘리지 않고 이야기를 계속했다. "우리 아이는 태어날 때 4킬로그램 가까이 되었는데도 이틀밖에 살지 못했어요. 아이 이름은 비엣, 성은 농[31]이었죠. 우리 그이는 따이 족이었는데 하 장 성의 어느 먼 산골 출신이었어요. 여기 한 달도 채 머무르지 않았기 때문에 우린 혼례도 치르지 못했고 상부 기관에 보고조차 하지 못했어요. 그이가 떠나고 반년쯤 되었을 때 편지가 한 통 왔는데, 그 사람이 쓴 게 아니라 분대의 동료 병사가 보내온 것이었어요. 그이가 라오스로 가던 길에 전사했다고…. 내 아들 비엣은 유복자가 되었지요. 아마도 그래서 아이는 살고 싶지 않았던 모양이에요…. 이게… 제 팔자가 이래요. 해가 갈수록 점점 기울어 가죠. 전 쭉 여기서 혼자 살았어요. 집에서 언덕으로 주변만을 맴돌면서. 아무에게도 눈길 한번 주지 않고, 다른 사람도 제게 관심을 주지 않았죠. 근데 참 이상하게도, 우리 그이의 부대가 떠난 뒤로는 살구나무 언덕에 더는 부대가 오지 않았어요. 그러고는 평화가 왔고, 또 오늘까지 얼마나 많은 세월이 흘렀는지…."

그날 밤 그녀가 그를 붙들었다. 밤이 새도록. 여름밤은 짧았다. 멀리 숲 언저리 어디선가 뜸부기가 울었다. 그리고 저편 언덕에서 강물이 속삭이듯 흘렀다.

다음 날 아침 일찍 끼엔은 길을 나섰다. 란이 언덕 너머까지 그를 배웅했다. 그들은 말없이 나란히 걸었다. 해가 떠오르면서 안개가 서서히 걷혀 갔다. 하룻밤 사이 란의 얼굴은 눈에 띄게 수척해졌고 눈자위에 검은 그늘이 칙

---
31) 농(Nông)은 따이(Tày) 족 성씨의 하나다.

칙하게 내려앉아 있었다.

"한때 여길 버리고 남쪽으로 내려가 새 출발을 해 볼까 생각했던 적이 있어요." 란이 우울한 목소리로 말했다. "그런데 차마 그럴 수가 없었어요. 저 위에 어머니와 아이가 누워 있고…. 게다가 저도 모르게 무언가를 기다리고 또 기다렸지요. 저 자신도 무엇을 기다리는지, 누구를 기다리는지 모르면서 하염없이 기다렸지요. 그렇게 기다린 게 당신이었을까요?"

끼엔은 아무 말도 하지 못하고 시선을 피했다.

"제가 어떻게 당신을 한눈에 알아보았는지 모르겠어요. 그때에 비하면 당신은 너무도 많이 변했는데…. 거기다가 그때 전 어린애였는걸요. 어쩌면, 당신이 제 첫사랑이었는데 그때는 미처 깨닫지 못했던 건지도 몰라요."

끼엔이 어색하게 웃었다. 가슴이 욱신 아려왔다. 큰길에 거의 다다르자 그는 걸음을 멈추었다. 그는 란의 손을 가볍게 들어 올려 고개를 숙이고 입술을 대었다. 그렇게 천천히 오래도록 입을 맞추었다.

"여기 남아서 평온하게 살도록 해요. 너무 슬퍼하지 말고, 내 사랑! 날 너무 나쁘게만 생각하지 말아요."

란이 그의 어깨를 부드럽게 쓰다듬었다. 그러고는 어느새 흰머리가 성깃성깃한 그의 머리칼에 입을 맞추었다.

"저 때문에 마음 쓰지 마세요. 당신의 앞날은 아직도 창창한데…. 어서 가세요. 그리고 잘 사세요…. 전, 전 아이를 하나 입양해서 이곳에서 평온하게 살겠어요. 당신과 함께할 수 있다면…. 그러나 그럴 수 없다 해도 뭐 그리 슬픈 일이겠어요. 당신도 저도, 우리가 사랑했던 사람들이 모두 살아 있던 때로 잠시 다녀왔던 거죠…. 그런데 만약, 그러니까 그냥 말해 두는 건데요, 어느 날 갑자기 불행한 처지가 되거나 당신의 앞길이 꽉 막혀 버렸다는 생각이 들 때면, 그래도 한 군데가, 그래도 한 사람이 있다고… 기억해 주길 바라요. 여기 살구나무 언덕은 당신이 전장으로 떠났던 곳이고, 언젠가 만약 당신이 원한다면, 언제든 다시 돌아올 수 있는 곳이에요."

끼엔은 란을 가슴에 힘껏 끌어안았다.

"그만 가 보세요. 늦겠어요. 전 영원히 당신을 잊지 않을 거예요. 그리고 당신은, 절 완전히 잊지는 마세요. 우연히 찾아온 내 사랑!"

길가의 풀밭은 어느덧 햇빛에 듬뿍 잠겨 있었다. 끼엔의 그림자가 길게 드리워졌다. 그는 고개를 숙인 채 걸어갔다. 여름의 하늘은 높고 파랗고 슬펐다. 그가 뒤를 돌아보았을 때, 란은 여전히 거기에 서서 지켜보고 있었다. 그러나 다시 한 번 돌아보았을 때 란의 그림자는 이미 언덕 너머로 사라지고 없었다.

몇 년이 지난 뒤, 역시 여름날의 어느 오후, 국경 지역에서 하노이로 돌아오던 길이었다. 끼엔과 기자들을 실은 코만도 지프가 박 장 지역을 가로질러 굽이굽이 언덕과 계곡이 이어지고 뜨문뜨문 숲이 보이는 구릉지를 지나고 있었다. 차 안에는 운전사와 끼엔만이 깨어 있었다. 얼굴에 스치는 바람이 상쾌했다. 양쪽 길가로 계곡마다 아물아물 아지랑이가 피어오르고, 텅 빈 오후 하늘과 땅이 모두 남빛으로 고요했다. 가슴속에서 끼엔은 문득 명료한 슬픔, 아찔한 고통이 솟아나는 것을 느꼈다.

그렇다, 바로 이곳이었다. "그래도 한 군데가, 그래도 한 사람이 있다고… 기억해 주길 바라요." 슬프고 기약조차 없던 그날의 언약이 귓전을 울리면서 이제 그의 인생은 끝났다고, 마지막 여운조차 남지 않고 사라져 버렸다고 그를 일깨워 주는 듯했다. 삶의 소중했던 순간들과 그가 사랑했던 사람들은 이제 종적도 없이 사라져 버렸다. 그는 결코 아무것도 붙들 수 없었고, 결국 모두 잃고 말았다. 그토록 긴 세월을 살면서 그는 한 번도 뒤돌아보지 않았다. 그럴 기회도 그럴 생각도 없었고 세월에 떼밀리고 일에 떼밀려 모든 것이 묻혀 버리고 말았다. 이제 너무 늦었다. 그는 눈을 감았다. 그의 가슴이 먹먹하게 메어 오고 자꾸만 가라앉는 느낌이었다. 물론 그것이 절망은 아니었지만….

그날 오후, 이상하게도, 어느 해 살구나무 언덕의 이름도 없는 하룻밤 사랑에 대한 추억이 머나먼 길 위에 떠올랐다. 그리고 그를 뒤흔드는 어떤 천명에 대한 생각이 동시에 깨어났다. 그녀는 진심과 슬픔을 담아 재촉했다. "당신의 앞날은 아직도 창창한데…. 어서 가세요. 그리고 잘 사세요…."

그렇다. 이 절박함으로 전쟁에 대해 써야 한다. 사랑에 대해, 슬픔에 대해 쓰는 것처럼 사람들의 가슴과 영혼을 요동치게 하는 것은 없다고, 그 시대의 삶 속으로, 그 감정의 전류 속으로 사람들을 불러들이려면 단지 과거를 전달하는 수밖에 없다고 끼엔은 생각했다. 전쟁이란 본디 그런 것이 아닐지라도…. 전쟁….

그런데 왜 하필이면 전쟁이라는 주제를 선택했고, 왜 반드시 그것이어야만 하는 걸까? 전쟁 당시 그의 삶은, 그리고 다른 많은 사람의 삶은 실로 참혹했고, 심지어 그것은 삶이라 말하기조차 어려운 것이었으며, 그 삶 속에서 예술적인 색채란 찾아볼 수도 없는 것이었다. 그리고 다른 사람도 아닌 바로 그 자신이 이날 이때까지 극장의 어둠 속으로 들어가 사람들이 서로의 머리를 겨냥해 총알을 토해 내는 유의 영화를 보지 못한다. 그뿐만이 아니라, 물론 다른 사람이 쓴 글이긴 하지만, 그는 전쟁을 다룬 소설들도 애써 읽기를 피했다. 솔직히 말하면 그는 이 기나긴 이야기가 아주 끔찍했다. 그런데도 정작 자신은 한결같이 죽기 살기로 총격과 포격, 건기와 우기, 적군과 아군에 대해써 대면서도 지겹지가 않았다. 그는 결코 다른 것을 쓸 수 없었다. 먼 훗날 그가 다른 것을 쓰게 되더라도 결국 속마음은 전쟁을 어떻게 다른 방식으로 그릴 것인가에서 벗어나지 못할 것이다.

종종 그는 글의 방향을 다른 곳으로 이끌어 보려 시도하기도 했다. 그러나 펜이 말을 듣지 않았다. 이 소설을 처음 시작할 때도 끼엔은 전후 소설의 형태로 쓰려고 마음먹었다. 그래서 첫 장을 전사자들의 유해를 발굴하러 다니는 사람들, 이제 곧 제대하여 일상으로 돌아갈 병사들에 대해 썼던 것이다. 그러나 자신도 어찌할 수 없이 소설의 각 장은 죽음의 이야기로 채워지고 전쟁의 원시적인 밀림 속으로 점점 빨려 들어갔으며 서서히 기억의 참혹한 아궁이에 불을 지피게 되었던 것이다. 그럼에도 사실은 전쟁터와 전혀 무관한 이야기도 얼마든지 쓸 수 있었다. 오늘을 사는 다른 이들처럼 그 또한 하나의 창문을 통해서만 삶을 들여다보는 것은 아니지 않은가.

예를 들면 어린 시절에 대하여, 전쟁이 일어나기 전의 참으로 행복했고, 또 너무도 아팠던 어린 시절, 여전히 퇴색하지 않은 그 많은 추억에 대해 그는 절대적인 감흥으로 쓸 수 있을 거라 생각했다. "나는 어디어디에서 태어나 자랐고, 어머니 아버지가 나를 낳았던 시절에는⋯." 대충 이런 식으로 말이다. 그런데 왜 아버지의 삶에 대해서, 오늘날 그의 세대에 의해 영원히 묻혀 버린, 가슴속에 충만한 이상과 공상, 고귀한 감성과 품성을 지닌, 비참했지만 위대했던 아버지의 세대에 대해서는 쓰지 않았던 걸까. 매번 어린 시절, 특히 아버지에 대해 떠올릴 때마다 그는 자식으로서 충분한 애정과 존경을 가지지 못했던 것에 후회가 일곤 했다. 그는 아버지에 대해 거의 알지 못했고, 아버지가 살았던 삶과 세월에 대해서도 아는 바가 거의 없었다. 가족의 비극에 대한 기억도 남은 것이 얼마 없었다. 부모가 왜 이혼을 했는지, 그들이 얼마나 고통스러웠는지…. 그리고 어머니에 대해서는 더더욱 아는 바가 없었다.

그런데 아이러니하게도 가끔씩 어머니의 두 번째 남편이 무척 그리웠다. 전쟁 이전 세대의 시인인 그는 이미 늙어서 은둔해 살고 있었다. 딱 한 번, 끼엔은 그를 만나러 쩸이라는 마을로 찾아간 적이 있다. 그는 창문으로 홍강[32]의 제방이 내다보이는 작은 집에 살고 있었다. 그가 막 열일곱 살이 되고 아버지가 돌아가신 지 얼마 안 되던 겨울, 어머니는 벌써 돌아가신 지 5년도 더 되던 때였다. 입대를 앞두고 끼엔은 의붓아버지에게 작별 인사를 하러 찾아갔다. 그때의 첫인상이 쉽게 잊히지가 않는다. 거무죽죽하고 케케묵은 집이었다. 겨울 오후 황량하고 스산한 정원 한가운데로 찬 바람이 불어와 지붕 뒤로 삐쭉 고개를 내민 해송을 쉼 없이 흔들어 댔다. 집 안 살림살이에는 가난이 그대로 묻어났다. 제단에는 먼지가 수북했고, 어머니의 사진이 담긴 액자는 금이 가 있었다. 삐걱거리는 침대. 책, 컵, 그릇 따위가 어지러이 널려 있는 탁자. 외로이 남겨져 하루하루 목숨을 부지하며 살아가는 의붓아버지의 홀아비 인생이 끼엔의 마음을 아프게 했다. 그러나 그는 자신의 딱한 처지에 초연한 자세를 보이려 애썼다. 백발이 성성한 머리, 약간 굽은 등, 무슨 병에 걸려 앙상하게 말라 가고 있는 게 확실했다. 손을 떨고 눈도 흐리고 의복도

---

[32] 중국 운남에서 발원하여 하노이를 거쳐 북부만으로 빠지는 1,149km 길이의 강이다. 주변에 삼각주가 형성되어 베트남 문명의 발상지 역할을 했으며 현재는 수도 하노이의 발전을 상징하는 강이 되었다.

낡았지만 아무렇게나 걸친 입성은 아니었다. 의붓아버지는 끼엔을 다정하고 쾌활하면서도 노련하게 대했다. 그는 맛있는 차를 끓여 내오고 끼엔에게 담배를 권했다. 그러고는 슬픈 표정으로 끼엔을 바라보며 사뭇 부드러운 목소리로 말했다.

"그래, 곧 전쟁터로 간다지? 내 너를 말릴 생각은 없다. 난 이미 늙었고 넌 아직 젊은데 네 의지를 어찌 꺾을 수 있겠느냐. 다만 내 마음을 이해해 주면 좋겠구나. 세상에 대한 인간의 의무는 살아가는 것이지 자신을 희생하는 것이 아니란다. 그것은 삶의 여러 가지를 두루 경험하는 것이지 거부하는 게 아니야…. 네게 목숨이 가장 중요하다는 충고를 하려는 게 아니다. 하지만 네가 죽음으로써 무언가를 보여 주려는 인간의 모든 유혹을 경계하길 바란다. 게다가 네 어머니와 아버지와 내게 너는 이 세상에 하나밖에 없는 자식이다. 나는 내 아들이 꼭 살아서 돌아오길 바란다. 인생은 무척 길고 아직도 네가 맛보지 못한 기쁨과 즐거움이 얼마든지 있단다. 누가 너를 대신해 살아 줄 수 있겠니?"

놀라웠다. 전적으로 동의할 수는 없었지만 끼엔은 의붓아버지의 말에서 신뢰를 느꼈다. 비록 그의 말을 완전히 이해할 수는 없었지만 그의 생각에 친밀감이 들었다. 그에게서 해박하고 깊은 지혜와 이전 세대가 가지는 열정적이며 낭만적인 영혼을 느낄 수 있었다. 몽상적이고 따뜻하며 감수성이 풍부하지만, 다분히 순진하고 비현실적이며 무용한, 심지어는 틀린 면도 있는 것처럼 느껴졌다. 그리고 문득 왜 어머니가 남편과 자식을 버리고 이 여린 남자에게 갔는지 이해할 것도 같았다.

오후 내내 끼엔은 한때 어머니가 사셨고, 또 돌아가셨을 이 방에서 의붓아버지와 함께 앉아 있었다. 그 겨울 오후가 끼엔에게는 마음속에 어머니를 추억했던 유일한 시간이었다. 비록 그 추억 속엔 어머니의 그림자도 스쳐 가지 않았지만. 그리고 의붓아버지는, 젊은 날에 썼다는 연애시를 몇 편 읽어 주더니 이내 벽에 걸려 있던 기타를 내려 굵고 낮은 목소리로 반 까오[33]의 노래를 부르기 시작했다. 그는 이 노래가 슬프다고 했다. 이제는 죽고 없는 사랑하는 이들에 대한 그리움을 불러일으키고 내일의 불행을 예고하는 것 같다고 했다. 그러나 노래는 희망을 잃지 말라고, 영원토록 슬픔에 잠겨 있지 말라고, 탄식만 하지 말라고 타이르고 있었다. 그리해 봤자 아무 소용 없으니 살아야 한다고, 다만 살아남으라고….

군에 입대해 아직 냐 남에 있을 때 끼엔은 의붓아버지에게 편지를 썼다. 그러나 답장을 받지 못했다. 10년 뒤 전쟁에서 살아 돌아와 의붓아버지를 다시 찾아갔으나 이미 오래전에 죽었다는 소식만 들었다. 그 집은 언제 헐렸는지 아무도 기억하는 사람이 없었다.

그의 인생에는 이런 사람과 이런 이야기, 또 다른 많은 이야기와 많은 사람이 있었다. 잘 아는 사람과 낯선 사람, 이미 죽은 사람 또는 아직 살아 있는 사람, 사실이라 믿어지는 이야기에서 사실을 확인할 수 없는 이야기까지. 한번은 이름 밝히기를 꺼리는 낯선 남자가 신문사 편집실로 끼엔을 찾아왔다. 그는 끼엔을 통해 자기 부부의 사랑 이야기를 국가 문학에 바치고 싶다고 제안했다. "동지는 제 이름과 우리 집사람의 이름만 고쳐 주시면 됩니다. 나머지는 모두 그대로 써 주십시오. 그럼요, 아주 감동적이고 슬픈 이야기랍니

---

[33] 반 까오(Văn Cao, 1923~1995). 베트남의 국가인 〈진군가〉를 지은 작곡가. 시인이면서 화가이기도 했다.

다." 그가 말했다. 끼엔은 그저 재미없고 시시한, 시간만 낭비하는, 아마 그런 이야기일 거라 치부했다. 그러나 그의 자신감, 특히 서른 번째 결혼기념일에 병든 아내에게 특별한 선물을 주고자 하는 그의 소망이 왜 훌륭한 이야깃거리가 되지 못한단 말인가?

일반적으로 말해서 무엇인가에 대해, 어느 누군가에 대해 쓰기 위해 언제 어디서든 무엇인가를 감지할 수 있는 것 아니겠는가? 평범하고 평이해 보이는 모습 뒤에 감춰진 복잡한 삶 속에서 극히 사소한 것일지라도 기록할 만한 의미들을 포착해 낼 수만 있다면 가히 창작의 가능성이 모든 곳에 열려 있는 시대라 할 수 있다.

이를테면 끼엔은 생각했다. 왜 이 공동 주택의 위층, 아래층, 그와 같은 층에 사는 이웃들, 그 흥미로운 공동체에 대해 소설을 쓰지 않는 걸까? 그것은 실로 인간 군상, 다양한 삶의 합주곡이라 할 수 있다. 많은 가구가 모여 사는 이 공동 주택에서는 매일매일 정말 우스꽝스러운 또는 가슴이 찢어지는 듯한 슬픈 일들이 펼쳐졌고, 사람들은 하루하루 어쩔 수 없이 생활 속에서 뒤엉키고 부대끼며 살아갔다. 특히 여름밤, 정전이라도 되어 찌는 듯이 더운 밤이면, 마당에 나와 밤늦도록 함께 바람을 쐬고, 또는 사계절 내내 삼 층에 하나밖에 없는 수도꼭지 앞에 길게 줄을 서서 한 방울씩 똑똑 떨어지는 물을 고생고생하며 받아 가기도 했다. 그리고 집안일이든 바깥일이든 간에 끼엔의 귀에 들려오지 않는 이야기란 없었다.

예를 들면 이렇다. 일 층에 사는 투이 선생은 스물이 지나 과부가 되었는데, 수십 년 동안 홀로 아이를 키워 왔다. 이제 곧 은퇴를 하고 외손자도 본다는데, 골목 입구에서 책방을 하는 뜨 할아버지와 사랑에 빠졌다. 둘 다 애써 숨기려 하지만 다른 감정도 아니고 사랑이 분명할진대 누굴 속일 수 있겠는 가. 틀림없이 그 대가를 치르게 될 것이다. 삼 층에 사는 끄엉 씨 집의 경우에 는, 어느 날 밤 남편이라는 작자가 술을 마시고 기세충천하여 아내를 한 수 가르칠 요량이었는데, 생각지도 못하게 오인을 하여 그만 자기 어머니가 머리를 맞아 한 방에 녹다운되었다고 한다. 가장 최근의 일로는 이 층에 사는, 병참 대위로 퇴역한 딴 씨의 이야기도 있다. 그의 가족은 너무나 가난해서 생계 때문에, 하루하루의 끼니 때문에 종일 투덜대고 서로 잡아먹을 듯이 으르렁거렸다. 딴 씨는 한 번은 밧줄로, 한 번은 살충제로 자살을 시도했으나 두 번 다 사람들 눈에 띄어 목숨을 건졌다. 그럼에도 딴 씨의 형편은 센 할머니의 역경에 비하면 나은 편이다. 그녀는 앞 못 보는 과부로 두 열사의 어머니였다. 그런데 손자와 손자며느리가 집을 가로채려고 할머니를 쩌우 꾸이 정신 병원에 처넣어 버렸다. 할머니의 조카는 부자일 뿐만 아니라 똑똑한 데다 재간이 많고 성격도 호탕한 자였다. 재정 경제 대학을 졸업했으며 자주 외국을 다니고 외국어도 두 가지나 구사할 줄 알았다. 집에 돌아오면 그는 밥을 배불리 먹고 누구보다도 편안하게 휴식을 취한 뒤 파자마로 갈아입고 창가에 앉아 지루함이라도 달래려는 듯 연방 트림을 하고는 늘어지게 하품을 해 댔다. 그의 아내는 법원에서 일한다는데 근엄하고 무표정한 사람이었다. 항상 입을 굳게 다물고 어느 누구하고도 형식적인 인사조차 나누는 법이 없었다. 반면, 삼 층에 사는 바오는 의사인 빈 씨 부부의 아들로 원래 '돈 많은 불량배' 출신인 데다 호아 로 감옥에서 오랜 고참으로 지내다 새해 특사로 막 풀려나왔는데 이웃들로부터 빠르게 공감과 사랑을 얻어 갔다. 살인죄로 사형을 선고받았다가 무기 징역으로 감형되어 꼬박 20년을 감옥에서 살고 나왔는데도 바오는 전혀 그런 종자처럼 보이지 않았다. 젊음을 통째로 집어삼킨 기나긴 제로 인생은 오히려 바오에게 마치 한평생 득도를 위해 정진해 온 수도승과도 같은 분위기를 만들어 주었다. 감옥에서 출소한 뒤 짧은 시간이기는 했지만 위험인물로 여겨졌던 그는 온화한 심성과 맑고 천진하며 진실된 마음으로 동네의 이웃들을 놀라게 했다. 그의 말 한 마디 한 마디 행동 하나하나에서 고행의 흔적이 배어 나왔다. 다만 한 가지 바오는 너무 슬퍼 보였다. 슬픈 두 눈. 상냥하고 부드러운 웃음 또한 한없이 슬퍼서 그 웃음과 마주칠 때면 누구라도 마음을 졸이지 않을 수 없었다.

비록 이 공동 주택에서 일어난 일들의 극히 짧은 토막들일 뿐이지만, 내가 말하고자 하는 것은, 인생이라는 강물이 폭포와 급류를 지나고 꼬불꼬불한 모퉁이들을 돌아 이토록 다양한 모습을 나타낸다는 것이다. 수많은 삶과 수많은 이야기. 아이들은 비 온 뒤의 버섯처럼 태어나 자라고 성숙해졌다. 그 대신 어른들은 늙어 가고 한 살, 한 해가 다르게 쇠잔해졌다. 각 세대의 삶은 밀려오고 밀려가는 파도처럼 그렇게 이어졌다.

지난여름의 끝 무렵, 하 탄[34]의 위대한 이발사 주 할아버지가 향년 97세를 일기로 세상을 떠났다. 끼엔이 어린 시절부터 보아온 주 할아버지는 전쟁 이전 시대의 마지막 노인이었다.

"옥황상제는 물론 염라대왕까지도 내가 3년을 더 끌어 한 세기를 다 채울 수 있게 허락해 주질 않는구나." 끼엔이 찾았을 때, 이미 목소리는 음색을 잃었고 숨소리도 거칠었지만 할아버지는 여전히 당신의 이야기를 들려주고자 애를 썼다. "내 생애의 가장 아름다운 이야기를 아직 못했어…. 하지만 너는

---

34) '하노이 성도'라는 뜻.

작가니까 어떻게든 '하노이의 이발사' 라는 제목으로 희곡을 하나 써 주렴…. 지옥에서 내 꼭 한번 공연을 보러 오마."

할아버지는 하노이의 남자들이 조상들의 고루한 상투 머리를 목덜미에 얹고 다니던 시절부터 머리 다듬는 일에 종사해 왔다. 그는 자랑스럽게 말했다. "내 손으로 수만 명의 머리와 얼굴을 멋지게 다듬었지. 거칠고 촌스런 머리가 아름답고 향기롭게 변해 갔어. 마치 돌덩이가 조각가의 손을 거쳐 사람 형상이 되는 것처럼 말이야."

전쟁이 일어나기 전 그의 아이들과 손자, 증손자들은 늘 할아버지의 주변을 둘러싸고 옹기종기 모여 살았다. 그들 중 아무도 손에 바리깡과 가위와 칼을 쥐는 길을 가지는 않았지만 모두가 이발사 병에 중독되어 있었다. 그들은 하나같이 할아버지를 닮아 성격이 호탕했고, 재담을 잘하고, 수다와 농담을 즐기고, 바지런을 떨면서 착하고 명랑하며 약간은 우스꽝스러운 대가족을 이루며 살았다. 끼엔의 어린 시절 기억 속에서, 할아버지 손에서 능수능란하게 움직이던 유쾌한 가위 소리와 흥미진진한 입담, 서투른 불어로 제멋대로 불러 젖히던 〈라 마르세예즈〉의 멜로디는 결코 빼놓을 수 없는 것들이다.

끼엔에게 지나간 삶의 가장 잊히지 않는 메아리는 전쟁 중에 일어난 변고들, 그 요란한 울림이 아니라 전쟁의 거센 풍랑에 깨끗이 휩쓸려 간 먼 옛날 일상 속의 잔잔한 중얼거림 같은 것이다. 지난날 그토록 번성하고 행복했던 주 할아버지의 대가족도 전쟁이 끝난 후에는 할아버지만이 그 집안의 유일한 남자로 살아남았다. 후인 할아버지의 가정도 세 아들이 모두 전사했다. 그리고 상이군인인 신 씨는 척추를 다쳐 반신불수가 되었다…. 그러나 전쟁으로 산산조각이 난 그 모든 것은 길고도 질긴 여음, 전쟁과 전투의 잔재들보다도 더 오래고 깊은 상흔을 남긴다.

　이 공동 주택에 살던 끼엔 또래의 많은 친구가 전쟁에 나가 다시 돌아오지 못했다. 그러나 집은 아직 그대로 있었고, 그들의 그림자도 여전히 그곳에 머물렀다. 희생자들의 삶의 면면이 그들 다음 세대의 얼굴에 그림자로 묻어나는 것이다. 끼엔은 아직도 한을 기억한다. 그녀는 지금 수 할아버지 가족이 사는, 계단 아래 붙은 작은 방에 살았던 독신이었다. 그런데 왜 이 공동 주택에 사는 사람들 중에서 한을 기억하는 사람이 거의 없는지 이해가 되지 않았다. 그녀가 언제 이곳을 떠났는지, 어디로 갔는지, 왜 떠났는지 기억하고 있는 사람은 더더욱 적었다.

　한은 끼엔보다 나이가 많았다. 얼마나 많았는지는 전혀 모른다. 다만 끼엔이 아직 개구쟁이이던 시절, 이 거리의 남자들 중 이미 많은 사람이 한 때문에 인생을 망쳤다는 것만 알고 있을 뿐이다. 사람들은 그녀 때문에 다투었다. 도로의 짝수 번지 편[35]에 살고 있는 청년들은 한의 집 문앞을 차지하기 위해 홀수 번지 편의 청년들과 죽기 살기로 싸웠다. 그녀가 가녀린 몸매를 하늘하늘 맵시 있게 흔들며 느릿느릿 지나갈 때면 거리의 모든 사내들이 모두 일제히 부동자세로 서서 눈길을 떼지 못했다. 어떤 이는 백치처럼 멍한 표정이었고, 어떤 이는 금방이라도 탐욕의 불꽃이 튈 듯 반짝반짝 눈빛을 빛내곤 했다. 동네 여자들은 그녀를 미워하면서도 두려워했다. "음탕한 년!" 그들은 한의 등 뒤에서 욕을 해 대곤 했다. "갈보 아냐? 물귀신 같은 년!" 그러나 그것이 한에 대한 미움이든 흠모이든 간에 끼엔이 보기에는 모두 비합리적이었다. 그에게 한은 그저 다른 사람과 똑같은 이웃일 뿐이었다.

---

[35] 베트남의 주소 체제는 도로를 마주한 양쪽 집들에 한 쪽은 홀수, 다른 한 쪽은 짝수로 번지수가 매겨져 있다.

"누나, 안녕하세요!" 한을 만나면 끼엔은 공손하게 인사했다. "안녕, 얘야. 참 착하구나." 한이 답했다. 단지 그의 머리를 쓰다듬어 주지 않았을 뿐이다. 설날이면 그녀는 공동 주택의 다른 아이들과 마찬가지로 끼엔에게도 세뱃돈을 주었다. 공부 잘하라는 덕담과 함께 끼엔의 손에 짤랑거리는 새 동전 다섯 닢이 쥐어졌다. "새해에는 공부를 아주 잘하게 되기를 빈다…. 이제 보니 다 컸구나. 하지만 덩치 자랑만 하고 다니면 멍청이가 된다는 걸 명심해야 한다. 알겠니?"

그러나 얼마 후 한이 호칭을 바꾸어야 할 때가 오고 말았다. 끼엔이 어느덧 10학년,[36] 열일곱 살이 되었던 것이다. 그때는 전쟁이 목전에 이르렀던 시기였다. 탕 롱[37]은 아직까지 비전투 지역이었지만, 벌써 피난을 가는 집도 있었고, 방공호도 파놓았고, 공습경보 사이렌이 울리기도 했고, 반드시 어두운 색 옷을 입어야만 했다. 어느 날 점심때, 끼엔이 학교에서 돌아와 밥을 먹고 있는데, 한이 문을 반쯤 열고 고개를 디밀며 말했다.

"저, 오후에 내려와서 방공호 파는 것 좀 도와줄 수 있겠니? 침대 밑에 하나 파 두면 밤에 사이렌이 울려도 거리로 뛰쳐나갈 필요가 없을 것 같아. 괜찮겠니?"

"네, 곧 갈게요."

끼엔은 생전 처음으로 젊은 독신 여성의 방에 들어가 보았다. 방은 작고 장식도 별로 없었지만 예뻤고 색다른 감흥을 불러일으켰다. 끼엔은 이 방의 조화를 깨뜨리지 말라고 충고하고 싶었지만 쯧쯧, 혀만 차고 말았다. 그는 일인

36) 10년 교육과정의 고등학교 3학년
37) 하노이의 옛 이름.

용 침대가 놓여 있는 방 한구석의 바닥 타일을 열 장 정도 들어낸 뒤 지레를 찔러 넣어 집의 주추에 구멍을 냈다. 그러고는 곡괭이와 삽으로 돌과 벽돌을 조금씩 파내기 시작했다.

한은 끼엔을 위해 아주 맛있는 저녁 식사와 맥주까지 준비했다. 아무 말 없이 식사를 마쳤고, 왠지 낯설고 어색한 느낌에 끼엔은 다시 열심히 땅을 파기 시작했다. 그때 전기가 나가서 석유램프를 켜야 했다. 끼엔은 땅을 파고, 한은 양동이에 흙과 돌을 담아서 뒤뜰 구석으로 날랐다. 둘은 말없이 그림자처럼 일만 했다.

"누나, 이제 된 것 같은데요." 끼엔이 숨을 헐떡이며 말했다. "제 가슴이 이렇게 푹 빠질 정도면 누나는 아마 턱까지 차게 될 거예요. 너무 깊이 판 것 같기도 하네요."

"어, 됐어, 됐어. 근데 내가 한번 들어가 보고. 어쩌면 빨리 오르내릴 수 있도록 네가 계단을 만들어 주어야 할지도 모르겠구나."

평상시엔 한의 키가 끼엔보다 작아 보이지 않았다. 그러나 막상 흐릿한 방 안의 방공호에 내려가서 보니 그녀의 키는 겨우 끼엔의 턱 정도밖에 되지 않았다. 그녀의 날씬한 체구는 그처럼 크고 건장하며 남자다울 거라고는 미처 생각지 못했던 끼엔의 몸 안에 쏙 들어올 것처럼 작았다. 한도 그걸 느꼈는지 방공호 바닥에 발을 대자마자 움칫하더니 몹시 당황해서는 몸을 움츠리고 다시 방공호 입구로 빠져나가려 했다. 그러나 방공호는 너무 깊은 데다 좁아서 한의 떨림이 마치 전기가 흐르듯 끼엔에게 전달되었다. 끼엔은 갑자기 감전이라도 된 듯 온몸이 몽롱해지면서 이제껏 단 한 번도 느껴 보지 못한 마비감 속에 서서히 굳어 갔다. 끼엔은 헉, 숨을 크게 들이마셨다. 처음으로 그는 눈이 아닌 청각으로 자신의 바로 옆에 있는 여자의 육체를 느꼈다. 얇은 셔츠 속 그녀의 양어깨와 두 젖가슴에서 아찔한 살 냄새와 함께 싱그러운 땀내가 풍겨 왔다.

어색하고 혼란스럽고 아찔한 충동에 몸을 떨면서 끼엔은 덥석 한을 잡아 끌어안고는 그녀의 목과 어깨에 거칠게 키스를 퍼부었다. 한은 소리를 지르지는 않았지만 손으로 끼엔의 가슴을 밀치며 빠져나가려고 몸부림을 쳐 댔다. 끼엔은 어설프게 한의 어깨를 누르고 돌벽에 밀어붙였다.

셔츠의 단추가 툭 떨어지고 옷이 찢어지는 순간 끼엔은 회초리가 자신의 등짝을 한 대 세게 후려치는 듯한 느낌이 들었다. 두려움에 정신이 번쩍 든 그는 한을 냅다 밀치고 방공호를 기어 올라와 달아나려 했다. 석유램프가 기울면서 갑자기 불이 꺼졌다.

"끼엔!" 한이 겁에 질려 작은 목소리로 불렀다. "어딜 가려고? 대체 왜 그래? 날 꺼내 줘야지."

끼엔은 와들와들 떨면서 고개를 숙이고 한의 어깨를 안아 끌어 올렸다. 방금 찢긴 옷이 더 찢어졌다. 한이 끼엔의 목에 손을 두르고 숨을 헐떡이며 속삭이듯 말했다.

"잠시 집에 올라갔다가… 다시 여기로 내려와…. 내가… 내가 너한테 할 말이 있어…."

끼엔은 집으로 올라왔다. 목욕을 하고 옷을 갈아입었지만 다시 내려갈 엄두가 나지 않았다. 잠을 이룰 수도 없어 밤새 뒤척였다. 새벽녘 그는 갑자기 맨발로 방을 뛰쳐나와 살금살금 계단을 내려가 조심스럽게 한의 방 앞으로 다가갔다. 나무 문에 얼굴을 바짝 대고 가만히 서 있었다. 가슴이 둥둥 북을

쳤다. 그러나 감히 문을 두드릴 수 없었다. 그때 방 안쪽에서 아주 가벼운 발소리가 나더니 빗장을 살짝 여는 소리가 들렸다. 끼엔이 숨을 죽였다. 그는 나무 문 저편에 가볍게 기대선 한의 몸을 느꼈다. 떨리는 손으로 그는 사기로 된 손잡이를 잡았다.

 몇 초가 지나고, 또 몇 분이 흐르도록 문의 안쪽과 바깥쪽 모두 아무 소리도 없이, 미동도 없이 서 있었다. 돌연 끼엔이 손잡이를 놓고 뒤로 한 발짝 물러서더니 몸을 홱 돌려 계단을 뛰어 올라갔다. 그는 방으로 뛰어 들어가 침대에 몸을 던졌다.

 그리하여 그때부터 끼엔은 한과 얼굴 마주치는 것을 피했다. 어쩌다가 서로 부딪쳐 얼굴을 피할 수 없는 경우에는 고개를 푹 떨어뜨리고 기어 들어가는 목소리로 "누나…." 하고 중얼거렸다. 한은 그를 쳐다보며 힘없이 말했다. "안녕, 끼엔." 그러고는 언제나 무언가 더 할 말이 있는 듯했지만 결국 한 번도 말을 꺼내지 않았다.

 그 뒤 끼엔이 입대할 무렵엔 한은 이미 몇 주 전에 청년 선봉대에 지원해 제4군구 깊숙이 들어가 버린 후였다. 끼엔이 돌아왔을 때 그녀의 집에는 다른 사람이 살고 있었다. 물론 방바닥에 그날 깊이 팠던 방공호의 흔적은 전혀 찾아볼 수 없었다. 문득 슬픔이 일어 끼엔을 어린 시절의 추억 속으로 빠져들게 했다.

 "…다시 여기로 내려와…. 내가… 내가 너한테 할 말이 있어…."

 끼엔의 마음속에는 항상 남모르게 간직해 온 그녀에 대한 깊은 고마움과 미안함이 함께 있었다. 그것은 끼엔에게 언제까지나 지워지지 않는 후회와 큰 상실의 고통을 안겨 주었다. 그럼에도 이 추억에 대해 무언가를 쓰겠다고 마음먹은 적은 단 한 번도 없었다. 그에겐 또 결코 잊을 수 없는 더 많은 추억과 사람과 운명이 있었다. 그리고 그것들 또한 그의 생애에 이야기로 쓰여질 수는 없을 것이다. 결코 그럴 수 없을 것이다. 이승에서든 또는 다음 생애에서든….

끼엔은 한숨을 내쉬며 차가운 유리창에 얼굴을 대고 무거운 눈을 들어 밤 풍경을 내다보았다. 그러나 보이는 건 거의 없었다. 집 앞 배롱나무의 키가 그의 방 창문을 훌쩍 넘었고 젖은 나뭇잎들이 반짝이며 유리창을 덮었다.

거리에는 밤을 밝히는 가로등 불빛이 비의 그물을 빠져나가 저 멀리 길 끝 호수까지 텅 빈 공간에 부옇게 흩어진 입자들로 미리내를 만들었다. 저편 길가에는 깜깜한 어둠 속에서 둥근 나무 그림자가 흔들릴 때마다 이따금 세모꼴의 지붕들이 꿈틀거리는 듯했다. 거리는 불 켜진 창문도 거의 없었고 차량 한 대 보행자 한 명 없이 고요했다. 밤 12시, 도시는 구름이 흘러가는 소리까지 들릴 듯 조용했고 마치 현실의 세상이 허울의 세상에 자리를 양보하고 물러앉은 자리에 환각이 항하의 물결처럼 끝도 없이 밀려드는 것 같았다.

그의 하노이는 시시각각 제 모습을 달리했지만 그래도 가장 하노이다운 것은 역시 심야의 하노이, 비 내리는 하노이, 축축하게 젖은 텅 빈 거리에 고독과 쓸쓸함, 가슴 저린 슬픔이 깔릴 때의 하노이다.

지난날 밀림에서 층층이 나뭇잎에 떨어지는 빗소리를 들으며 잠이 드는 날이면, 끼엔은 꿈속에서 겨울의 하노이를 보곤 했다. 그 깜깜한 밤들, 밤새 바람이 불고 비가 내리고 잎이 지는…. 지금은 마치 그 시절의 꿈에 답이라도 하듯 깊은 밤 창가에 우두커니 서서 흐릿한 비의 장막 사이로 거리를 내려다보고 있노라면 불현듯 그의 눈앞에 비 내리는 밀림의 풍경이 아련하게 펼쳐

지곤 했다. 지난날 고목 숲에 울리던 거대하고 슬픈 메아리가 뾰족뾰족한 지붕들을 굽이굽이 넘어 늦은 밤 도시의 웅얼거림을 일시에 덮어 버리고 길게 여울져 왔다. 마치 파도가 치고 기억이 밀려들듯 그렇게….

그해, 끼엔은 지금도 기억하고 있다. 하노이에 갑자기 봄이 찾아온 듯했다. 낮에는 맑게 갠 하늘에 햇빛이 내리쬐고 마치 4월이나 5월인 것처럼 쾌청하고 따뜻했다. 한겨울 제 잎을 다 떨어뜨렸던 나무들엔 파릇파릇 새순이 돋고 예전의 처량한 빛이라곤 조금도 찾아볼 수 없었다. 공원에는 꽃들이 흐드러지게 피어나고 철새들이 돌아와 처마 밑에 둥지를 틀었다. 그러나 날씨는 아직도 한참을 기다려야 겨울, 그 긴 터널의 가장 어두운 고비를 넘길 성싶었다. 오후만 되면 하늘은 다시 어두운 잿빛으로 가라앉았다. 거리에는 차가운 바람이 불어오고 다시 가랑비가 내리기 시작하면서 슬픔이 일었다.

프엉은 이미 초겨울에 떠났다. 그녀는 결단코 돌아오지 않으리라 작정이라도 한 것처럼 감감무소식에 편지 한 장 없었다. 그녀 방의 문은 모두 다시는 열리지 않을 것처럼 굳게 닫혀 있었다. 프엉이 그렇게 불쑥, 아프고 잔인하게 그를 떠난 것은 전쟁 이후 다시 만난 뒤로 처음 있는 일이었다.

끼엔은 몰라보게 야위어 갔다. 거울에 비친 자신을 보면 섬뜩섬뜩 놀랄 정도였다. 덥수룩한 머리와 수염, 푹 꺼진 눈, 광대뼈, 주름살, 수척한 얼굴…. 목소리도 다시 변성기에 들어선 듯 굵고 음울하게 변해 갔다. 그의 눈빛은 사람들을 낙담케 했다. 무언가를 응시하는 듯한 시선, 그러나 아무것도 포착하지 못하는, 텅 비고, 무감한…. 도대체 그녀는 왜 떠났을까? 무슨 일이 있었던 걸까? 어떤 연유로?

당시 끼엔은 공부에도 염증을 느껴 강의를 들으러 학교에 가지 않았다. 뚜

렷한 이유도 없이 그는 자신의 평탄했던 학업을 접고 말았다. 책이 손에 잡히지 않고 신문이나 잡지도 읽지 않았다. 인생 만사 제멋대로 흘러가도록 내팽개치고 이래도 그만 저래도 그만 식으로 하루하루를 살아갈 뿐이었다. 모든 것에 무관심했으며, 자신을 달팽이 껍데기 속에 가두고 누구와도 상대하지 않았고, 아무에게도 마음을 터놓지 않았다. 주머니가 바닥난 것도 아랑곳하지 않고 쉬지 않고 술을 퍼마셨으며 담뱃불을 끄지 않았다. 그리고 추위를 견뎌 내지 못할 만큼 약한 몸을 끌고서 밤새 거리를 쏘다니기 시작했으며 잠도 아주 조금밖에 자지 않았다. 그의 잠은 언제나 납덩이를 매단 것처럼 무거웠다.

꿈속에서 아주 가끔 프엉을 보기도 했지만 그의 꿈은 대개 고독과 슬픔을 가장한 광기 어린 이야기들로 채워졌다. 때로는 한 첩의 독약처럼 두렵고 등골이 오싹한 악몽을 꾸기도 했다. 이미 오래전 영원히 잠들어 버렸을 거라고 생각했던 전쟁의 수많은 망령이 무슨 마법이라도 전해진 것처럼 서로 벼락을 치며 우르르 깨어났다. 그의 영혼은 날마다 황폐해져 갔고 죽은 혼령들에게 휘둘려 깊은 그늘이 드리워졌다. 쌀쌀한 봄밤에 낯익은 영혼들이 처연하게 그의 귀에 대고 속삭이고 탄식하며 한숨을 쉬었다. 몸에 총탄 구멍이 뚫린 창백한 얼굴의 저승사자들은 마치 끼엔의 잠에 자신의 그림자를 비춰 보기라도 하려는 듯 고개를 숙였다.

그렇게 얼마간의 밤이 지나고, 어느 날 문득 잠에서 깨어난 끼엔은 침대가 아니라 마룻바닥에서 뒹굴고 있는 자신을 발견했다. 눈물이 얼굴을 적시고, 추위와 두려움으로, 까닭 모를 슬픔과 자기 연민에 먹먹해진 가슴으로 그는 몸을 떨고 있었다. 창문 너머로 북풍이 길게 울부짖었다. 비가 후드득후드득

지붕을 때렸다. 방 안은 축축한 습기로 끈적거렸다. 끼엔은 손을 휘저어 스위치를 찾았지만 그 밤엔 전구마저 불을 밝힐 기력이 없는 듯했다.

그는 프엉을 잊으려 갖은 노력을 다 했다. 다만 한심한 것은 어찌해도 그녀를 잊을 수 없다는 것이었고, 더욱 가련한 것은 여전히 마음속으로 그녀를 갈망한다는 것이었다. 물론 그는 이 모든 것이 곧 지나갈 것이며, 그의 나이 또래면 사랑마저도, 가슴속 슬픔마저도 세상에 영원히 머무르지 않는다는 걸 알았다. 그리고 자신의 번민이나 고통이 얼마나 보잘것없고 무의미한 것인지, 공허한 인생 속으로 흩어지는 한 줄기 연기와 같다는 것을 또한 잘 알았다. 그러나….

사람들이 말하기를, 그해 봄날의 어느 밤, 끼엔이 술집에서 나오면서 투옌 꾸앙과 버이 머우 호숫가에서 가장 유명한 '구미호' 중의 한 명인 '카페 블루'의 여자를 집으로 데려왔다고 했다. 그러나 끼엔과 그녀는 밤새 취해서 먹고 마시며 놀았을 뿐 같이 자거나 사랑을 나누지는 않았다고 그들은 덧붙였다…. 그날 밤은 한겨울처럼 날씨가 추웠다. 끼엔은 하 래[38) 호숫가를 걷고 있었다. 호수 모퉁이의 판야나무 그늘에서 남녀 한 쌍이 다투고 있었다. 그러다가 남자가 허리춤에서 가느다란 칼을 꺼냈다. 어둠 속에서 날카로운 칼날이 섬뜩 비쳤다. 끼엔은 다짜고짜 달려들어 놈을 때려눕히고 그의 얼굴을 하수구에 처박아 버렸다. 그러고는 지나가는 시클로를 세우고 여자를 끌어당겨 대충 태운 뒤 경찰이 닥치기 전에 빨리 가자고 늙은 운전사를 재촉했다.

"오빠는 내가 누군 줄 알고 함부로 방에 들이고 그래요?"

그가 방의 불을 켜자 어린 여자가 히죽 웃으며 겁주듯 말했다. 기껏해야 열

---

38) 프랑스 식민 통치 시절에는 투엔 꾸앙 호수를 하 래 호수라고 불렀다.

아홉 살쯤 되어 보이는 귀엽고 당돌한, 그러나 낯빛이 매우 파리한 소녀였다. 그녀는 얇은 옷을 걸치고 있었고 몹시 굶주린 듯했다.

"오빠, 정말 멋진 한 방이었어요. 비록 몰래 갈긴 거지만 그래도 그 주먹, 족히 600킬로그램은 나갈 것 같은데요. 오늘 밤 돈은 안 주셔도 돼…."

그녀는 끝까지 말을 잇지 못했다. 그들은 서로를 알아볼 수밖에 없었다. 그녀는 얼굴이 하얗게 질리면서 어깨를 움츠리고 바들바들 떨었다. 너무 춥고 배고픈 탓이기도 했을 것이다. 끼엔은 찬장을 뒤졌다. 냄비에 절반쯤 남은 찬밥과 약간의 비곗덩이가 있을 뿐이었다. 그는 풍로에 불을 붙이고 밥을 볶았다.

식사를 마친 뒤 어린 소녀는 차를 마시고 담배를 한 대 피우더니 말없이 침대 쪽으로 다가가 옷을 벗었다. 몸을 웅크리고 옷을 벗으면서 그녀는 조금은 당혹스러운 듯 조금은 수줍은 듯 어색한 미소를 지었다. 그녀가 머리 위로 브래지어를 끄집어내려고 고개를 숙이자 희푸르스름한 빛깔의 야윈 등이 드러났다. 그녀의 등에는 소름이 오소소 돋아 있었고, 하나하나 셀 수 있을 만큼 등뼈가 앙상하게 도드라져 있었다. 그녀는 쑥스러운 듯 끼엔을 힐끔거리며 보일 듯 말 듯 희미하게 웃었다. 어린 소녀가 이불 속으로 기어들면서 긴장이 풀리는지 안도와 기쁨의 탄성을 질렀다. 그러고는 혼절하듯 잠 속으로 빠져들었다. 얼마 후 갑자기 눈을 뜬 그녀는 탁자에 앉아 계속 담배를 피우고 있는 끼엔을 이상한 듯 쳐다보았다.

"저도 담배 좀 주세요, 오빠…!"

끼엔은 담배에 불을 붙여 그녀에게 건네주고 침대에 걸터앉았다. 시간이 똑딱똑딱 하염없이 흘렀다. 둘 다 이 서글픈 상황에 짓눌려 말이 없었다. 끼엔은 그녀의 이름을 기억하지 못했고 아마 그녀 역시 그럴 것이다. 게다가 무슨 말을 해야 할지도 몰랐다. 어떤 말도 상처가 되고, 수치심과 모욕감을 일깨우며, 이 상황을 모독하는 것이 될 터였다. 그러나 기억이 점점 그들을 가깝게 했다. 그들은 빈에 대한 공통의 기억이 있었다. 소녀의 오빠이면서 끼엔의 정찰 소대 친구이기도 했던 빈은 마 더 락 고개에서 전사했다.

전쟁이 끝나고 나서 어느 여름날 오후, 끼엔은 빈의 유품을 들고 그의 집을 찾았다. 하노이 변두리의 작은 동네였는데, 반은 늪지에다 반은 쓰레기장으로 참혹하리만치 가난한 곳이었다. 병약한 아이들은 누더기를 걸치고 있었고, 더러운 개 떼가 마구 내달리고 있었다. 파리, 모기, 쥐와 벌레, 지독한 악취와 비릿한 바람. 마을 사람의 절반은 구걸을 다녔고 나머지 절반은 쓰레기를 뒤져 폐지를 모으거나 훔친 물건을 팔러 다녔다. 빈의 집도 그 동네의 여느 집들과 다르지 않았다. 더럽고, 어둡고, 얼기설기 깁고, 때우고, 때가 덕지덕지 앉아 찐득찐득했다. 당시 열다섯 살쯤 되어 보이던 소녀는 눈물이 그렁그렁한 얼굴로 숨죽여 흐느끼며 빈의 군용 배낭에서 으깨어진 물건들을 꺼내 늘어놓았다. 앞을 보지 못하는, 빈의 늙은 어머니는 손으로 더듬더듬 아들의 물건을 만지작거렸다. 낡고 해진 군복 한 벌. 군용 챙 모자. 접는 나이프. 양철 밥공기. 부러진 대나무 피리와 수첩. 끼엔이 작별 인사를 건네자 빈의 어머니는 거칠고 야윈 손을 내밀어 그의 뺨을 어루만지며 도리어 위로하듯 말했다.

"어쩔 수 없는 일이야, 아가…. 모든 일이 다 '유물론'인 게지…"[39] 그애는

---

[39] 당시 북베트남에서는 마르크스-레닌주의에 대한 대대적인 선전 선동이 있었고, 사람들은 모든 일을 마르크스레닌주의에 기대어 설명하려는 경향이 있었다. 그러나 여기서 빈의 어머니는 유물론을 마치 운명론처럼 이해하고 있다.

돌아오지 못했지만 너희들이 돌아왔잖니!"

"엄마는 바로 그해에 돌아가셨어요. 저도 쓰레기 줍는 일을 집어치우고 집을 나왔어요. 이젠 거기에 마을도 없을 거예요. 쓰레기장만 남아 있을 뿐…."

소녀가 이야기를 시작했다. 끼엔도 슬픈 추억들에 대해 말했다. 먼동이 틀 무렵이 되어서야 갑자기 생각났다는 듯 그녀가 슬쩍 이불을 들추더니 입가에 희미한 미소를 지으며 끼엔의 손을 잡아끌었다. 세상에 맙소사!

"아니야, 하지 마…." 끼엔이 말했다.

"하지만… 오빠가 저 때문에 싸우셨잖아요."

끼엔이 고개를 저었다.

그날 끼엔은 가지고 있던 돈을 몽땅 털어 그녀에게 주었다. 거기에다 새로 산 복권 다섯 장도 얹어 주었다. 그녀가 히히 웃음을 터뜨렸다.

끼엔은 그녀를 길 끝까지 바래다주었다. 투엔 꾸앙 호수에 이르자 그녀가 멈춰 서며 말했다.

"됐어요. 이제 그만 들어가세요. 저도 여기서 사라질 테니. 그놈이 보기라도 하면 한바탕 욕설을 퍼부을 거예요. 오빠를 영원히 잊지 못할 거예요. 오빠 정말 재밌는 사람이에요."

"어…." 끼엔이 그녀의 손을 살며시 잡으며 말했다. "잘 가!"

그는 뭔가 더 말하고 싶었지만 무슨 말을 해야 좋을지 몰랐다. 빈에 대해 말할 필요도 없었다. 소녀가 손을 빼더니 뒤돌아서 걸었다. 끼엔은 그녀의 뒷모습을 망연히 바라보았다. 그 시절 그의 인생은 얼마나 메마르고, 늙고, 무력하고, 초라했는지 모른다.

그는 자신의 남은 인생을 대체 어디에 써야 좋을지 알 수 없었다. 전쟁에서 돌아왔을 때부터 그가 중요하게 생각했던 학업이나 성공, 출세의 길 따위가 갑자기 우습게 여겨졌다. 그는 임시 생계 방편에도 관심이 없었다. 여전히 이렇게 살아 있고, 존재하며, 얼굴을 들고 다니지만 가슴속 깊은 곳에서 끼엔은 이제 아무것도 아닌 것이 되어버린 인생과 운명 앞에 이미 항복한 상태였다.

　그럼에도 바로 그때, 그 봄날에[40] 도처에서 영웅주의와 열성적인 애국주의가 들끓기 시작했다. 새로운 전쟁[41]이 다가왔으며 그것은 곧 모든 사람에게 인생의 전환점이나 변화의 계기가 될 수 있다는 것이었다. 끼엔을 잘 안다고 생각하는 사람들은 모두 그에게 재입대를 권했다. 그들은 우리 베트남에서 군인만큼 가치 있는 직업은 없으며, 군인은 언제나 만세를 부르며 살 수 있다고 말했다.

　길에서도, 전차나 버스 안에서도, 상점, 정부 기관, 이발소, 찻집이나 술집에서도 사람들은 현재 전선에서 벌어지는 사건 소식에 대해서만 열심히 떠들어 댔다. 심지어는 서호 호숫가에서 차가운 비바람 속에 서로 껴안고 앉아 있는 연인들까지 국경에서 벌어지고 있는 전장의 사정에 대해 속삭이는 것 같았다.

　밤마다 군인들을 태운 급행열차가 쉬지 않고 도시를 지나갔다. 화물칸마다

---

40) 베트남 북부의 사계절은 여름과 겨울이 길고 봄과 가을이 짧다. 베트남 사람들은 구정을 기점으로 그 이후를 봄이라 칭한다.
41) 1978년 말의 베트남-캄보디아 전쟁과 1979년 초의 베트남-중국 전쟁. 캄보디아 폴포트 정권은 300년 전에 베트남에게 빼앗긴 메콩 델타 지역을 수복한다는 명분으로 1975년 5월부터 국경 일대에서 국지적인 군사 도발을 일으킨다. 충돌이 계속되자 베트남은 1978년 12월 25일 25만의 병력을 투입해서 폴포트 정권을 무너뜨린다. 폴포트 정권을 지원하고 있던 중국은 1979년 2월 17일 10만의 병력으로 베트남 북부를 공격한다. 예상보다 베트남의 대응이 만만치 않자 10만의 병력을 추가 투입하지만 피해만 늘어간다. 결국 중국군은 3월 3일 '이 정도면 충분히 베트남의 못된 버릇을 고쳐 주었다'는 선언과 함께 자진 철수를 한다.

수많은 탱크와 대포가 차곡차곡 쌓여 있고 객실에는 사병들이 가득 차 있었다. 객차 문마다 병사들의 낯익은 땀 냄새가 뿜어져 나왔다. 그것은 고통의 냄새이자 화염, 추위와 배고픔, 안개와 바람에 짓눌린 젊음의 냄새였다. "15년 전의 광경하고 똑같아. 1964년, 65년 항미 전쟁 초기하고 말이지." 도시의 귀족적인 어르신네들은 입이 닳도록 말했다. "물론 그 시절과 비교하면 지금은 우리가 훨씬 막강하니 분명 그 몇 배 이상으로 승리할 게야."

어쩌면 그럴지도 모른다. 끼엔 또한 더는 알지 못했다. 그는 주저했다. 만약 싸워야 한다면 싸울 수밖에 다른 선택의 여지가 없을 것이다. 그러나 그렇다 하더라도… 사람들이 떠들어 대는 것처럼 베트남 남자들이 정말로 전쟁을 좋아하는 것은 아니다. 전쟁을 좋아하는 자들이라면 다리 짧고 배가 불룩한 일부 중년의 지식층에 불과할 것이다. 평범한 일반인들에게는 최근의 짧은 전쟁도 족히 천 년은 지고 갈 깊은 고통이었다. 물론 이런 식으로 말은 하지만 어떻게 헤쳐 나갈 도리가 없었다. 아마도 끼엔에게는 그 전쟁이 영원토록 유일한 전쟁이기 때문이었을 것이다. 그 전쟁은 줄곧 그의 존재를 무겁게 짓누르고 괴롭혀 왔을 뿐만 아니라 그가 지나온 시절의 행복, 고통, 기쁨과 슬픔, 사랑과 증오를 잉태한 파란의 원인이었다. 그에게 그것은 마지막 전쟁이었다. 그리고 어찌 되었든 끼엔의 가슴속에 영원히 살아 있는 항미 전사로서의 신성하고도 고통스러운 임무는 일단 유언처럼 남겨 둘 작정이었다. 유언을 인식하는 일 자체가 현실의 삶에 아무런 도움이 되지 않을지언정 언젠가는 유언의 내용을 말하는 것이 그의 인생의 마지막 사명임을 끼엔은 분명히 알았다.

나라 전체가 다시 한 번 전쟁의 물결로 술렁이던 바로 그 봄에 끼엔은 마음의 커다란 변화를 겪었다. 자신도 완전히 이해할 수 없는, 그것에 적합한 이름조차 붙일 수 없는 아주 크고 중요한 무언가가 그의 몸 안에서 동시에 무너지고 다시 살아났다. 그것은 사랑이었을까, 희소식이었을까, 진리를 얻은 것이었을까?

그리고 그 전쟁의 봄날, 어느 차가운 밤에 그는 첫 번째 소설을 쓰게 되었다.

끼엔은 지금도 일 층에 살던, 자신과 프엉의 학교 친구였던 쩐 신이 죽어가던 그 밤을 기억한다. 오랫동안 병원에 누워 있다가 결국 신은 죽음을 기다리기 위해 집으로 돌아왔다. 죽음의 시각은 이미 정해져 있었지만 저승사자는 여전히 머뭇거리고 있었다. 이틀이 넘게 혼수상태였지만 환자는 숨을 멈추지 않았다.

신은 끼엔보다 늦게 군에 입대했지만 부상을 당해 먼저 제대했다. 처음에 신은 전혀 상이군인처럼 보이지 않았다. 그는 결혼할 계획도 세워 놓고 있었다. 그런데 점차 왼쪽 다리에서 오른쪽 다리로, 결국 신의 하반신 전체가 마비되었다. 끼엔이 막 제대했을 때 신은 목발을 짚고 조금씩 거동할 수 있었지만 그 후로는 누워서 지내야만 했다. 의사들은 그 끔찍한 척추 부상이 왜 전쟁 중에 신을 바로 데려가지 않고 그토록 오랫동안 꾸물거리다가 이제야 발병했는지 의아하게 생각했다. 의학도 손을 들었다고 그들은 말했다. 치료를 하면 할수록 환자를 괴롭힐 뿐이고, 가족도 시중들기에 고달플 따름이었다. 그렇게 어언 4년이 흘렀다.

신의 부모는 모두 죽었다. 큰형은 결혼을 했다. 그들의 집은 공동 주택 일 층, 어둡고 축축한 복도 맨 끝에 있었고 문은 공동 화장실을 정면으로 마주하고 있었다. 끼엔이 문을 밀고 들어섰다. 집 안은 어두침침했다. 신의 형수로 보이는 깡마른 여자와 두 아이가 열심히 종이 상자를 오려 붙이고 있었다. 인근 사탕 공장에서 가져온 부업거리인 듯했다. 아무도 고개를 들지 않았다.

"신은 좀 어때요?" 끼엔이 나지막이 물었다.

"똑같죠, 뭐. 아직 숨은 쉬어요." 그의 형수가 지친 목소리로 답했다. "찾아오는 사람들마다 삼촌이 참 오래 잘도 견딘다고 하지요." 말을 끝내자마자 그녀는 아주 길게 한숨을 내쉬었다.

환자는 거실 한구석 벽에 붙은 대나무 침대에 누워 있었다. 끼엔이 다가갔다. 심한 악취 때문에 속이 울렁거렸다. 침대보와 이불은 더러웠다. 신의 머리는 빡빡 깎여 있었고 거무스름한 머리통은 나무뿌리처럼 말라비틀어져 있었다. 코는 더욱 납작해져 칼날처럼 가느다란 콧등만 남아 있었다. 볼과 입술은 보이지 않고 위아래 잇몸과 감았는지 떴는지 불분명한 두 개의 눈구멍만 보였다. 끼엔이 허리를 숙이며 물었다.

"신, 나를 알아보겠니?"

"알아보긴 할 거예요." 형수가 말했다. "근데 한마디도 하지 않죠. 하긴 무슨 기운이 있어 말을 하겠어요."

"먹기는 하나요?"

"예. 하지만 다시 다 토해 버려요. 그런데도 무슨 억지인지…. 정말 괴로워 죽겠어요!"

끼엔은 침대 옆에 있는 의자에 앉았다. 그러나 무슨 말을 해야 할지 알 수 없었다. 15분, 20분을 그렇게 앉아 있었다. 자세히 보면 그의 숨결을 따라 이불이 아주 조금씩 들썩이는 것을 간신히 알아챌 수 있었다. 집 안은 너무나 조용했다. 이따금 그의 형수가 무언가 투덜거리는 소리가 들려올 뿐이었다.

신의 형 후언은 그의 침대 위쪽 비스듬히 기운 다락방에 누워 코를 골고 있었다. 불쌍한 신, 한때는 우리 10A 반의 무척 사랑스러운 시인이기도 했다.

어느 여름, 끼엔은 병원으로 신을 찾아간 적이 있었다. 그때도 신은 회복될 가망은 전혀 없었지만 겨우겨우 거동은 가능했고, 휠체어에 앉을 수 있었으며, 정신도 말짱했다. 죽음을 눈앞에 둔 수많은 다른 불치병 환자와는 달리 신은 손쓸 방법이 없는 자신의 상태에 대해서 스스로를 속이려 하지 않았으며, 자신의 운명을 탓하거나 신세를 한탄하지도 않았다. 그는 항상 방문자들이 슬퍼하지 않도록 애썼고 친구들에게 자신의 불행을 쏟아 부으려 하지도 않았다. 창백한 얼굴을 최대한 밝게 빛내고, 애써 웃음을 지어 보였다. 힘은 없지만 부드러운 목소리로 그는 소소한 이야기들을 끄집어냈으며, 학창 시절의 기억들 속으로, 친구들과 선생님들에 대한 추억 속으로, 현재 그의 처지에서는 상상도 할 수 없는 머나먼 기억 속으로 끼엔을 이끌었다. 그러고는 끼엔의 이야기 속으로 완전히 빨려 들기라도 한 것처럼, 그의 이야기를 아주 주의 깊게, 때로는 놀란 듯, 때로는 취한 듯, 호기심과 믿음에 가득 차 열심히 들었다. 간간이 고개를 끄덕이거나 양 눈썹을 치켜세우며 속삭이기도 했다. "아, 그래? 대단하군…. 참 재밌어…. 그래, 걔가 그랬어, 정말 사랑스러웠지…. 맞아, 나도 생각나…. 저런, 그건 정말 웃기는 이야기로군…."

끼엔은 휠체어를 밀어 신을 병원 정원이 바라다보이는 곳까지 데리고 나갔다. 여름의 오후는 고요하고 공기는 상쾌했다. 울창한 풀밭 위로 오후의 가장 강렬하고도 붉은 빛살이 길게 비쳤다. 끼엔은 보리수나무 아래에서 휠체어를 멈췄다.

"햇빛이 강가를 둘로 가르네 오후로구나… 황량한 미모사 풀밭 슬픈 잎새를 닫네…"[42] 자, 이런 걸 바로 시라고 하는 거 아니겠어." 신이 눈을 가늘게 뜨며 웃었다. "그럼에도 난 한때 시인이 되는 꿈을 품고 있었단 말이지. 그땐 군인이었잖아. 마음속으로 언젠가 레 안 쑤언[43]과 같은, 세기에 남을 시인이 되겠다고 생각했지. 그게 꿈이었다고…. 그보다 더 전에는, 사실 이제 와서 말인데, 프엉에게 숱하게 연애시를 써서 바치기도 했지. 네놈이 알기라도 하면 맞아 죽을까 봐 겁이 나긴 했다."

그러고는 둘 다 말이 없었다. 더 할 말이 없었다. 학창 시절의 친구 둘이, 오랜 전쟁을 치른 뒤 이제는 서로 다른 처지에서 마주 앉아 그 옛날, 아득히 먼 일들을 추억하며 서로 속마음을 이야기했던 것이다.

끼엔은 신을 병상에 데려다 주고 이별을 고했다. 그는 신의 어깨를 껴안으며, 청동처럼 차가운 친구의 움푹 팬 두 뺨에 입을 맞추었다.

"이따금 찾아와 주겠니, 끼엔…. 아주 가끔 말이야." 오래도록 가슴속에 눌러 왔던 아픔과 서글픔을 더는 참지 못하고 신이 울컥 목이 멘 목소리로 말했다. "때때로 생각해 보면 참을 수 없이 비참해. 어떻게든 어서 죽어서 이 생을 끝낼 수만 있다면 더 바랄 게 없겠어. 나처럼 전쟁에서 모든 자유를 잃은 상이군인들은 노예와 다를 게 없지…."

끼엔은 참을 수가 없어 두 손으로 얼굴을 감싼 채, 신의 형수에게 인사하는 것조차 잊고 절반은 무덤이나 다름없는 그 집을 뛰쳐나왔다.

---

42) 후이 껀(Huy Cân, 1919~2005)의 시 「비탄에 젖다」의 일부.
43) 레 안 쑤언(Lê Anh Xuân, 1940~1968). 베트남의 시인이고 전사이며 열사. 1960년 베트남《문예》공모시 부문 2등상을 수상하면서 시인으로 등단했다. 하노이 종합 대학 역사학과를 졸업한 뒤 역사학과 교원으로 임용됐다. 해외 유학생으로 선발되었으나 이를 거절하고 고향으로 돌아가 항전에 참가했다. 1964년 말, 호찌민 루트를 타고 북부에서 남부로 들어가 남부 해방 문예회에서 활동하던 중 1968년 미군의 소탕 작전에서 전사했다.

집에 돌아온 끼엔은 외투도 벗지 않고 침대에 벌링 드러누워 흙 묻은 검은 구두를 그대로 매트 위에 얹어 놓았다. 팔베개를 한 채로 그는 누렇게 얼룩이 지고 금이 간 천장을 뚫어져라 쳐다보았다. 소리 없이 뜨겁고 쓰린 눈물이 솟구쳐 흘렀다.

이제 어디로 가야 하나? 이제 무엇을 해야 하지?

그는 줄곧 자신을 괴롭혀 온 알 수 없는 불안감으로 무심결에 신음을 내뱉듯 기침을 터뜨렸다.

솔직히 말하면 그는 전쟁이 끝난 후 얼마간의 행복을 맛보기도 했다. 적어도 집에 돌아오던 날의 행복감만은 깊이 남아 있었다. 1976년 가을 끝 무렵, 베트남 종단 열차를 타고 사흘 밤 넘게 달렸던 긴 여정은 군인 생활의 마지막에 건져 올린 작은 기쁨 같은 것이었다. 그러나 그때만 생각하면 왠지 가슴이 아파 왔다.

'통일' 열차는 온통 제대 군인과 부상병들로 넘쳐 났다. 선반 위에는 배낭이 빼곡히 들어차 있고 통로를 따라 해먹이 줄줄이 걸려 있어 열차가 마치 휴게소라도 된 것 같았다. 처음엔 대체로 기분이 씁쓸했다. 나팔 소리, 북소리, 개선가 따위가 없는 것은 그렇다 쳐도 그들이 한 일에 합당한 약간의 대우조차 없는 것은 물론 사람들은 자기네 군인들에게 눈곱만큼의 관심도 기울이지 않았다. 기차 안은 파장 무렵의 장터처럼 우왕좌왕 무질서하고 혼잡해서 어디 피난이라도 떠나는 것 같았다. 게다가 검열에 검열이 이어지고, 두꺼비배낭[44]의 주머니 하나하나까지 샅샅이 뒤지는 짐 수색이 끝날 줄 모르고 계속되었다. 마치 사람들은 해방 이후 산처럼 많았던 남부의 재물이 군인들에

---

44) 군용 배낭을 이르는 말.

의해 모두 소실되고 약탈되었다고 생각하는 것 같았다. 다른 사람도 아닌 병사들이 바닥까지 싹 쓸고, 모으고, 긁고, 퍼 담았다고….

기차가 서는 역마다 확성기는 일장 연설을 시리즈로 왕왕 퍼부어 댔다. "이제 무사 안일을 척결하자, 사탕발림을 경계하자, 거짓 번영 사회의 잔재와 습관을 척결하자, 무엇보다 공신사상 척결에 힘쓰자!" 눈멀고 다리 절고 여기저기 갈라지고 터져서 눈을 까뒤집고 입술도 검게 죽어 있는 병사들의 귀에다 대고 한껏 조롱을 퍼붓는 듯했다.

그러나 우리 공신들은 서로를 위로할 줄 알았고, 참을 수 없는 것들을 모두 농담으로, 우스갯소리로, 조롱거리로 만들어 웃을 줄 알았다. 그리고 차창 양쪽으로 사랑하는 홍강 삼각주의 풍경이 나타나자 모두들 기쁨에 잠겼다. 가슴속에 깊이 묻어 두었던 오랜 꿈과 소망들이 그제야 말이 되어 터져 나오는 듯했다. 저마다 이제 영원한 평화 속에서 새롭게 시작될 인생에 대해 장밋빛 계획들을 세우기에 바빴다.

기차에서의 마지막 날, 끼엔은 9지역 전선[45]의 전사였던 히엔과 친해지게 되었다. 남 딘 지방 롱 시장의 소녀였던 히엔은 1966년에 남베트남으로 떠났다. 그래선지 그녀의 말투에는 하 띠엔 지방의 억양이 많이 묻어났다. 간밤에 끼엔은 히엔을 안아 자기의 해먹으로 데려왔다. 밤새 흔들리는 기차 안에서 주위 병사들의 농지거리와 야유도 아랑곳 않고 두 사람은 서로 꼭 끌어안고 잠을 잤다. 함께 잠꼬대를 하고 가끔 깨어나서는 서로 더욱 꼭 껴안고 쓰다듬고 입을 맞추면서 이제 몇 킬로미터 남지 않은 그들의 참호 속에서의 마지막 청춘을 불태웠다.

---

45) Khu 9. 메콩 델타 서부 전선. 동으로는 Khu 8, 서로는 캄보디아, 남으로는 바다, 북으로는 B2와 접한다.

기차가 남 딘에 도착하자 끼엔은 히엔을 부축하여 플랫폼에 내렸다. 그는 이 기차를 떠나보내고 히엔을 집에 데려다 줄 작정이었다. 히엔이 웃으며 만류했다.

"됐어! 모든 일은 한 줌 재로 날려 버리자고. 집착한들 뭐하겠어. 너도 집에 빨리 가 봐야 하잖아. 가서 내일을 위해 할 일을 찾아봐야지. 그리고 누가 널 기다리고 있을지도 모르잖아. 어찌 알겠어!"

"그래도 우리 다시 만나겠지?"

"앞으로 평화의 생애가 어떻게 펼쳐질지 누가 알겠어? 전쟁 기간도 아니고 이젠 군인도 아닌데 우리에게 무슨 일이 있을라고. 서로 그리워하다 보면 어찌 될지 우리 운명에 한번 맡겨 보자고…."

히엔은 돌아서서 힘겹게 다리를 끌며 기차역 출구 쪽으로 갔다. 두 어깨를 목발에 의지하고, 가냘픈 몸을 약간 기울여 앞으로 쭈욱 내밀고, 몸을 들어 올려 앞뒤로 흔들며 한 발짝씩 나아갔다. 그녀의 어깻죽지가 높이 솟았다. 사람들로 붐비는 개표구 뒤로 거의 사라질 무렵, 히엔이 문득 고개를 돌려 마지막으로 끼엔을 빤히 쳐다보았다. 그녀의 까만 두 눈은 맑았지만 폐허와 같은 절망과 슬픔으로 그득했다. 그녀는 비틀거리며 허둥지둥 한 손을 들어 끼엔에게 흔들어 보였다. 그러고는 억지로 미소를 지어 보이더니 단호히 돌아서 사라져 버렸다.

거기서부터 하노이까지 기차는 환희에 찬 듯 쉬지 않고 경적을 울려 댔다. 마치 "행복, 행복…." 하며 낭랑한 목소리로 즐거운 환성을 질러 대는 것 같았다. 객차와 객차를 연결하는 이음쇠들도 "행복, 행복…." 하며 큰 소리로 외쳐 대는 듯했다. 하노이가 가까워 올수록 끼엔은 몸에 가벼운 신열이 오르며 머리가 어지러웠다. 그리고 모호하면서도 달콤한, 믿기지 않는 어떤 예감에 심장이 빠르게 뛰었다. 평화의 감동이 그의 눈을 적셨다.

항 꼬 역에서 집에 도착했을 때는 이미 밤이 깊었다. 거리는 매우 조용했다. 그는 마당으로 들어섰다. 집 안은 컴컴했다. 아마도 모두 잠든 듯했다. 그런데 웬일인지 그날 밤 계단으로 올라가는 현관문의 빗장이 걸려 있지 않았다. 마치 그가 돌아오기를 기다렸다는 듯이 반쯤 열려 있었다. 역시 그를 기다리는 사람은 없었다, 아무도… 없다는 걸 끼엔은 잘 알고 있었다. 그러나 어찌 알았을까! 계단을 올라서는데, 누군가 숨죽이며 자기를 기다리고 있는 듯한 느낌에 갑작스레 가슴이 조여 왔다. 누르스름한 불빛 아래 복도가 흐릿하게 빛났다. 그와 아버지가 함께 살았던 집의 문은 옛날의 밤색 그대로였다. 아버지의 이름이 새겨진 작은 동판도 원래 자리에 붙어 있었다. 눈앞이 흐려지면서 두 손이 점점 떨려 와 끼엔은 몸을 제대로 가누고 서 있을 수가 없었다. 기쁨의 눈물이 뜨겁게 차올라 흘러내렸다.

그때 문이 끼익, 열리는 소리가 났다. 바로 옆집에서 밝은 색의 잠옷을 입은 호리호리한 몸매의 여자가 살그머니 복도로 발을 내디뎠다.

그녀가 그를 바라보았다. 눈빛에 무언의 탄성이 어렸다. 끼엔의 몸이 떨렸다. 온몸의 감각이 한쪽으로 쏠리는 것 같았다. 아주 길고도 오랜 세월이 그 한순간에 응축된 느낌이었다. 문턱을 넘어선 그녀가 몸을 숙여 미끄러지듯 그에게 다가왔다. 끼엔도 몸을 조금 숙였다. 눈 깜짝할 사이에 그녀는 두 팔로 그의 목을 부드럽게 끌어안았다.

"끼엔!"

"프엉… 내 사랑!"

10년 만의 아주 길고 열정적인 키스였다. 심장에 사무치는 불멸의 키스, 이제껏 그리고 이후로도 다시는 맛보지 못할 인생의 절정과도 같은, 그래서 두 사람 다 영원히 잊지 못할 키스였다. 그녀가 끼엔의 입술에 자기 뺨을 가볍게 비벼 대더니 말없이 그의 거칠고 까칠까칠한 군복에 얼굴을 묻었다.

"프엉… 이렇게 살아 있었는데…," 끼엔이 속삭이듯 말했다. "지난 10년 동안 난 네가 죽었을 거라고 생각했어."

"그러니까… 우린 서로에게 귀신이었구나… 나도 그렇게 생각했으니…."

"하지만 괜찮아. 이제부터 우린 결코 다시 헤어지는 일은 없을 테니까. 그렇지, 프엉!"

그러나 왠지 모르게 끼엔은 그 순간 자기 품에 안겨 있는 그녀의 우아한 몸에서 한없는 행복감에 뒤섞인 혼란과 두려움과 당혹스러움이 전해져 오는 걸 느꼈다. 그는 이를 악물었다. 어디선가 살금살금 다가오는 발소리를 들은 듯했고, 누군가 끼엔과 프엉의 재회를 엿보고 있는 것만 같았다.

프엉이 잠옷 단추를 풀었다. 줄에 매달린 끼엔의 집 열쇠가 그녀의 맨가슴에 작은 십자가처럼 반짝였다. 눈앞이 뿌옇게 흐려졌다. 끼엔이 자물쇠를 따고 문을 밀었다. 여러 해 동안 밀폐되어 있던 집 안의 공기가 밖으로 쏟아져 나왔다. 그 옛날 소중했던 삶의 마지막 숨결이 그를 감싸는 듯했다.

끼엔은 프엉의 팔꿈치를 느닷없이 붙잡고 문 안쪽으로 끌어 당겼다. 그런데 그 순간 프엉의 열려 있는 방문 틈으로 사람의 그림자가 얼핏 그의 눈에 들어왔다.

프엉의 얼굴이 창백해지면서 눈빛이 흐리멍덩하게 풀렸다. 그녀는 끼엔을 따라 걸음을 옮겼다. 그러나 딱 한 발짝, 딱 한순간뿐이었다. 끼엔은 프엉이 문턱에서 발을 멈칫거리는 것을 느꼈다. 그는 그녀를 놓아주고 고개를 숙여 문지방에 놓여 있던 배낭을 집어 들고는 혼자서 안으로 들어가 버렸다. 그러고는 문을 닫았다.

아아! 그렇게 무너져 내렸다. 그의 평화, 행복, 전승의 눈부신 영광, 집으로 돌아오던 순간의 부드럽고 달콤한 느낌, 미래에 대한 확고한 믿음…. 불쌍한 녀석!

매번 전쟁에서 돌아온 첫날 밤을 떠올릴 때면 신음 소리조차 낼 수 없을 정도로 그의 가슴이 쓰리고 아파 왔다.

끼엔은 벌떡 일어나 방 안을 왔다 갔다 했다. 성스러운 전쟁은 결국 그에게 상실만을 안겨 주었고, 오늘과 같은 현실을 감내하도록 했다. 전쟁이 끝나고 그에게 남은 것은 아무것도 없었다. 단지 허망한 꿈만이 남았을 뿐. 전쟁 이후 그는 누구와도 섞일 수 없었다. 날이 갈수록 끼엔은 자신이 삶을 살아가는 것이 아니라 이승에 갇혀 옴짝달싹 못하고 끌려가는 것만 같았다.

그는 기진맥진하여 의자에 앉았다. 과거의 잔상들이 연이어 밀려들었다.

아니다. 운명 같은 것이 전쟁 이후의 삶을 예고해 주는 것은 아니라고들 했지만, 그 첫날 밤은 어떤 예언과도 같은 것이 아니었을까? 그러나 끼엔과 프엉은 둘 다 그들의 운명에 저항했다. 대체 어쩌자고?

그날 밤 프엉이 다시 찾아왔다. 그녀와 함께 살았고 그녀와 곧 결혼하기로 했던 남자는 지체 없이 떠나가 버렸다. 그와 프엉은 또 얼마나 맹목적이었던가!

아무리 술독에 빠져 살고, 그냥 조용히 묻어 버리자 수백 번씩 다짐을 해도 전쟁 이후 그와 프엉이 함께 살았던 시간들에 대한 회상이 끊이지 않고 그의 머릿속을 쿡쿡 쑤셔 댔다. 지난 10년 동안 전쟁의 화염 속에 산산이 부서진 그의 인생은 다시 사랑의 날카로운 손톱에 할퀴어 잘게 짓이겨졌다.

그들의 동거는 서로의 영혼과 인생에 파멸만을 안기고 얼마 전에 끝났다. 어느 날 술집에서 벌어진 난투극에서 끼엔은 프엉의 옛 애인이었던 남자에게 중상을 입혔다. 경찰서에서는 그를 미친 사람 취급했다. 집으로 돌아온 끼엔은 프엉에게 아무 말도 하지 못하고 그저 눈물만 쏟았다.

"기억을 떨칠 수가 없어. 우리는 그게 우리가 극복할 수 있는 작은 돌멩이라고 착각했던 거야." 프엉이 떠나면서 끼엔에게 말했다. "하지만 그건 돌멩이가 아니라 산덩이였어. 그때 내가 죽었어야 했는데…. 그랬다면 적어도 나는 너에게 여전히 맑고 아름다운 모습으로 남아 있었을 텐데. 그런데 지금 살아 있는 나는, 네 곁에 있는 나는 네 인생의 어둡고 깊은 심연일 뿐이야. 안 그래, 끼엔?"

프엉이 떠날 때 끼엔은 붙잡지 않았다. 그 또한 그래야 한다고 생각했다. 그처럼 단호한 태도를 보이는 것이 순간에는 사뭇 쉽게 느껴졌지만, 그 태도를 유지하는 것은 그보다 훨씬 어려웠다. 일주일, 이 주일, 몇 달이 흘렀다. 그는 학교에도 갈 수 없었다. 어떻게 앉아야 할지, 어떻게 누워야 할지, 어디를 바라봐야 할지도 몰랐다. 계단을 오르는 하이힐 소리가 들려오면 심장이 멎었다. 그는 몇 시간이고 창가에 서서 거리를 뚫어져라 내려다보았다. 길을 걸을 때면 바보같이 가슴을 두근대며 수도 없이 뒤를 돌아보곤 했다. 가끔은 한밤중에 절망이 목젖까지 차올라 숨이 막힐 때까지 얼굴을 베개에 파묻고 흐느껴 울기도 했다. 그는 알았다. 이토록 처참한 절망에서 벗어나는 유일한 방법은 프엉이 돌아오는 것, 그가 다시 그녀를 보는 것, 그리하여 함께 다시 그 고통을 반복하는 것뿐임을….

　습기로 축축한 방은 날이 갈수록 추워지는 것 같았다. 바람이 창틀을 긁어 댔다. 탁자엔 차를 끓여 놓고는 한 모금도 마시지 않은 채 식어 버린 주전자, 종이 뭉치, 펜, 잉크병, 재떨이, 향기가 달아난 장미 몇 송이가 꽂힌 꽃병 하나가 있었다. 그리고 바로 그랬던 봄날의 어느 밤, 그는 자기 인생의 천명을 깨달았다. 그것은 인생을 거슬러 올라가 사는 것, 그 옛날 사랑의 길을 다시 더듬어 찾아가는 것, 그 전쟁과 다시 싸우는 것이었다. 물론 그가 처음부터 그것이 천명이라고 생각했던 것은 아니었다. 그는 그것을 하나의 탈출구라고 생각했다. 잊혀 가는 영혼들, 퇴색해 가는 사랑을 이야기하고 쓰고 되살리는 것, 그리하여 그 옛날의 꿈을 다시 환히 밝히는 것. 그것이 자신을 구원하는 길이었다. 끼엔은 그렇게 생각했다.

　그런데 지금 이 순간에도 그리고 어쩌면 영원히 끼엔은 얼어붙을 듯 추웠던 그 밤에 대해 설명할 수 없을 것 같았다. 끼엔은 창가에 서서 하늘에서 천천히 내려오고 있는 이슬비의 장막을 바라보다 프엉에 대한 생각에 잠겼다. 가는 빗줄기가 북동풍에 이리저리 회색빛으로 흩날렸다. 문득 깐 박의 우기와 응옥 버 러이, 고이 혼에 내리던 빗줄기가 떠올랐다. 왜 그랬을까? 소대원 하나하나의 얼굴도 떠올랐다. 그러고는 바로 뒤이어 또 어떤 마력이 시간을 더 먼 과거로 떠밀어 27대대의 명부를 모조리 지워 버린 그 끔찍한 전투를 눈앞에 펼쳐 놓았던 것일까? 그때 방 안에는 마치 과거의 자기장으로 빨려 들어가는 듯한 아주 묘한 기운이 감돌았다. 고이 혼에 빗발치듯 퍼붓던 수백 개의 포탄으로 방이 쿵쿵 울리며 모든 것이 뒤죽박죽 요동쳤다. 급강하하는 비행기 엔진 소리에 방 안의 벽들도 우릉우릉 흔들렸다. 끼엔은 깜짝 놀라 얼른 창에서 멀찍이 물러섰다.

　혼백이 달아난 듯 의식이 희미해지며 끼엔이 몽롱하게 취해서 방 안을 서성대는데 섬광처럼 어떤 생각이 뇌리를 스쳤다. 그는 비틀거리며 책상에 앉아서 기계적으로 펜대를 잡고 편지를 쓰는 대신 전혀 다른 무언가를 써 내려가기 시작했다.

　그 밤을 꼬박 새우고 다음 날 아침까지, 칠이 벗겨지고 갈라진 사방 벽에 둘러싸여 낡아 빠진 책상과 의자, 가구 더미 속에서 쉬지 않고 글을 썼다. 금이 가고 먼지가 뽀얗게 앉은 바닥엔 책과 신문지 뭉치가 아무렇게나 쌓여 있고, 빈 병이 여기저기 굴러다녔으며, 옷장엔 바퀴벌레가 우글대고, 망가진 침대 위엔 너덜너덜한 이불자락과 모기장이 어지러이 펼쳐져 있었지만, 다시는 없을 신비로운 감흥으로 단숨에 자신의 첫 번째 소설을 써 내려갔다. 특히 잔혹했던 고이 혼의 죽음의 전투가 그가 속한 대대의 비참한 운명과 힘겨운 전진 속에서 되살아났다. 손이 저리고 떨렸으며, 심장이 찢기듯 점점 아파 오고, 두 개의 허파에 담배 연기가 그득 차고, 입술이 마르고, 목에 무엇이라도 걸린 것처럼 딸꾹질이 났지만 오로지 쓰는 데만 몰두했다. 그의 주변엔 온통 외침 소리, 고통에 울부짖는 소리, 귓전을 윙윙 스치는 총소리, 헬리콥터에서 쏟아 붓는 로켓포 소리가 난무했다. 소설 속 인물들도 차례로 한 명씩 스러져 갔다. 그리고 후퇴를 돕기 위해 맨 뒤에서 적을 막고 싸우던 주인공이 너덜너덜한 걸레 조각이 되어 참호 위에 쓰러져 죽는 대목에 이르렀을 때는 도시의 봄 기운이 그의 방 가장 어두운 구석까지 스며들었다.

　그는 탈진했다. 휘청거리며 집을 빠져나와 마치 햇빛 속을 방황하는 고독한 영혼처럼 흐느적흐느적 보도 위를 거닐었다. 어젯밤 타는 듯이 쓰리던 느낌은 차츰 가라앉았지만 끼엔은 마음의 평정을 되찾을 수 없을 것 같았다. 그는 전쟁터 한복판에서 부상을 당해 피를 엄청나게 쏟고 기절했다가 막 깨어났을 때와 같은 기분이었다. 눈앞의 세상이 온통 변해 버린 것 같았다. 그가 훤히 꿰뚫고 있는 단아한 응우옌 주[46] 거리도, 어릴 적부터 친숙했던 맑고 고요한 투엔 꾸앙 호수도 예전의 모습이 아니었다. 그는 자신의 영혼조차 알아볼 수 없을 것 같았다. 이른 아침의 하늘과 북동쪽에서 한가로이 떠오는 구름들도 모두 다른 색깔을 입혀 놓은 듯했다. 원래는 불투명한 잿빛의 지붕들도 물에서 막 건져 올린 것처럼 아침 햇살에 반짝반짝 빛났다.

그날 일요일 하루 종일, 끼엔은 얼빠진 사람처럼 도시 구석구석을 헤매고 다녔다. 기쁨과 슬픔이 새벽 여명에 황혼 빛을 섞어 놓은 것처럼 끼엔의 생각에 파고들었다. 시간을 거슬러 올라가는 이 여행에서 그의 삶 전체가 속속들이 드러나는 것 같았다. 최근 몇 년 동안의 근심과 걱정, 번민과 괴로움, 고통, 아픔이 이제는 일상적이며 하찮은 것이 되어 버렸다. 끼엔은 이제 그것들이 자신에게 아무런 의미도 없다고 생각했다. 끼엔은 자신이 다시 태어났다고 믿었다. 그러나 그것은 먼 과거의 부활이었다. 날마다 더 멀리 되돌아갈 것이며, 그 긴 과거의 재현 속에서 그는 끊임없이 다시 살아나게 될 것이다. 그는 새로운 인생을 찾은 것 같았다. 그것은 바로 전쟁의 슬픔 속에 사라져 간 자신의 청춘, 이미 지나가 버린 자신의 삶이었다.

오후에 공원으로 들어섰다. 그는 양쪽에 풀과 꽃이 만발한 자갈길을 따라 걷다가 물이 고여 있는 숲을 가로질러 돌로 만든 빈 벤치에 앉았다. 근처에는

---

46) 응우옌 주(Nguyễn Du, 1765~1820), '민족의 대 시인, 문학의 선구자'로 칭송받는 문장가. 대표작으로 『끼에우(Truyện Kiều)』전이 있다.

사랑을 속삭이는 연인들이 앉아 있었고, 그는 호수를 건너 불어오는 바람의 속삭임을 들으며 한 시간이 넘도록 앉아 있었다. 그의 마음은 고독과 슬픔으로 가득했다. 석양의 바람이 차가운 것도 전혀 느끼지 못한 채 말없이 시선을 시간 너머에 두고, 사고의 경계 바깥 저 멀리, 산 자와 죽은 자, 행복과 고통, 기억과 꿈이 함께 어우러지는 세상 속으로 손을 길게 뻗었다. 하늘과 호수가 끝없이 펼쳐졌다. 우수를 담은 맑은 봄빛과 봄 향기가 호수의 물결을 따라 긴 파문을 남기며 끝없이 번져 갔다. 끼엔은 이러한 정신의 영역에서 자기 인생의 한 시절, 어떤 풍경, 어떤 이미지, 오랫동안 잊고 지냈던 얼굴들이 말할 수 없이 신비로이 그러나 또렷이 떠오르는 것을 느꼈다. 그다음에는 또 다른 시절, 또 다른 추억들이 차례로 줄지어 다가오며 그의 눈앞에 모든 과거가 은밀하면서도 느리게 펼쳐졌다. 햇빛이 눈부시던 건기의 어느 하늘, 한적한 숲 속에 가득 피어나던 꽃… 사 터이 강변에서 죽순을 따고 알뿌리를 캐러 숲으로 갔던 어느 비 오는 날의 고단했던 하루… 냇가, 갈대밭, 폐허가 된 작은 마을… 그리움과 사모의 정을 불러일으키던 낯설면서도 사랑스런 여인의 얼굴들… 사랑의 아픔…. 그날 오후, 그의 마음속에는 머나먼 기억들이 산처럼 숲처럼 울쑥불쑥 그리고 고요히, 가혹하게, 아주 깊게 되살아 왔다. 맑고 차갑던 봄날의 어느 오후, 하늘과 물이 한 빛깔로 만나는 허공의 가장자리에서 그의 영혼은 과거의 그 무한한 세상 어디쯤에 눈길을 멈추어야 하는지 알 수 없었다.

3

 몇 달, 아마도 몇 년이 흐른 것 같았다. 끼엔은 매일 밤 조금씩, 성실하게, 이따금 머뭇거리며 소설의 장을 채워 갔고 거의 결말에 이르게 되었지만, 날이 갈수록 왠지 미완에 그치고 말 것 같았다. 다음 장은 앞 장들의 후렴구 같았다. 서두에 나온 배경과 사건들이 결말에서 다시 끼엔을 기다리고 있었다. 물론 그것은 이 소설의 흐름이 그랬기 때문이지 끼엔 때문은 아니었다. 작품은 스스로 시간을 구성하고, 방향을 정하고, 흐름을 선택하고, 강변과 선착장을 골랐다. 끼엔은 그저 써내려가면서, 자신의 숙명을 등장인물들의 운명이 빚어내는 상황 속에 무심히 내맡겼다. 대체로 그는 아주 수동적이어서 자신이 쓰고 있는 글이 어떻게 전개될지 미리 알지 못했다. 상상력과 기억의 신비로운 논리에 고스란히 순응하면서 이야기의 맥락이 이끄는 대로 따라갈 뿐이었다.

 소설을 쓰기 시작하자마자 기억의 횃불은 끼엔을 미궁에 깊이 빠져 들게 하고, 수많은 지류를 에돌게 하더니 다시 그를 과거 시제의 황량한 밀림으로 이끌었다. 사 터이 강, 탕 티엔 협곡, 고이 혼 덤불숲, 악어 호수…. 희미한 지명들은 저승의 산과 강의 이름을 연상케 했다. 그리고 다시 정찰 소대의 전투, 그들의 기쁨과 슬픔, 전우애, 전장의 고통과 젊음의 쾌락이 버무려진 병사들의 삶이 이어졌다. 소설은 잠재의식의 물꼬를 따라 전쟁 이후 전사자 유해발굴단의 순례 길에 들어섰다. 서부 고원 지대 깐 박 지역의 깊은 산골 도처에 흩어져 있는 병사들의 무덤을 잇는 머나먼 길이었다. 이미 죽은 자들을 불러 모으는 과정이 소설 속 페이지마다의 삶을 형성했다. 소설의 분위기는 사람을 죽거나 병들게 하는 기운이 감돌고 귀신의 모습이 어른거리는 캄캄한 밀림 같은 것이었다. 삭아 바스러진 뼛조각들과 유품을 건져 올린 곳도 여기 이 밀림이었다. 또한 그 밀림의 어둠 속에서 병사들의 삶에 대한 무수한 신화와 전설이 잉태되었다. 바로 그 병사들이 시적 영감을 끌어내고, 줄거리를 만들어 냈으며, 끼엔에게 문체와 문장의 운율, 글자 한 자 한 자의 리듬을 주었다. 우선 소설 속 등장인물 중에서 끼엔처럼 승리의 날까지 살아남은 병사는 얼마 되지 않았다. 시작부터 그들은 전쟁의 끔찍한 상황 속에서 흔적도 없이 사라지지 않기 위해 결연하게 행동했다. 한 번뿐인 인생이 결코 비참하게 끝나지 않도록 하늘에 빌고 또 빌었다. 그들은 늘 죽음을 마주하고 내몰렸으며 눈 깜짝할 사이에, 바로 코앞에서 엉망진창으로 온몸이 부서졌다. 그들은 하나씩, 또는 한꺼번에 총에 맞아 그 자리에 쓰러져 죽거나 부상을 당해 피를 쏟으며 서서히 죽어 갔다. 그 밖에 또 수많은 종류의 고통, 영혼을 파멸시키고 인간성을 발가벗기는 악몽에 대해서는 일일이 말하지도 않았다.

아마도 당대의 작가들 중에 끼엔처럼 무수한 죽음을 목격하고 수많은 시체를 본 사람도 드물 것이다. 그러다 보니 그의 작품에는 송장이 넘쳐 났다. 수제 폭탄에 무너진 지하 참호에는 몸에 긁힌 자국 하나 없는 나이 어린 미군 병사들이 굴비 두름처럼 옹기종기 모여 앉아 서로 머리를 어깨에 기대고는 긴 세월을 잠들어 있었다. 커 랭 밀림의 가장자리 낮은 풀숲 곳곳에는 뜨거운 태양 아래 호랑이무늬 복장의 낙하병들이 퉁퉁 부풀어 오른 채로 파리 떼와 구더기, 자신의 살이 썩는 냄새를 태연히 견디며 누워 있었다. 또한 끼엔의 소설을 읽은 사람이라면 누구나 B52 폭격기가 밤새 공중을 빙빙 돌고 난 다음 날 새벽 사 터이 강변 코끼리풀 들판으로 팔다리가 투두둑 떨어져 내리는 광경을 떠올려 본 적이 있을 것이다. 사흘간의 혈전 후 시체들로 지붕을 인 것 같은 '고기탕' 언덕을 직접 눈으로 볼 수도 있다. 지뢰를 밟은 병사가 마치 날개라도 단 듯 나뭇가지 위로 튕겨져 오르는 모습을 보고는 섬찟 몸을 떨기도 했을 것이다. '끼엔의' 죽음은 다양했고, 매우 풍부한 형태와 색채를 띠었으며, 산 사람보다 더 생동감이 있었다. 그는 이제 땅속에 살지 않고, 꿈속에서 소리 높여 삶과 죽음에 대해, 죽음의 순간에 대해, 심지어는 죽음 이후의 삶에 대해 우리에게 들려주는 병사와도 같았다.

"여보게들, 나를 믿게나. 죽음은 끔찍한 지옥이 아니라네." 책 속의 한 영혼은 산 자들에게 이렇게 말했다. "죽음 또한 삶이라네. 물론 그쪽의 삶하고는 다른 종류이긴 하지만. 죽음 속에서 우리는 편안하고, 가볍고, 진정한 자유를 얻게 되지…"

끼엔에게 죽은 자는 모호하면서도 산 자보다 더 심오했다. 그들은 신기루처럼 고독하고, 기이하며, 심혼 속에 깊이 가라앉아 있었다. 때때로 전장에서 죽은 자의 영혼은 형태나 모양이 아니라 소리로 변하기도 했다. 끼엔 자신은 들은 적이 없지만, 유해발굴단의 다른 대원들은 죽은 사람이 기타를 치며 노래 부르는 것을 들은 적이 있다고 했다. 탕 티엔 협곡 밑에서 있었던 일이라고 했다. 어둠이 산골짜기를 가득 덮었을 때, 낙엽이 쌓인 숲 속 깊은 곳에서 환청인 듯 실제인 듯 기타 반주까지 곁들인 노랫소리가 속삭이듯 들려왔다. "…끝없는 고통과 영광의 날들…." 노래의 가사와 멜로디는 단조로우면서도 오묘했기 때문에 제각각 다르게 들렸지만, 듣지 않은 자는 없었다. 결국 며칠 밤을 귀 기울여 들은 후에 대원들은 그 혼령이 있는 장소를 찾아냈다. 비닐 백에 담긴 유골은 이미 바스러져 있었지만 죽은 이가 손수 만든 기타만은 원래 모습 그대로였다.

허구가 더해졌는지 모르지만 그들이 유골과 기타를 수습할 때 숲 속에서 비장한 음조의 노랫소리가 들려왔다고 한다. 수습을 마친 이후로는 노랫소리가 끊겼다고 한다. 그 노래가 숲을 영원히 떠난 것이다.

물론 그것은 하나의 전설이다. 이제는 내력조차 사라진 무명의 묘와 유골의 수만큼 많은 전설과 다양한 이야기들이 만들어졌다. 항미 전사들의 고통이 서린 그 신성한 임무에 대한, 영원히 기려지면서도 끊임없이 잊혀 가는 그들의 업적에 대한 신비로운 일화들이 이야기 창고에 가득 쌓였다.

끼엔은 기억한다. 어느 날 그의 정찰조는 사 터이 강변의 모라이 계곡에서 무덤 하나를 파게 되었다. 무덤은 강둑 근처 정사각형의 높은 땅 위에 큰 개미집처럼 불룩 솟아 있었다. 그곳은 우기에 홍수가 져도 물이 차지 않는 곳이었다. 그런데 정말 놀라운 것은, 입관을 한 것도 아니고 약이나 향유를 바른 것도 아닌데 시체가 마치 살아 있는 듯했다는 것이다. 미군의 시신을 담는 비닐 백과 같은, 투명한 나일론 자루 안에 누워 있는 전사는 여전히 숨을 쉬는 듯했고, 깊이 잠들어 있는 것 같았다. 젊고 아름다운 얼굴은 과묵하면서도 장엄해 보였으며, 육신엔 아직도 체온이 남아 있는 듯했고, 쑤저우의 비단옷은 광택과 다림질 줄까지도 그대로였다. 그런데 그 순간 자루가 연기처럼 뿌옇고 탁한 흰빛으로 변하더니 후광이 비치며 무형의 무언가가 하늘로 날아올랐다. 탁한 흰빛은 빠르게 흩어지고 자루가 움푹 꺼졌다. 그리고 그 속에서 누런빛의 해골이 모습을 드러냈다. 끼엔과 병사들은 얼이 빠질 정도로 놀라 멍하니 서 있었다. 그들은 모두 무릎을 꿇고 하늘로 올라가는 전우의, 그 신성한 혼령의 그림자를 향해 손을 뻗었다. 바로 그때 드넓은 하늘 위로 깐 박 지역의 바람이 불어오고 구름이 드리우더니 바다 쪽에서 검은 날개의 백조 무리가 V자 대형으로 일제히 날아올랐다. 새들은 리드미컬하게 날갯짓을 하며 천천히, 위엄 있게 첩첩이 이어진 산맥 너머로 날아가 버렸다.

"만약 우리가 그의 신원을 밝혀내지 못한다면 우린 평생 그의 죽음에 짓눌려 살게 될 거야."

이 오랜 정책의 조력자로서 자신의 군인 생애 전부를 오로지 시신을 염하고 장례를 치러 주는 임무에 바쳤던 사단의 유해발굴단장은 저주의 말이라도 내뱉듯 대원들에게 이렇게 말하곤 했다. 그러나 끼엔과 같은 대원들에게 애당초 그런 저주 같은 건 필요치 않았다. 그들은 이름이 아직 남아 있든 아니면 깨끗이 지워졌든 간에 그 수많은 삶, 가엾고도 억울한 죽음의 그림자들에 흠뻑 젖어 만신창이가 된 영혼으로 전쟁에서 빠져나왔던 것이다.

"이름도 나이도 몰라. 다만 그가 남베트남의 6여단 특공대원이라는 것밖에는. 그가 남부 사람인지, 북부 사람인지, 중부 사람인지도 전혀 몰라. 나는 그의 신음 소리밖에 듣지 못했거든. 신음 소리야 어느 지방이든 똑같잖아." 이 이야기는 24연대 정찰병으로 하이 퐁 출신인 따이 판이 끼엔에게 들려준 것이다. "그때는 우기가 끝나고 1969년의 건기가 시작될 무렵이었어. 그 우기가 어땠는지는 말할 필요도 없겠지? 너도 잘 알고 있을 테니까. 그의 중대와 우리 중대는 탕 티엔 고개로 올라가는 초입에서 혈투를 벌였어. 승자도 패자도 없이 양쪽 모두가 박살이 났지. 자기들의 동맹군이 함께 뒤엉켜 있는데도 미군들은 고개 위에서 두 시간 내내 대포를 쏘아 댔어. 포격이 멈추자, 놈들의 팬텀 전폭기가 몰려와 폭탄을 퍼붓기 시작했지. 나는 잽싸게 155참호 속으로 뛰어들어서 간신히 '코만도 볼트'[47] 대형 폭탄을 피할 수 있었어. 그러고 나서는 새끼 폭탄들이 마치 땅을 갈아 댈 듯이 여기저기 떨어지더군. 나는 죽은 듯이 누워 있었어. 바로 그때 누군가 내 위로 나무토막처럼 '툭' 하고 떨어졌어. 나는 너무 놀라서 미친 듯이 칼을 빼 들고는 그의 알록달록한 가슴을 두 번이나 찔렀어. 그리고 배를 한 번 더 찌르고, 또 목을 한 번…. 그가 '어헉' 비명을 지르고 팔딱팔딱 몸부림을 치면서 눈을 동그랗게 떴어. 그제야 나는 그가 칼을 맞기 전에 이미 부상을 당했다는 걸 알았지. 폭탄 파편에 한쪽 발목이 잘려 나가 온몸에 피가 낭자하고 입에서도 피를 쏟고 있었어. 그는 벌벌 떨리는 두 손으로 자기 배에서 비어져 나와 뜨거운 김을 뿜고 있는 창자를 감싸고 있었어. 너무 끔찍하고 불쌍해서 어찌해야 할지 모르겠더군. 나는 그의 배 속으로 창자를 밀어 넣고 옷을 찢어 상처를 감아 보려 했어. 그런데 상처가 너무 심해서 피가 멈추질 않는 거야. 그래도 그는 코끼리처럼 몸이 좋았던 모양이야. 다른 사람 같았으면 벌써 죽었을 텐데 말이야. 그는 점점 큰 소리로 신음을 하며 눈물을 펑펑 쏟았어. 난 심장이 오싹할 정도로 두려웠지만 마음이 아프기도 했어. 그때 폭격이 멈추었어. 총소리도 나지 않았고 빗소리만 점점 크게 들려왔어. '이봐요, 여기 잠시만 누워 있어요.' 나는 그의 어깨를 흔들면서 말했어. '내가 가서 천과 붕대를 찾아볼게요. 금방 올게요.' 그가 신음을 멈추고 눈을 깜박거리며 나를 쳐다보더군. 그의 얼굴은 빗물, 눈

---

47) 세계에서 가장 큰 폭탄 가운데 하나인 BLU-82 폭탄. 베트남에서는 '코만도 볼트'라는 별칭으로, 아프가니스탄에서는 '데이지 커터(잔디 깎는 기계)'라는 이름으로 불렸다. 이 폭탄의 본디 목적은 헬리콥터의 착륙 지점 확보를 위해 정글을 청소하는 것이었다. 그러나 '코만도 볼트'는 폭발할 때 파괴력이 커 넓은 지역에 충격을 주는 초대형 인마 살상용 무기이기도 했다.

물, 핏물로 흠뻑 젖어 있었어. 나는 참호를 기어올랐지. 숲은 엉망이었어. 적군도 아군도 이미 숲을 빠져나갔더군. 한참을 이리저리 헤매고 나서야 솜과 붕대가 가득 들어 있는 구급함을 찾아냈지. 바로 그에게 돌아가려 했어. 그런데, 어쩌면 그렇게 멍청할 수가!" 따이 판이 고개를 흔들며 외쳤다. 그는 잠시 침묵하더니 다시 우울한 목소리로 이야기를 계속했다. "너무 멍청하지? 날은 이미 저물고 비가 억수같이 내렸어. 숲은 초토가 되고 쓰러진 나무가 어수선하게 널려 있고, 땅에는 포격으로 수백 개의 폭탄 구덩이가 패어 있었지. 그 괴뢰군이 누워 있는 내 참호는 도대체 어디에 있는 거야? 비는 끔찍하게도 퍼부었어. 산비탈을 따라 물이 콸콸 쏟아져 내리고 밀림의 해는 또 왜 그렇게 빨리 지던지. '괴뢰군! 괴뢰군!' 나는 소리를 지르며 미친 듯이 내달렸어. 그러다가 어느 참호에 빠졌는데 물이 무릎까지 차더군. 만약 그가 그대로 앉아 있었다면 가슴팍까지 차올랐을 거야. 하염없이 내리는 비에 그를 생각하니 가슴이 찢어지는 듯했지. 밤새도록 나는 이리저리 구르며 그를 찾아다녔어. 점점 숨이 가빠지고, 기진맥진하고, 무력해졌지. 새벽이 되니까 빗방울이 가늘어졌어. 그런데 눈앞에 펼쳐진 광경에 나는 까무러치는 줄 알았지. 폭탄 구덩이며 참호며 할 것 없이 물이 넘쳐흘렀어. 너무도 끔찍해서 나는 무작정 내달렸어. 아마 그때 난 정말 미쳐 있었을 거야. 그가 늪에 빠진 사람처럼 서서히 끔찍하게 죽어 가는 모습이 계속 떠올랐어. 물이 배에서 어깨까지 차오르고, 목을 지나 턱을 적시고, 입술에 닿고, 두 콧구멍에 이르는…. 그리고 숨이 막혀 왔겠지. 그는 분명 마지막 순간까지 내가 나타나기를 간절히 기다렸을 거야. 그런데도…. 그는 결국 그렇게 그 참호에 앉아서 죽음을 맞이했겠지. 여러 해가 지났지만 지금도 억수같이 퍼붓는 비를 볼 때면 심장이 북채로

전쟁의 슬픔 121

두들겨 맞는 것처럼 아파 와. 그 사람이 떠오르고, 어리석기 짝이 없었던 내가 생각나고…. 차라리 그를 한순간에 죽여 버렸으면 좋았을걸. 그런데 그렇게… 어느 누군들, 내가 그에게 가했던 그런 끔찍한 고욕을 견뎌 낼 수 있었겠어."

전쟁이 끝나고 오랜 시간이 지난 지금 이제는 따이 판이 마음의 평온을 되찾았는지, 아니면 여전히 죄의식에 시달리고 있는지 끼엔은 알지 못한다. 참호 속에 앉아서 죽어 갔을 그 사람이 아직도 그의 머릿속에 불쑥불쑥 떠오를까? 끼엔은 문득문득 그런 의문을 품었다.

병사들의 마음속에 자리한 전쟁의 슬픔은 사랑의 슬픔, 고향에 대한 그리움, 드넓은 강 위로 석양이 질 때의 우울함과도 같은 무엇이다. 그것은 슬픔이고, 그리움이고, 부드러운 고통이라서, 사람들을 과거의 시간 속으로 날아가게 할 수 있다. 물론 그런 전쟁의 슬픔이 구체적인 어떤 시점, 어떤 사건, 어떤 사람에 머물러선 안 된다. 왜냐하면 그것이 특정한 시점에 머무르는 순간, 그것은 슬픔이 아니라 가슴을 찢는 고통이 되기 때문이다. 누군가의 죽음을 떠올리는 일은 더욱 그럴 것이다.

끼엔은 인생의 마지막 순간까지 자신의 첫 분대장이었던 꾸앙을 잊지 못할 것이다. 그때는 1966년 건기의 어느 무렵이었고, 사 터이 동쪽에서 전투가 한창이었다. 신참 병사인 끼엔이 처음으로 출전한 전투였다. 날개 달린 천마[48]들과 쫓고 쫓기는 격전이 사흘 밤낮이나 이어졌다. 끼엔은 꾸앙을 바싹 따라다녔고, 꾸앙은 항상 그와 함께하면서 그를 이끌고, 사실상 그를 보호해 주었

---

[48] 베트남전쟁 당시 미 해병대의 최대 격전이라 알려진 케산 전투의 페가수스(Pegasus) 작전에 투입된 미 제1기병 사단을 일컫는다.

다. 일어서고, 엎드리고, 구르고, 돌격하고, 후퇴하며 끼엔은 꾸앙의 행동 하나하나를 따라 했다. 그러나 꾸앙은 헬리콥터에서 내리는 미군들을 제압하기 위한 기동전에서, 전 중대원과 함께 300고지 아래에 위치한 대나무 숲을 향해 길을 가로지르다 쓰러졌다. 106밀리미터 포탄 하나가 그의 발 아래서 터졌고, 그의 몸은 공중으로 높이 날아올랐다가 포물선을 그리며 땅에 떨어졌다. 끼엔은 당황해서 어찌할 바를 모르고 그 옆에 무릎을 꿇고 앉아 있었다. 꾸앙의 배가 터져 창자가 다 쏟아져 나왔다. 그러나 더욱 끔찍한 것은 온몸의 뼈가 거의 다 부러졌다는 것이었다. 옆구리는 움푹 패어 있었으며, 두 팔은 늘어져 덜렁거리고, 넓적다리는 시퍼렜다. 꾸앙은 한순간 의식을 잃었다가 깨어났다. 아마도 고통이 너무 심해 바로 깨어날 수밖에 없었을 것이다. 몽까이 지방의 어부였던 꾸앙은 원래가 아주 건강하고 몸집도 건장하며, 투박하긴 했지만 마음씨가 무척 고왔다. 늘 과묵하고 대담했던 그가 지금은 큰 소리로 울부짖었다.

"내 몸에 손대지 마…. 붕대도 감지 마…. 아아… 하지 마…."

하지만 끼엔은 그의 다리를 묶으려 애를 썼다.

"그만 해…. 그만… 제발!"

흐느끼는 입가로 계속 피가 흘렀다.

꾸앙이 잠시 정신을 잃은 듯하더니 머리를 움직이며 다시 눈을 떴다.

"끼엔… 끼엔… 날 좀 죽여 줘…." 그가 울면서 작게 말했다. 그러다가 사납게 소리쳤다.

"쏴! 끼엔, 내가 빨리 죽여 달라고 명령했어. 맙소사… 쏘라고. 쏴! 이 자식아, 쏘라고, 제발!"

밀림을 뒤흔드는 전투가 벌어지고 있었다. 쿵! 쿵! 쿵! 포탄이 빗발쳤다. 자욱한 연기 사이로 함성이 울려왔다. 끼엔은 벌벌 떨면서도 꾸앙에게 붕대를 감아 주려 했다. 차라리 분대장이 실신이라도 해서 자신까지 괴롭히는 그 끔찍한 고통으로부터 잠시라도 벗어나길 간절히 바라면서 최대한 조심조심 꾸앙의 상처에 붕대를 감았다. 그러나 죽음은 끝끝내 꾸앙을 흔들어 깨워 마지막 순간까지 그와 함께 고통을 견디기를 바라는 것 같았다.

잠시 후 다시 포격이 이어졌다. 빗발치듯 퍼붓는 포탄은 숲을 갈기갈기 찢어 놓고 두 사람의 몸에 흙을 퍼부어 댔다. 한참 만에야 끼엔은 흙더미에서 꾸앙을 끄집어낼 수 있었다. 그는 여전히 깨어 있었다. 입에서는 피가 흘렀지만 숨을 쉬었고 붉은 거품이 일었다. 눈이 감기지 않는지 그는 허공을 노려보고 있었다. 그리고 입을 달싹이며 무슨 말인가를 하려 했다. 끼엔은 몸을 숙여 귀를 기울였다.

"나를 가엾게 생각한다면 이대로 두지 마…. 너무 힘들어. 뼈는 다 부서지고, 창자도… 다 끊어졌어…." 모깃소리였지만 심혈을 기울여 짜낸 꾸앙의 말은 끼엔을 오싹 얼어붙게 했다. "날 죽여 줘…. 한 방이면 돼…. 그러면 끝나…. 어서!"

끼엔은 부들부들 떨었다. 그 순간 꾸앙이 마지막 혼신의 힘을 다하여 아직 부러지지 않은 팔로 끼엔의 허리에 달린 수류탄을 빼냈다.

"자, 잡았어!"

꾸앙은 승리감에 젖은 듯 환희에 차서 큰 소리로 외쳤다. 그리고 웃음을 터뜨렸다. 잔뜩 쉰 목소리였다. "하하하…. 자, 빨리 물러나! 끼엔, 멀리 물러서라고. 어서! 하하… 하하하…."

끼엔은 일어나 수류탄의 안전핀에서 시선을 떼지 않고 뒤로 한 발 한 발 물러섰다. 그러고는 갑자기 등을 돌려 뛰었다. 쑥대밭이 되어 연기를 뿜어 대는 대나무 숲을 가로질러 뛰었다. 흐느끼는 듯한 광란의 웃음소리가 그의 뒤를 바짝 따라오는 것 같았다. 하하하하!

"나는 그것이 찌엥 사람들이 '마음'이라고 부르는, 잘 웃는다는 숲의 정령이라고 생각해. 아니면 나환자의 유령? 어쨌든 사람의 웃음소리가 아닌 것만은 확실해. 한바탕 발작하는 듯한 웃음소리가 300고지 아래로 울려 퍼졌어."

9년이 지난 후, 유해발굴단의 한 병사는 저녁 무렵 사 터이 강가에서 300고지 쪽에서 울려오는 광란의 웃음소리를 들었고 요괴를 보았다고 주장했다. 그는 불안한 기색으로 말했다. 그를 에워싼 대원들의 얼굴이 금세 어두워졌다.

"아주 잠깐 울렸을 뿐인데 온몸이 오싹해졌어. 그런데도 용기를 내서 웃음소리가 난 쪽으로 가 보았지. 그러자 숲 속에 좁은 공터가 나왔어. 제기랄, 그리고 뭔가가 보였는데… 오두막집이었어. 한 줄기 바람이 스치자 어디선가 타는 냄새가 났는데 고구마 굽는 냄새 같기도 했어. 사람이 있다는 얘기지. 근데… 내가 또 뭘 보았는지 알아? 석양이 비치는 오두막집 문 앞에서 온몸에 털이 덥수룩한, 더 정확히 말하자면 수염과 머리가 아주 긴 어떤 모습을 보았어. 그는 옷가지 하나 걸치지 않은 알몸으로 붉은 나뭇등걸에 앉아 내가 숨어 있는 나무 덤불 쪽을 똑바로 쳐다보고 있었어. 그의 손엔 수류탄이 들려 있었지. 내가 살금살금 기어 뒤로 물러서는데 나뭇가지를 밟았는지 바스락

거리는 소리가 났어. 그러자 그 괴물이 더욱 주의를 기울이더니 벌떡 일어서서는 내 쪽을 뚫어지게 바라보다가 앞으로 다가왔어. 나는 냅다 도망쳤지. 바로 그때 등 뒤에서 그 괴상한 웃음소리가 울려왔어."

"혹시 싸 니엔(xa nien)[49] 아니었을까?" 병사 중의 하나가 물었다.

"싸 니엔이라면 왜 무기를 들고 있겠어? 게다가 그들은 오두막 같은 데 살지도 않을뿐더러 부락의 흔적도 없었어. 우리 병사들이 일구던 밭 말고는 주변에 화전을 일군 흔적도 전혀 없었다고. 그리고 무엇보다도 그건 사람의 웃음소리가 아니었어."

"혹시 끼엔, 뚱이 아닐까?"

"뚱이라니?"

"미친 뚱을 말하는 거지 어떤 뚱이겠어. 연대의 위병대원이었던 친구, 잊어버렸어? 1971년, 우리 연대가 90번 도로 갈림길 근처에서 머물렀을 때 미쳐서 숲으로 도망쳤잖아. 그래, 이곳에서 아주 가까운 곳이었어."

"아, 맞아, 뚱… 생각났어. 어쩌면 그럴지도 몰라…. 그 녀석도 발작하는 것처럼 웃었지. 정말 끔찍했어."

사람들이 말하기를, 숲에는 귀신의 샘물이 있는데 그 물을 마시면 온갖 병에 걸리기도 하고 심지어 미치기도 한다고 했다. 하지만 뚱이 미친 것은 폭탄 파편이 뇌에 박혔기 때문이라고 연대의 의사는 말했다. 끼엔은 연대가 폭격을 당했던 그때를 기억하고 있다. 많은 사람이 죽고 부상을 당했지만 뚱은 멀쩡했다. 다만 머리가 몹시 아프다고 호소했다. 간호사가 감기약을 주었지만

---

49) 서부 고원 지대 중부, 동남부 지역의 주민들 사이에 전해 오는 허구의 생물. 숲에서 길을 잃은 사람이 세월이 오래 흘러 유인원이 되었다고 전해진다.

통증이 누그러지기는커녕 더 아프다고 했다. 그러던 어느 날 밤 뚱의 웃음소리에 막사에서 잠자던 병사들이 화들짝 놀라 깨어났다. 그렇다. 그 일도 이 근처에서 일어났다. 뚱을 데려와 치료하기 위해 모두가 포위망을 짰지만 그는 아주 요령 있게 잘도 피해 다녔다. 가끔씩 사람을 놀리기라도 하듯 그가 나무 덤불 속에서 웃음을 터뜨리곤 했다. 하지만 그 웃음소리는 비통하면서도 애달팠다. 주변을 맴도는 추격이 한 달간이나 계속되었지만 결국 수색대는 뚱의 흔적마저 놓쳐 버렸다. 그는 깊은 숲 속으로 사라져 자취를 감추었다. 사람들은 뚱의 머리에 박힌 파편 조각이 한곳에 가만히 있지 않고 구석구석을 유영하듯 떠다니며 그의 광기를 돋운다고 말했다.

물론 이제 끼엔은 300고지의 한구석에서 들려오는 귀신의 웃음소리에 대한 이야기를 들으면서도 뚱에 대해 거의 생각하지 않았다. 그는 9년 전 역시 이 밀림에서 있었던 꾸앙의 죽음을 떠올렸다. 그토록 고통스러웠던 그의 육신이 흙이 되고 숲의 나무로 자라나, 흩어지지 않는 비극의 메아리와 허상들을 만들어 낸 것은 아닐까? 어쨌든 이 무렵부터 끼엔은 음침한 숲 깊은 곳에서 울려오는 신비한 중얼거림, 영혼의 바람과도 같은 귀신의 존재를 믿기 시작했다.

그와 대원들이 오두막집 근처에 다다랐을 때 유령이 큰 소리로 웃으며 그들을 막았다. 사나운 웃음소리는 일종의 경고처럼 들렸다.

"거기 누구세요?"

끼엔이 큰 소리로 물었다.

"이리 나와 보세요. 우린 당신의 친구랍니다. 우리는 당신을 찾고 있어요. 오랫동안 우리는 여기저기 당신을 찾아다녔어요."

침묵이 흘렀다. 밀림 속 황량한 공터에 버려진 오두막집. 300고지 밑의 시냇물 소리가 마치 기도 소리처럼 웅웅 울려왔다.

"이제 전쟁은 끝났어요."

끼엔이 다시 목청을 높였다. 그는 오두막의 어느 틈새를 통해 자신을 바라보고 있는 고독한 영혼의 시선을 느꼈다.

"이 황량한 곳에서 우리와 같이 나가요."

대답 대신 머리카락이 곤두설 정도로 무시무시한 웃음소리가 길게 이어졌다. 이걸 웃음소리라고 할 수 있을까? 아니면 통곡이나 울부짖음? 그도 아니면 단순히 미친 사람이 발작하듯 질러 대는 비명 소리일까? 몸서리칠 정도로 끔찍하고 야만스런 웃음소리였다. 그리고, 아마도 한 명의 웃음소리가 아닌 것 같았다. 낮고 칼칼한 음성에는 작고 가늘게 떨리는 웃음소리가 섞여 있었다.

웃음소리가 잦아들 때까지 얼마나 오래 기다렸는지 모른다. 끼엔은 천천히 오두막으로 걸어갔다. 갑자기 너절한 오두막집이 흔들렸다. 끼엔 일행은 무슨 일이 벌어졌는지 분명하게 보지 못했다. 오두막에서 무언가가 뛰쳐나와 뒤편으로 쏜살같이 사라졌다. "그들이다!" 하나가 아닌 몇 개의 그림자가 휙 스치고 지나가 사람 키보다 높은 풀숲 사이로 사라져 버렸다. 새가 겁에 질린 듯한 울음소리를 냈다. 풀잎이 한편으로 길게 누워 밭고랑 같은 길이 나 있었다.

"저기다!" 누군가 얼빠진 목소리로 외쳤다.

대나무 숲과 맞붙은 풀숲에 아주 짧은 순간 누더기를 걸친 유령이 홀연 나타나 한 줄기 빛처럼 신비스럽고 유연하게 출렁이더니 길고 검은 머리카락을 날리며 이내 사라져 버렸다. 그리고 또 다른 유령 하나가 더 있었는데, 몸을 낮게 굽히고 뛰어갔기 때문에 고릴라 등처럼 시커먼 그의 등마루만을 얼핏 보았을 뿐이다. 환영과 현실이 씨줄과 날줄로 얽혀 검푸른 숲 위에 두 개의 파동이 교차하는 것 같았다.

 반쯤 넋이 나간 채 텅 빈 숲을 빠져나온 끼엔과 대원들은 오두막 앞에 약간의 쌀과 소금, 약품 몇 가지가 들어 있는 보급품 상자를 남겨 놓고 거길 떠났다. 그러나 며칠 후 그곳을 다시 찾았을 때, 상자는 아무도 손대지 않은 채 그대로 있었다.

 "아마 그들은 덫을 놓았다고 생각했나 봐." 병사 하나가 말했다. "그들은 겁이 난 거야."

 "'그들' 이라고? 그럼 그들이 사람이었다고 생각하는 거야?"

 끼엔과 대원들은 문으로 사용하는 듯한 작은 구멍을 통해 오두막 안으로 기어 들어갔다. 대나무로 얼기설기 짠 침상 위에 마른풀이 요처럼 깔려 있었다. 방 한구석엔 돌 세 개를 받쳐 만든 아궁이가 있고, 아궁이 주변엔 고구마 껍질과 옥수숫대가 널려 있었다. 방 안에 가득 찬 연기 냄새 속에는 사람의 냄새가 희미하게 배어 있었다.

 "여기 좀 봐." 끼엔이 이부자리 위에서 비행기 파편인 듯한 알루미늄으로 만든 빗을 조심스레 주워 올리며 말했다. 빗살 사이에는 아주 길고도 부드러운 머리카락이 끼여 있었다.

 "그러니까 우리가 본 것은 귀신이 아니야. 싸 니엔도 아니라고."

 "그럼 누구란 말이야?" 병사 하나가 속삭이듯 물었다. "아군이나 적군 중 누군가 탈영해서 아직까지 숲 속에 숨어 산다는 거야?"

아무도 대답하지 않았다.

그 후 대원들이 나서서 꽤 오랫동안 공을 들여 밀림을 수색했다. 그러나 한 쌍의 미친 원앙은 신령스러운 숲의 품에 숨어들어 보이지 않았다. 이따금 바람결에 그들의 웃음소리를 들을 수 있었지만 위치를 알아낼 수는 없었다. 한번은 어떤 병사가 땅거미가 질 무렵 바로 그 여인이 강에서 목욕하는 것을 보았다고도 했다. 그가 가까이 다가가자 그녀는 예의 소름 끼치는 웃음을 한바탕 터뜨리더니 이내 사라졌다고 한다. 그녀가 강가의 나무 덤불 속으로 사라졌는지 아니면 물속으로 사라졌는지는 알 수 없다고 했다.

"그녀는 혼자 남겨진 것 같았어. 아마도 남자는 이곳에서 멀리 떠난 모양이야. 그런데 그녀가 홑몸이 아닌 것 같더라고. 내 생각엔 임신한 것 같아."

틀림없이 그의 상상일 뿐이리라. 아마 그는 이 출구도 없이 막막하고 어둡고 광기 어린 이야기에 아이를 등장시킨다면 조금은 덜 가엾고 희망이 묻어나는, 훈훈한 이야기가 될 거라고 생각했을 터이다. 그래서 그는 덧붙여 말했다.

"정신병은 유전되지 않아. 그리고 그 아이가 크면 누군가 찾아내든지, 아니면 아이 스스로 사람들을 찾아 나서겠지."

"그러길 바라야지." 다른 병사가 말했다. "무슨 수가 있겠지. 이것 말고도 비슷한 일들이 많이 있을 거야. 더 끔찍한 경우도 있는데, 뭘."

"예를 들자면 죽은 사람들 말이지."

"그래, 맞아. 죽은 사람들도 있지. 그들도 어떻게든 땅속에서 구해 내야 할 텐데."

그렇다. 끼엔은 생각했다. 자신 또한 지난 몇 년 동안 수치심과 원한과 무기력에 허덕이며 극심한 혼란에 빠져 타락의 길을 걸어왔다. 그러나 사람이 마냥 그럴 수는 없는 노릇이었다. 반드시 스스로 벗어날 수 있는 길이 있을 터였다. 그러나 어떤 방법으로, 언제쯤에야 나는 그 길을 찾을 것인가?

이 이야기는 서부 고원 지대가 아니라 사이공에서 있었던 일이다. 그때는 4월 30일[50] 오후가 막 시작되던 때였다. 끼엔이 아직 끝내지 못하고 구석에 처박아 둔 소설에서 전쟁은 끔찍한 환영과 허상의 사건들, 그 흔적과 잔재와 증언들로 조각조각 얼룩져 있지만, 그 전쟁에도 승리의 날은 다가왔다.

그날도 억수같이 비가 내렸다. 그렇다, 전승의 날, 그 영광스러운 날에도 사이공에는 점심나절 엄청난 불길이 일었고 그다음 스콜이 장대처럼 쏟아졌다. 비는 30분 정도 내리다 그치고, 태양이 구름을 밀어내며 연기 사이로 모습을 드러냈다. 떤 선 녓 공항 안 적군의 낙하산 특공대 거점들도 완전히 분쇄되었다. 끼엔은 자신의 연대를 찾기 위해 활주로 가장자리를 따라 발을 질질 끌며 공항 대합실을 향해 걸었다. 그는 정찰대의 유일한 생존자였다.

멀리 시내에서는 하늘을 향해 미친 듯이 축포를 쏘아 올렸지만, 공항은 이상하리만큼 조용했다. 불길이 일었던 곳은 여전히 연기를 내뿜고 있었지만, 내린 빗물에 공기는 흐릿한 빛깔로 물들어 있었다. 공항 곳곳에는 병사들이 여기저기 뒹굴며 잠들어 있었다. 병사들에게 전쟁의 첫 전리품은 뭐니 뭐니 해도 잠이었다.

끼엔은 비틀거리며 비에 젖은 적군의 시체 사이를 지나 굼뜨게 계단을 올라 옻칠이라도 한 듯 반짝반짝 빛나는 검은 대리석이 깔린 대합실로 들어섰다. 어디를 둘러봐도 잠에 취한 병사들뿐이었다. 병사들은 탁자 위나 긴 의

---

[50] 1975년 4월 30일, 베트남전쟁이 종식되던 날을 말한다.

자, 스탠드나 매표소, 창턱이나 소파, 어디든 가리지 않고 잠에 곯아떨어져 있었다. 합창을 하듯 코를 골아 대는 소리에 끼엔의 눈꺼풀도 더욱 무거워졌다. 그는 세관의 문지방 옆에 쓰러지듯 주저앉아 담뱃불을 붙였다. 두 모금도 채 피우지 못하고 담배가 손에서 떨어졌다. 끼엔은 대리석 바닥에 길게 드러누워 그대로 잠에 빠져 들었다.

그러나 잠을 길게 잘 수 없었다. 떠들썩한 소리와 뜨거운 불기운, 음식 냄새가 그의 잠을 흔들어 깨웠다. 그는 손을 짚고 무거운 몸을 일으켜 앉았다. 그의 바로 옆에는 전차병으로 보이는 한 무리의 병사가 침대 매트와 니스 칠을 한 나뭇조각들로 장작불을 피워 놓고 둘러앉아 있었다. 그들은 큰 냄비에다 아주 맛있는 냄새가 나는 뭔가를 끓이고 있었다.

"야, 냄새 한번 기가 막히는군!" 병사 하나가 끼엔을 힐끗 쳐다보며 말했다. "그렇지? 냄새 죽이지? 일어나 먹으라고. 제법 먹을 만하다니까. 괴뢰병들은 이걸 즉석 라면이라고 한다지."

"젠장, 별것도 아닌 걸 갖고. 어서 먹고 가서 뭐든 뒤져 보자고. 빨리 가지 않으면 보병 놈들이 골동품51)을 싹 쓸어가 버릴 거야. 아 참, 깜박했네." "실례지만 보병 아저씨. 혹시 우편물 창고가 어디 있는지 아세요?"

"알아요."

"좋아요. 이거 먹고 우리 좀 안내해 주세요. 내 탱크가 오랫동안 텅 비어 있었거든요. 전리품 냄새를 한 번도 못 맡아 봤으니. 아! 그런데 세상에, 시체 옆에서, 그것도 여자 시체 바로 옆에 누워서 잠을 자던데, 냄새가 지독하지 않았어요?"

51) 병사들은 전리품을 속어로 '골동품'이라 불렀다.

끼엔이 무심히 뒤를 돌아보았다. 정말 시체가 하나 있었다. 피부가 하얀 여자였는데 헝클어진 머리카락이 얼굴을 반쯤 뒤덮고 있었다. 가슴이 불룩 솟아 있고, 양다리를 가위처럼 벌린 채 세관 문을 가로막듯 누워 있었다. 아직 한창 젊은 나이였다. 눈을 반쯤 감고 있는 그녀의 등 뒤로 핏물이 고여 있지는 않았다.

"잠이 너무 쏟아져서 젠장 전혀 몰랐네요." 끼엔이 말했다. "눈에 거슬리지 않게 제가 멀리 치울게요."

"됐어요. 밥 다 먹어가요. 괜히 손대서 뭐하겠어요. 그냥 두세요. 평화의 문턱에 들어서자마자 시체를 만지면 평생 재수 없을 거예요."

"그런데 왜 저렇게 발가벗고 죽었을까?"

"글쎄, 모르겠어. 점심때쯤 탱크를 밀고 들어와 저기 마당에 널브러져 있는 낙하산병들을 쏴 죽였는데, 그때도 저렇게 죽어 있더라고."

"근데 이상하지. 낙하산병들은 바로 냄새가 코를 찌르던데, 이 아가씨는 여전히 저렇게 싱싱해. 아마 여자들이 깨끗해서 더 늦게 썩나 봐."

"닥쳐, 이 자식아. 밥 먹는데 그놈의 썩는다는 얘기만 줄창 해 대냐? 예절을 밥 말아먹은 놈 같으니라고."

그때 엎치락뒤치락하는 소리, 질질 끄는 소리에 이어 쿵쿵 발소리가 들려왔다. 커다란 몸집에 철모를 쓴, 방공 포병으로 보이는 녀석이 '333맥주' 박스를 두 개나 안고서 낑낑대며 세관 안쪽에서 걸어 나오고 있었다. 녀석은 눈을 위로 치켜 뜬 채 세관 문지방을 넘어오다 여자의 시체에 걸려 비틀거리다 넘어지고 말았다. 맥주병들이 와르르 쏟아지면서 요란하게 깨지고 노란색 맥주가 바닥에 콸콸 흘러넘쳤다. 전차병들이 폭소를 터뜨렸다. 끼엔은 그저 실쭉 웃었다.

 창피하기도 하고 화도 난 '골동품' 사냥꾼은 곧바로 일어서서 두 주먹을 불끈 쥐고는 자신을 비웃는 사람들을 무섭게 째려보았다. 그러고는 성난 얼굴로 침을 퉤 뱉더니 방금 자신의 발에 걸린 물건을 세게 걷어차면서 소리를 질렀다.

 "네미, 씨발, 갈보 아냐? 여기서 가랑이를 쫙 벌리고 뭐하는 거야. 저놈들한테 보여 주려는 거냐? 네가 지뢰를 깔았지? 아, 이 쌍놈의 자식들! 제기랄, 웃긴 뭘 웃어? 이년이 어떻게 되는지 보고 싶으면 실컷 보라고, 내가 당장 치워 버릴 테니까."

 한바탕 욕설을 퍼붓던 '지 패오'[52] 녀석은 시체의 다리 한 쪽을 잡고서 질질 끌고 갔다. 식사를 하던 사람이나 웃고 있던 사람이나 모두 채찍이라도 맞은 것처럼 어안이 벙벙하여 쳐다만 보고 있었다. 그 빌어먹을 자식은 조심성이라곤 눈곱만큼도 없이 여자의 시체를 끌고는 계단을 내려갔다. 머리카락이 마구 흐트러지고 시체의 목덜미와 머리통이 쿵쿵 소리를 내면서 공처럼 튀어 올랐다. "세상에!" 누군가 숨이 멎는 듯한 소리를 냈다.

 그 야만스런 놈은 불쌍한 시체를 빗물과 햇빛에 반짝반짝 빛나는 콘크리트 바닥까지 거칠게 끌고 갔다. 그러고는 양다리를 벌리고 허리를 비틀어 힘을 주더니 '얍' 하는 기합 소리와 함께 시체를 높이 들어 공중으로 세게 내던졌다. 하얀 시체는 허공을 한 바퀴 돌더니 비스듬히 날아가 아직 치우지 않은

---

52) 지 패오(Chí Phèo)는 소설가 남 까오의 작품명이자 작품 속 주인공의 이름이다. 지 패오는 베트남의 반봉건 식민지 사회에서 가난하고 비천한 삶을 살아야 했던 민중의 불행을 대표하는 인물이다. 막무가내 깡패를 상징한다.

낙하산병의 시체 더미 옆에 툭 떨어졌다. 여인의 시체는 등이 땅에 닿자마자 벌떡 일어나 앉은 자세로 두 팔을 휘저으며 비명을 지를 것처럼 입을 벌렸다. 그러고는 땅에 머리통을 부딪치면서 옆으로 푹 꼬꾸라졌다. 녀석은 거드름을 피우듯 두 팔을 앞뒤로 힘차게 흔들며 기세등등한 걸음걸이로 가 버렸다.

전차병들이 벌떡 일어나 우르르 마당으로 달려 나갔다. 끼엔도 당황하여 허둥지둥 그들을 쫓아갔다.

"짐승만도 못한 놈. 천박한 자식!"

머리에 붕대를 친친 감은, 우람한 체격의 전차부대장이 씩씩거리며 어깨에서 AK 소총을 빼 들었다. 끼엔어 재빨리 뛰어들어 총신을 잡고는 총부리를 공중으로 돌렸다. 때마침 총구에서 총알이 탕탕 튀어 나갔다. 탄창 한 개의 총알이 모두 다 한 가닥의 실선을 그으며 허공을 향해 비스듬히 날아갔다. 뜨거운 탄피가 주르륵 흩어지며 끼엔의 얼굴을 때렸다.

그때 공항에는 축포 소리가 울려 퍼지고 있었다. 병사들이 우르르 떼지어 몰려다녔다. 그들은 사방팔방으로 뛰어다니며 닥치는 대로 부수고 물건을 나르는 등 와글와글 시골 장터처럼 법석을 피워 댔다. 아무도 이 사건 따위에는 관심이 없었다. 심지어 그 철모를 쓴 작자조차도 방금 자신이 죽을 뻔했다는 사실을 전혀 모르고 있었다.

"그래, 고작 그깟 일 때문에 저 사람을 죽일 작정입니까?"

끼엔이 깜짝 놀라서 물었다. 그러나 총을 쏜 이는 아무 대답 없이 끼엔의 손에서 소총을 다시 빼앗아 들며 매섭고 적개심에 찬 눈빛으로 그를 노려보았다. '저 사람이 대체 왜 이러는 걸까.' 끼엔이 의아히 여기며 말했다.

"그 여자는 분명 민간인이 아니었을 겁니다. 정보기관이나 공군에서 일하던 여자였을 거예요."

"닥쳐!"

"뭐라고요?"

"무슨 멍청한 소리야? 입 닥치는 게 좋을걸."

끼엔은 화가 나서 벌게진 눈으로 주먹을 불끈 쥐고 그를 한 대 치려 했다.

"이봐, 관둬요. 그만 하라니까. 참으라고요. 오늘은 승리의 날이잖아."

전차병들이 말렸다.

"이제 '골동품' 찾는 일은 조금 이따가 합시다." 한 명이 제안했다. "우리 힘을 모아 시체들을 먼저 치우자고요. 그깟 오물 덩어리 같은 놈 때문에 다들 신경을 곤두세울 필요는 없잖아요. 자, 어서 치우자고요. 어쨌든 그들도 사람이에요. 우선 발이나 커튼 따위로라도 그들을 덮어 줍시다. 그 여자는 옷을 입혀 주도록 하고요⋯. 저기 여자 옷이 잔뜩 들어 있는 가방이 있더군요. 그건 내가 가져올게요. 누구 머리 손질할 줄 아는 사람이 있으면 곱게 쪽이라도 쪄 줘요."

끼엔은 화를 누르고 그 자리에 남아서 전차병들과 시체를 치우기 시작했다. 밤이 다 되어서야 일이 끝났다. 시체는 하나하나 염을 해 주고, 트럭이 와서 잘 싣고 갈 수 있도록 활주로 가장자리로 옮겨 일렬로 뉘어 놓았다. 그리고 그 여자는 예쁜 옷을 입히고, 머리에 쪽을 쪄 주고, 얼굴도 씻겨 주었다.

"겨우 끝났군! 제길, 이 거지 같은 시절과도 영원히 작별인 거지?"

전차병 하나가 자못 엄숙한 표정으로 욕설을 내뱉었다. 모두가 모자를 벗어 들었다.

"없었던 일로 해 줘." 조금 전에 끼엔에게 눈을 부라리던, 머리에 붕대를 감은 전차부대장이 사과의 말을 건넸다. "우리 같은 전차병들은 사실 시체라면 넌더리가 나지. 전차 바퀴에는 시체에서 떨어져 나온 살점들이 끼여 있곤 했어. 전차를 통째로 강물에 넣어야만 바퀴에서 썩은 내가 사라질 정도야. 근데 그 미친 녀석이 사람의 시체를 함부로 대하는 걸 보니 참을 수가 없었어. 게다가 여자잖아. 그놈을 죽였어야 하는 건데. 하지만 정말 자네가 아니었다면 난 그놈을 죽이고 살인자가 되었겠지. 어쨌든 평화가 왔잖아. 설령 그놈이 총에 맞았다 한들 아무 소용도 없는 일인데. 우리 또한 목석이 아니면 뭐겠어? 사람의 시체를 바로 옆에 두고도 아무렇지도 않게 먹고 자니까. 병사니 민간인이니 따지며 품평까지 해 대면서 말이야."

"됐습니다. 그만 합시다."

"아니, 난 진심으로 하는 얘기야. 정작 아까 그 녀석이 우리에게 뭔가 일깨워 준 셈이 됐지. 최소한의 인간애에 대해 되새겨 보라고 말이야."

끼엔은 얼굴을 찌푸리며 휙 돌아서 가 버렸다. '인간애? 웃기고 자빠졌네!' 끼엔은 한 달여 전 연대가 부온 마 투옷의 경찰서를 공격하던 날 아침에 죽은 오안을 생각했다. '인간애라고? 염병할!'

경찰서 안의 남베트남 경찰들은 전투병 못지않게 맹렬히 저항했다. 끼엔의 부대는 한 시간이나 총격전을 벌인 끝에야 겨우 건물 안으로 진입할 수 있었다. "하얀 옷을 입은 놈들은 죄다 죽이고, 노란 복장은 풀어 주라고…" 처음에 누구의 입에서 떨어진 명령인지는 알 수 없지만 그렇게 입에서 입으로 전해졌다. 손가락이 아플 정도로 방아쇠를 당겨 댔지만 마치 백로 둥지를 들쑤셔 놓기라도 한 것처럼 각 방마다 흰옷을 입은 경찰들이 쏟아져 나왔다. 끼엔과 오안은 3층으로 가는 통로에서 적의 총격을 물리치고 함께 계단을 뛰어

올라갔다. 긴 복도를 뛰어다니면서 사무실마다 수류탄을 던져 넣었다. 남베트남 경찰들은 기관 단총과 수류탄에 항복하지 않고 권총으로 대항해 왔다. 3층 긴 복도의 맨 마지막 방이었던 것으로 기억한다. 오안과 그가 덮치기 바로 직전에 밤색 가죽으로 된 문이 벌컥 열리더니 하얀 군복 차림의 세 그림자가 번개처럼 튀어나와 4층 계단을 향해 죽기 살기로 내달렸다.

"여자들이야. 쏘지 마!" 오안이 소리쳤다.

그러나 끼엔의 AK 총구가 이미 짧게 불을 뿜은 후였다. 탕! 탕! 탕! 끼엔은 사격을 멈추고 기계적으로 소리쳤다. "항복하면 살려 주고 저항하면 죽는다!" 하얀 경찰복 치마를 입은 세 여자가 파란색 카펫이 깔린 복도에 쓰러졌다. 잘 익은 자두 색깔의 피가 울컥울컥 분수처럼 솟았다. 두 명은 그 자리에서 죽고, 세 번째 여인은 벽에 기대앉아 있었다. 끼엔과 오안이 한달음에 뛰어갔다. 탄약 냄새와 피비린내가 진동해도 여자의 향수 냄새를 억누르지는 못했다. 파마머리가 흘러내려 얼굴을 덮었지만, 그녀는 여전히 손으로 눈을 가리고 있었다. 빨간 립스틱을 바른 입술이 고통으로 일그러지더니 삐죽삐죽 울음을 터뜨리려 했다. 건물 안은 총소리, 수류탄 터지는 소리, 비명 소리와 사람들이 우르르 뛰어다니는 소리에 귀청이 터지고 머리가 울릴 정도로 시끄러웠다. 끼엔은 계단 입구로 가기 위해 서둘렀다. 그는 천천히 일어서려는 젊은 여자에게 재빨리 말했다. "두 손을 높이 들고 마당으로 내려가요. 그럼 쏘지 않을 거예요!" 오안은 허겁지겁 수류탄이 가득 들어 있어 과일 가방처럼 불룩한 군용 배낭을 둘러 메고 끼엔의 뒤를 따랐다.

사실 끼엔은 사방에서 울리는 요란한 기관총 소리 때문에 바로 자기 등 뒤에서 난 권총 소리를 듣지 못했다. 그리고 귀가 먹먹해서 오안의 비명조차 들지 못했다. 아마도 끼엔이 죽음을 피할 수 있었던 것은 그녀의 P38 권총에 장전되어 있던 탄약이 바닥났거나 갑자기 고장 났기 때문일 것이다. 그는 벽쪽으로 몸을 약간 기대고 서서 뒤를 돌아보며 오안에게 계단으로 바로 뛰어 올라가지 말고 우선은 수류탄으로 위쪽을 제압하자고 말하려던 참이었다. 그러나….

오안의 등은 벌써 그녀가 쏜 총에 몇 방 맞은 뒤였다. 여자는 양손에 권총을 들고 구부정하게 서서 끼엔의 얼굴을 정면으로 겨냥했다. 겨우 10미터도 안 되는 거리였고, 확실히 죽일 수 있는 거리였다. 그녀가 방아쇠를 당겼다. 끼엔을 정확히 조준하고 있던 총구가 뜻밖에도 잠잠했다. 이번엔 끼엔이 쏘았다. 그러나 끔찍한 것은 그가 아주 가까이 다가가서 총을 쏘았다는 것이다. 얼굴을 마주하고서 복수의 총을 쏘았다. 정말 소름끼치는 것은 탄창의 총알을 절반이나 퍼부었는데도, 그녀가 팔꿈치로 바닥을 짚고는 고개를 쳐들고 일어서려 했다는 것이다. 끼엔은 한 방이 아니라 탄창 속에 남아 있는 나머지 절반의 총알을 다 쏘아 버렸다. 7.6밀리미터 총알이 피로 붉게 물든 하얀 셔츠를 꿰뚫고 그녀의 등 아래 대리석 바닥에 '퉁퉁' 떨어졌다. 끼엔은 배를 움켜쥐고 네 구의 시체 옆에 웅크리고 앉아 덜덜 떨면서 헛구역질을 해 댔다. 신병 때부터 10년 동안 치러 온 전투였지만 이런 경우는 처음이었다….

'인간애라고? 인간의 품성이라고?' 끼엔은 브랜디 병을 벽에 던지며 조소를 퍼부었다. 밤새도록 그는 공항을 돌면서 병사들이 '골동품'을 긁어모으고, 아무 데나 들어가 먹고 마시고 때려 부수는 광경을 지켜보았다. 시끌벅적하고 요란한 환락의 향연이었지만 그다지 즐거운 것 같지 않았고, 더 정확히 말하면, 하나도 기쁘지 않은 것 같았다. 탁자와 의자를 뒤엎고, 망가뜨리고,

조각조각 부숴서, 바닥엔 그 잔해들이 뒤죽박죽 어지럽게 널렸다. 서류나 지폐들이 허공에 흩날렸다. 도자기 또는 유리로 된 컵, 술잔, 꽃병, 찻잔 등이 모조리 산산조각 났다. 술 상자들이 줄줄이 깨지고 술과 포도주가 강물처럼 쏟아져 카펫을 흠뻑 적셨다. 기관 총이고 권총이고 할 것 없이 마치 시합을 하듯 공중으로 쏘아 대 천장의 샹들리에를 마구 부숴 버렸다. 어느 누구 할 것 없이 마음껏 마시고 곤드레만드레 취했다. 그리고 대부분은 웃고 울었다. 어떤 이는 고래고래 소리를 지르다가 흐느껴 울기도 하고 끝내는 미친 듯이 딸꾹질을 하기도 했다. 평화라는 것이 무자비할 정도로 아찔하게 그들을 향해 돌진해 왔지만, 하늘도 땅도 사람들의 마음도 하나같이 흔들렸다. 모두에게 평화는 기쁨이라기보다는 당혹스러움이었고 고통이었다.

　끼엔은 프랑스 항공의 구내식당에 앉아서 탁자에 발을 올려놓은 채 말없이 술을 마셨다. 한 잔 또 한 잔. 눈살 한 번 찌푸리지 않고 단숨에 마셨다. 끼엔은 야만스럽게 마셔 댔다. 마시면서 조상을 탓하고 인생을 욕했다. 주변의 많은 사람이 술을 마시다 쓰러져 갔지만 그는 아랑곳하지 않고 여전히 술을 벌컥벌컥 들이켰다. 차갑고도 끔찍한 밤이었다. 공항 도처에, 활주로 밖에서 대합실 안까지 총성이 다른 시끌벅적한 소리 위로 뱅뱅 돌며 요란하게 들끓었다. 파랑, 빨강, 노랑, 보라 신호탄과 함께 각종 예광탄이 하늘을 붉게 물들였다. 지상에 한바탕 지진이 일어난 것 같기도 했고, 하늘 궁전에 큰 난리가 난 것 같기도 했다. 30년에 걸친 이 지난한 전쟁이 수많은 인생과 운명의 한 시대였고, 한 세계였으며, 또한 산천과 땅과 하늘의 한 귀퉁이가 무너져 내린 것이었음을 생각하니 몸을 떨지 않을 수 없었다.

　날이 밝아 오자 주위가 다시 시끌벅적 들뜨기 시작했지만, 그럴수록 끼엔은 어둠을 거슬러 달려오는 평화의 아침이 소름 끼치도록 고요하게 느껴졌다. 그는 문득 고독을 느꼈다. 어느 때보다도 외로웠고, 앞으로도 줄곧 외로울 것 같았다.

그 후, 사람들의 얘기를 듣거나 영화를 볼 때면, 스크린 위에 펼쳐진 사이공의 4월 30일 광경은 웃음과 환호성이 넘쳐 나고, 꽃이 만발하고 깃발이 펄럭였다. 군인과 민간인의 물결이 이어지고, 행복과 환희의 열기가 후끈후끈 달아올랐다. 그럴 때면 끼엔은 왠지 질시 섞인 슬픔이 솟는 것을 느꼈다. 그들과 마찬가지로, 결코 잊을 수 없는 승리의 광경을 직접 체험했음에도 왜 끼엔과 동료들은 그들처럼 눈부시게, 날아갈 듯, 훨훨 타오르듯 환호하며 행복해하지 못했을까? 왜 그렇게 빨리도 숨이 막혀 왔던 것일까? 어쩌면 그 전쟁의 참호에서 미처 발을 빼지 못했던 건 아니었을까?

그날 끼엔은 밤새 술을 마셨지만 아침이 되어서야 취기가 몰려드는 것을 느꼈다. 유리 벽이 연기처럼 뿌옇게 흐려지고 바닥이 파도처럼 출렁이는 것 같았다. 어느 순간 끼엔의 몸이 굳었다. 어제 세관 문간에 벌거벗은 채로 누워 있던 여자가 창문 커튼으로 만든 염포를 벗어 던지고, 그녀를 묻으러 가기 전 그들이 입혀 준 옷까지 홀딱 벗어 버리고 알몸으로 그를 향해 헤엄쳐 왔다. 창백한 젖가슴, 마구 풀어헤친 머리, 까만 두 눈엔 개미가 득실거리고, 일그러진 입술엔 섬뜩하리만치 차가운 미소가 어렸다. 그러나 끼엔은 이 차갑게 굳은 존재가 무섭지도 혐오스럽지도 않았다. 오히려 그 반대였다. 가엾고 불쌍해서 심장이 찢어질 듯 아파 왔다. 그녀도 살아서는 한 인격이었는데, 죽임을 당하고도 모자라 시신마저 능욕을 당하고, 끼엔 역시 멸시하고 침을 뱉었던 것이다. 잊어서는 안 된다, 전쟁에서 일어났던 모든 일을 결코 잊어서는 안 된다. 그것은 죽은 자와 산 자, 우리 모두의 공동 운명인 것이다.

가슴이 채찍을 맞은 것처럼 아프고 정신이 혼미한 가운데 끼엔은 손을 허우적대며 그 버림받은 여자 유령을 안으려 했다. 술에 취하고 목이 메어 소리가 나오지 않았지만, 고통으로 일그러지고 두서없는 말일지라도 그는 진심으로 그 불행한 영혼을 위로하고 싶었다.

이 여자 유령에 대해 이야기한다 한들 누구도 쉽게 믿기는 어려울 것이다. 세월이 지나자 이 전쟁의 마지막 사건에 대한 괴로움이나 죄책감은 점점 사라지고 그리움 같은 것이 되었다. 마치 떤 선 녓 공항의 그 여인이 시신이 아니라, 고통스러웠던 시절 절대로 잊을 수 없는 어느 날에 단 한 번 만나서 영원히 바래지 않을 상심과 애정의 그림자를 남긴 듯했다….

산처럼 쌓인 끼엔의 원고는 지금 벙어리 처녀의 옥탑방에 있다. 정체된 시간의 켜만큼이나 두껍게 먼지가 앉은 종이 더미 속의 이야기는 어떤 부분은 명확하고 어떤 부분은 모호하고, 어떤 페이지는 어둡고 어떤 페이지는 밝으며, 각 시대와 세대가 뒤섞이고, 사건들이 뒤죽박죽 엉켜 있으며, 산 자와 죽은 자, 평화와 전쟁의 경계도 희미했다. 끼엔의 소설에서 전쟁은 총성이 멎었어도 끝날 줄을 몰랐다. 그의 인물들은 살아 있든 죽었든 이 세상에 실재한다고 믿을 수 없는 방식으로 계속 살아갔다. 그의 소설은 묻어 두었거나 시대를 다했거나 주인을 잃었던 감정들의 은신처였다.

"이건 분명 반쯤 미친 사람의 문장이에요. 저승사자나 쓸 법한 거라고요!"

그렇게 평가할 수도 있다. 사실 맞는 말이기도 했다. 벙어리 여인이 말을 할 수 있었다면, 작가가 삶에 대한 무모한 열정과 괴로움으로 거의 미친 상태에서 쓴 것이라고 기꺼이 증언해 주었으리라.

하긴 말 못하는 사람의 생각이야 다른 사람이 알 리 없으니 무슨 의미가 있겠는가. 그녀 또한 어떻게든 자신의 마음을 토로할 생각 따윈 하지 않았다. 그녀는 불길한 징조를 가득 담은 이 원고의 주인에 대해 자신이 목격하고 보고 들은 모든 것을 가슴속에만 묻어 두었다. 언젠가 다시 그를 만날 수 있으리란 희망을 영원히 간직하듯이.

그녀는 몇 년 전에 이 집으로 이사를 왔다. 다 쓰러져 가는 낡은 삼층집의 옥탑방은 오랫동안 버려 두어 쥐와 벌레들의 소굴이 되어 있었는데, 집주인이 대충 손질해 그녀에게 세를 놓았다. 옥탑에는 그녀의 방만 있었다. 거기엔 귀신이 나온다고들 쑥덕거렸지만, 그녀 자신 또한 유령과 진배없는 신세였기에 별로 개의치 않았다. 홀로 외로이 그림자와 살면서 아침에 나가 저녁에 슬그머니 돌아오곤 했다. 그녀는 아직 젊었지만 말을 못했기 때문에 사람들과 어울리는 일도 거의 없었고, 그녀가 어디서 왔는지 어떻게 사는지 아무도 몰랐다.

끼엔과 가까워지기 전에, 그녀는 가끔 좁은 계단에서 그와 마주치곤 했다. 그는 아주 굼뜨게 한쪽 입꼬리를 약간 올리며 웃고는 고개를 숙여 그녀에게 인사했다. 그때는 그에게서 알코올 냄새가 났다. 그러나 정신이 말짱할 때는 인사를 하는 듯 마는 듯 우물쭈물하거나, 눈을 내리깔고 쳐다보지도 않거나, 심지어 그녀에게 길을 비켜 줄 생각도 하지 않았다. 그는 키도 크고 어깨도 넓었지만, 깡마른 데다 피부는 거칠고 울대뼈가 불거진, 얼핏 보아도 잘생긴 얼굴은 아니었다. 투박하고 주름이 가득한 얼굴은 늘 피곤하고 침울해 보였다. 그녀가 언뜻 보기에 그는 마흔 살쯤 되어 보였지만, 여전히 혼자 살며, 학창 시절부터 그가 열렬히 사랑했던, 아주 예쁘고 똑똑한 여자가 지금도 그의 방 바로 옆에 살고 있었다. 그리고 그가 작가라는 것도 익히 들어 알고 있었다.

"저기 우리 동네 작가 선생 가시네."

자랑스러워서 그러는지 아니면 조롱인지 동정인지 알 수 없지만 마을 사람들은 끼엔이 지나가면 그렇게 얘기했다. 그리고 그녀에게는 '작가'라는 칭호가 어쩐 일인지 악명의 하나처럼 느껴졌다. 마을에 사는 퇴역 군인 아저씨들은 그를 '슬픔의 신'이라고도 불렀다. 그녀는 그것이 그의 필명일지도 모른다고 생각했다.

어떤 영감에서였을까, 그녀는 일찍이 그에 대해 몇 가지 생각을 품었고 나름대로 평가를 하고 있었다. 그리고 왠지 그도 자신에게 관심이 있다는 것을 어렴풋이 느꼈다. 물론 단순히 사람들이 벙어리에게 가지는 호기심 같은 것일 터였다.

그러던 어느 여름날 밤, 끼엔이 계단을 올라와 그녀의 방문을 두드렸다. '똑' 소리가 나더니 다시 한 번 '똑' 하고 울렸다. 이미 늦은 시간이었고, 게다가 술 냄새까지 풍겨서 그녀는 잠시 망설이다 문을 열었다. 그녀는 수줍음을 잘 타고 소심한 성격이었지만 어떤 때는 매우 대담하기도 했다. 무엇이든 견디자고 작정하면 세상에 무서울 것도 두려울 것도 없었다.

"저는…." 끼엔은 인사를 건네려는 것인지, 자신의 무례한 행동을 변명하려는 것인지 웅얼웅얼 말했다. 그러나 그녀는 문을 열고 들어오라는 듯 옆으로 비켜섰다. 그가 비틀거리며 들어오다 의자 하나를 넘어뜨렸다.

"괜찮아요…." 그는 침대에 턱 걸터앉으며 말했다. 그녀는 의자를 바로 세우고 탁자 옆의 의자에 앉으라고 손짓했다.

"아, 네. 미안합니다…." 끼엔이 여전히 웅얼거리며 일어서 다가왔다. "무서워하지 말아요."

술에 취한 끼엔은 일그러진 얼굴로 입술을 떨었다. 두 눈은 게슴츠레 풀려 있었다. 그래도 온순하고 착해 보였다. 그녀는 약초 끓인 물을 한 잔 따라 건네주었다. 그는 단숨에 비우더니 조금 정신이 드는 듯 몸을 곧추세우고 똑바로 앉아 그녀의 비좁고, 궁색하고, 황량한 방을 천천히 둘러보았다.

"여긴…." 끼엔은 말을 더듬지 않으려 애쓰며 한 마디 한 마디 내뱉듯이 말했다. "여름엔 덥고 겨울이 되면 추워요. 바람이 사방에서 들이닥치거든요. 내가 알죠…. 예전에 여긴 우리 아버지의 작업실이었어요. 아버지는 그림을 그리셨죠…. 그리고 또 더 많은 추억이 있어요…. 무슨 말인지 알겠어요?"

그녀는 고개를 끄덕이고 다시 고개를 젓더니 미소를 지으며 믿음이 간다는 표정으로 그의 옆 의자에 앉았다.

"사람들은 이곳에 귀신이 많다고 해요. 하지만 그건 사실이 아니에요. 그들이에요. 그림 속에 있던 사람들…. 아버지는 돌아가시기 전에 그들을 천에서 풀어 주는 의식을 치르셨죠. 모두 불태워 버렸어요. 사뭇 원시적인 주술 의식 같은 것이었죠. 한마디로 광란이었어요. 그림 한 점 남기지 않고…."

그는 잠시 침묵했다가 손가락으로 이마를 두드리며 뭔가를 기억해 내려 애쓰더니 다시 말을 이었다.

"아버지가 돌아가시고 전 10년 동안이나 여길 떠나 있었어요. 집에 돌아와서 생각했죠. 여기로 옮겨 올까? 그런데 두려웠어요. 귀신이 무서웠던 건 아니에요. 귀신이라면 수도 없이 보았죠. 전 아버지가 여기에 앉아서 당신의 평생을 불태우던 그 밤을 다시 보게 될까 봐 두려웠던 거예요. 그리고 처음부터 다시 기억해야 하는 게 무서웠어요. 처음부터 모든 것을 기억하게 될까 봐."

그녀는 아무것도 이해하지 못했지만, 벽에 비친 끼엔의 그림자를 보면서 20년 전 한 늙은 남자가 쭈그리고 앉아서 자신이 그린 그림에 불을 붙이는 광경을 상상할 수 있을 것 같았다.

"그런데 당신이 이곳에 왔어요. 당신은 여길 무서워하지 않았어요. 대체 당신은 누구죠?" 끼엔의 혀가 다시 꼬이면서 횡설수설하기 시작했다. "제가 착각한 게 아니라면, 전 당신이 누구인지 알아요. 전… 아니, 먼저 방부터 바꿔야겠어요. 제가 올라오고, 당신이 제 방으로 내려가는 거예요. 그리고 두 번째는, 우리 서로 친하게 지내기로 해요. 서로 기억하고. 그러니까…."

그녀는 그가 술기운에 자신을 누군가로 착각했음을 짐작할 수 있었다. 그러나 그녀는 그것을 정정해 줄 재간이 없는 사람이었다.

그가 두껍고 무거운, 막노동자처럼 거친 손을 그녀의 손에 올려놓고는 가볍게 주무르며, 다소 위협하는 듯한 목소리로 말했다.

"지금 제가 쓰고 있는 소설에 당신이 등장해요. 알겠어요? 알겠냐고요? 그러니까 당신은 제가 기억을 되살릴 수 있도록 도와줘야 해요. 전 처음부터 모든 것을 기억해 내야 해요. 이 옥탑방에서 시작해서 모든 것을…."

그녀는 그가 마음껏 지껄이도록 내버려 두었다. 술 취한 사람은 맘대로 하게 두는 것이 우선 필요하니까. 그녀는 손이 빨갛게 되도록 그가 꽉 쥐고 아프게 주물러 대는 것도 그대로 두었다. 끼엔이 탁자에 쓰러져 곤히 잠들었을 때는 그녀도 녹초가 되었다. 그가 잠든 뒤에도 한참을 버둥거려서야 잡힌 손을 빼낼 수 있었다.

한동안 시간이 흘렀다. 그녀는 그를 볼 수 없었지만 밤마다 그의 방엔 불이 켜져 있었다. 그리고 어느 날 그녀는 대문 앞에서 끼엔과 다시 마주쳤다. 그는 먼 곳에서 막 돌아온 듯한 차림이었고, 예전보다 더 수척하고 늙어 보였으며 무뚝뚝한 표정이었다. 그녀가 먼저 웃으며 고개 숙여 인사했다. 끼엔은 우물쭈물하며 당황한 표정으로 그녀를 의아한 듯 쳐다보았다. 그녀는 가슴이 쓰라려 왔다. 그는 그녀를 까맣게 잊어버린 것이다. 그는 잠시 머뭇거리다가 그녀를 밀치고 지나쳤고, 무언의 세계에 그녀는 홀로 남겨졌다.

그러나, 예기치 않게, 어느 날 밤 다시 똑똑 문을 두드리는 소리가 났다. 다시 술 냄새가 풍겼고, 다시 그 알코올 의존자였다. 그녀는 다시 손을 잡히고 앉아서 끈기 있게 그의 이야기를 들어 주었지만, 여전히 이 별난 인간의 언어 세계를 전혀 이해할 수 없었다. 그러고 나서 그는 오랫동안 나타나지 않았다.

그 후, 다시 어느 날 밤… 같은 일이 되풀이되었다. 그러나 분명한 것은 끼엔이 술에 취했을 때만 그녀를 기억한다는 것이다. 완전히 이성을 잃을 정도로 술에 굴복했을 때에만 그녀가 필요한 것인지도 모른다. 그는 먼 기억의 실타래를 더듬듯 그녀의 방을 향해 계단을 올라왔다. 그리고 다시 끔찍하고 혼란스런 기억들이 그의 입을 통해 끝도 없이 흘러나왔다. 탁자에 얼굴을 비스듬히 묻고 잠이 들 때까지 앉아서 이야기하고 또 이야기했다. 침울한 표정에 갈라진 목소리로, 독백을 하듯이.

아주 더디긴 했지만, 그가 주절주절 늘어놓는 이야기가 그가 지금 쓰고 있는 소설의 내용이라는 것을 그녀도 알게 되었다. 그는 괴팍하고도 탐욕스럽게 자기 생각과 자신의 이야기를 녹음기처럼 가만히 앉아서 들어 달라고 그녀에게 요구하고 있는 것이다. 남자 고유의 이기심에 글쟁이 특유의 이기심을 더하고, 게다가 술 취한 자의 아둔한 이기심으로 그는 그녀를 독점하고자 했다. 그러나 그는 단지 정신적으로만 그녀를 원했을 뿐 다른 것에 대해서는 전혀 무관심했다. 그녀는 마치 그의 연습장이 된 것 같았다.

그녀도 가끔은 너무 억울하고 고통스러워 소리라도 질러 그를 쫓아 버리고 싶었다. 그러나 결국 어, 어, 소리조차 내지 못했다. 참고 견디며, 그러다 그의 정신적 공황을 타고 오르는 담쟁이덩굴처럼 서서히 그에게 빠져 들었다. 그녀는 그 드문 밤들이 필요했고, 그의 취기가 필요했다. 그녀에게는 그의 옆에 앉아 손을 내맡기고 그가 미친 듯이 주절대는 얘기를 듣는 그 밤들이 필요했다. 거의 이해할 수 없지만, 아니 전혀 이해할 수 없지만, 그의 두서없는 말들은 부적처럼, 마술처럼 점점 그녀를 매료시켰다.

자연히 마을 사람들이 쑥덕대기 시작했다.

"정말 웃기는 사랑 놀음 아니야?"

"그 여자가 멍청하진 않지. 벙어리인 데다 좀 덜떨어지긴 했지만 제법 예쁘잖아."

"그런데 서로 어떻게 협상을 하지? 하나는 벙어리에다 하나는 미치광이인데 말이야."

"곧 결혼도 하겠지?"

여자들은 수군댔고, 남자들은 웃음을 터뜨렸다. 그러나 그런 말에도 그녀는 화가 나지 않았다. 다만 서글펐다. 그들 말처럼 될 수 있다면. 그러나….

그녀는 끼엔에게 구체적인 그 무엇도 아니었다. 끼엔은 그녀를 이 사람 저 사람으로 착각했고, 심지어 이미 죽어 버린 사람이나 귀신과 혼동하는지도 몰랐다. 그녀가 여자라는 사실도 전혀 인식하지 못하는 듯했다. 그녀는 그가 술에 취해 옥탑방에 올라오는 것이 단순히 술 때문만은 아님을, 한 여자에 대한 눈먼 사랑, 그 사랑으로 인한 고통과 절망 때문임을 너무도 잘 알고 있었다.

지금까지도 때때로, 자신의 감정을 억제하지 못하여 그에게 입을 맞추었던 그 밤을 생각하면 그녀는 가슴속에 극심한 수치심이 되살아오는 것 같았다. 그날 밤은 끼엔이 거의 술에 취하지 않고 그녀를 찾아온 유일한 밤이었다. 그저 술기운이 약간 알딸딸하게 오른 정도였다. 그는 다소 수줍은 기색으로 말없이 앉아 있었다. 그날 밤 그는 마치 그녀에게 말할 기회라도 주려는 것 같았다. 그는 조심스럽게 필담을 할 줄 아느냐고 물었다. 그녀는 고개를 저었다. 그래야만 할 것 같았기 때문이다. 그는 이제 소설을 거의 끝내 간다고 했다. 그리고 그 많은 원고 뭉치를 어떻게 해야 할지 모르겠다고 했다. 이것은 그가 처음으로 그녀에게 자신의 심정을 토로한 것이었다. 그의 말은 간결하면서도 조리 있고 분명했다. 완전히 다른 사람 같았다. 그는 멀리 떠날 것이며, 그녀와 이 옥탑방을 그리워하게 될 거라고 말했다.

"그래요, 이 방은 우리 아버지의 화실이었던 곳이고, 아주 많은 추억이 있는 곳이기도 해요…."

불쑥 그는 어린 시절의 이야기로 말머리를 돌렸다. 슬프고 즐겁고 향수에 젖은 이야기였다. 그녀는 그것을 전부 이해할 수 있었다. 그의 목소리를 따라 그녀는 창문 너머로 별이 가득한 하늘을 바라보기도 했고, 나무의 머리칼을 가볍게 쓰다듬는 바람 소리와 어디론가 멀리 떠나는 기차의 기적 소리에 귀 기울이기도 했다.

그러나 그 맑고 상쾌한 봄밤의 공기에는 분명 악마와도 같은 무언가가 있었다. 그렇지 않았다면 그녀가 자신을 그렇게 분방함에 휩쓸리도록 내버려 두는 일은 없었을 것이다. 그녀는 느닷없이 그의 말을 자르고 그에게 달려들어 두 팔로 그의 목을 감고 그의 입술에 입을 맞대고는 육감적이면서도 뜨겁고 질펀한 키스를 퍼부었다. 그러고는 그를 침대로 이끌었다.

끼엔이 낮은 소리로 비명을 지르더니 벌떡 일어서며 그녀를 밀쳐 바닥에 쓰러뜨렸다. 그녀는 고개를 약간 옆으로 돌리고 두려움과 욕정에 떨면서 그가 따귀를 한 대 갈기거나 주먹을 한 방 날리거나 아니면 광포한 어떤 행동을 하기를 기다렸다. 그러나 끼엔은 이미 제정신을 차렸고 두 눈은 흐려져 있었다. 그는 뒷걸음질쳐 방을 빠져나가 정전이 된 밤의 어둠 속에서 더듬거리며 계단을 내려갔다. 수치심과 원망보다 걱정과 슬픔이 앞섰다. 그녀는 그의 뒤를 따라가 그가 이 층의 자기 방으로 들어가서 문을 닫아걸 때까지 지켜보았다. 그때 끼엔의 모습은 어린 시절 보았던 이웃의 몽유병 환자를 떠올리게 했다. 사람들은 잠든 채 일정한 보폭으로 걸어가는 그를 꿈에서 끌어내기 위해 몸을 심하게 흔들어 대곤 했다.

그 뒤로 끼엔은 그녀의 방으로 올라오지 않았다. 그녀는 그리움과 절망에 넋을 잃고 마음을 졸였다. 그녀는 끼엔이 그가 말했던 먼 곳으로 아직 떠나지 않았다는 걸 알고 있었다. 그녀는 어쩌면 그가 술을 끊었고, 이제 술에 취하는 일 따윈 없을지도 모른다고 생각했다.

정전이 된 어느 날 밤 그녀는 살금살금 계단을 내려가 끼엔의 방 앞으로 갔다. 그는 여전히 깨어 있었다. 문틈으로 석유램프의 불빛이 새어 나오고 있었다. 그가 절대로 문을 걸어 잠그지 않는다는 것을 알고 있었기에 그녀는 용기를 내어 손잡이를 살짝 돌리고는 문을 반쯤 열어 보았다. 술 냄새, 담배 연기와 석유램프의 그을음으로 숨이 막혀 왔다. 문득 신음 소리 같은 것을 들은 듯했지만 그녀는 감히 안으로 들어갈 엄두를 내지 못했다. 끼엔은 책상 앞에 앉아 램프 불빛 아래서 글을 쓰고 있었다. 얼마나 열중해 있는지 마치 신들린 사람 같았다. 그는 그녀의 기척을 느끼지 못했고, 문 여는 소리도 듣지 못했다. 이 순간 그 무엇도 그의 글자들을 흐트러뜨릴 수는 없을 것 같았다. 그녀가 길게 한숨을 토했지만, 그는 알아들을 수 없었다. 그녀는 반쯤 열린 문 앞에서 밤이 물러가고 새벽이 올 때까지 마냥 서 있었다.

여러 달이 흘렀다. 그러나 끼엔의 소설은 끝날 줄을 몰랐다. 그는 마치 그 책의 철창 속에 갇혀 있는 것 같았다. 그리고 당연히 벙어리 여자는 까맣게 잊어버렸다. 여름이 가고 가을이 가고 겨울이 왔다. 그녀는 여전히 정전을 틈타 좁은 문틈으로 그를 지켜보았다. 남몰래 존경심을 품고서 희미한 불빛 아래 그가 미친 듯이 일에 몰두하는 모습을 신비로이 바라보았다. 매일 밤, 매시간 그의 머리가 자라고, 수염이 자라고, 부쩍 수척해지며 늙어 가는 것 같았다.

그러나 딱 한 번 그녀가 방 안으로 들어가 문을 잠근 적이 있었다. 그날은 겨울 끝 무렵의 어느 밤이었는데 초저녁부터 전기가 나갔다가 한밤중에 불이 들어왔다. 복도가 환해지던 바로 그 순간 누군가 계단을 올라오는 소리가 들렸다. 그녀는 재빨리 끼엔의 방으로 들어갔다. 문을 닫고, 거기에 기대서서 숨을 몰아쉬는데 심장이 세차게 뛰었다. 방 안은 쥐 죽은 듯이 조용했지만 끼엔이 잠든 것은 아니었다. 램프의 석유가 다 닳아 심지가 불에 달구어진 철사처럼 붉게 타들어 가고 있었다. 끼엔은 책상이 아닌 방 한구석의 벽난로 앞에 무릎을 꿇고 앉아 있었다. 난로 속의 불길이 확 일었다가 잦아들곤 했다. 그녀는 종이가 천천히 찢어지는 소리를 들었다. 가만히 그의 곁에 다가가 그녀도 무릎을 꿇고 앉았다. 바닥에 쌓인 종이 더미가 두 사람 사이에 놓였다. 끼엔은 돌아보지 않았고, 그녀가 와 있는지조차 모르는 듯했다. 그는 원고 뭉치 맨 위에서 종이를 한 장 집어 들고 반으로 찢어 하나씩 불 속에 던져 넣었다.

이 일 또한 예전에 그가 했던 일들처럼 그녀에게는 낯설고 기이한 행동이었지만, 그녀는 알고 싶지도 않았고 또한 알 필요도 없었다. 따라서 바로 이 순간 그녀가 그의 아버지의 그림들을 떠올린 것은 순전히 우연에 불과할 터였다. "사뭇 원시적인 주술 의식 같은 것이었죠. 한마디로 광란이었어요…." 그림들이 불태워지고… 그림 속의 사람들이 풀려나고…. 바로 그가 어느 밤엔가 말했었다. 그리고 지금 그녀는 불길에 육신이 타들어 가는 소리와 그들의 비명 소리가 들려오는 것 같았다. 두려움을 억누르며 그녀는 다시 원고 뭉치에서 종이 한 장을 빼 드는 끼엔의 손을 가볍게 잡았다. 끼엔이 깜짝 놀라 고개를 번쩍 들었다. 그의 놀란 눈에 일순간 사나운 광채가 번득 스치고 지나갔다. 벽난로 속의 불꽃이 종이를 날름 먹어 치우고는 꺼졌다. 춥고 어두운 방 안에 푸석푸석한 재가 흩날렸다. 그리고 벙어리 여인의 침묵보다도 조용했던 그 밤, 그는 광포하고도 격렬하게 그녀의 몸을 덮쳤다. 거칠게 옷을 잡아 찢고, 무참히 유린하고, 성급하게 그녀를 찔렀다. 칼처럼 날카롭고 위험천만한 그의 은밀한 고독이….

그날 밤 이후로 그녀는 그를 다시 볼 수 없었다. 아침이 되자 그녀는 끼엔이 이 방을 자신에게 남겨 두고 떠났다는 것을 알 수 있었다. 문이 벌컥 열리더니 쾅 닫혔다. 복도에는 차가운 바람이 윙윙 몰아쳤다. 방바닥에는 종잇조각이 사방팔방으로 흩어져 있고 빈 병이 여기저기 뒹굴었다.

그녀는 방을 청소한 뒤 문을 자물쇠로 잠갔다. 종이는 차곡차곡 모아 다발로 묶어 옥상에 있는 그녀의 방으로 옮겼다. 그리고 주욱 읽어 보았지만 하나도 이해할 수 없었다. 종이에는 쪽수도 매겨져 있지 않았다. 구겨지고 찢어진 종잇장들이 야생 밀림의 나무와 풀처럼 들쑥날쑥 쌓여 있는 종이 더미는 한쪽으로 기우뚱 쏠려 있었다. 끼엔은 소리도 없이 사라졌다. 아무도 그녀에게 그의 소식을 묻지 않았고, 그녀 또한 아무에게도 물을 수 없었다. 점점 그녀는 자신이 누구를 기다리는지조차 알 수 없게 되었다.

하루 또 하루, 몇 달, 그리고 몇 년이 또 흘러갈 것이다. 원고 더미에 먼지가 쌓이고 점차 고서 더미처럼 변해 갈 것이다. 아마도 이것이 이 소설의 운명이리라. 결코 피할 수 없는….

물론 이것은 먼 훗날의 어느 겨울에나 일어날 일이다. 그리고 지금은 여전히 과거에 속해 있는 시간이다. 끼엔은 늘 그래 왔던 것처럼 밤이면 밤마다 밀폐된 방 안에 가물가물 타오르는 촛불이 되어 숨이 막힐 것 같은, 누구도 결코 이해할 수 없는 자기만의 슬픔과 고통 속에 몸도 가누지 못할 만큼 취해 쓰러져 있을 것이다.

4

　이제 끼엔은 밤에만 글을 쓰게 되었다. 단지 밤에만 무엇인가를 쓸 수 있다는 희망을 품게 되었고, 진정 자신의 것을 쓸 것 같았다. 밤이면 내리 술을 퍼부어야 간신히 깨어 있을 수 있었지만, 바로 그 밤에 어둠에 기대어 그의 기억이 밝게 빛나고 어느 때보다 맑게 깨어났다. 그리고 기억력과 더불어 상상력, 삶의 원천, 시적 영혼, 이야기… 들이 함께 깨어났다.
　그의 이웃들도 끼엔의 방에 밤새 불이 켜져 있는 것에 점점 익숙해졌다. 그의 방 불빛은 악령의 횃불처럼 광기가 뿜어져 나오는 듯했으며, 괴상할 정도로 슬퍼 보였다. 밤이슬만 먹고 사는 투엔 꾸앙 호숫가 시장 골목 입구의 '요정'[53)]들은 사시사철 밤새도록 불이 밝혀져 있는 그의 괴상한 창문을 가리켜 '하래 호수의 등대'라는 별명을 붙여 주기도 했다. 그는 당연히 '등대지기'였다. "아, 등대지기 아저씨! 안녕하세요? 간밤에 글자는 많이 건져 올렸나요?" 그들은 곧잘 이렇게 인사를 건넸고, 그는 수줍은 미소로 대답을 대신하곤 했다. 밤새 꼬박 일을 하고 새벽 찬 바람을 쐬기 위해 가끔 창문을 열 때, 길 아래쪽 어디선가 '미인'들이 그를 희롱하듯 장난스레 휘파람을 불며 인사하면 끼엔은 기분이 좋았다.
　주위의 모든 것이 어둠에 잠기는 밤이 되면 끼엔은 자신의 삶을 더 친근한 눈으로 바라보게 되었다. 하늘과 땅에 내린 어둠이 그의 영혼의 어둠을 감싸

---
53) 창녀를 빗댄 말.

주는 것 같았다. 하얗게 밤을 지새우는 일은 일상이 되어 버렸고, 술에 곯아 떨어지는 날이 아니라면 새벽 두 시 이전에 침대에 드는 일은 없었다. 날이 갈수록 그에게 밤은 더욱더 절실하고 소중해졌다. 낮에 자는 잠은 깊이 들지 못하고 뒤척이기 일쑤여서 온통 자갈돌을 깔아 놓은 것처럼 불편했다. 간혹 밤에 지쳐 쓰러져 잠이 들 때면 시간은 은근한 불꽃이 되어 그의 창자를 들쑤셔 댔고, 결국 그를 잠에서 쫓아내곤 했다. 때때로 그는 죽음이야말로 진정 영원한 휴식을 가져다주는 게 아닐까 생각했다. 아주 어릴 적에 이런 노래를 들은 적이 있었다. "인생이란 한 뼘만큼 짧은 것, 잠을 많이 자는 사람에겐 반 뼘만 남는다네." 끼엔은 자기 인생의 시간이 어마어마한 속도로 질주하고 있다는 걸 알았다. 그는 죽음이 하나도 두렵지 않았다. 죽음은 끔찍한 것이 아니라 그저 이루지 못한 것들에 대한 슬픔과 회한일 뿐이라고 생각했다.

얼마 전 거의 뜬눈으로 밤을 새우고 난 새벽에 끼엔은 죽음이 아주 가까이 다가와 있음을 생생하고 명료하게 느낄 수 있었다. 이 세상을 벗어나던 순간의 인상이 하도 선명하고 강렬해서 진짜로 죽는 순간이 다가오면 다시 이런 느낌을 가질 수 있을까 의아할 정도였다. 사실 그는 이미 죽었었다고 할 수 있다. 비록 아주 짧은 시간이었지만 그때 이미 죽음을 맛보았다!

끼엔은 지금도 또렷이 기억하고 있다. 천분의 일초쯤 되는 극히 짧은 순간, 그의 몸 안에서 무언가가, 분명치는 않지만, 한 번도 실체를 가진 적이 없는, 비물질적인, 인식할 수 없는 그 무엇이 갑자기 멈추더니 딱딱하게 굳어 뾰족하고 차가운 얼음처럼 변했다. 그것이 바로 그의 이성인 것 같았다. 돌이 되어 버린 이성. 그것은 형체도 없이 잽싸게 그의 몸을 꿰뚫고 나갔다. 찰나의 망설임 뒤, 몸 안의 모든 생명이 그리로 몰려 천천히, 고요히, 아무런 저항도 받지 않고 그의 몸을 빠져나갔다. 바닥에 금이 간 꽃병의 물처럼, 벨벳처럼 부드럽게 그의 몸에서 활력이 빠져나갔다. 끼엔은 책상에 머리를 떨어뜨리고는 그대로 의식을 잃었고, 연필이 손에서 떨어져 바닥에 굴렀다. 그러나 총에 맞아 부상을 당했을 때나 고열로 혼수상태에 빠졌을 때처럼 둔탁하고 무거운 느낌의 기절은 결코 아니었다. 아마도 그것은 사람이 승화의 경지에 이른 상태와도 다를 것 같았다. 그것은 이제껏 경험해보지 못한 최고의 경지로 모든 상태가 집합된 상태가 되고, 모든 법칙이 집합된 법칙이 되어 삶의 최종 집합지에 이르는 것이었다. 그것은 죽음이었다. 끼엔은 알았다.

강이 하나 있었다. 여태껏 본 적이 없는 강이었다. 보았다. 단순히 기억에 떠올린 것이 아니라 직접 본 것이다. 자신의 인생이 그렇게 한 줄기 강물이 되어 떠가고 있었다. 그는 비탈진 강둑에 우뚝 서서 자신의 삶이 송두리째 사라져 가는 것을, 저 멀리 흘러가는 것을, 그에게 영원한 이별을 고하는 것을 말없이 지켜보았다. 일정한 방향으로 흘러가는 삶의 강물 위로 아득하면서도 하나하나 선명하게, 깊고도 완벽하게 그의 인생이 총체적으로 펼쳐졌다. 모든 순간, 모든 존재…그들의 얼굴과 운명을 이젠 그 말고는 어느 누구도 기억하지 않을 사람들…, 모든 사건, 모든 추억이 그의 이름 없는 강을 이루는 물방울들이었다.

끼엔은 어느 해인가 봄이 다 가고 여름이 시작될 무렵의 어느 오후 브어이 학교 운동장을 바라보고 있었다. 무성한 그늘을 드리워 주던 나무들이 잘려 쓰러지고, 땅은 이리저리 마구 파헤쳐져 움푹 패어 있었다. 머리에 소방모를 쓴 교장 선생이 크고 유창한 목소리로 "이번 전쟁에서는 미국이 패배할 것입니다. 미 제국주의는 종이호랑이에 불과합니다"라고 외쳤다. 그는 호소했다. "바로 여러분들이 이 혁명의 젊은 수호천사들입니다. 여러분들이 인류를 구원할 것입니다." 교장은 뜨거운 열기 속에 막대기, 나무총, 삽과 곡괭이로 무장한 10학년의 어린 영웅들 중 한 명의 얼굴을 가리켰다. "살아도 여기서 살고 죽어도 여기서 죽는다." 모두가 우렁찬 목소리로 합창했다. "침략자에게 죽음을!" 누군가 구호를 외쳤다.

그러나 끼엔과 프엉은 그 '세 가지 준비'[54] 집회에 참석하지 않았다. 둘은 팔각 건물 뒤로 빠져나가 서호 호숫가의 나무 덤불 속에 숨었다. 저 멀리 저녁놀과 불꽃 나무에 활짝 핀 꽃으로 붉게 물든 꼬 응으 거리가 보였다. 매미가 시끄럽게 울어 댔다.

"신경 쓰지 마!" 프엉이 말하고는 나무 덤불 뒤로 몸을 숙이고 재빨리 겉옷을 벗었다. 그녀의 검은 수영복은 이제 아무도 입지 않는 구식이었지만 아름다웠고 무엇보다도 대담했다. 눈부신 광택의 검은 천, 눈부시게 하얀 살결. 당황한 끼엔은 애써 그녀의 부드러운 몸매를 외면하려는 듯 눈을 감았다. "상관없어." 프엉이 환하게 웃으며 말했다. 그녀는 간도 크게 집회와 작업에서 도망쳐 나온 것도, 학교 울타리 안에서 감히 수영복을 입은 것도 모두 통쾌했다. "전쟁도 상관 말고, 젊은 영웅인지 늙은 영웅인지 그따위도 상관 말고, 우리 헤엄이나 치자고. 저 멀리 용궁까지 헤엄쳐 가는 거야. 우리 둘 다

---

54) 1964년 8월 5일 통킹 만 사건을 구실로 미국이 북베트남에 무차별 폭격을 퍼부으면서 베트남전쟁이 시작되었다. 나흘 후인 8월 9일 밤 하노이에서는 26만여 명의 베트남 청년이 거리로 쏟아져 나와 미국의 침략 행위를 규탄하는 대규모 집회를 가졌다. 그날 중공업청사 회의장에서 하노이 청년단 집행 위원회는 청년들에게 다음의 '세 가지 준비' 태세를 갖출 것을 호소했다. "기꺼이 싸우고, 기꺼이 입대하며, 조국이 원하는 곳이라면 어디든 기꺼이 가자."

물에 빠져 죽으면 그때 그만두는 거야. 상관하지 말자고." 아, 불타는 듯 뜨거운 4월의 저녁이었다. 그들은 연초록 물살에 비틀거리며 짧게 포옹했다. 수면에 물풀이 떠다녔다. 물고기들이 꼬리를 치는 소리도 들렸다.

끼엔은 물속에서 말갛게 비치는 프엉의 하얀 얼굴과 숨 쉴 때마다 이는 거품 방울들, 흠뻑 젖은 머리칼, 둥근 어깨선, 긴 다리를 보았다. 친근하고도 눈부시게 아름다워서 그의 가슴이 아려 왔다. 멀리 학교 운동장에서 합창 소리가 호숫가까지 울렸다. "상관없어!" 프엉이 다시 외치며 낭랑하게 웃었다. 해가 기울면서 붉은빛이 더욱 짙어졌다. 그들은 나란히 헤엄치며 호수 안쪽으로 나아갔다. 그의 인생에서 맑고 감미롭던 마지막 시간들이 빠르게 흘러가 버렸다. 그리고 화염으로 뒤덮인 긴 강줄기가 시작되었다. 길고도 긴 세월이었다. 바로 전쟁이었다.

끼엔의 눈앞에 돌연 폭격이 퍼붓던 그날, 곳곳에 불길이 치솟고 있는 탄 호아 역의 모습이 펼쳐졌다. 불에 타는 것과 타지 않는 것이 모두 불길 속에 잠겨 있었다. 뒤집힌 기차에서 남자, 여자, 어린아이 할 것 없이 쏟아져 나와 이리 뛰고 저리 뛰었다. 옷에 불이 붙어 활활 타올랐다. 머리 없는 그림자들이 내달리고 고꾸라졌다. 비행기가 쌩 날아왔다가 쌩 날아갔다. 폭탄이 햇빛 아래서 비스듬히 떨어졌다. 난생처음으로 끼엔은 사람이 죽는 것을 보았고, 야만을 보았고, 핏물이 넘쳐흐르는 것을 보았다. 세상에, 그리고 그때부터… 그의 세대는 모두가 이 열정적이고 잔인한 전쟁에 뛰어들어 자신의 피를 쏟고 다른 이의 피를 쏟게 했다. 시체가 산을 이루고 핏물이 강을 이루었다. 끼엔의 부대는 응옥 버 러이 산자락으로 돌진해 들어가 적을 정면으로 마주하고 끔찍한 백병전을 벌였다. 양쪽 병사들이 서로 달려들어 칼로 찌르고 개머리판으로 내려쳤다. 기관총 조준선 안에서 사람들의 실루엣이 사방으로 흩어져 지그재그로 달아나다 공중으로 펄쩍 솟구치곤 했다. 끼엔이 권총으로 누군가의 머리를 쏘았다. 폭탄처럼 강한 룰러 총알이 정확히 그 사람 입에 적중했고, 그 충격에 사내의 얼굴 일부와 왼쪽 눈, 광대뼈, 턱이 날아가 버렸다. 어, 어, 어! 세상에… 으, 으…. 그의 비명 소리가 웃음소리인지 울음소리인지 구별되지 않았다. 아아, 한마디로 고통과 광란이었다. 그의 시대, 그의 시대를 살았던 사람들, 치열했던 나날들, 끔찍했던 무신년 구정 대공세, 구정 대공세 이후, 1972년 건기, 파리 협정 이후….

메마르고, 불타고, 뒤틀린 아픔의 땅. 광활한 서부 고원, 그 잔혹한 땅 위로 붉은 먼지 돌풍이 하늘을 덮었다. 야머, 닥 담, 사 터이, 응옥 린 루아, 응옥 버 비엥, 쯔 꼬 똥…. 전쟁터엔 사랑과 폭력이 한데 뒤엉키고 고통과 행복이 동시에 존재했다. 말도 많이 하고, 많이 웃고, 고함치고, 욕하고, 술도 많이 마시고, 울기도 많이 울었다. 고통으로 가득 찼던 전쟁터의 새벽하늘, 저녁노을, 기나긴 밤들이 그의 마음속에 다시 살아왔다. 꽁 허 린의 오래된 마을은 폐허가 되었고, 해골과 무기의 잔해들만 굴러다녔다. 그리고 초원 사이에 버려진 지엔 빈 해방구는 일주일간의 폭격 뒤에 사람들의 시체와 재만 남아 있었다. 끼엔 대대가 그 마을을 지날 때 갓 죽은 영혼들이 닥 퍼 씨 강변의 안개처럼 하늘로 날아오르고 있었다.

끼엔의 머릿속에 문득 '코끼리' 따오와 함께했던 장면이 기억의 안개 막을 휘젓고 기이할 정도로 선명하게 떠올랐다. 둘은 땅바닥에 엎드려 프억 안을 빠져나와 부온 마 투옷 어귀로 도망하는 적의 45연대 패잔병들을 향해 쉬지 않고 M60 기관총 사격을 퍼부었다. 중기관총이 미쳐 날뛰며 번쩍거리는 구리 탄창을 게걸스럽게 먹어 치웠다. 총구가 불을 뿜으며 마치 살아 있는 수천의 과녁이 되어 이성을 잃고 비명을 지르며 달려가는 사람들을 산산조각 냈다. 총을 받친 삼각대가 우르릉 소리를 내며 심하게 몸을 떨고 기관총의 냉각기가 부글부글 끓어오르며 수증기를 뿜어 댔다. 끼엔은 사격을 멈추고 싶었지만 죽음의 신이 그의 손을 꽉 쥐고 놓아주질 않았다. 잿빛 군복을 입은 적병들이 아군의 전차에 밀리고 밀려 끼엔의 총 앞에 시체 더미가 되었다. 그것은 전투가 아니라 학살이었다. 끼엔의 눈앞에 그렇게 많은 시체가 펼쳐진 적은 없었다. "됐어. 그만 해!" 따오는 잡았던 탄띠를 놓고 일어나서 끼엔의 어깨를 흔들며 애원하듯 말했다. "됐어, 그만 쏘라고. 세상에! 됐다니까…."

 탄약을 공급받지 못한 중기관총은 마지막 총알들을 다 토해 내고는 입을 다물었다. 게걸스럽게 해치운 광란의 학살이 갑자기 우스운 농담처럼 여겨졌다. 적병들은 땅바닥에 바싹 엎드려 있거나 무릎을 꿇은 채 하늘을 향해 두 팔을 벌리고 있기도 했다. 때마침 돌진해 오던 T54 탱크 두 대가 사람을 깔아뭉개지 않으려고 차체를 옆으로 홱 틀었다. 그런데 따오가 천천히 몸을 구부리며 심장을 받쳐 들듯 두 손으로 가슴을 움켜쥐었다. 그는 깜짝 놀란 듯 눈이 휘둥그레져서는 멍하니 앞만 쳐다보고 있었다. 그의 왼쪽 등에 피꽃이 흐드러지게 피어 빠르게 번져 갔다.

 전쟁터에서 겪었던 모든 일이, 아주 세세한 것까지 하나도 빠짐없이 그의 눈앞에 마지막으로 되살아왔다. 그 모든 것이 차례로 또는 동시에, 스치듯 또는 천천히, 장례 행렬과도 같이 고통스럽게 흘러갔다. 그리고 지금 끼엔은 쉼 없이 굽이쳐 흐르는 자기 인생의 물줄기가 자신이 서 있는 강둑까지 밀려온 것을 보았다. 물결은 이제 그의 현재, 그의 오늘의 영상을 선명하게 담고 있었다. 그는 자신의 혼이 한숨을 쉬는 소리를 들은 것 같기도 했다. 아니면 때가 왔다고 통고하는 것 같기도 했다. 끼엔은 눈을 감고 강물에 뛰어들기 위해 천천히 몸을 기울였다.

마지막 허탈감이 그를 사로잡는 순간, 갑자기 강의 반대편 어디에선가 그의 이름을 부르는 긴 외침 소리가 들렸다. "끼엔!" 슬프고도 감미로운 목소리가 귓전에 울려왔다. "끼에에에엔…."

끼엔은 눈을 번쩍 떴다. 그리고 정신이 들기 전 황급히 강의 저편을 돌아보았다. 그러나 찰나였을 뿐이다. 끝없이 물결치는 보랏빛 초원과 안개. 사람은 그림자조차 보이지 않았다. 끼엔은 애써 그곳에 머물려 했지만 그럴 수 없었다. 이미 완전히 깨어난 것이다.

누가 부른 것일까? 친숙하게 들렸지만 청각의 기억 속에는 전혀 없는 목소리였다. 그 목소리 덕분에 끼엔은 이렇게 죽지 않고 죽음의 강물에서 빠져나올 수 있었는지도 모른다. 그러나 쓸쓸한 천국같이 아득하게 펼쳐졌던 강변 저편과 부름이 나타내려 한 것은 무엇이었을까? 무슨 의미일까? 아마도 다음 죽음에 이르러서야 해답을 얻을 수 있으리라. 그것은 삶에 대한 안타까움이 일으킨 메아리가 아니었을까? 아직 이루지 못한 삶의 그 무엇, 삶 속에 여전히 미완으로 남아 있는 그 무엇이 나타난 것은 아니었을까?

인생이란 그런 것이다. 실로 넓고, 길고, 풍요롭고, 활기찬 것 같아도 결국엔 여전히 무언가 빠져 있는 듯한, 부족한 듯한, 그래서 누구나 죽음에 이르면 채 갚지 못한 부채나 의무 같은 것이 마음에 휘감기고 엉겨 붙는 것을 느끼게 되는 것이다. 끼엔에게 그 빚은 자신의 인생을 담은 모든 것이었다. 자신의 육신과 함께 축축한 땅속 깊이 묻혀 버릴 세상이, 시대가, 역사가 모두 너무도 억울하고 안타까운 것 아니겠는가?

　잠을 자지 않을 수 있다면, 일상의 의례적인 모든 것을 저버릴 수 있다면, 그의 남은 모든 시간을 오로지 글을 쓰는 데에만 전념하고 싶었다. 아무런 목적도 없이, 정해진 바도 없이 종이 위에 과거의 꿈, 잔상, 저물어 가는 그의 시대의 메아리를 무작정 적어 나가고 싶었다. 그러면 그의 운명이 정한 그날, 다시 그 비탈진 강둑에 서게 될 때, 한결 가벼운 마음으로 자신을 죽음으로 데려갈 강물 속으로, 친숙한 영혼들이 기다리고 있는 그곳으로 뛰어들 수 있을 것 같았다.

　말하자면… 끼엔은 이제 인생의 마지막 단계에 와 있었다. 그는 모든 것을 밤으로 끌어들였다. 책상 위의 램프는 초저녁에서 동틀 무렵까지 내리 켜져 있었다. 벽에 비친 그의 그림자처럼 그렇게 꼼짝도 하지 않고 말 한마디 내뱉지 않았다. 어쩌면 그 또한 그림자에 불과할지도 모른다. 현실에서는 존재할 기력마저 다한 그 그림자는 그러나 기억의 에너지, 그 질기고도 강한 안간힘에 기대어 여전히 꿋꿋하게 억지스레 살아 있었다.

　이토록 무겁고 질긴 밤의 어둠 속에 아무나 자신을 스스로 가두고 저당 잡힐 수 있는 것은 아니었다. 끼엔에게는 죽음이 가까이 다가오고 있다는 강박관념 말고도 밤을 지새우는 데에 천부적인 재능이 있었다. 잠을 잊고 자신의 몸을 불살라 글을 쓰는 방식은 타고난 것이었다. 그것은 유전병과도 같은 것이었다. 그가 태어날 때부터 조상으로부터 물려받은 공상병과 몽유병 증세의 변종이었다. 예를 들자면 끼엔의 아버지 또한 평생 꿈속을 거닐듯 환상을 좇으며 살았다.

　끝없이 이어지는 것은 아니었지만 그렇다고 드문 일도 아니었다. 밤이면 아버지는 중량감을 잃고 허깨비만 남은 것처럼 헐거워진 몸으로 살며시 침대를 빠져나갔다. 온순하고 조용하게 느릿느릿 평행 이동을 하듯 지그시 눈을 감고 양팔을 늘어뜨린 채 방 안과 집 안 곳곳을 돌아다니고 복도를 왔다 갔다 하고 계단을 오르락내리락했다. 그러다가 아직 정문을 잠그지 않은 날에는 밖으로 빠져나가 흐느적흐느적 거리를 걸어 다녔다. 당시만 해도 하노이 사람들은 꽤나 친절하고 관대했던 모양이다. 그들은 거리를 방황하는 노인을 위해 길을 비켜 주었고, 거대한 표류의 세계를 가로막지 않았다. 아이들도 놀리거나 괴롭히지 않고 아버지가 잠결에 투엔 꾸앙 호수에 빠지지는 않을까 걱정하는 눈빛으로 지켜보았다. 그러나 끼엔의 어머니는 아버지가 착하고 유순하게 변하는 이 순간들을 참아내지 못하는 것처럼 보였다. 어머니는 아버지의 이러한 행동을 창피하게 여기고, 아버지 인생의 구제할 길 없는 실패의 증거라고 생각하는 듯했다. '귀신 들린 집안', 끼엔은 어머니가 한마디로 이렇게 탄식하곤 했던 것을 기억한다. 물론 당시 끼엔은 너무 어렸기 때문에 그의 기억은 반의 반 정도의 가치밖에는 없을 터였다. 그러나 아버지의 유령과도 같은 괴벽과 우유부단이 어머니로 하여금 남편과 자식을 버리고 집을 나가게 했을 거라고 추측할 수는 있었다. 그 일이 어떻게 일어났는지, 어느 해였는지 끼엔은 전혀 기억하지 못한다. 어머니가 집을 나가던 날의 기억은 처참하게 지워져 버렸다. 끼엔은 완전히 무관심했다. 어머니가 집을 나갔다, 그것이 어머니의 가출에 대한 기억의 전부였다. 슬픔과 기쁨이 반짝반짝 빛나던 유년 시절의 어느 날이었다.

  어머니의 흔적은 몇 장의 사진 속에 희미하게 남아 있을 뿐이다. 그러나 그 사진들 또한 끼엔이 어머니를 떠올리는 데 조금도 도움이 되지 않았다. 사진

속에는 이미 누렇게 바랜 시간의 저 밑바닥에서 어머니의 얼굴을 닮은 젊은 여인이 감정이란 감정은 모두 삼켜 버린 듯한, 아무것도 말하고 싶지 않은 시선으로 그를 바라보고 있었다. 어머니의 무심한 표정은 끼엔이 갖고 있는 정신적 불구자로서의 열등감을 더욱 가중시킬 뿐이었다. 그는 분명 정신적 장애가 있었다. 선천적인 악독함, 잔인한 습성, 메마름, 냉정함의 싹을 갖고 있었다. 그는 공허했고, 불행했고, 더할 나위 없이 초라했다. 마음의 상처는 아물지 않았다. 어쩌면 그는 줄곧 이러한 이중인격의 장애를 안고 성장해 왔을지도 모른다.

심지어 끼엔은 어머니가 떠나던 날 자신이 슬퍼했는지, 자신이 어머니를 그리워했는지조차 기억하지 못했다. 어머니의 모습에 대해서는, 어머니가 자신과 어떻게 헤어졌는지, 어떤 위로의 말로 자신을 달랬는지에 대해서는 더더욱 기억에 없었다.

"여보! 난 당원이에요. 신지식인이기도 하고요. 난 멍청이도 아니고 어디가 모자란 사람도 아니에요. 당신은 그걸 꼭 기억해야 할 거예요."

그랬다! 어머니가 떠나기 전 아버지의 어떤 질문에 마치 내기라도 걸듯 내뱉었던 이 말만은 왠지 또렷이 기억하고 있었다. 또는 듣기에 낯설고 거북했던 이 말. "지금 너는 소년 단원이다. 그리고 언젠가는 청년 당원이 될 거야. 진정한 사내가 되는 거지. 그러니까 아들아, 더 강하고 대담해져야 한다!" 이 말은 잊히지 않았다. 어머니의 다른 충고의 말과 모성애가 깃든 마지막 손길이 있었다 해도 그런 것들은 끼엔의 기억에서 모두 지워져 버렸다⋯. 그리고 세월이 흘러 열일곱 살이 되어 입대를 앞두고서야 어머니에 대해 좀 더 알고 이해해야겠다고 생각했다. 그때는 어머니가 돌아가신 지 이미 5년도 더 흐른 뒤였다.

　아버지는 끼엔에게 어머니 이야기를 거의 하지 않았다. 아마도 아버지는 스스로 피했던 것 같다. 고통을 피하고 싶어서였을 것이다. 오랫동안 아버지의 인내심은 그들 부자에게 비교적 안정된 삶을 가져다주었다. 다만 아버지는 술을 더 많이 마시고 더 자주 몽유병 증세에 빠져들었을 뿐이다.

　아버지는 갑자기 쇠약해졌다. 당시 끼엔은 고등학생이었고 이미 많은 것을 이해할 만큼 자라 있었다. 그럼에도 아버지의 마음을 이해하기는 정말 어려웠다. 끼엔은 아버지가 박물관에 일하러 가지 않는다는 것을 알았다. 여느 해처럼 삐거덕거리는 자전거에 이젤을 싣고 여기저기 좋은 풍경을 찾아다니는 일도 하지 않았다. 대신 공동 주택의 옥탑방을 작업실로 쓰면서 거의 갇혀 살다시피 했다. 아버지는 그 안에서 남몰래 독백을 하고 그림을 그렸다. 방 안은 습기와 먼지가 가득 차고 동굴 속을 날 듯 박쥐까지 날아다녔다. 끼엔은 아버지가 당에서 우파 기회주의자, 사상이 의심스러운 불만분자라는 비판을 받고 숙청되었다고 사람들이 쑥덕대는 소리를 들었다. 아버지는 괴팍하고 망령이 든 노인이 되어 가고 있었다.

　끼엔은 아버지의 작업실에 올라갈 때면 안타까움, 불안과 걱정, 부아가 치밀어 가슴이 답답해졌다. 유령 같은 그림들이 흐릿한 어둠 속에서 그를 바라보고 있었다. 방 안엔 술 냄새가 진동하고 푸르스름하고 끈끈한 담배 연기가 자욱했다. 아버지는 이젤을 앞에 둔 채 의자에 웅크리고 앉아 있었다. 미처 끝내지 못한 그림은 검은 천에 덮여 있었다.

　"누구요?" 발소리를 들은 아버지가 머리를 쳐들고 쉰 목소리로 물었다.

　"저예요. 밥 가져왔어요. 어서 드세요."

"아, 그래." 아버지가 짧게 답하고는 무거운 시선을 다시 내리깔았다. 드물게 끼엔에게 몇 마디 건넬 때도 있긴 했지만 대부분은 아무 의미도 없는 말들이었다. 끼엔은 대나무 침상 위에 음식 그릇을 얹은 쟁반을 내려놓았다. 하루에 두 번 아버지에게 음식을 날라다 주었다. 밥 한 그릇과 맑은 국이 전부였다. 그들 부자의 삶은 몹시 궁핍했다. 가구를 하나하나 팔아 가며 생활했고, 심지어 어머니가 끼엔에게 남기고 간 예물들도 차례로 내다 팔아야 했다. 아버지는 이미 오래전부터 그림 전시회에 참여하지 않았고, 또 아버지의 그림을 사는 사람도 없었다. 화가들의 세계에서 이미 아버지는 잊힌 존재였다.

"그래 좋아, 이 아버지가 걸작을 만들어 낼 거야."

무기력한 아버지가 술에 취할 때면 누군가를 위협하듯 그렇게 말하곤 했다. 그러나 여러 가지 한계, 입장과 관점의 차이로 인해 아버지의 그림은 날이 갈수록 노동 군중의 미학적 기준에서 멀어져 갔고, 결국 아버지는 자신의 그림을 유령들의 초상화로 변질시키고야 말았다…. 사람들은 대충 이런 식으로 아버지를 비판했다. 끼엔은 당시 어느 미술 잡지에선가 그와 비슷한 글을 읽은 적이 있다.

"예술의 절대성을 끌어내리고 좀 더 속물적이 되어야 해!" 끼엔은 언젠가 한 번 아버지가 이젤 위의 그림을 향해 사납게 고함치는 것을 보았다. "산과 강에도 계급성을 부여해야 한다고? 그게 바로 놈들이 요구하는 거지. 그렇다면 도대체 어떻게 그리라는 거야?"

그 뒤로 아버지의 인생관은 더욱 빠르게 다른 세계로 치달았고 그림의 색채도 바뀌었다. 그림 속 인물들은 하나같이 비탄에 잠겨 있고, 게다가 몸도 얼굴도 축 늘어져 마치 침묵에 갇힌 그림자 같았다. 그런 데다 그림의 색깔이

굉장히 이상했다. 인생 말기의 작품들은 그것이 유화든, 파스텔화든, 실크화든 간에, 사람을 그리든, 말을 그리든, 소를 그리든, 아니면 비가 내리는 풍경, 햇빛이 비치는 풍경, 새벽녘이나 노을이 질 때의 풍경을 그리든, 도시나 농촌, 산과 숲, 강과 시내, 하늘과 바다를 그리든 종국에는 서로 다른 농도의 노란색 하나로만 표현했다. 그 어떤 색깔도 덧칠하지 않고 오로지 노란색만을 사용했다.

아버지 그림 속의 남자와 여자, 노인과 아이들은 하나같이 누렇게 시든 형상으로 긴 줄을 이루며 비현실의 공간에 정처 없이 서 있었다. 그들은 날마다 조금씩 길을 잘못 들어 이승을 빠져나가서는 뒤도 돌아보지 않았다. 그리고 이 비참한 행렬의 끝에 아버지의 얼굴이 있었다.

봄이 왔지만 암울한 시절이었다. 아버지는 여느 봄과는 달리 이번 봄은 어서 인생을 저버리라고 재촉하는 것 같다고 했다.

"지금의 네 나이 땐, 나도 봄이 올 때마다 그렇게 생각했지. 내 인생엔 여전히 많은 봄이 남아 있다고. 아주 많이…. 그리고 행복, 햇빛, 감흥도… 아직은 많다고, 아주 많다고…."

끼엔이 학교에 있는 동안 아버지는 구급차에 실려 병원으로 갔다. 병원에서 학교로 소식이 왔다. 그가 도착했을 때 아버지는 혼수상태에서 깨어난 참이었다. 사람들은 아버지가 아들과 얘기하도록 배려해 주었다. 그들은 그것이 마지막 말이며 유언이라는 것을 알았던 것이다.

아버지의 손은 청동처럼 차가웠고 맥박도 거의 뛰지 않았다. 그런데도 얼굴엔 여전히 표정이 살아 있었고, 목소리는 작았지만 말끝을 흐리거나 횡설수설하지도 않았다. 슬픔과 고통으로 예민하고, 정처 없이 온 세상을 헤매는 그의 영혼은 희미하나마 육신의 생명을 초월해 아직 살아 있었다. 아버지의 마지막 말은 슬픔과 몽상 말고는 딱히 유언이라 할 만한 내용도 담겨 있지 않았다.

"네 어머니와 나의 시대는 끝났다. 아들아… 지금부터 넌 혼자다…. 최선을 다해 네 시대를 살아가야 해. 이제 곧 새 시대가 올 거야. 눈부시게 아름답고 멋진 시대가…. 커다란 불행 같은 건 없을 게다…. 하지만 그렇다 해도 슬픔이란 것은 사라지지 않겠지…. 여전히 슬픔은 남을 거야…. 슬픔은 대를 이어 계속되겠지. 아버지가 네게 남겨 줄 거라곤 아무것도 없구나. 슬픔이란 것밖에는…."

아버지는 그림조차 남겨 주지 않았다. 평생 동안 쉬지 않고 그리고 또 그렸던 소중한 보물들을 몽땅 불태워 버렸다. 죽음의 신이 저승길을 재촉하는 것을 예감한 어느 날 밤, 아버지는 당신의 그림을 한 점도 남기지 않고 깨끗이 불태웠다. 그 사실을 끼엔은 오랜 시간이 지난 뒤에 알게 되었다. 끼엔은 눈물을 펑펑 쏟으며 곁에 앉아 마지막 말을 들었지만 그때는 아버지를 전혀 이해하지 못했다. 아버지를 뼛속까지 괴롭히던 고통이 끼엔에게는 아주 멀게만 느껴졌고, 아직 단순하고 미숙한 끼엔의 머리로는 그저 신비롭게만 여겨질 뿐이었다. 인생의 소중한 세월을 한참 더 흘려보내고 나서야 끼엔은 아버지의 마지막 말에 담겨 있던 고통과 괴로움을 조금씩 이해하게 되었고, 아버지가 마지막 순간에 자신에게 중요한 말을 남기고 싶어 했다는 것도 깨닫게 되었다.

그날을 떠올리면, 아버지를 생각하면 지금도 끼엔은 참을 수 없는 슬픔을 느낀다. 아버지에 대한 사랑이 뒤늦게 일면서 그의 가슴이 칼로 긋는 듯 아파

왔다. 아버지에게 은근히 짜증이 치솟던 마음, 아버지에 대한 자신의 냉정하고 비난 어린 시선들이 생각났다. 무엇보다도 그는 아버지를 부끄러워하기까지 했다. 하지만 모두 늦어 버렸다. 사랑과 존경, 효심, 아버지를 이해하고 아버지와 친밀해지고 싶었던 마음도…. 이제 아버지는 흙으로 덮인 무덤과 무덤을 둘러싼 화환과 향불 연기, 촛불로만… 남았다. "불쌍한 것!" 사람들이 그의 귓가에서 낮게 중얼거렸다. 무쇠처럼 무거운 고독과 슬픔이 흘러넘쳤다. 암담하고 처절한 하늘 아래에서 그는 조용히 흐느꼈다. 1965년 어느 쌀쌀한 봄날의 일이었다. 떨어진 나뭇잎이 바람에 날려 뒹굴었다.

…아기 적부터 어머니를 잃고
어린 시절부턴 아버지도 없었네
그렇지만 이 아이는 고아가 아니라네
도시와 함께 자라고
전쟁을 겪었다네
아이는 고아가 아니라네…

어느 시절부터인가 들었던 이 노래가 가끔씩 꿈속에 울려와 끼엔을 그해의 봄날로 이끌었다.

그날 밤, 하노이에 처음으로 공습경보가 울렸다. 국립 대극장 꼭대기의 사이렌이, 항 꼬 역에서 수십 대의 기차 경적이 동시에 무섭게 울렸다. 훈련 경보라는 것을 미리 들어 알고 있었지만, 새로운 시대의 흥조를 알리는 위풍당당한 외침 앞에서 사람들은 심장이 멎는 듯 놀라 몸을 떨었고 도시는 공포와 흥분의 도가니로 빠져 들었다. 누군가 쾅쾅 문을 두드리고 우르르 계단을 뛰어 내려가는 소리가 들렸다. 확성기에서는 긴급한 목소리가 재촉하듯 울려 퍼졌다. "동포 여러분, 경보가 발령되었습니다. 동포 여러분, 경보가 발령되었습니다! 적군의 비행기가…." 일시에 불이 꺼진 어두운 도시를 순찰차들이 빠르게 질주했다.

여느 사람들과는 달리 끼엔은 옥상에 있는 아버지의 작업실로 더듬더듬 올라갔다. 방은 어두컴컴하고 텅 비어 있었다. 숨 막힐 듯한 먼지 속에는 여전히 술 냄새와 역한 물감 냄새가 희미하게 배어 있었다. 작은 박쥐들이 여기저기서 펄럭거리며 날아다녔다.

"아버지." 끼엔이 나지막이 불렀다.

그 밤, 집도 도시도 쥐 죽은 듯 고요했다.

불을 다 끄라는 지시가 있었지만 끼엔은 더듬거리며 촛불을 하나 켰다. 그는 눈을 들어 아버지의 작업실을 둘러보았다. 순간 너무 놀라고 당황해 몸이 그대로 굳어 버렸다. 어떻게 된 걸까…. 그림이 모두 어디로 갔을까? 미처 끝내지 못하고 이젤에 놓여 있던 그림, 액자에 넣어 벽에 걸어 놓았던 그림, 돌돌 말아 방구석에 어지럽게 쌓아 놓았던 그림들이 마치 마법사가 훅 불어 날려 버리기라도 한 듯 모두 사라져 버렸다.

그것으로 끝이었다! 의심할 것도 없었다. 모두 끝나 버렸다. 그리고 그 끝은 아버지의 무덤이었다. 예전엔 이 옥탑방 어딘가에 아버지가 있었지만, 지금은 아버지의 인생도, 아버지의 그림자도, 아버지의 흔적도, 아버지가 존재했다는 어떤 증거도 깨끗이 지워져 버렸다. 아버지가 있었던 자리에는 죽음과 허무만 남았다. 아버지는 이 세계를 벗어나 노란 낙엽 색깔의 그림들과 함께 영원한 몽유의 세계로 길을 떠났다. 아버지는 이 세상에 단지 끼엔만을 남겨 놓았다.

끼엔은 마치 사색하기 위해 이곳에 올라온 것처럼 냉정을 유지하며 깊은 생각에 잠겼다. 그리고 가만히 문을 열고 옥상으로 나갔다. 동쪽 하늘에서 경보 해제 사이렌이 울려옴과 동시에 도시 위로 밤의 장막이 펼쳐지면서 어둠이 꾸물꾸물 솟아오르는 듯했다. 겹겹의 구름 바다 속에서 희미한 빛이 새어 나왔다. 그것은 이 밤의 심연 속에 달빛이 잠시 정박하는 곳이었다. 끼엔은 고개를 떨어뜨렸다. 갑자기 뜨거운 눈물이 솟았다. 앞으로 또 얼마나 많은 봄과 세월이 남은 것일까? 이 봄 이제 겨우 열일곱의 그의 생이 시작되고 있었다. 어두운 시대… 1965년의 차가운 봄이었다.

프엉이야말로 그림을 화장한 사건에 대해 누구보다 잘 알았다. 뒷날 그녀는 끼엔에게 말하면서 이렇게 묘사했다. "그건 주술적인 의식이지. 사뭇 원시적이고 반항적인." 그녀의 설명은 끼엔의 머릿속에 오래도록 각인되었다. 그것은 고행 의식이자 참회의 한 형식으로, 자신의 목숨을 불길 속에 던져 넣는, 결연한, 은밀하면서도 조용한, 슬픈 의식이었다. 프엉만 그 장면을 목격했다. 끼엔을 비롯해 이 집에서 아무도 알지 못했다.

언제부터인지 모르지만, 어쩌면 아주 어렸을 적부터 그녀와 끼엔의 아버지 사이에는 남들은 이해할 수 없는 감정의 교감이 있어 왔다. 그것은 아버지와 딸 사이의 사랑도 아니고, 삼촌과 조카 사이의 사랑도 아니며, 나이 차이를 뛰어넘는 우정도 아니었다. 그건 노을처럼 막연하고 오후의 햇살처럼 보이지는 않지만 둘 사이에 내밀하게 흐르는 짙은 교감이었다. 아버지의 괴상한 성격, 얼굴에 드리운 어두운 그늘, 기나긴 몽유의 밤, 무의식적으로 내뱉는 말들, 한마디로 주변 사람들을 견딜 수 없게 하는 화가의 기벽들이 프엉이 어린 시절부터 지닌 영혼의 기질과 잘 맞아떨어졌던 것 같다. 끼엔의 아버지는 프엉을 매우 사랑했다. 그러나 그것은 침울하게 가라앉은, 우울하고 말이 없는 사랑이었다. 둘은 말 한마디 나누지 않으면서 몇 시간이고 함께 앉아 있곤 했다. 프엉은 가만히 앉아서 아버지가 그림을 그리거나 혼자 중얼거리는 소리를 들었다. 그녀는 마치 영혼을 뺏긴 사람 같았다.

그녀가 자라나면서, 특히 끼엔의 아버지가 옥탑방에 은둔을 결심하면서부터 둘은 전처럼 자주 만나지 않게 되었다. 그럼에도 그녀는 끼엔을 빼고 그 옥탑방에 드나들 수 있는 유일한 사람이었다. 여전히 그녀와 많은 말을 나누지는 않았지만, 매번 프엉이 놀러 올 때면 아버지의 얼굴에 행복한 기색이 역력했다. 그녀는 아버지가 작업하는 모습을 보고, 그림들을 보고 또 보고, 아버지가 끼엔에게는 한 번도 시킨 적이 없는 술이나 담배 심부름을 해 주었다. 그리고 그녀는 아버지가 가끔 몇 마디씩 중얼거리는 소리를 듣곤 했다.

"넌 정말 예뻐." 아버지가 칭찬했을 때 그녀는 두렵고 불안했다.

"그런데 네 아름다움은 예사롭지가 않아." 프엉이 겨우 열여섯 살이 되었을 때 화가는 이렇게 말했다. "그 아름다움이 널 위협하게 될 거야. 시대를 거스르는, 소외를 부르는 아름다움이지…. 넌 아마, 이런 아름다움 때문에 고통받게 될 거야. 아주 많이."

아버지는 그녀가 열일곱 살이 되면 유화로 초상화를 하나 그려 주마고 약속했다. 프엉은 두려웠다. 아버지의 그림 속 요정들의 얼굴처럼 축 늘어지고, 해초 줄기 같은 머리에 레몬 껍질 같은 노란 얼굴을 그려 줄 것 같아서였다.

그러나 그녀가 만 열일곱 살이 되기 석 달 전 끼엔의 아버지는 죽었다.

그날 저녁 아버지가 옥상 한구석에 불을 피우고 방 안의 그림들을 옮기는 것을 도와 달라고 부탁했을 때, 프엉은 화가 아저씨가 전혀 취하지도 않았을 뿐더러 정신도 멀쩡하다고 생각했다. 그녀는 순간 화가 아저씨의 죽음을 예감했다. 이렇게 아버지는 자신을 먼저 죽이고 나서야 이 세상과 하직한 것이다. 그러나 프엉은 끼엔도 누구도 부르지 않았다. 아마도 그녀는 아버지의 의지를 이해하고, 아버지의 생각에 공감했던 것 같다. 그래야 한다고, 모두 태워 버리고 죽어야 한다고, 그 길밖에는 없다고….

불길이 혀를 날름거리며 첫 번째 그림을 삼킬 때 프엉은 온몸이 떨려 오는 것을 느꼈다. 그녀는 두려움에 넋이 나가 어찌할 바를 몰랐다. 그러나 곧 불꽃이 이글거리는 장엄하고도 악마적인 제의에 빠져 들었다. 기이하면서도 신비로운, 정확히 말하자면 악몽과도 같았다. 이교도 집단의 광신적인 열기 같은 것이 느껴졌다. 아름다움이 활활 타오르면서 절망의 환한 빛이 프엉의 영혼을 가득 채우는 듯했다. 그리고 그 불길 속에 순교자의 얼굴이 비쳤다. 고통에 잠긴, 그러나 열정과 희열에 찬 얼굴이었다. 그날 밤의 강렬한 인상은 프엉의 인생에서 영원토록 지워지지 않을 것 같았다.

화가 자신을 제외하고 그의 자기 소멸 의지를 아무도 이해하지 못한 것은 당연하다. 그가 왜 끼엔이 아닌 프엉에게 그 일을 목격하고 숭배토록 했는지도 알 수 없다. 프엉 자신도 알지 못했다. 그러나 뒷날 자신의 인생과 끼엔의 인생을 돌아볼 때, 그리고 둘의 사랑을 회상할 때, 프엉은 그날 밤의 광경이 예언한 바를 알 것도 같았다. 그것이 실상 무언가를 미리 알려 준 것은 아닐지라도 어떤 영험한 전조를 보여 준 것이라고 생각하게 되었다.

장례식 날 그녀는 끼엔 아버지가 죽기 전날 밤에 한 일을 끼엔에게 얘기해 줄 작정이었다. 그러나 그녀 자신도 아직 평상심을 되찾지 못한 데다 슬퍼하는 끼엔에게 더 큰 괴로움을 보태고 싶지 않았다. 그녀는 몇 달이 지나서야 끼엔에게 말해 주었다. 그날은 끼엔이 전쟁터로 나가기 하루 전, 그가 하노이에서 보낸 마지막 밤이었다. 또한 그들의 인생에서 전쟁이 일어나기 전 함께 보낸 마지막 밤이었을 것이다.

프엉과 끼엔의 인생에서는 그때가 가장 빛나는 시기였다. 그때는 소년기와 결별하는 시기였고, 어찌 되었든 그들은 행복하고, 평온하고, 맑고 순수한 시절을 보냈다. 그러나 그 시간들은 단숨에 지나갔고 운명의 시간이 다가왔다. 군 수송 열차에 몸을 실을 시간이 다가왔던 것이다.

아버지를 잃고 나서부터 끼엔은 더 말이 없고 침울한 청년으로 자라났다. 어린 시절부터 친구였던 프엉은 같은 공동 주택의 같은 층 바로 옆집에 살았고, 학교에선 같은 책상을 쓰는 짝꿍이었으며, 날이 갈수록 둘은 더욱더 붙어 다녔다. 열일곱 살이 되면서 프엉은 아름다운 처녀로 훌쩍 성장했다. 그녀의 아름다움은 브어이[55] 학교 운동장에 설 때면 더욱 빛났다. 둘 다 친구가 거의 없었다. 다른 사람은 그들 사이에 도저히 끼어들 수 없었다. 둘 사이의 감정은 그 나이에 감당하기엔 너무도 끔찍한 사랑이었고, 그들의 어린 사랑은 모든 것을 감수하고 죄업의 불길에 뛰어드는 것과 같았다.

쭈 반 안 학교의 선생들은 처음엔 그들을 걱정스런 눈빛으로 바라보았고

---

[55] 쭈 반 안(Chu Văn Anh) 학교의 본관이 께 브어이(Kẻ Bưởi) 지역에 세워졌기 때문에 학생들은 흔히 이 학교를 브어이 학교라 불렀다.

마침내는 화를 내기까지 했다. 교내 공산 청년단은 분노했다. 물론 브어이 학교는 예나 지금이나 개방적이고 낭만적인 교풍을 지니고 있었기 때문에 보통 학교들과는 달리 9학년56)이든 10학년이든 남녀 학생 사이의 사랑을 큰일 날 사건으로 간주하지는 않았다. 그러나 끼엔과 프엉은 도가 지나쳤다. 무엇보다도 그때는 '세 가지 준비', '세 가지 의무',57) '세 가지 미루어야 할 일'58) 등등 수많은 캠페인과 운동이 일고 애국주의적 열정이 들끓던 시기였다. 사랑을 미루고, 결혼을 미루고….

프엉과 끼엔이 좀 더 영악하고 신중하게 처신하는 법을 알았더라면, 좀 더 순종적이었다면 문제는 덜했을 것이다. 그러나 프엉은 황홀할 정도로 아름다웠다. 그녀의 대담하고 노골적인 아름다움은 어딜 가든 눈에 띄었고, 그녀 또한 자신을 감추어야 한다는 의식 같은 건 없었다. 한편 끼엔은 말이 없고 고집이 세었으며 다분히 반항적이었다.

"우린 나쁜 짓을 하지 않았어요. 아무에게도 폐를 끼치지 않았다고요. 우리 사이의 우정은 우리 둘만의 문제 아닌가요, 선생님?" 그 시기에 이런 식의 논리는 정말로 어리석은 것이었다.

둘은 아무리 오래 함께 있어도 충분하지 않다는 듯이, 한순간만 떨어져 있으면 서로 잃어버리기라도 할 듯이 그림자처럼 붙어 다녔다. 밤에도 그들은 모스 부호로 신호를 보내듯이 벽을 똑똑 두드리며 대화를 나누었다. 그러나 결국 올 것이 오고야 말았다….

---

56) 10년 교육과정의 고등학교 2학년
57) 항미 전쟁 시기 북베트남 여성들 사이에서 일어난 혁명 운동으로, 전쟁터에 나간 남성들을 대신해 여성이 생산과 집안일, 전투 지원 사업을 담당하자는 세 가지 내용을 담고 있다.
58) 전쟁 역량을 기르기 위한 운동으로, 세 가지 미루어야 할 일이란 사랑, 결혼, 임신을 말한다.

그 4월의 오후, 매미가 울고 꽃은 활짝 피고… 들뜬 마음을 주체할 수 없었다. 될 대로 되라는 심정이었다. 그날 오후 학생들은 운동장에 방공호를 파기로 되어 있었는데 때맞추어 프엉은 겉옷 안에 수영복을 입고 왔다. 방공호를 완성하고 '노동 경쟁' 캠페인이 시작될 때, 프엉이 끼엔에게 호숫가로 살짝 빠져나오라고 손짓했다. "상관할 것 없다고!" 그녀가 웃었다. "저 영웅들이나 맘껏 구호를 외치라고 해. 나 예쁜 수영복 입고 왔단 말이야. 꼭 수영을 해야 한다고!"

둘은 멀리까지 헤엄쳐 나갔다. 물가로 돌아왔을 때는 날이 저물었다. 프엉은 지쳐 완전히 녹초가 되었고, 물에 가라앉을까 봐 끼엔에게 매달려 있어야 했다. 초여름이었는데도 웬일인지 금세 어두워졌다. 밝은 별들이 하늘 가득 흩뿌려져 반짝반짝 빛났다. 끼엔은 팔로 프엉을 안고 물가로 걸어 나갔다. 그녀의 몸에서 미지근한 물이 흘러내렸다. 물가의 풀밭은 상쾌했다. 그리고 열일곱 살의 끼엔은 매우 튼튼하고 단단했다. 프엉은 지쳐 풀밭에 쓰러졌다. 작은 손을 끼엔의 손에 맡긴 채.

"자기야, 나 너무 피곤해." 프엉이 살짝 몸을 틀면서 속삭였다. 처음으로 그녀가 끼엔에게 '자기'라는 호칭을 사용한 것이었다.

수면에서 서늘한 바람이 불어오는 나무 덤불의 짙푸른 그늘 아래서 마른 옷으로 갈아입었지만 그들은 돌아가고 싶지 않았다. 끼엔과 프엉은 손을 잡은 채 부드러운 풀밭 위에 누웠다. 서편 지평선 위로 석양의 마지막 빛이 아직 완전히 사라지지 않고 실처럼 가늘고 붉은 선을 그렸다. 붉은 선은 지평선 너머로 지는 것이 아니라 하늘로 솟는 것처럼 보였다.

"해가 서쪽에서 뜨는 것 같지?"

"조명탄인 것 같은데."

"그럼 경보 사이렌이라도 울렸을 텐데."

어쩌면 그들이 사이렌 소리를 듣지 못했는지도 모른다. 하늘엔 별도 보이지 않았고, 사방이 깜깜하고 고요했다.

20년 넘게 세월이 흘렀다. 호수 주위의 모든 것이 변해 버렸지만 호수의 자태만큼은 예나 지금이나 변함이 없었다. 여전히 광활했고, 평화롭고 잔잔한 물결도 그대로였고, 고혹적인 자태도 그대로였다. 새벽녘의 안개도, 해 질 녘의 노을도, 멀리 보이는 산자락도 그대로 있었다.

끼엔은 단 한 번도 학교 운동장으로 들어가 보지 않고, 팔각 건물 뒤를 빙 돌아서 옛날의 나무 덤불을, 그 풀밭을 찾곤 했다. 그는 단지 멀리서, 탄 니엔 거리 모퉁이에서 학교의 한 모서리를 바라보는 것으로 만족했다. 호수는 마치 프엉의 반짝이는 갈색 눈으로, 신비롭게 그를 올려다보고 있는 듯했다. 그것은 어린 시절의 회한과 오래전 멀리 떠나 버린 사랑을 생각나게 했다. 오후에 호숫가에 앉아 있을 때면 언제나 호수 위의 노을이 지평선 위에 한 줄기 붉은 선으로 남을 때까지 바라보곤 했다. 그것은 20년 전의 그 밤, 호숫가에서, 나무 덤불 뒤에서, 풀밭 위에서, 학교의 한 모퉁이에서 반사된 빛이었다.

밤이 늦었는지 주위가 더욱 조용하고 공기가 쌀쌀해졌다. '이제 돌아가야 할 시간이다.' 끼엔은 속으로 생각하며 팔을 쭉 뻗어 벌떡 일어나 앉았다. 그런데 마음속에 알 수 없는 후회와 쓰라림이 일면서 여길 떠나 학교로 돌아가는 일이 부담스럽게 느껴졌다. 끼엔의 마음을 알아채기라도 한 것처럼 프엉이 속삭이듯 말했다.

"겁낼 거 없어. 어쨌든 교문은 닫혔을 테니까. 밤이 더 깊기를 기다렸다가

수위 아저씨가 졸 때 담을 넘어서 도망치면 돼."

"근데, 피곤하지 않아?" 끼엔은 자신의 목소리가 낯설게 느껴졌다. "춥지 않니?"

"조금…." 프엉이 대답했다. 그리고 몸을 약간 일으켜 팔로 끼엔의 목을 끌어당겼다.

끼엔은 처음에 뻐근한 통증 같은 것이 느껴졌고, 마침내 온몸이 떨리며 소름이 돋고 갈비뼈가 내려앉는 것 같았다. 그러나 이내 긴장이 풀리면서 강렬한 욕구가 전신을 휘감았다. 그녀의 몸은 부드럽고 향기로웠으며 타는 듯이 뜨거웠다. 애틋하면서도 맹목적이며 광기에 가득 찬 프엉의 몸이 그의 몸을 꿀꺽 삼켜 버릴 것 같았다. 그것은 상상도 할 수 없는 것이었다. 천둥이 치는 듯한, 고통보다 더한 상태, 마치 가슴 깊은 곳에서 갑자기 비명 소리가 터져나오는 것 같았다. 그것은 첫 키스는 아니었지만 호숫가에서 처음으로 깨달은 절절함이었다. 그러나 모든 것이 순식간에 지나갔다. 불현듯 차갑고 단호한 의지가 끼엔을 흔들어 깨웠다. '이러면 안 돼, 이럴 수 없어….' 끼엔은 혼신의 힘을 다해 자신을 추스르면서 프엉을 꽉 누르고 있던 손을 풀고는 몸을 일으켜 세웠다. 허망해진 프엉은 미동도 없이 누워 있었다. 아찔했던 감각들이 사그라지면서 두려움과 부끄러움이 자리 잡았다. 그녀가 옆으로 돌아누워 재빨리 블라우스 단추를 채워 가슴을 가리고는 살며시 일어나 앉았다.

호수의 물결이 출렁대며 철썩철썩 풀밭 언저리를 때렸다. 멀리 호수에 닻을 내리고 고사포를 잔뜩 싣고 떠 있는 뗏목들 쪽에서 심야를 알리는 징 소리가 느리게 울려 퍼졌다. 그들의 순결과 순수를 지켜준 수호신은 바로 그들 자신이었다.

바람이 길게 숨을 토했다. 침묵이 멀리 퍼졌다. 그들은 방금 물 밑바닥에서 솟구쳐 올라 서로 다른 물줄기를 타고 한곳으로 떠밀려 온 익사자들 같았다. 끼엔이 손을 내밀어 그녀를 붙잡기라도 하려는 듯 두려움에 떨면서 프엉의 손목을 잡았다.

"끼엔, 겁나니? 두렵지? 나도 그래…. 너무 두려우니까 오히려 두려움이 느껴지지 않는 것 같아…."

"난…." 끼엔이 나지막이 중얼거렸다. "난 아무것도 두렵지 않아. 다만 그러면 안 된다고 생각했어…. 난 떠날 테니까. 내게는 전쟁이 있고, 그리고 넌. 그래도 우린 영원토록 함께하는 거야. 그렇지?"

"그래, 됐어…." 프엉이 한숨을 쉬었다. "무엇보다 내가 두려운 건 이런 밤이 다시는 오지 않을 거라는 점이야."

"난 반드시 돌아올 거야!" 끼엔이 다짐하듯 말했다.

"하지만 언제? 천 년 뒤에? 그리고 그땐 너도 달라져 있고 나도 달라져 있을 거라는 생각은 안 해 봤니? 하노이도 달라져 있을 거야. 이 호수도 말이야. 그러면 어떡할래?"

"난 그렇게 생각 안 해. 물론 풍경은 달라져 있을 수 있겠지만 마음만은 변하지 않을 거야."

둘 다 한참 동안 말이 없었다.

"난 미래가 보여." 프엉이 말했다. "모든 것이 불타고 파괴되어 잔해만 남은."

"그럴지도 모르지. 하지만 우리가 다시 만들면 되잖아."

"바보 아냐? 넌 아버지와 많이 다르구나. 네 아버지 말이야."

"맞아. 난 아버지와 달라. 하지만…."

"내가 이렇게 묻는다고 화내지 마. 넌 아버지를 사랑하지 않지, 그렇지?"

끼엔은 그녀를 바라볼 뿐 대답하지 않았다.

"아버지와 얘기해 본 적 있니?"

"물론이지. 그런 말이 어딨어? 왜 안 했겠어. 별의별 이야기를 다 했지."

"그럼, 아버지가 왜 더 살고 싶지 않은지 말해 주셨어? 왜 그림을 다 태워 버렸는지 얘기해 주셨니?"

"아니, 아버지는 나하고 다른 얘기만 했어. 그런데 왜 태웠을까? 난 도무지 이해할 수가 없어."

"아, 그래. 넌 그 일에 대해서 전혀 모르지. 하지만 난 다 알아. 너보다는 내가 네 아버지와 더 가까웠어. 그림들을 태운 불길은 네 아버지의 인생과 내 인생까지도 다 태워 버렸어. 불길 사이로 난 미래를 보았지…."

"뭐라고? 대체 무슨 말을 하는 거야? 그런 미친 소리가 어딨어? 알아듣게 이야기해 봐, 프엉!"

끼엔은 이해할 수 없었다. 그에게는 프엉의 감정이 낯설게만 느껴졌다. 이 밤 둘이 나눈 이야기도, 이 호숫가도…. 프엉에겐 그가 곧 전선으로 떠난다는 사실도, 그래서 그와 프엉이 곧 헤어져야 한다는 사실도 전혀 관심 밖인 것 같았다. 프엉은 끼엔으로선 짐작조차 할 수 없는 것을 생각하고 있었다.

"네 아버지가 돌아가신 그때부터 난 너를 진정으로 사랑하게 되었고, 내가 왜 널 그렇게 사랑하는지 그 이유도 알게 됐어." 프엉은 혼잣말을 하듯 숨을 고르며 말했다. 아니 더 정확히 말하면 프엉이 아닌 다른 사람이 말을 하고 있는 것 같았다. "난 길 잃은 시대, 표류하는 세상의 딸이야…. 그런데 넌 이 시대에 걸맞는 아들이지…. 그런데도 우린 왜 서로 사랑할까? 우리 둘 사이엔 이렇게 큰 차이가 있는데 말이야. 넌 그 이유를 알겠니?"

"그만 가자. 우린…." 끼엔은 두려웠다. "우리가 지금 무슨 이야기를 하고 있는 거지? 왜 네가 다른 시대의 사람이야? 어째서 길을 잃은 시대야? 어째서 서로 다르다는 거야?"

"난 이제 알 것 같아." 프엉이 계속 딴 사람처럼 중얼거렸다. "만약 네 아버지가 우리 시대의 사람이었다면 난 네가 아니라 그를 사랑했겠지." 끼엔이 몸을 떨었다. 그러나 프엉은 손가락으로 그의 입술을 눌러 말을 막고 이야기를 이어 갔다.

"넌 아버지를 거의 닮지 않았어. 날이 갈수록 더 달라져 가. 넌 온몸이 들썩거릴 정도로 전쟁에 취해 있지. 넌 어머니도 사랑하지 않고, 아버지도 사랑하지 않고, 내 감정도 사랑하지 않아. 넌 늘 고집스럽게 말하지. '난 전쟁터에 갈 거야. 나는 바르고 순수한 인간이야. 난 너를 더럽히고 싶지 않아.' 하나도 새로운 게 없어!"

끼엔은 슬프기도 하고 짜증도 났다. 그는 어찌해야 좋을지 알 수 없었다. 프엉은 마치 신들린 듯, 독버섯이라도 먹은 듯 헛소리를 지껄이고 있었다.

"프엉, 아버지와 자주 얘기를 나누었지? 아버지는 매우 이상하고 잘못된 생각을 했던 사람이라는 걸 기억해야 해. 아버지는 현재 이 전쟁의 고귀한 가치도 모를 때가 많았지. 마음속에 이미 지나간 시대의 가치관을 품고 살면서 오늘의 삶의 잣대로 삼으려 하셨어. 한데 하필이면 왜 지금 우리가 이런 이상한 이야기를 하는 거지?"

"왜냐하면 다시는 이런 밤이 오지 않을 테니까. 우린 이런 이야기를 두 번 다시 나눌 수 없을 거야. 넌 네 길을 갈 테고 난 또 내 길을 가야 하니까."

"근데 프엉, 어디를 가는데? 3주 후면 입학시험이야. 넌 반드시 대학에 들어가야 해. 그리고 난 다시 돌아올 거야."

"넌 정말⋯." 프엉이 다시 길게 한숨을 내쉬었다. "전쟁, 평화, 대학, 군대, 이런 것들이 전혀 다르다고 생각하니? 그리고 어떻게 사는 게 잘 사는 인생이고 잘못된 인생인데? 열일곱의 나이에 군대에 자원하는 것이 열일곱의 나이에 대학에 진학하는 것보다 더 고귀한 일일까? 그렇다면 난 대학에 가지 않을 거야."

"그럼 어딜 가겠다는 말이니?"

"전쟁터에 가서 그것이 어떤 것인지 한번 볼까?"

"그곳엔 그저 끔찍한 일만 있을 뿐이야."

"어쩌면 죽을 수도 있겠지." 프엉은 뜬구름 잡는 얘기만 했다. "죽음은 잠자는 것과 같을 거야. 길고도 긴 잠. 하지만 단지 죽음뿐이라면 무엇 때문에 네가 전쟁에 이렇게 열광하겠어. 내 생각엔 무척 매력적인 게 있을 것 같은데 말이야. 나도 갈까?"

"뭐라고?" 끼엔이 놀라서 소리쳤다.

"넌 정말 멍청해." 프엉이 웃음을 터뜨렸다. 그러고는 갑자기 몸을 기울여 끼엔의 목을 감싸고 그의 머리를 당겨 자기 가슴에 묻었다. 그의 머리를 쓰다듬으며 열일곱 살의 소녀는 부드럽게 속삭였다.

"이제, 오늘 같은 밤은 다시 오지 않을 거야. 넌 네 인생을 어떤 과업을 위해 바치고 싶겠지. 난 내 인생을 이 난리 통 속에 그저 허비해 버리고 소멸시키기로 결심했어. 언젠가, 어디에선가 너와 내가 다시 만날 수 있을까? 올해 우린 겨우 열일곱 살인데 살아서든 죽어서든 다시 만날 수 있을까? 만난다면 언제, 몇 살에? 그리고 그때도 우린 서로 사랑하고 그리워하게 될까?"

그녀가 끼엔의 얼굴을 들어 올려 그의 두 눈에, 그의 입술에 스치듯 입을 맞추고 다시 뜨겁게 달구어진 자기 가슴에 그의 얼굴을 묻었다.

"널 사랑해! 네 아버지를 사랑했던 것처럼. 누나처럼. 엄마처럼. 예전부터 지금까지 그래 왔던 것처럼 변함없이 널 사랑해. 지금부터, 오늘 밤부터 난 네 아내야. 난 너와 함께 떠날 거야. 내가 널 전쟁의 문턱까지 데리고 가서, 전쟁이란 게 어떤 것인지 지켜볼 테야. 누군가 우리를 강제로 갈라놓을 때까지 함께할 거야. 하지만 그건 그때 가서 생각하자고. 오늘 밤엔 너의 그 영광스러운 전쟁 속으로 함께 들어가 보는 거야. 그러니까 나 말고 다른 것은 아무것도 생각하지 마. 아무것도 두려워하지 마. 무엇보다도 내 걱정 같은 건 하지 마. 언제까지가 될지 모르지만 내가 네 아내라는 걸 잊지 마. 무서워하지 마. 너의 프엉은 미치지 않았어. 아직은 아니라고."

끼엔은 몸을 떨었다. 시원한 초여름 밤이었지만 이마와 등이 땀으로 흠뻑 젖었다. 두려움에 차고 사랑에 사무쳐서 그는 프엉의 허리를 세차게 끌어안았다. 그는 자기 자신이 나약하고 흐리멍덩하게 여겨졌다. 사랑. 숭배. 복종…. 그는 두렵지 않았다. 하지만 그럴 수 없었다. 감히 그럴 수 없었다.

프엉이 살며시 누웠다. 그리고 끼엔을 끌어당겼다. 이슬 맺힌 풀잎은 차가웠지만 땅바닥에는 아직 한낮의 온기가 남아 있었다. 끼엔은 프엉의 팔을 베고 그녀의 품속을 파고들었다. 어린아이처럼.

분명 프엉은 미치지 않았다. 그녀는 누나 같기도 하고 젊은 엄마 같기도 했다. 그녀는 손가락으로 끼엔의 머리를 부드럽게 쓸면서 그의 아버지 얘기를 들려 주었다. 그때 프엉의 머리는 아주 길었는데, 풍성하게 풀어 헤친 머리카락이 끼엔의 몸을 덮었다. 따뜻하고 향기로웠다. 그녀의 머리칼 사이로 끼엔은 하순의 달이 떠오르는 것을 보았다. 호수 위 두꺼운 구름 끝에서 달의 가느다란 곡선이 재빨리 나타났다가는 이내 자취를 감추었다. 끼엔의 눈에 옥상에서 이글이글 타오르는 악마의 불길이 보이는 듯했다. 아버지와 프엉. 마른 낙엽이나 볏짚처럼 누런 색깔의 그림들. 천에서 빠져나와 자유로워진 영혼들⋯. 프엉의 목소리는 모기장 안에서 옛날이야기를 들려주는 어머니의 목소리처럼 나직나직해서 졸음이 몰려왔다. 끼엔은 자신도 모르게 그녀의 하얀 젖가슴이 훤히 드러날 때까지 블라우스 단추를 풀고 있었다. 달빛이 호수와 풀밭을 스치듯 비추었다. 프엉은 깊이 잠든 사람처럼 가만히 누워 있었다. 자기도 인식하지 못하는 사이에 끼엔의 입술은 갓난아이보다 더 능숙하게 프엉의 젖꼭지를 빨았다. 처음엔 갓 태어나 젖을 문 아이처럼 부드럽게 빨았다. 그러다가 점점 갈증을 느끼며 양손으로 그녀의 가슴을 움켜쥐고, 축축하고 달콤한 즙이 느껴질 때까지 빨았다. 마치 프엉의 꿈이 자기에게도 스며들어 그 달콤함으로 자신의 괴로움이 희석되기라도 할 듯이⋯.

다음 날은 마지막 수업이 있는 날이었다. 10학년 학생들은 대입 시험 준비에 들어갔다. 그리고 끼엔은 긴급 소집 영장을 받았다. 그는 5월 초에 떠나야 했다.

아득하게만 느껴지는 그 밤은 끼엔의 머릿속에 영원히 남았다. 어떤 실마리만 봐도 끼엔은 컴컴하고 깊은 구멍 같던 그 밤의 호수와 구름 가장자리로 얼핏 나타났던 달빛을 떠올리곤 했다. 또 많은 밤 꿈속에서, 죽음 속에서, 참혹하고 고통스러운 기억들 속에서 그는 처녀의 젖가슴 냄새를 느낄 수 있었다. 그것은 그에게 생명을 주었고, 누구보다도 강한 남자로 만들어 주었으며, 전쟁터에서 가장 큰 행운을 가져다주었다. 그리고 결국 그를 살아남게 해 주었다.

그러나 정작 서부 고원에서 전쟁을 치를 때 그는 거의 프엉을 생각하지 않았고 지금처럼 그리워하지도 않았다. 젊은 병사의 몸속에 작동하는 강력한 자기 방어 기제가 끈질기게 따라붙는 기억들을 과감하게 뿌리쳤던 것이다. 밤이 되면 금세 곯아떨어졌고, 생각하는 거라고는 현재 일어나고 있는 일이나 눈앞에서 벌어질 일, 정글의 초입이나 계곡 저편 또는 구릉 뒤의 모퉁이에서 그들을 기다리고 있는 일들뿐이었다. 기억이 떠올라 오래도록 떨쳐 버릴 수 없다는 것은 이미 몸이 쇠약해졌거나 견딜 힘이 바닥났거나 헤어날 길 없는 절망에 빠졌다는 것을 의미했다. 보통 부상을 당하거나 오랜 질병, 굶주림에 빠졌을 때 또는 그와 비슷한 비참한 상황에 처했을 때가 그랬다.

B3전선에서 10년을 싸우는 동안 끼엔은 겨우 두세 번 프엉에 대한 그리움에 시달렸던 것으로 기억한다. 맨 처음은 라오스로 행군해 가는 길에 말라리아에 걸렸을 때였고, 다른 한 번은 1969년 부상을 당해 제8 야전 병원에 누워 있을 때였다. 상처에서는 살 썩는 냄새가 진동하고 그는 곧 죽을 거라고 생각했다. 그리고 꿈인 듯 실제인 듯 프엉을 닮은 벙어리 간호사의 얼굴이 어른거렸다. 그리움은 한번 타오르기 시작하면 한도 끝도 없었지만 아예 생각하지 않으려고 애써 억누르면 깊이 가라앉기도 했다. 그것은 몸에서 나는 열과도 같았다. 또 한 번은 고이 혼의 3농장 근처에 주둔하며 카드와 홍마초에 빠져 허송세월하던 정찰 소대 시절이었다. 깊은 정글 속 병사들과 산 건너편에 외따로 사는 세 여인의 처참하고도 절망적인 사랑을 눈치챘을 때 끼엔은

밤마다 프엉의 꿈을 꾸었다.

프엉에 대한 그리움 때문에 자기 사랑을 떠올리게 되면서 끼엔은 병사들의 그 황폐한 애정 행각을 말리지 않았고, 또한 거기에 가담하지 않도록 자신을 통제할 수 있었다. 매일 밤 병사들이 자기 몰래 막사를 빠져나가 밀림을 가로질러 사랑하는 여인들을 찾아갈 때마다 끼엔은 마치 그들을 좇아 그들의 비밀스런 행복에 동참하려는 듯 꿈속에서 사랑스런 프엉의 희미한 그림자를 만났다. 마음속 깊이 사랑이 절절히 스며드는 것을 느낄 수 있었지만, 한편으론 재앙을 예고하는 듯한 고통스런 느낌이 가슴을 쿡쿡 쑤셔 댔다. 농장의 세 여인을 죽인 적병들을 생포했을 때, 끼엔은 그들이 판 구덩이 앞에서 한 명씩 한 명씩 쏘아 죽일 작정이었다. 그러나 마침내 총을 들고 손가락을 방아쇠에 건 순간 그들을 풀어 주었다. 적병들의 애원 때문도 아니고 동료 병사들의 당혹감 때문도 아니고 갑자기 프엉의 얼굴이 떠올랐기 때문이었다…. '넌 많은 사람을 죽이겠지? 그래서 영웅이 되겠지?"

정말 믿기 어려운 일이었고, 적절한 순간도 아니었으며, 그때의 상황과는 아무런 관련이 없었는데도 그녀를 떠올렸고 그녀의 말을 기억했다. 그리고 그것 때문에 그들을 살려 주었다. 그러나 그의 이런 행동은 절대로 관용 때문이 아니었다. 너무 어처구니가 없는 일이라 끼엔은 이 사실을 아무에게도 말하지 않았고, 나중에 프엉을 다시 만났을 때는 더더욱 이 이야기를 꺼내고 싶지 않았다.

그런데 그가 부상을 당해 제8 야전 병원에 누워 있을 때에는 프엉이 꿈속으로, 그의 기억 속으로 찾아온 것이 아니라 실제로 그녀를 보았다고 생각했다. 정신이 혼미한 상태였기에 그런 착각이 생겼던 것이다. 그때는 1969년 우기가 시작될 무렵이었다. 그의 27대대는 고이 혼 밀림 지대에서 적에게 포위된 채 괴멸당했다. 끼엔은 총탄에 맞아 여기저기 구멍이 난 몸을 이끌고 진흙투성이의 밀림 속에서 거의 하룻밤을 알몸으로 기어 다녔다. 학살에서 살아남은 병사들이 밀림 한구석에 쓰러진 그를 발견했고, 그를 둘러메고 해가 지는 쪽으로 철수했다. 그는 제8 야전 병원에서 정신을 차렸다. 그는 극심한 고통과 절망 때문에 깨어났다.

 제8 야전 병원은 형편없이 초라한 의무대였다. 그나마도 몇 달간 계속된 적의 공격으로, 쉼 없이 퍼붓는 포격과 폭격으로 산산조각이 났다. 의사와 간호사, 부상자들은 서로 몸을 의지해 캄보디아 국경 부근에 있는 어두운 대나무 숲에 마련된 임시 거처로 이동해야 했다. 사실 끼엔은 의무대가 어떤 상황인지 전혀 몰랐다. 그는 211병원으로 후송되기 전 두 달 동안 물이 뚝뚝 떨어지는 지붕 아래 어둡고 축축한 땅굴 속에 누워 지냈다. 그의 옆구리에서, 어깨에서, 허벅지 사이의 끔찍한 상처 부위에서 지독한 냄새가 풍겨 나와 모기도 달려들지 않을 정도였다.

 끼엔은 오랫동안 혼수상태에 있었다. 다만 자기가 곧 죽으리란 것을 확인이라도 하려는 듯, 혼수상태나마 지탱할 약간의 힘이라도 얻으려는 듯 희미한 의식을 가지고 가끔 깨어나기도 했다. 그는 눈을 뜨고 깨어날 때마다 자기와 함께 땅굴 속에 있는 프엉을 보았다. 그는 힘없이 그녀의 이름을 불렀지만 프엉은 대답하지 않았다. 대신 그녀는 미소를 지으며 몸을 숙여 땀으로 끈적끈적한 끼엔의 이마에 입을 맞춰 주었다. 아무런 생각도 의심도 없이 그는 프엉의 방문을 밀림에 듣는 빗소리, 땅 위에 울려오는 대포 소리처럼 태연히 받아들였고 당연한 행복이라 여겼다. 그녀는 뼈가 앙상히 드러날 정도로 여위고 말라 있었다. 그녀는 거칠어진 손으로 그를 어루만져 주었다. 땅굴 속은 어두침침하고 끈끈한 습기와 악취로 가득 차 있었지만 끼엔은 그녀의 빛나는 갈색 눈을 볼 수 있었다.

"프엉!" 그가 기운 없는 목소리로 불렀다. 그러고는 이를 딱딱 부딪치며 힘겹게 고개를 옆으로 돌리고 허파를 긁는 듯한 숨소리를 냈다. 여자는 부드러운 손길로 붕대를 갈고 상처를 닦아 주고 핀셋으로 그의 썩은 살에 우글거리는 구더기도 모두 떼어 냈다. 그리고 그의 몸에 누더기 담요를 둘러 주고 모기장을 쳐 주었다. 끼엔의 얼굴이 살짝 일그러졌다가 펴졌다. 다시 의식을 놓기 전에 그녀에게 애써 미소를 보여 주려는 것 같았다.

얼마 후 끼엔이 더 자주, 더 오래 깨어 있게 되었을 때는 211병원의 바람이 잘 통하는 깨끗한 병상에 누워 있었다. 그러나 프엉은 보이지 않았다. 상처가 회복되고 수용소로 옮겨져 퇴원 명령을 기다릴 때 끼엔은 제8 야전 병원에 함께 있었던 부상병들에게 프엉의 소식을 물어보았다. 하나같이 프엉이란 이름의 하노이 출신 간호사는 모른다고 했다.

"뭔가 착각한 거야." 그들 가운데 두 다리가 잘려 나가는 부상을 입은 병사가 말했다. "난 너와 함께 거기 있었는데, 너처럼 혼수상태에 빠지지는 않았기 때문에 잘 알아. 주임 의사와 남자 간호사 셋 말고는 여자 간호사가 딱 하나 있었을 뿐이야. 넌 그녀를 다른 사람으로 혼동했지. 하지만 그녀는 바로잡아 줄 수가 없었어. 벙어리였거든. 아마 고향이 다낭이었던 거 같아. 무슨 병인가를 앓고 나서부터 벙어리가 되었대. 맞아, 날씬하고 참 예쁘고 헌신적인 여자였는데…. 그래, 갈색 눈! 정신을 놓고 있었으면서도 그걸 보다니 넌 정말 대단해. 그런데 그 여잔 아마 죽었을 거야. 넌 그것도 모르지? 너와 나처럼 심한 부상을 당한 사람들을 먼저 수송했는데, 우리가 떠나고 한두 시간도 안 돼서 그곳이 B52 폭격을 받았대. 듣자 하니 완전히 전멸되었다고 하더군. 폭격을 쏟아 부은 후에 놈들이 소탕 작전까지 펼쳤거든."

"그 간호사 이름 알아?"

"아마 리엔일 거야. 리엔인지 리에우인지 그랬어. 언제 이름을 불러 봤어야지. 그냥 동지나 누이라고만 불렀으니까. 정말 안됐지? 그렇게 예쁜데 벙어리라니."

끼엔은 이 얘기도 프엉에게 하지 않았다. 둘 다 지난 10년의 전쟁 동안 서로가 겪은 일에 대해서는 말하기를 꺼렸다. 그러나 프엉을 보면 불현듯 끼엔의 눈앞에 전쟁의 기억들이 펼쳐지곤 했다. 그 시절의 고통, 전투, 온갖 선행과 악행이. 사실 그 사건과 광경들은 프엉과 아무런 관련이 없었는데도 그녀를 보면 그런 장면들이 떠올랐다. 그리고 때로는 분명히 과거의 어떤 메아리를 듣거나 그림자를 보았는데 그것이 무엇인지 도무지 알 수가 없고 아무래도 기억이 나지 않았다. 그런데 그것은 영락없이 프엉의 목소리, 웃음소리, 노랫소리이거나 그녀의 얼굴, 눈매이거나 손으로 머리카락을 쓸어 넘기는 모습이거나 고개를 돌려 힐긋 바라보는 몸짓이거나 온몸을 살랑대며 걸어가는 사뿐한 걸음걸이이거나 했다.

올해 그는 마흔이 되었다. 그런데 아직도 끼엔의 가슴속에는 그 옛날 눈먼 사랑과 열정의 불길이 가물가물 타오르고 있다. 환상은 여전히 쉬지 않고 몽롱한 희망의 향기가 묻어나는 꽃을 피우고 상상의 꽃가루를 흩뿌린다.

그러나 프엉은 절연을 결심했다. 겨울이 시작되던 어느 날 밤, 끼엔과의 마지막 만남 이후 그녀는 그를 버리고 떠났다. 방에 불을 끄는 것도 잊은 채.

전쟁의 슬픔

그 무렵 프엉은 뜬금없이 가을 내내 웃고 떠들며 즐기던 자기 생활을 끝내 버리기로 결심했다. 축제의 달뜬 분위기가 한순간 겨울을 알리는 찬 바람에 쓸려 날아가 버린 것 같았다. 환락이 넘치던 그녀의 방은 이제 텅 비어 고요했다. 한동안 웅성거리던 손님들도 마술처럼 모두 사라졌다. 그러나 끼엔에겐 새삼 놀라운 일도 아니었다. 거의 매년 프엉은 시끌벅적 웃고 떠들며 지내다가 어느 날 갑자기 수도원에 들어갈 작정이라도 한 듯 한참을 혼자 틀어박히곤 했던 것이다. 사실 축제 분위기라고 해서 끼엔에겐 즐거울 것도 기꺼울 것도 없었지만, 그녀가 이런 식으로 가라앉을 때마다 그의 마음도 무거웠다. 매일 밤 그녀의 방에서 그녀의 남자들이 질펀하게 벌이는 온갖 짓거리를 견뎌야 할 때보다 마음이 더 괴로웠다. 도시민의 삶이 칙칙하고 지루하다고들 하지만, 어쩌면 이렇게 기쁨이라곤 찾아볼 수 없는 걸까? 더럽고 닳고 닳은 쾌락은 궁핍하고 남루한 밥 한 공기, 옷 한 조각과 다를 바 없었다. 비 내리는 겨울밤의 풍경, 굳게 닫힌 그녀의 방문 앞에 슬픈 표정으로 서 있는 사내들의 모습, 안에서 닫아건 빗장, 겁없이 문을 두들겨 대다 맥이 빠져 어두운 표정으로 돌아서는 사내들, 그리고 절망과 염증, 수치심과 비탄에 잠긴 채 사방 벽에 갇혀 그림자처럼 혼자 앉아 있을 프엉. 그녀를 생각하면 끼엔은 창자가 끊어질 듯 아팠다.

그러던 어느 날 끼엔은 문득 그날이 그녀의 생일이라는 걸 기억해 냈다. 끼엔은 또한 자기가 한동안 프엉의 방에 건너가지 않았고, 만나지 않았으며, 아무런 얘기도 하지 않았고, 그녀에게 거의 무관심하고 냉담했다는 것을 깨달았다. 그는 프엉이 생활에 대한 염증으로 진저리를 치고 있을 걸 짐작했음에도 그녀를 쾌락 속에 방치해 두고 있었다는 데 생각이 미쳤다.

끼엔은 거리로 나가 손에 장미꽃 다발을 사 들고 돌아왔다. 그녀를 데리고 식당에 가서 생일 축하라도 해 줄 작정이었다. 마침 동네가 정전이 되어서 그는 기뻤다. 그렇다면 프엉도 집 안에 혼자 틀어박혀 있고 싶지는 않을 테니까.

프엉이 바로 문을 열어줄 수 있도록 그녀와 약속한 암호대로 방문을 두드렸다. 그러나 자물통에서 열쇠가 돌아가는 소리가 들리기까지 한참을 기다려야 했다. 마침내 문이 반쯤 열렸다. 담배 냄새, 향수 냄새, 그녀의 냄새가 확 풍겨 왔다. 그는 방 안으로 들어갔다. 탁자 위에 석유램프의 불빛이 희미하게 비쳤다. 프엉에겐 손님이 있었다. 나이 들어 보이는 남자였다.

"안녕하세요, 아저씨." 끼엔이 인사를 건네며 악수를 청했다. 남자의 손은 매끈하게 다듬기라도 한 것처럼 정갈했다. 부드럽고 보송보송한 피부에 가늘고 긴 손가락은 평범한 외양의 이 남자 손이 아니라 다른 사람의 손으로 느껴질 만큼 우아한 느낌을 주었다. 하지만 그의 얼굴은 초췌하고 주름이 가득했으며, 눈은 작고 게슴츠레했다. 물렁한 입술에 턱수염이 듬성듬성 나 있는데다 머리도 백발이었다. 남자는 몹시 심약하고 음울해 보였다. 그는 약간 불쾌한 듯 살짝 고개를 숙여 건성으로 인사하고는 재빨리 손을 빼 버렸다.

"고마워요, 끼엔." 프엉이 꽃다발을 받으며 몸을 숙여 정중하게 답했다. '난 생일인 줄도 몰랐는데, 언제나 당신만이 기억해 주는군요. 아 참, 소개할게요. 여기는 푸, 화가예요. 그리고 끼엔."

끼엔은 말없이 서 있었다. 프엉은 다시 자리에 앉더니 팔걸이의자에 몸을 깊이 파묻었다. 그녀는 약하게 흔들리는 등잔 불빛의 둥근 테두리 바깥으로 살짝 비켜 앉아 있었다. 탁자 위에는 그녀의 기타가 놓여 있었다.

"아, 그리고 끼엔, 아쉽지만 이번 생일은 이제까지 해 오던 대로 할 수 없을 것 같아. 사실 나는 오늘이 생일이라는 것조차 까맣게 잊고 있었거든. 미안해, 끼엔!"

"왜 그래?" 남자가 소리쳤지만 배에서 울려오는 목소리는 아주 낮았다. "이제까지 그렇게 해 왔다면, 당연히 가야지…."

"아니에요. 그런 거 아니니까 마음 쓰지 말아요, 푸!"

끼엔은 프엉을 바라보았지만 그녀는 눈길을 피했다. 그는 고개를 끄덕여 둘 다에게 인사하고는 돌아서 나왔다. 등 뒤에서 문이 닫혔다. 자기 방으로 돌아온 끼엔은 더듬더듬 램프에 불을 붙였다. "어쩌지?" 그는 혼잣말을 하며 무심코 원고 뭉치를 바라보았다. 글자가 춤을 추었다. 목이 메어 왔다. 그는 감상적인 기분에 빠져 들었다. 그에게는 너무도 친숙한 것이었다. 무력감에 가슴이 터질 듯 아파 왔다. 슬픔이 뼈에 사무쳐 금방이라도 죽을 것만 같았다. 그럼에도 그는 어떻게 할 수 없었다. 어느 누가 자기 자신으로부터 도피할 수 있단 말인가. 그는 책상 옆에 서서 창문 너머로 비 내리는 밤 풍경을 멍하니 바라보았다. 창문에 빗금을 치듯 떨어지는 빗방울이 납덩이를 머금은 듯 차가운 유리창에 얼룩덜룩한 반점을 계속해서 그리고 또 그렸다. 끼엔은 허겁지겁 잔을 채워 단숨에 마셔 버렸다. 그는 의자에 앉아 원고 더미를 옆으로 밀어내고는 두 손으로 머리를 감싸 쥐었다.

그때 등 뒤에서 문이 삐걱거리는 소리가 들렸다. 프엉이었다. 그녀가 살며시 그의 옆으로 왔다.

"끼엔!" 그녀가 끼엔에게 바짝 다가서서 그의 머리를 쓰다듬으며 속삭였다. "불쌍하기도 해라." 프엉이 허리를 굽혀 그의 이마에 살짝 입을 맞추며 말했다.

"슬퍼하지 마." 끼엔이 고개를 쳐들며 두서없이 한마디 던졌다. "우린 슬퍼해선 안 돼. 즐겁게 살자."

"끼엔, 널 만나러 올 수밖에 없었어. 넌 아무것도 모를 거야. 나 같은 여자가 치러야 할 일들에 대해서. 난 지금껏 내가 한 짓에 대한 대가를 치르고 있는 거야. 난 이미 망가졌어. 그래서 가끔은 내가 짐승 같다는 생각이 들어."

"하지만…."

"나 자신을 억누를 수가 없어. 어떤 것에도 마음을 다잡을 수가 없어. 내 인생을 스스로 끝장내고 있는 거야, 그렇지? 향락 속에서 내 인생을 끝장내고, 네게 잔인하게 굴면서 말이야."

"누구든 그런 상황에서는 잔인해지기 마련이야. 하지만 우린 서로에게 결코 그럴 수 없어. 인생… 내 인생도 마찬가지야. 다 끝났어. 그래도 삶은 계속되고 우린 살아가야 해. 너도 그렇잖아, 프엉!" 끼엔은 그녀의 손을 잡으며 격렬히 외쳤다. "우린 왜 모든 걸 떨쳐 버릴 수 없는 거지? 함께 살자. 그냥 함께 사는 거야. 그러기만 하면 된단 말이야!"

"그만 해. 그렇게 얘기하지 마. 어떻게 또 나를 견디겠다는 거니?"

"견딜 수 있어. 난 많이 변했어. 너도 알잖아."

"오, 끼엔! 함께 있으면 당연히 행복했어야 하는 것 아니니? 그런데 우리가 지금 왜 이 모양인지 나도 정말 모르겠어. 난 너와 살 수 없어. 우린 서로 헤어지는 게 좋아. 날 이해해 줘."

"그럼 방법이 없다는 말이니?"

"없어. 서로 헤어지는 수밖에는. 영원히 그 방법밖엔 없어. 날 그렇게 보지 마, 끼엔."

끼엔은 고개를 떨어뜨렸다.

"일주일 전 우연히 그 남자를 만났어. 물론 단지 그 남자 때문에 내가 이러는 건 아니야. 그리고 아직 결정된 건 아무것도 없어."

"도대체 왜 이래?" 끼엔이 화를 냈다.

"그게 너랑 헤어질 수 있는 방법이기 때문이야. 계속 이런 식으로 살 수는 없다고."

"우리가 서로 가까운 것도 아니잖아. 넌 네 방에 살고 네가 하고 싶은 대로 하잖아. 난 너한테 아무것도 아니잖아. 그건 네가 저 늙은이와 도망치는 이유가 될 수 없어. 만약 떠나야 한다면 내가 떠날게. 제발 미친 짓 좀 하지 말라고. 네가 저 늙은이를 정말 사랑한다면 몰라도…."

"늙은이라고? 내 나이가 몇인지 생각해 봐. 내가 아직도 열일곱인 줄 아니?"

"언제 갈 건데?" 끼엔이 그녀의 말을 끊으려는 듯 물었다.

"오늘 밤. 조금 후에. 내가 하고 싶은 말은 우리가 다시 만나는 일은 절대 없을 거라는 사실이야."

"정말 간단해서 좋군. 재미없는 책을 덮어 버리는 것처럼 말이야. 그렇지 않니?"

"아, 제발 그런 식으로 말하지 마. 아… 나 너무 힘들어, 끼엔!"

그리고 둘은 동시에 일어섰다. 끼엔이 갑자기 프엉을 껴안았다. 프엉의 몸이 떨고 있었다. 그들은 오래도록 키스했다. 프엉이 그를 밀어냈지만, 다시 키스가 이어졌다.

"안 돼, 그만 해!" 프엉이 신음하듯 말했다.

그녀는 문 쪽으로 걸어갔다. 끼엔은 말없이 그 뒤를 따랐다. 불현듯 프엉이 돌아서서 문에 등을 기대고 끼엔을 똑바로 바라보며 말했다.

"끼엔, 난 이제부터 어떻게 살아야 할지, 무엇을 해야 할지 모르겠어. 그렇지만 우리가 다시 만나는 일은 없을 거야. 자기야…, 날 용서해 줘."

"그 남자를 사랑하는구나!"

"끼엔! 난… 너 말고는 누구도 사랑할 수 없어…. 그러는 넌, 날 아직도 사랑하니? 여전히 날 사랑할 수 있겠니?"

"물론이지!" 끼엔이 답했다.

아직도 그리고 영원히. 그의 인생에는 딱 두 번의 사랑밖에 없었다. 한 번은 전쟁이 일어나기 전의 그와 프엉의 사랑. 또 하나는 전쟁 이후의 다른 사랑, 역시 그와 그녀의 사랑이었다.

한밤중에 프엉은 그 남자와 함께 떠났다. 끼엔은 여전히 창가에 서 있었다. 그는 두 사람의 발소리를 똑똑히 들었다. 방문에 자물쇠를 채우는 소리, 여행 가방을 끄는 소리도 들렸다. 프엉이 그의 문 앞으로 왔다. 아마도 문틈으로 무언가를 밀어 넣는 듯했다. 마지막으로 그는 나지막이 울리는 프엉의 목소리를 들었다.

"자, 이제 가요."

그리고 그들은 떠났다. 프엉의 뾰족한 구두 굽 소리가 작게 울렸다. 복도를 질질 끄는 남자의 발소리가 들렸다. 계단이 삐거덕거리는 소리도 들렸다.

문틈으로 밀어 넣은 봉투에 편지가 들어 있었다. 전보처럼 짧고 무심한 글이었다. '끼엔, 난 떠나. 영원히 안녕. 그게 너를 위해서도 좋을 거야. 나를 위해서도 그렇고. 네게 바라는 단 한 가지는 그저 잊어 달라는 거야. 더 이상 바라는 건 없어. 너의 성공을 빌게.'

끼엔은 복도로 걸어 나갔다. 그는 옷깃을 세우고서 계단을 내려가 거리로 나섰다. 남겨졌구나. 영원히 남겨졌구나. 그는 생각했다.

5

 글을 써야 한다! 끼엔은 홀로 밤거리를 거닐 때면 각오를 다지려고 엄숙하고 결연하게, 급박하고 다급하게 비밀스러운 구호를 외치듯 혼잣말을 되뇌곤 했다. 오늘 밤처럼, 지나온 수많은 밤들처럼 어둡고 침울한 밤이면 머릿속은 온통 절망뿐이어서 마음이 우울했다.
 글을 써야 한다! 글을 쓰는 것이 마치 머리로 바위를 들이받는 것 같고, 자신의 심장을 손으로 도려내는 것 같고, 몸뚱이를 스스로 내동댕이치는 것 같아 힘들고 어렵지만, 오래전부터 그의 인생에서 글을 쓰는 것보다 나은 일은 없었다. 그것은 그의 삶에서 유일한 존재 가치였기에, 글을 쓰는 일 외의 나머지 것들은 이미 오래전부터 슬픔과 치욕 속에서 현기증으로 쓰러져 있을 뿐이었다. 더는 쓸 수 없을 때까지 글을 써야 한다. 글을 쓰는 영혼마저 억눌린다면 자살할 수밖에 없다. 그러나 지금처럼 책상에서 오래도록 열중하는 것이 무의미하게 느껴질 때면 끼엔은 밖으로 나와 도시의 어두운 밤거리를 거닐었다. 특히 정전이 된 날이면 어둠은 하노이를 조각조각 삼켜 버렸다. 어두운 밤은 허허벌판의 밤이나 마찬가지로 황무지 같았다. 차갑고 습한 비바람이 흩뿌렸다. 도시의 어두운 밤을 감싸고 도는 슬픔에 아파하면서 자신의 슬픔을 누그러뜨렸다. 깊은 동굴 속 같은 침묵의 골목길들을 더듬어 가다 보면 종종 세상이 눈앞에 크게 펼쳐지는 듯 달콤하고 요란한 감정이 분출되곤 했다. 길을 찾지 못했던 이상들이 거리에 바람으로 몰려와 돛을 크게 부풀리는 듯했다.

 글을 써야 한다! 잊기 위해 쓰고 기억하기 위해 써야 한다. 의지하고 구원 받기 위해, 견디기 위해, 믿음을 간직하기 위해, 살기 위해 글을 써야 한다. 매일같이 거리를 지나다니는 낯선 무리가 우연히 서로의 인생에 증인이 되듯이 친한 사람들에 대해 글을 써야 할 필요가 있다. 삶과 영혼 속에서 서로 다른 세상과 상반된 것들에 대해 써야 하고, 태어나 자란 집들과 보금자리와 도시에 대해 써야 한다. 비 내리는 어두운 밤, 길모퉁이 가로등을 지나고 지붕들 아래를 걷는 사람들의 삶 속에 얼마나 많은 운명과 역경이 있는지 알고 있기에 이에 대해 써야 한다. 기나긴 밤거리의 고요 속을 걷는 발소리는 침묵의 울림이자 생각의 발소리처럼 들린다. 번쩍이는 방수천을 덮은 시클로[59] 한 대가 소리 없이 지나갔다. 교통경찰 초소 앞에서 한 쌍의 연인이 포옹하고 있다. 길모퉁이에서 희미하게 닭 우는 소리가 들렸다. 조용하고 어두웠던 거리에 갑자기 전기가 들어오면서 바람이 불어오듯 차례차례 전등이 켜졌다. 메마른 소리를 내며 나뭇잎이 떨어졌다. 비에 젖은 낙엽이었지만 인도 위 여기저기를 횡횡 날아다녔다. 끼엔은 위대한 음악의 침묵 속을 걷고 있는 듯이 느껴졌다. 동네의 어두운 밤거리를 거닐며 자신이 살아 있음을 분명하게 느끼게 되었다. 삶을 재촉하며 살았다. 기억해 내려고 안달복달하지 않고 기억도 없고 희망도 없는 서민들의 삶에 대해 상관하지 않았다. 글을 써야 한다. 글을 써야 한다.

 길모퉁이의 상점 앞에서 끼엔은 걸음을 멈추었다. 주인은 늦은 밤에 홀로 장사를 하고 있었다. 끼엔은 진열장 속의 비단 제품들을 정신이 팔린 듯 넋을

---

[59] 베트남의 삼륜 인력거.

놓고 바라보았다. 다양한 색상에 부드러운 것들이어서 편안하고 맑고 우아한 마음을 불러일으켰다.

"아저씨, 하나 골라 보세요!" 젊은 여성이 장난스러운 목소리로 제품을 권했다. 끼엔은 진열장 너머의 예쁜 얼굴을 바라보았다. "여자들은 원래 애들이잖아요. 나이에 상관없이 이런 선물을 받으면 마다할 여자가 없지요."

끼엔은 미소를 지었다. 그런데 이곳이 여성용 제품만을 파는 가게라는 것을 알아차리고는 조금 창피한 생각이 들었다. 비단이 이렇게 아름답고 섬세한 것인 줄 미처 몰랐었다. 여주인에게는 끼엔의 표정이 촌스러워 보였다. 여주인은 상냥하게 웃었다.

"정말 멋지지요, 아저씨? 새벽하늘의 여명 같지요…."

끼엔은 안개비에 흠뻑 젖은 어두운 밤거리로 다시 걸음을 재촉했다. 한참 동안 그의 눈앞에는 상상도 못했던 새 시대 여성의 아름다운 비단 속옷들이 아른거렸다. 그리고 자연스레 서부 지역 닥 렛에서 연락책을 하던 크메르 쪽 여인들이 떠올랐다. 그들은 브래지어를 장식물로 생각해서 블라우스 바깥에 입고 다녔다. 그 지역뿐만 아니라, 꾸앙 빈 지역을 행군할 때 배낭 속에 여성용 제품을 넣어 다니던 녀석들은 그곳에서 원하는 것을 대부분 얻을 수 있었다. 여성 청년 돌격대원들은 무엇이든 들어주었다. 그랬다, 당시의 여성들은 몹시 궁핍했다. 세상에, 1973년에는 우스꽝스럽게도 그의 대대에 여군 군장 한 벌이 잘못 보급되어 왔다. 윗옷은 너무 짧고, 바지는 엉덩이 쪽이 찢어져 있었다. 그런데 더 기괴한 것은 위 아래 옷에 속옷이 달려 있었다는 것이다. 병사들은 절약 옷이라고 우스갯소리를 했다. 감청색이든 연두색이든 마치 풍뎅이 날개 같았는데 재질이 너무 뻣뻣해서 가슴을 가리는 데 쓰는 갑옷 같았다. 얼핏 재미있게 들릴 수도 있겠지만 사실 끔찍한 이야기이다. 언제나 그랬다. 당시 사람들의 삶에는 극히 사소한 것에도 가슴 아픈 이야기들이 따라다녔다. 잊을 수 없는 이야기들은 감히 기억해 내기도 두려웠다….

끼엔은 길을 건넜다. 식당 앞 가로등 밑에 거지가 양손을 겨드랑이에 끼고 몸을 움츠린 채 서 있었다. 길을 지나는 사람들에게 머리를 굽실거리고 두 손 모아 빌면서 짐짓 자신감 넘치는 목소리로 애원했다.

"동지들이여, 눈을 들어 잠깐만 다른 사람의 어려운 환경에 관심을 가집시다. 동지들이여, 홍수에 잠긴 마을들을 생각합시다."

"거지 주제에 신념 하나는 강철 같군! 젠장, 우리 베트남 사람들은 외적에 맞서 싸우는 것은 잘해도 구걸하는 법은 전혀 모르는 것 같아!" 망토를 두른 근엄한 얼굴의 남자가 모피 코트를 입은 소녀의 손을 잡고 식당을 나오다가 목소리를 높였다. "이봐, 신념을 조금 포기하면 내가 돈을 줄게."

모피 코트의 소녀가 갑자기 옆구리를 찔린 듯 웃음을 터뜨렸다. 정말 우스꽝스러운 풍경이었다. 언젠가 나는 이 풍경을 소설로 쓰리라, 끼엔은 그렇게 생각했다. 저 근엄한 녀석과 거지가 예전에 서로 친구였다고 쓸 수 있다. 같은 부대원이었을 수도 있다. 그런데 어떤 일이 일어났을 것이고…. 하지만 뭐, 별로 의미 없는 이야기잖아. 끼엔은 왜 이런 이야기에 골몰할까 하는 생각이 번쩍 들었다. 그를 괴롭히며 머릿속을 떠나지 않는 주요한 상념들이 희미해질 만큼 모든 생각이 뒤죽박죽되고, 어떤 맥락도 없이, 모든 감정과 사고가 뒤섞이는 듯했다. 물론 그는 알고 있었다. 끊긴 생각, 두서없는 이야기, 보이는 대로 생각하는 것이 바로 상상력의 한계에 고통스러워하는 영혼을 해방시켜 주는 것들이었다.

밤이면 도시의 미로 같은 광경이 끼엔의 머릿속을 스쳐 지나갔다. 별 의미 없이 흩어져 있는 환영들이 우연히 서로 연결되어 하나의 끝없는 실타래가 되는 듯했다. 많은 밤을 그는 환영을 좇아 밤새도록 거리를 헤매었다. 이것은 점점 하나의 요구가 되어서 어둡고, 초췌하고, 지겨운 일상 속의 감미로운 호기심으로 느껴지게 되었다. 그는 눈앞에서 우연히 마주친 행인을 따라 이 길에서 저 길로 그 발소리가 어느 집 문 앞에서 사라질 때까지 몇 시간씩이나 인내심을 갖고 쫓아다니기도 했다. 그는 사람의 뒷모습만으로 용모와 안색과 인생을 그려 보려고 했다. 그리고 모든 것에 등을 돌린 사람들의 삶 속으로 자신을 던져 보는 상상을 했다.

옛날에 밀림에서 만난 하노이 출신 병사들은 해먹에 나란히 누워 밤새도록 하노이 거리 풍경에 대해 이야기를 나누곤 했다. 이 거리는 어디에 있고, 저 거리는 어디에 있고, 어느 거리에는 번지수가 하나뿐이고, 어느 거리에 번지수가 가장 많고, 어느 거리가 가장 길고, 어느 거리가 가장 짧고, 어느 거리가 가장 오래되었는지, 어째서 두오이[60] 시장이라 불리게 되었는지, 하노이에서 어떤 사람들이 개구리 요리를 잘하는지, 어떤 카페가 가장 갈 만한지…. 1972년 끼엔의 A 정찰대에는 소대가리[61] 탕이라는 병사가 있었다. 그는 항꼬 거리에서 삼 대째 시클로를 몰았다. 그럼에도 그는 끼엔이 자기보다 하노이를 더 많이 알고 있다는 것을 인정해야 했다. 어떤 탕 롱[62] 병사도 하노이에 대해 끼엔만큼 세세하게 자질구레한 것까지 알지는 못했다. 그는 하노이

---

60) '쫓아가다' 라는 뜻.
61) 베트남에서는 '바보' 라는 의미로 쓰인다.
62) 하노이의 옛 이름.

36거리의 복잡하게 얽힌 길을 작은 골목길 하나 틀리지 않고 묘사할 수 있었다. 어느 누구도 하노이에 크고 작은 호수가 몇 개 있는지, 컴 티엔 거리에 골목길이 몇 개 있는지, 어느 거리의 아가씨가 가장 예쁘고, 태평양극장에서 어느 날 밤에 금지 영화를 상영하는지, 어떤 방법으로 표를 구입할 수 있는지 끼엔만큼 알지 못했다. 그리고 끼엔이 거리에 대한 지식을 전쟁 중에 습득했으리라고는 아무도 상상하지 못했다. 끼엔이 여러 부대를 거치고 하노이 출신 병사를 많이 만나서 두루 얘기를 나누다 보니 얻어진 것들이었다. 끼엔은 입대하기 전에 단지 어린 학생에 불과했다. 거리를 잘 돌아다니지도 않았다. 군대 생활과 깊은 밀림 속의 아련한 세월들이 자신이 태어나 자란 도시를 진심으로 사랑하게 만들었다.

그러나 지금은 도시의 풍경에 열중하던 마음도 시들해졌다. 어쩌면 날이 갈수록 자신이 원래 생각하던 하노이가 아닌 듯해서일 것이다. 도시가 많이 변해서가 아니라 시선 안쪽에 자리한 자신의 마음이 너무 많은 변화를 겪었기 때문이다. 그가 거리들과 밀접한 관계를 맺을 수 있었던 주요한 이유는 추억 때문이다. 오늘의 삶에서 그가 주위의 풍경을 둘러보는 것은 단지 과거의 기억을 잃어버리지 않으려는 몸부림일 뿐이다.

제대하던 날 거리를 오가는 사람들 속에서 느꼈던 동질감과 일체감을 지금은 느끼지 못했다. 자신의 고독과 군중의 고독이 그의 발걸음을 붙잡았다. 군중 모두가 고독했다. 허전하고 쓸쓸한 존재의 고독이 저마다의 운명 속에 드러났다. 고독한 이들이 무심히 가다가 서로 엮여서 한바탕 소용돌이가 되었다. 기쁨, 슬픔, 행복, 고통의 감정이 모두 닮고 닮은 것이고 싱겁고 무익한 것이었다. 마치 상점 앞에 깜빡이는 빨강, 파랑 전등처럼 삶은 잠시 잠깐 밝고 어둡게 깜빡이는 감정들이었다. 그래서 거리를 거니는 것은 망각의 근원을 찾아다니는 것과 같았기에 결국은 슬픔 속에 빠져 들 수밖에 없었다. 끼엔은 자신뿐만 아니라 모든 사람이 이 밤과 인생에서 가장 인간적인 설렘의 찰나와 두근대는 순간을 허비하며 흘려보낸다고 생각했다. 길을 걸을 때면 머릿속에 하나의 생각이 번뜩였다. "여기를 벗어나야 해." 밤은 지독하게 어두웠다. 하늘 높은 곳에서 바람이 크게 울었다. "떠나야만 해."

　문득 지난 5월의 해 질 녘 고요한 살구나무 언덕이 떠올랐다. 란의 집 뒤뜰의 냇가와 숲에서 불어오는 바람은 감촉이 부드러워 신비할 정도로 상쾌하고 아득했다. 보랏빛이 번지는 하늘가에서 별이 반짝였다. 끼엔은 절망과 행복감 때문에 가슴이 찢어지던 냐 남 땅의 아름답고 비참한 숲 속에 몸을 숨기고 싶은 갈망이 일었다. 그의 삶이 다한다 해도 여전히 남아서 그를 맞이할 곳, 그곳에는 그를 기다리는 여인이 있다. 그는 지난날 그곳에서 새 삶을 찾았다…. 끼엔은 그 시절의 봄날들을 떠올렸다. B3전선의 모든 부대가 판 랑 해안에서 행군을 시작하여 응오 안 묵 고개를 넘고 다 님 수력 발전소를 지나고 던 즈엉, 득 쫑을 지나서 록 닌으로 내려가는 14번 도로로 나가기 위해 지린으로 내려갔다. 전쟁을 끝낼 요량으로 사이공 서쪽을 공격할 계획이었다. 보병 생활 중 이와 같은 행군은 처음이었다. 트럭을 타고 끝없는 초원을 씽씽 달렸다. 들판에 새벽이 찾아오자 병사들은 바람과 안개에 창백해진 얼굴로 트럭에서 깨어나 지난밤에 어디를 지나왔는지, 지금은 어디인지 서로에게 물었다. 승전의 속도에 대한 자부심으로 행복한 얼굴들이었다. 행복했다. 당황스러웠다. 아찔했다.

　가야 해. 가야 해….

끼엔은 호안 끼엠63) 호숫가 나루터의 어두운 구석에 다다라 발코니 카페에 들어갔다. 골목 입구에 눈에 잘 안 띄게 자리 잡은 신비로운 저녁 카페였다. 밤거리를 방황하고 나면 그는 언제나 이곳에 들렀다. 이곳에는 많은 추억이 있다. 원하기만 한다면 더 많은 추억도 금세 수집할 수 있다. 이곳엔 시끄러운 음악도 없고, 남녀 시인들로 북적대는 투엔 꾸앙 호수 주변의 카페처럼 시구에 대한 이야기로 잘난 체하는 것도 없다. "헬로, 보병!" 토마토 모양 코의 뚱뚱한 주인이 이를 드러내고 웃으며 끼엔에게 인사했다. 그는 커피 한 잔과 중국산 해바라기 씨 한 접시, 술 반 병을 들고 끼엔의 탁자로 왔다.

"군인 아저씨, 합석할 친구가 필요하나?" 그가 정중하게 물었다.

"아니요. 그런데 요즘은 그런 주문도 받나요?"

"히히… 새로운 발상이지."

담배 연기에 찌든 습하고 갑갑한 공기 속에서 끼엔은 천천히 커피를 마시며 느긋하게 생각에 잠겼다. 다른 탁자의 손님들은 조용히 카드놀이를 하거나 가만가만 속삭이거나 마리화나 냄새가 나는 무언가를 피웠다. 멀리 호수 위로 파란 별이 신비롭게 떠올랐다. 아마도 테 훅 다리의 가로등 불빛일 것이다.

처음 평화가 찾아왔을 때 카페 주인은 담뱃대처럼 삐쩍 마른 몸이었다. 그도 퇴역 군인인데, 라오스에서 돌아왔을 때는 말라리아에 걸려 몰골이 말이 아니었다. 그가 카페를 열었다. 그때 사람들은 이곳을 전역병 클럽이라고 불

---

63) 호안 끼엠(還劍湖 : Hồ Hoàn Kiếm): 서호(Hồ Tây)와 더불어서 하노이를 대표하는 호수다. 전설에 따르면 15세기 초에 레 러이 (Lê Lợi) 왕이 명나라와 싸울 때 이 호수에서 거북이가 나타나 칼을 전해주었다고 한다. 명나라를 물리친 후에 왕이 거북이에게 칼을 다시 돌려주었다고 해서 호수에 '환검(還劍)'이라는 이름이 붙게 되었다.

렀다. 손님은 모두 호안 끼엠으로 돌아온 병사들이었는데, 대부분 아직 일거리가 없었고, 새로운 삶에 대한 계획이 없었으며, 시쳇말로 아직 영혼이 돌아오지 않은 이들이었다. 입소문이 나서 점점 많은 퇴역 군인이 모여들게 되었다. 그들은 밀림에서 번 돈을 중사 출신 카페 주인의 호주머니 속에 깨끗하게 바쳤다.

여기에서 그들은 술잔을 앞에 놓고 사회생활을 한답시고 비틀대는 자신들의 발걸음을 큰 소리로 떠들어 댔다. 지금은 이미 귀가 따갑게 들은 이야기들이지만 당시에는 정말로 믿을 수 없었는데, 군인의 목소리로 말하자면 누구나 들으면 씁쓸한 웃음을 터뜨리며 미친 듯 술 한잔을 마셔야 하는 것이다. 이곳에서 그들은 일자리에 대한 정보를 나누었고, 병역 담당자들에게 뇌물을 써서 원호 대상자 명부에 이름을 올리는 방법, 상이군인으로 지원을 받는 방법, 대학에 복학하는 방법, 공장에 복직하는 방법에 대해 얘기를 나누었다.

그리고 이곳은 서로 위로하고, 춥고 따뜻하게 만나고, 감상이 결합된 사건이 있는 곳이었다. 지금 끼엔이 앉은 자리는 브엉의 고정석이었는데, 그는 탱크병 예비역으로 기차역 뒤에 살았다. 그는 4년 동안 T54 탱크를 몰고 동부 지역을 누볐다. 아마도 브엉은 끼엔이 처음 만난, 전쟁의 참호 속을 결코 벗어날 수 없는 사람, 온몸을 무너뜨리는 끔찍한 기억 속에 갇혀 있는 사람일 것이다. 브엉은 친구를 따라서 처음 이곳에 왔을 때 술도 많이 마시지 않았으며 온순하고 소심했는데, 그에 비해 몸집이 커서 몹시 어색해 보였다.

"나는 친구들 덕에 운전을 하고 있어." 그는 끼엔에게 자랑했다. "트럭, 자가용, 관광버스도 운전할 수 있고 롤러 운전도 물론 가능하지. 무엇이든 내가 운전대만 잡으면 도로를 굴러 가게 할 수 있어. 나는 술을 마시지 않아. 그냥 앉아서 친구들과 이 자리를 즐길 뿐이야."

그런데 얼마간의 시간이 지난 후 예비역 군인들은 거구의 브엉이 덥수룩한 수염에 충혈된 눈으로 비틀거리며 카페에 들어서는 모습을 보고 눈이 휘둥그레졌다. 그는 허탈한 미소를 지으며 말했다. "전우들, 나는 운전을 그만두었어. 지금은 술이 나를 운전하지." 그 후부터 발코니 카페의 구석 자리는 그의 지정석이 되었다. 그는 언제나 술 한 병을 앞에 놓고 안줏거리를 오물거렸다.

때로는 기분이 좋은 듯, 군가나 군 시절에 부르던 외설스런 노래를 큰 소리로 불러 댔다.

"보병 친구들, 건배하자고." 그는 쉰 목소리로 사람들을 불렀다. "내가 싫어? 아니면 내가 무서워? 걱정 말고 건배나 해! 우리 탱크병이 없었으면 자네들은 장교님들 말씀처럼 '세계 최고의 보병'이 될 수 없었을 거야. 자, 어서 전장을 돌파하는 축하주를 들자고!"

그토록 순진했던 사람이 갑자기 태도를 바꾸어 호전적인 병사가 될 줄은 아무도 상상하지 못했다. 그는 누더기 걸레처럼 변해 버렸다. 사람들은 그가 '심한 멀미'에 걸렸다고 했다. 그러나 사실은 그보다 훨씬 심각한 것이었다. 브엉은 울퉁불퉁 흔들리는 상황을 견뎌 낼 수 없었다.

"몸이 튀어 오를 정도로 심하게 흔들리는 것은 오히려 참을 만해." 브엉이 설명했다. "그런데 가볍게 일렁거리고 가뿐하고 부드럽고 푹신푹신한 곳을 지날 때면 곧바로 토가 나왔어. 운전대에서 손을 놓아 버릴 만큼 어지럽고 토가 심했지. 저녁에 막사로 돌아오면 잠을 잘 수 없었어. 조금 자다 보면 누군가 내 목을 조르는 것 같아 소리를 고래고래 지르며 일어났지. 그러면 술을 마셔야 해. 그런데 술이 들어가면 제기랄, 어떻게 운전을 제대로 할 수 있겠어. 그리고 나는 행인이나 자전거를 증오하는 버릇이 생겼어. 탱크 앞을 지나는 사람을 보면 참을 수가 없었어. 그들 속으로 돌진하지 않으려면 엄청나게 자제심을 발휘해야 했지. 자네들도 사람을 깔아뭉개는 광경을 본 적이 있지? 그렇게 무거운 탱크도 말이야, 시체 더미 속의 뼈들 때문에 조금씩 흔들리곤 했지. 탱크 안에 앉아서 운전대를 잡고 있으면 그 약간의 흔들림을 더욱 예민하게 감지할 수 있어. 지금 땅이나 나뭇조각이나 벽돌 더미 위가 아니라 사람의 몸 위로 지나간다는 것을 분명하게 알 수 있었어. 마치 물주머니 같은 사람을 가볍게 밟고 지나가면서 터뜨리는 느낌이지. 아이고, 세상에!" 브엉이 신음을 토하며 얼굴을 찡그렸다. "그런데 꿈속에서 탱크가 나를 그렇게 깔아뭉개는 거야. 자네들은 그게 어떤 광경인지 이해할 수 없을 거야…. 18사단을 추격하면서 쑤언 록을 지날 때도 바퀴에는 살점과 머리카락이 엉겨 붙어 있었어. 벌레들이 우글거렸지. 악취는 말할 것도 없고. 탱크가 가는 곳마다 파리 떼가 달라붙었지…. 그런데 중요한 건… 잠에 취하면 안 된다는 거야."

브엉은 병에 걸려 몸을 일으킬 수 없을 때까지 술을 마셔 댔다. 다른 사람들도 상황이 더 나은 것 같지는 않았다. 함께했던 사람들이 서서히 흩어졌다. 구닥다리 신세들은 어디론가 떠났다. 지금 이 카페에 앉아 있는 사람들 중에는 당시의 멤버들도 있다. 하지만 그들을 어떻게 알아볼 수 있나. 끼엔과 마찬가지일 뿐이다. 끼엔 역시 예전의 모습이 남아 있지 않았다. 카페 주인 또한 그랬다. 끼엔은 술을 따랐다. 헝클어진 머리에 주머니가 많이 달린 군용 재킷을 입은 여자가 중국산 향수 냄새를 풍기며 끼엔 옆을 스쳐 지나갔다. 그녀는 끼엔과 눈이 마주치자 가던 길을 돌아와 옆 자리에 앉았다.

"오래 귀찮게 하진 말아요." 끼엔이 다짐을 받았다.

"제가 싫으세요?"

"왜 다른 자리로 가지 않는 거요?"

"다른 자리도 있어요?"

그녀는 손뼉을 치며 웃음을 터뜨렸다. 이와 잇몸이 아주 새까맸다. 웃지 않아야 잠시나마 봐줄 만했다. 이 아가씨는 스무 살이 될 때까지 무슨 일을 한 걸까.

"아이고, 추워라." 그녀가 탄식했다. "혼자서 술을 마셔요? 아이고, 세상에, 제게 이 독약을 줄 생각이죠? 여기요, 뚱뚱보 주인아저씨! 여기 막심 더블 주세요!"

"어린 아가씨에게 술은 좋지 않아요."

"아저씨야말로 어린 사람이에요."

그녀는 탁자 밑으로 손을 내려 끼엔의 허벅지를 만졌다. 그녀는 어, 소리를 지르더니 손을 빼면서 가볍게 웃었다. 끼엔이 빙그레 웃었다.

"아이고, 따분한 아저씨네! 저는 애송이가 아니에요. 지금은 비록 몸을 팔지만 대학 졸업장도 있다고요. 아저씨는 지금 여대생이랑 술을 마시고 있다는 걸 아셔야 해요. 저를 속일 생각은 마세요. 저는 취하지 않았어요⋯. 아이고, 세상에, 따분한 아저씨. 됐어요, 술이나 마셔요!"

그는 평소에 술을 많이 마시는 편이지만 곤드레만드레 취한 건 몇 번 되지 않는다. 한 번은 1975년 4월 30일 떤 선 녓 공항 프랑스 항공의 식당 바에서였다. 또 한 번은 바로 이 카페에서였다. 10년 전쯤의 일이다. 몹시 어두운 날이었다. 주인도 분명 기억하고 있을 것이다. 당시에는 주인이 이렇게까지 뚱뚱하지 않았다. 이 아가씨는 그때 홍 번 가게에서 아이스크림이나 빨고 있을 나이다. 지독히 어두운 날이었다. 그는 한 사람을 아주 심하게 때려 피투성이로 만들었다.

사실 그날 끼엔은 결코 취하지 않았다. 당시에는 술을 많이 마시지 않았다. 그는 이곳에 와서 커피를 즐기다가, 친구들과 술 몇 잔 하는 정도였다. 적당히 마시다가 일어났다. 그는 꽤 운이 좋은 전역병이었다. 집이 있었다. 대학도 합격했다. 대학생이었다. 곧 졸업할 예정이었다. 그리고 전쟁 때부터 지금까지 그를 기다려 준 아름다운 여자와 결혼할 예정이었다. 그는 사람들이 더 좋은 여자를 찾으라는 말에 귀 기울이지 않았다. 그는 아직까지 프엉을 이 카페에 데려온 적이 없지만 카페의 친구들이 끼엔을 찾아왔다가 프엉과 인사를 나누기도 했다. 몹시 운이 나쁜 어두운 날이었다. 폭행 사건으로 그를 체포한 경찰은 제대 군인들이란 본래 손과 발이 근질근질한 법이라며 대수롭지 않게 여겼다. 그러나 끼엔은 손발이 근질근질하지 않았다. 우연처럼 보였지만 언젠가는 터질 수밖에 없었던 필연적인 우연이었다. 당시는 일상의 지옥, 안락과 평화 시대의 지옥이 시작될 무렵이었다. 그리고 사랑의 지옥도 있었다. 이성 간의 사랑은 기괴하고 상처투성이인 데다 가슴을 메마르게 하고, 날이면 날마다 질곡에 빠지게 하는 사랑이었다. 실질적으로 싸움에서 패배한 쪽은 끼엔이었지 시비를 건 놈이 아니었다.

그날 그는 꽤 밤늦게까지 앉아서 커피를 두 잔째 마시고 있었다. 같은 탁자에 앉아 있던 친구들은 모두 집으로 돌아간 뒤였다. 고주망태가 된 브엉만이 자리에 남아서 한탄조의 노래를 불러 댔다. 중사 출신인 카페 주인이 계산대에 앉아서 그날의 매상을 계산하고 있었다. 끼엔은 브엉의 얘기에 엮이고 싶지 않아서 계산대 가까이 앉아 있었다. 그때 한 무리가 카페로 들어왔다. 오토바이에 자물쇠를 채우지 않은 것으로 보아 잠시 카페에 들러 커피나 한잔 할 생각이었던 듯했다. 서너 명쯤 됐다. 그는 자세히 보지 않았다. 그들은 옷을 잘 차려입어 흉악해 보이지는 않았다. 마치 악단의 가수처럼 여겨졌지만 함부로 엮여서는 안 될 부류 같았다. 그들은 남이 안 보는 곳에서 악행을 저지르는 자들이었고 타락하고 위험한 인물들이었다. 특히 그들은 끼엔과 마찬가지로 삼십 대였다. 그런 놈들은 보통 무기를 지니고 있었고, 총이 없으면 칼을, 설령 무기가 없다 해도 짐승 같이 무시무시한 자들이었다. 끼엔은 알고 있었다. 물론 놈들이 여기에 들어온 이유는 커피를 마시고 무슨 말인가를 속닥거리기 위해서였다.

그러나 브엉의 시끄러운 노랫소리가 그들을 가만두지 않았다. 그들은 주인에게 항의할 권리도 있었고, 취객에게 조용히 하라고 고함칠 권리도 있었다. 그런데 끼엔과 가장 가까이 앉아 있던, 넓적한 얼굴에 무청 같은 머리 모양을 하고 검은 가죽잠바를 입은 놈이 입을 놀렸다.

"쓰레기 같은 놈, 승전의 자부심이 대단한 놈이네. 정말 야만스런 놈들의 승리지. 미개인 같은 베트남 촌놈들이 문명과 진화를 물리친 거잖아. 쓰레기 같은 놈들이야."

"내 생각엔 당신이 쓰레기 같은데." 끼엔이 사뭇 겸손하게 말했다. 검은 잠바가 벌떡 일어났다. 끼엔이 놈을 바라보았다. 순간 놈은 깜짝 놀란 듯한 표정을 지었다. 그러더니 금방이라도 웃음을 터뜨릴 듯 입가를 실룩거렸다. 놈은 휘파람을 불며 한쪽 눈을 찡그렸다. 주인이 급하게 달려와서 큰 소리로 뜯어말렸다. 검은 잠바의 친구들도 놈을 자리에 주저앉혔다. 그들은 이곳에 싸우려고 온 것이 아니었다. 그러나 잠시 앉아 있던 검은 잠바가 벌떡 일어나 끼엔 쪽으로 다가왔다. 그는 끼엔 앞의 의자를 끌어당겨 끼엔과 마주 앉았다. 놈이 말했다.

"내가 쓰레기라고? 그렇다고 해도 상관은 없어. 그럼 당신은 어떻지? 물론 당신은 아주 존경할 만한 인물일 수 있어. 지난 토요일에 나는 영광스럽게도 탕 땀 극장에서 당신을 봤어. 한번 기억을 되살려 보라고. 극장에 들어올 때 당신의 예쁜 여자 친구가 어느 순간에 당황했는지 알아? 나하고 눈이 마주쳤을 때야. 당신은 쓰레기가 아닐 수도 있어. 하지만 그날 당신과 같이 있던 여자는 말이야, 솔직히 말하자면 그 여자는⋯."

끼엔은 커피를 한 모금 마시고 담배를 재떨이에 내려놓았다. 그는 참아야 한다고 생각했다. 그러나 심장이 쿵쾅거리고 입안이 아주 썼다.

"나를 사기꾼이라고 생각한다면 말이야, 내일 저녁 여덟 시 정각에 내 친구를 여기로 데리고 오지. 지난 토요일 그 여자가 당신을 만나기 직전에 잠자리를 같이했던 친구야. 그 친구가 아주 자세하게 얘기해 줄 거야. 방금 당신한테 이유도 없이 모욕을 당했지만 나는 내 자신을 아주 친절하고 우애 깊은 사람이라고 생각해. 그리고 당신이 하나 더 염두에 두어야 할 것은 나는 사병 출신이 아니라 지휘 사령부 출신이라는 거야. 저 브엉 같은 녀석이 하는 짓은 하나도 낯설지 않아. 어때, 내일 저녁 여덟 시, 괜찮지. 그리고 당신은 말이야, 그렇게 눈빛이 사시처럼 흔들리는 여자는 세상에서 가장 타락한 여자라는 사실을 알아 두어야 할 거야. 아무리 그 여자보다 사랑스런 여자를 찾기 어려워도 말이지⋯. 그런데 프엉의 몸매는⋯."

끼엔이 놈의 얼굴에 뜨거운 커피를 뿌렸다. 놈은 자리에서 움직이지 않았다. 코를 고는 브엉만 빼고 카페 안에 있던 모든 사람이 깜짝 놀라서 아무 말도 하지 못했다.

"분수대 앞으로 나와!" 끼엔이 말했다. "내일까지 기다릴 필요도 없어, 역겨운 짐승 같은 놈."

"좋아, 좋아." 검은 잠바가 얼굴을 닦으며 자리에서 일어났다. "내 이름은 홍이야. 너 이따 집에 가거든 프엉에게 나에 대해서 물어봐. 걔가 알 거야. 내가 걔한테 현대 음악도 가르쳐 주고 섹스하는 법도 가르쳐 줬거든…."

그 말에 끼엔은 분수대까지 갈 것도 없이 그 자리에서 주먹을 날렸다. 아무도 뜯어말릴 수 없었다. 검은 잠바의 친구들조차 감히 끼어들지 못했다. 그는 미친 듯이 주먹으로 때리고 발길질을 한 다음에 의자로 놈의 머리를 내리쳤다. 끼엔은 온몸이 피범벅이 된 놈을 인도로 끌고 나갔다. 그리고 놈의 얼굴을 하수구에 처박았다. 경찰이 왔을 때, 끼엔은 경찰까지 때리려고 들었다. 그는 완전히 이성을 잃었다…. 다음 날 아침 그는 풀려났다. 경찰은 사건을 더 키우고 싶어 하지 않았다. 집에 도착하자마자 프엉이 달려왔다. 그녀는 모든 경위를 알고 있었다. 끼엔은 잠시 멍하니 있다가 프엉에게 물었다. "어떻게 소식을 이렇게 빨리 알았지?" 프엉은 태연하게 대답했다.

"홍의 친구가 우리 집에 들러서 알려 주었어."

몇 년이 지난 후에야 끼엔은 카페를 다시 찾아왔다. 주인이 그를 금방 알아보고 반갑게 맞이했다. 주인은 신문에 실린 그의 단편소설을 읽어 보았다고, 여기에 왔던 전역병 중에 끼엔처럼 유명해지고 성공한 사람이 있어서 정말 기분이 좋다고 말했다….

테 훅 다리의 푸른 가로등 불빛도 사라졌다. 빗줄기가 더 굵어졌다. 끼엔 옆에 앉았던 여자는 탁자에 엎드려 잠들었다. 끼엔은 일어나 계산을 하고 카페를 나섰다. 그는 시계를 보았다. 시계는 죽어 있었다. 땡땡땡, 전차 경적 소리가 들리는 것으로 보아 곧 동이 틀 무렵인 듯싶었다.

전차가 항 가이와 항 다오 거리를 지나갔다. 덜컹덜컹 바퀴 소리가 시끄럽게 울려 퍼졌다. 고철을 가득 담은 부대처럼 소리가 요란했다. 호숫가 정거장에 들어서기까지 종을 울렸다. 레일에 불꽃이 튀었다. 누런 불빛이 솜옷을 입은 늙은 기관사의 배에 붙어 있는 듯했다. 초라한 몰골의 전차에서 코를 찌르는 냄새가 났다.

끼엔의 집 바로 위층에 사는 후인 씨는 전차 기관사였다. 그의 업무 시간은 일정하지 않았다. 어떤 날은 날이 밝기도 전에 집을 나서기도 했다. 어떤 날은 점심시간 이후에 저녁 도시락을 손에 들고 계단을 내려오기도 했다. 그는 키가 크지 않았지만 빼빼 마른 체구라서 작아 보이지 않았다. 목울대가 튀어나오고, 좁은 어깨에 등이 조금 구부정했다. 그는 언제나 자신의 그림자를 밟는 게 두렵다는 듯 아래를 내려다보고 다녔다. 그의 세 아들이 다 전쟁터에서 죽었다. 둘째 아들의 이름은 또안이다. 그는 끼엔의 눈앞에서 전사했다. 후인 씨는 그 사실을 모른다. 그의 아내는 막내아들의 전사 통지서를 받고 쓰러져 중풍에 걸렸다. 부부는 오랜 세월 궁핍을 견디며 말수도 잃어버린 채 공허한 삶을 살았다. 후인 씨는 날마다 전차를 운전하러 나갔다. 가끔씩 그는 끼엔과 얘기를 나누었다. 한번은 끼엔에게 만약 또안이 살아 있다면 프엉이 자신의 며느리가 되었을 것이라고 했다. 또안이 어렸을 때 아내가 그런 마음을 먹었다고, 프엉은 정말 사랑스러운 아이라고 했다.

옛날에 후인 씨는 때때로 공동 주택에 사는 아이들을 데리고 가 전차를 태워 한 바퀴씩 돌아 주곤 했다. 지금은 아주 낡은 고물 같지만 당시에는 전차가 꽤 괜찮은 모습이었다. 아이들은 그가 운전하는 모습을 보려고 전차 맨 앞 칸으로 모여들었다. 그는 자주 아이들이 브레이크를 걸고 종을 울리도록 해 주었다. 전차는 거리를 누비다가 시내를 벗어났다. 철길에는 점점 잡초와 쓰레기가 늘어났다. 전차는 적막하고 먼지 가득한 변두리를 천천히 지났다.

그해 끼엔과 프엉, 또안과 신은 같은 반, 같은 조라서 친하게 지냈다. 꺼우저이 전차역의 밤은 어둡고 고요했다. 와글와글 매미 소리, 개구리 소리가 무더운 여름밤을 부글부글 끓어오르게 하는 듯했다. 더위에 지친 후인 씨와 몇몇 사내가 전차를 기다리며 노점에 앉아 차를 마셨다. 보조 철로에 고장 난 전차 한 량이 어둠 속에 방치되어 있었다. 아이들은 기다리는 시간을 아껴 그곳에서 숨바꼭질 놀이를 했다. 프엉이 끼엔의 손을 잡아끌고 버려진 전차로 달려갔다. 끼엔은 영문을 모른 채 따라갔다. 프엉이 전차 계단으로 뛰어오르며 끼엔을 끌어당겼다. 그러고는 끼엔을 어두운 전차의 한가운데로 이끌었다. 몸이 얼어붙은 끼엔은 쿵쾅쿵쾅 심장 소리를 들으며 숨을 가쁘게 몰아쉬었다. 프엉은 열세 살 동갑내기 남자 친구인 끼엔의 목을 두 팔로 감고서 뺨에 뽀뽀를 하고, 입술에 뽀뽀를 하고, 눈에 뽀뽀를 했다. 순진무구한 어린아이의 장난이었지만 황홀해서 어쩔 줄을 몰랐다.

"너희들 방금 어디 갔다 왔니?" 또안이 둘을 전차 문 앞에서 막았다.

"숨으러 갔었지, 가긴 어딜 가?" 프엉이 또랑또랑한 목소리로 대답했다.

"거짓말하지 마!" 둘을 노려보는 또안의 목소리는 갈라지고 거칠었다. "너희들이 무슨 짓을 했는지 내가 다 봤어. 난 다 알아, 난⋯."

"소리 지르지 마, 또안!" 프엉이 얼른 목소리를 낮춰서 말했다. "지금부터 신랑 각시 놀이를 할 거야. 너도 놀고 싶으면 고자질하지 마."

"셋이서 무슨 신랑 각시 놀이야."

"바보 자식, 한다면 하는 줄 알아. 남자 요정 둘과 여자 요정 하나가 뭐 어때서. 분명히 말하는데 딴 데 가서 떠벌리지 마, 알아들었지?"

시내로 돌아올 때 프엉은 끼엔을 이끌고 전차 안에 다소곳이 앉았다. 또안은 아버지 곁에 서 있었다. 후인 씨가 또안을 꾸짖었다.

"왜 그래? 너희들 좀 전에 싸웠구나?"

"아니에요." 또안이 아주 작은 목소리로 답했다.

"그럼 왜 울어?"

끼엔이 조마조마한 마음으로 프엉을 바라보았다. 프엉이 시선을 피하면서 하얗게 질린 얼굴로 작게 말했다. "신경 쓰지 마, 겁낼 거 없어!" 그러고는 어른처럼 한숨을 길게 내쉬었다. 끼엔은 몸을 떨었다. 작고 아련한 추억이 밀려와 가슴이 아리고 얼굴이 고통으로 일그러졌다. 끼엔은 정신이 몽롱해져서 고개를 수그리고 양쪽 관자놀이를 세게 비볐다. 고통스런 기억들이 자신을 괴롭히지 못하도록 기억의 줄기를 자르려는 듯 버둥거렸다. 만약 생각을 멈추지 않는다면 불과 몇 초 후에는 또다시 그날 아침 피에 젖은 또안의 죽음을 떠올리게 될 것이다. 떤 선 녓 공항 5번 출입구에서 또안이 죽었다. 둘은 우연히 랑 짜 까 근처에서 마주쳤다. 또안은 K63 장갑차에 장착된 12.7밀리미터 포의 사수로 장갑차 대열의 후미에 있었다. 끼엔은 정찰대로 T54 탱크에 바짝 붙어서 갔는데 탱크 대열의 선두에 있었다. 행군이 시작되고 15분쯤 지나서 둘의 눈이 마주쳤고 반가워서 서로 이름을 불렀다…. 그런데 그 순간 적의 공수대가 탱크를 겨냥해서 쏜 포탄 첫 발이 탱크 앞을 비스듬하게 지나던 또안의 장갑차를 정통으로 맞혔다….

전쟁의 슬픔   215

그러나, 결국 아무것도 잊을 수 없다. 슬픔과 고통은 어린 시절부터 시작되어 전쟁을 거치고 지금까지 이어지면서 하나로 커다랗게 뭉쳐진 응어리가 되었기 때문이다. 사람이 고통을 받아들여야 세상에 태어날 수 있듯이, 또한 삶을 다하는 날까지 고통 때문에 살아야 하며 행복을 추구하고 사랑을 하고 예술을 하고 즐기고 견뎌야 하리라.

끼엔은 아침 무렵이 되어서야 응우옌 주 거리 모퉁이의 낡은 공동 주택으로 돌아왔다. 비바람이 흩뿌렸다. 빗속에서 커튼이 드리워진 프엉의 창문을 올려다보았다. 지금은 프엉도 없고 아무도 살고 있지 않다. 프엉은 서둘러 떠나 버렸다. 그렇게 서둘렀다. 그렇게 간단하게 떠났다.

"프엉, 사랑해…. 내가 너를 얼마나 사랑하는지 아니?"

그는 벽에 손을 얹고 그동안 수없이 그래 왔던 것처럼 애타게 부르짖었다. 눈에는 눈물이 고이고, 가슴이 먹먹해지면서 목이 메어 왔다.

한바탕 울고 나면 마음이 풀린다고들 한다. 그래서 바보처럼 수없이 울어 보았다. 하지만 아무 소용 없었다.

많은 밤을 그녀의 창문 밖에 서서 방에서 흘러나오는 쾌락의 신음 소리를 들었다. 상상하고 싶지 않은 모습이 자꾸 떠올라 질투심에 마음만 괴로웠다. 안에 있는 놈이 누구든 들어가서 흠씬 두드려 팬 다음 프엉의 기타를 부숴 버리고 그녀를 데리고 나올까 하는 생각을 수십 번도 더 했다. 그러나 술에 흠뻑 취하는 것도, 싸움을 벌이는 것도 이 고통의 굴레를 벗어나게 하지는 못한다. 지난날의 고통을 어떻게 몸에서 토해 낼 수 있단 말인가? 공포 어린 상처는 입만 크게 벌어지게 할 뿐 그 고통을 밖으로 내보내지 못한다. 수치심과 씁쓸한 마음, 적나라한 기억들이 그의 의지를 꺾어 버렸다. 영원히 꺾어 버렸다…. 지금은 비록 헤어져서 각자 제 갈 길을 가고 있지만 그에게는 언제나 프엉이 정신적인 삶의 전부였다. 단지 정신만이 그랬다. 매일 밤 그는 꿈속에서 그녀를 쫓아다녔다. 심지어 꿈속에서 다른 여자가 그의 품을 파고들면 눈이 번쩍 뜨여 잠이 깼다. 그러고는 애타는 마음으로 프엉을 떠올렸다. 그녀의 하얗고 고운 몸매, 매혹적인 살결의 황홀한 향기, 잘 익은 과일처럼 달콤한 입술, 녹초가 될 정도로 온밤을 지새우고 나면 갈색 눈가에 어리던 검은 기미가 그리워졌다. 그 어떤 사랑 놀음도 그녀를 대신해 주지 못했다. 여성의 진한 체취는 그녀를 향한 갈망만 더욱 부추길 뿐이었다. 이미 오래전에 사그라진 성욕과 시든 육신은 그녀가 꿈속에 나타나기만 하면 불길이 일듯 순식간에 되살아났다. 그의 작품 속에 등장하는 여성들은 결국 프엉을 향한 꿈에 지나지 않았다.

어린 시절부터 그녀와 늘 함께였던 아련한 추억들이 그의 무한한 사랑 안에서 갈가리 찢긴 아픔이 되어 뒤죽박죽 꿈에 나타났다. 아찔한 욕정에 몰두한 추억들은 꿈속 그의 영혼을 희열로 쓰러뜨렸다. 비록 꿈속에서 이루어진 것이지만 그러한 사랑의 힘이 그로 하여금 삶에서 사랑의 불꽃을 간직하고 살아가게 해 주었다. 사랑의 기억과 전쟁의 기억이 결합하여 그가 살아갈 수 있는 힘이 되어 주고, 글을 쓰는 영감을 불러일으키고, 전후의 운명적인 비극적 일상을 벗어날 수 있게 해 주었다.

그러나 꿈속의 일일 뿐이었다. 한 발자국만 벗어나면 모두 끝이었다. 모든 것이 멀리 떠나가고 순식간에 고달픈 외로움이 찾아들었다. 그는 기이한 불구에, 늙고, 시대에 뒤떨어지고, 헛되고, 실패한 몸뚱이로 되돌아왔다.

전쟁 직후에 곧바로 운명을 실로 달게 받아들였더라면 어땠을까 후회도 되었다.

"우리 그만 헤어지는 게 어때!" 최근 몇 년 동안 두 사람의 입에서 맴돌던 말이다. "우리 그냥 친구로 지내는 게 어때!" 물론, 때늦은 말이다. 사랑은 이미 그의 삶을 구원하는 무언가가 되었다. 그래서 그와 같은 가정을 제대로 하려면, '우리가 같이 자라지 않았더라면, 학창 시절에 서로 사랑하는 감정을 느끼지 않았더라면, 어린 시절을 함께 보내지 않았더라면, 같이 어울리지 않았더라면' 이라고 해야 한다. 그렇게 수많은 관문이 있었기에 만약 제때에 그 문을 닫았더라면 철모르던 어린 시절의 발걸음이 사랑의 운명을 이렇게 흘러오게 하지 않았을 것이고 이러한 소용돌이에 빠지게 하지 않았을 것이다. 예를 들어서 입대한 후에 프엉을 다시 만나지 않았더라면 어땠을까. 그는 곧바로 남부로 내려가고, 프엉은 대학에 입학하고….

냐 남에서 석 달간의 훈련을 마치고 36대대는 통상적으로 주어지던 열흘간의 휴식도 없이 즉시 B전선으로 이동하라는 명령을 받았다. 휴식이 없는 대신 빈까지 열차를 타고 가라고 했다. 존슨 대통령은 협상의 여지를 남겨 두기 위해 폭격을 잠시 멈추었고, 아군은 그 틈을 타서 진군을 계속했다. 대대는 옌 테에서부터 바람처럼 행군을 시작했는데, 반 디엔 역에 도착했을 때 수송 열차의 출발 시간이 아직 세 시간이나 남았다는 것을 알게 되었다. 부대를 통틀어 하노이 출신이 10여 명 있었는데, 이들은 대대장에게 집에 잠시 다녀오게 해 달라고 간청했다. 얼마간 망설이던 대대장은 하노이와 탄 찌가 집인 병사들에게 집에 다녀오라고 허락해 주었다. 그때가 오후 네 시였는데, 여섯 시 반까지 복귀하라고 했다. 1분만 늦어도 탈영으로 간주하겠다고 했다. 좋아서 환호성을 지르는 녀석도 있었다.

끼엔은 도로로 뛰어나와 몇몇 친구와 함께 트럭의 꽁무니에 매달렸다. 트럭이 역을 지날 때 속도를 줄이기도 전에 무작정 뛰어내렸다가 발목을 삐었다. 그래서 절뚝절뚝 걸었다.

끼엔이 집으로 달려가던 때의 심정을 어떤 글로도 표현할 수 없다. 마당으로 들어설 때의 실망감 또한 어떤 글로도 표현할 수 없다. 모두 피난을 떠난 후였다. 창문은 판자를 대고 못을 박아서 단단히 잠가 놓았다. 공동 주택이 텅텅 비어 있었다. 오후가 되면 앞마당에서 아이들이 뛰놀고 마당 구석 빨래터에서는 아줌마와 누이들이 수다를 떨었던 곳이다. 지금은 황량하고 고요해서 한기마저 돈다. 빨랫줄에 널린 누더기들이 그에게 인사라도 하듯 펄럭거렸다.

하노이에 사람이 남아 있는 집은 몇 곳 되지 않았다. 대부분은 굳게 잠겨 있고 문에는 글자가 쓰여 있었다. 부모나 자식, 부부가 서로에게 소식을 전하거나 당부하는 말들이었다. 지난 석 달 동안 끼엔은 프엉의 편지를 받지 못했다. 커다란 자물쇠가 채워진 프엉네 초록색 문에는 아무것도 쓰여 있지 않았다. 프엉이 끼엔의 집 열쇠를 가지고 있었다. 그는 3층으로 올라갔다. 인기척이 느껴지지 않았다. 복도는 몹시 어두웠다. 먼지투성이인 데다 거미줄이 잔뜩 쳐져 있었다. 폐허가 된 유적지의 모습이었다. 프엉에게 남기고픈 글을 몇 줄 쓰고 싶었다. 하지만 펜이 없었다. 계단에서 삐걱거리는 소리가 났다. 그는 1층으로 내려갔다. 연홍색 노을이 졌다.

"누가 있나 보네!" 남자의 차분한 목소리가 들려왔다. "안녕하세요, 군인 아저씨!"

신의 형 후언이었다. 그는 옌 푸에서 전기공으로 일했다.

둘은 악수를 나누었다. 끼엔은 시간이 별로 없어서 다른 사람들을 찾아볼 새가 없었다고 했다. 후언은 신이 대학에 들어갔다고 했다. 끼엔은 다른 가족의 안부를 물었다. 모두들 무사하기는 한데 고난이 닥쳐 가족이 뿔뿔이 흩어졌다고 했다.

"놈들이 감히 하노이를 폭격할까?"

후언이 물었다. 끼엔은 후언의 말이 귀에 들어오지 않았다. 그는 대답하지도 되묻지도 않았다. 그러면서 문득 깨달았다. 자신은 프엉과 상관없는 일, 자신의 현기증 이는 광활한 사랑과 관계없는 일에는 아무 관심이 없다는 것을. 그는 무뚝뚝하게 인사하고 후언과 헤어졌다. 끼엔은 아무에게도 인사말을 남기지 않았다. 자신이 B전선으로 간다는 말도 하지 않았다. 그는 뒤도 돌아보지 않고 걸었다. 그런데 갑자기 후언의 발소리가 들려왔다.

"잠깐만." 후언이 뛰어와서 끼엔의 어깨를 잡으며 말했다. "왜 그렇게 쌀쌀맞게 가 버리니? 하마터면 네가 프엉과 친했다는 것을 깜빡할 뻔했네. 프엉을 못 만나서 기분이 안 좋은 거지?"

"네, 기분이 몹시 안 좋아요. 형에게 부탁이라도 할까 싶은데…."

"아이고, 부탁할 게 아니라 빨리 기차역으로 가 봐. 프엉이 신보다 먼저 대학 입학 허가서를 받았는데, 걔네 엄마가 돌아가시는 바람에…. 아, 너 아무것도 모르고 있겠구나! 뇌출혈로 돌아가셨어…." 후언이 장황하게 설명했다. "한 시간쯤 전에 프엉이 가방을 메고 어떤 친구랑 갔어."

"기차역으로 간 건가요?"

"아마 그럴 거야. 가방을 메고 어디에 갔겠어? 나한테는 대학에 갈 거니까 집 좀 잘 봐 달라고 하던데."

"어느 학교요? 어느 기차를 타는 거죠? 혹시 버스를 타진 않을까요?"

"그건 나도 잘 모르겠어. 물어보지 않았거든. 지금 누구한테 물어볼 수도 없고. 또안과 신도 기차를 타고 학교에 갔어. 만약 버스를 탔다면 어쩔 수 없지. 기차를 타고 간다면… 어쨌거나 항 꼬 역으로 가서 찾아봐. 잠깐만 기다려 봐. 내가 자전거로 데려다 줄게."

"아니에요. 말씀만이라도 고마워요!" 끼엔이 큰 소리로 말했다. "안녕히 계세요! 다른 분들에게도 안부 전해 주세요…."

끼엔은 역을 향해 내달렸다. 역에서 사람들 사이를 뚫고 플랫폼으로 갔다. 기차가 도착했다가 출발했다. 이제 시간은 다섯 시를 넘긴 시점이었다.

역은 시장 바닥처럼, 지진이라도 난 것처럼 아수라장이었다. 열차는 사람들로 가득 차서 금세 터질 듯했다. 열차 창문마다 백여 명의 얼굴이 다닥다닥 붙어 있는 듯했다. 열차 지붕에도 사람들이 넘쳐 났다. 열차를 연결하는 고리에도 사람들이 앉아 있었다. 출입문을 이용할 수 없어 밀치고 밀리며 창문으로 뛰어올랐다. 플랫폼도 사람들과 짐으로 발 디딜 틈이 없었다. 프엉이 역에 왔을까? 왔다면 어느 기차를 탔을까? 타이 응우옌행인가, 라오 까이행인가, 아니면 5번 철로로 가는 것인가? 하지만 어느 기차인지 안다고 해도, 객실까지 안다고 해도 이런 아수라장 속에 프엉의 손가락이라도 볼 수 있을까?

여기저기 둘러보고 사방으로 찾아다니며 프엉의 이름을 소리쳐 불렀다. 그러나 소용없는 일이었다. 앞을 볼 수조차 없었다. 좌절감이 컸다. 몸뚱이가 폭포 속에 내던져진 느낌이었다. 1번 플랫폼의 타이 응우옌행 기차가 출발하려고 했다. 끼엔은 기차를 따라 끝까지 가 보았다. 기차는 밀림 속에서 개미 떼에 파묻힌 구렁이 같았다. 사람들이 기차를 꼼짝 못하도록 붙들고 있는 것 같았다. 사람들의 시끌벅적한 소리가 기적 소리조차 뒤덮었다. 누군가 끼엔을 밀쳐냈다. 지나가는 여자의 가방에 얼굴이 긁힐 뻔했다. 끼엔이 열차 가까이로 붙었다.

"빨리! 빨리 타! 기차가 출발하잖아! 빨리 타! 가방을 이리 던져!" 어떤 남자가 끼엔의 머리 바로 위 창문으로 뛰어들면서 소리쳤다. "아이고! 좋은 자리를 놓치겠네. 프엉, 또 누구를 보고 있는 거야?"

끼엔이 무심코 좌우를 둘러보다 소리를 질렀다. "프엉!" 가슴이 아려 왔다. 아수라장인 플랫폼에 돌연 단 한 사람만 서 있는 듯했다. 몇 걸음 앞에 눈을 크게 뜨고 그를 바라보고 있는 사람이 있었다. "프엉!" 끼엔이 그 이름을 소리 낮춰 불렀다.

기차가 꿈틀거렸다. 뒤로 조금 물러섰던 기차는 앞으로 겨우겨우 움직이기 시작했다. 가방을 한쪽 어깨에 걸친 프엉은 두 팔을 내려뜨린 채 아무 말 없이 서 있었다. 앞으로 흘러내린 머리카락이 뺨을 스치며 가볍게 흩날렸다. 남자가 다시 창문에서 뛰어 내려와 프엉의 손목을 잡았다. "너 미쳤니?" 그 남자는 소리를 질렀다. 프엉이 손을 뿌리치며 뒤로 물러섰다. 어깨를 들썩이는 그녀의 얼굴이 창백했다. 하지만 얼굴엔 미소가 번지고 있었다. 그녀가 빠르게 말했다.

"나는 여기 며칠 더 머무를 거야. 먼저 가! 내 자전거 좀 맡아 줘! 어서 가!"

남자는 몇 초 동안 얼어붙은 듯 서 있었다. 그는 갑자기 몸을 돌려 입을 실룩거리며 광기에 찬 눈으로 끼엔을 노려보았다. 끼엔에게 달려들 태세였다. 하지만 곧 남자는 달리는 기차의 마지막 칸 난간을 잡고 뛰어올랐다.

기차가 멀어지기를 기다렸다는 듯이 프엉은 그제야 끼엔에게 다가왔다. 끼엔의 어깨에 가볍게 손을 얹으며 나지막이 말했다.

"밖으로 나가자. 정말 운이 좋았네. 까딱했으면 서로 못 만날 뻔했어."

신기하게도 끼엔의 가슴은 빠르게 진정됐다. 갑작스러웠던 감동은 순식간에 가라앉고 이제는 프엉이 걱정되었다. 프엉은 기차를 놓치면서 그녀에게 정성을 쏟은 친구마저 놓쳤다. 그런데 자신은 잠시 뒤에 프엉을 기차역에 홀로 남겨 두고 떠나야 한다. 끼엔이 허탈하게 웃었다. 창백한 웃음이었다. 프엉이 무언가를 물어보았지만 그의 귀에 들어오지 않았다. 그는 프엉의 가방을 받아 든 후 손을 꼭 잡고서 인파를 헤치고 나아갔다.

"집으로 가자. 빨리 밥을 먹고 놀러 나가자. 오늘 밤에는 등화관제도 없고 공습도 없을 거야." 프엉이 신이 나서 떠들었다. "군복 입은 모습이 정말 재밌는걸. 점잖은 듯한데 살짝 촌스러워…. 그런데 무슨 일 있니, 왜 그래?"

"프엉, 그러니까 말이야… 그래서 말이야, 그게…." 끼엔은 설명하려고 했지만 혀가 굳어 말이 되어 나오지 않았다. 목소리도 점점 가라앉았다.

이별의 의미, 수백 킬로미터 떨어진 남쪽으로 내려간다는 의미가 그제야 비로소 이해되었다. 가슴이 칼날에 베이는 듯했다. 망망대해와 같은 이 세상에서 한두 사람의 특별한 감정은, 그리고 그 처지는 무기력하고 작기만 하다. 난생처음 맞닥뜨린 이러한 상황이 그의 심장을 후벼 팠다. 말이 자꾸 끊겼다. 입을 움직여도 말이 입 밖으로 나오지 않았다. 하지만 프엉은 다 알아들을 수 있었다.

"하는 수 없지. 네 아버지 제단에 향불이라도 올릴 수 있으면 좋을 텐데. 우리 엄마에게도…. 하지만 걱정하지 마. 신경 쓰지 마. 여섯 시 반까지 가기는 이미 틀렸어. 그래도 기차가 일곱 시에 출발하는 거니까 시클로를 타도록 하자."

"됐어. 뛰어가는 게 나아. 시클로를 타고 여유 부릴 수는 없어."

"그럼 나는? 나도 같이 뛰라고?"

"아니… 하지만…."

프엉이 시클로를 불렀다. 빠르게 흥정했다. 20분 안에 가야 해요. 1분 앞당길 때마다 2동씩 더 드리겠어요.

"빨리 타! 망설일 거 없어. 기차 위에 매달려 가는 군인도 있던데, 뭘."

봉 거리를 지날 때 공습경보가 울렸다. 끼엔은 애가 탔다. 내려서 뛰어갈 수도 있다. 그러나 그러지 못했다. 애가 타고 몹시 걱정되었지만 프엉과 함께 할 수 있는 1분 1초가 세상 무엇보다도 소중했다. 겁에 질린 시클로 운전사가 시클로를 버리고 대피호로 숨어 버렸다. 끼엔은 프엉과 시클로에 그대로 앉아 있었다. 거리는 어둠에 싸였다. 시간은 1분 1분 너무도 천천히, 그리고 너무도 빨리 흘러갔다.

"끼엔, 오늘은 그냥 집으로 가는 게 어떨까…." 프엉이 속삭였다. "기차를 놓쳐 버렸어. 이러고 앉아서 해제경보를 기다리기엔 시간이 너무 아까워. 집에 가자. 어때?"

끼엔이 말없이 고개를 저었다. 그러고는 한숨을 길게 쉬었다. 프엉이 몸을 일으켜 세우며 끼엔의 품에서 빠져나왔다. 프엉이 부드럽게 말했다.

"결심이 그렇다면 더 기다릴 필요가 없지. 이 시클로를 빌려서 우리가 직접 몰고 가는 거야."

"하지만…."

"괜찮아, 어서 운전해. 그리고 이 겁쟁이 시클로 아저씨에게 군사적인 교훈을 줄 필요도 있어. 게다가 포스터에도 쓰여 있잖아. 모든 것을 전선으로!"

끼엔이 웃음을 터뜨렸다. 그녀 말이 맞았다. 그는 시클로 안장에 뛰어올라 가만가만 페달을 밟았다. 두오이 까를 벗어나자 해제경보가 울렸다. 프엉은 지금쯤 안절부절못하고 있을 시클로 운전사의 얼굴 표정을 떠올리며 웃음을 터뜨렸다. 지금도 시클로에 얽힌 추억을 얘기하노라면 웃음이 나온다. 하지만 그 추억도 역시 둘 사이의 다른 추억처럼 슬픈 얘기였다.

그날 밤 결국 반 디엔 역에 몇 분 늦게 도착했다. 기차는 대대원을 싣고 떠난 후였다. 어두운 플랫폼은 인기척도 없었다. 심란해진 끼엔은 말없이 서 있었다. 역무원은 기차가 동 반이나 푸 리에 잠깐 정차할 거라고 했다. 행선지는 모른다고 했다. 알아도 말할 수 없다고 했다. 군용 기차니까 당연했다.

"너랑 나랑 일대일로 비겼네." 프엉이 농담을 했다. 하지만 넋을 놓고 있는 끼엔을 보고는 부드럽게 위로했다. "다짜고짜 실망부터 하지 마. 내가 지나는 차를 잡아 볼게. 다음 역에 먼저 가서 기다리면 되지, 뭐. 전쟁 중에는 무언가 부족하면 다른 방법으로 해결할 수 있어. 우선 먹을 것을 찾아보는 게 좋겠다. 나 너무 배고파. 너도 엄청 피곤해 보여."

끼엔을 남겨 두고 반 디엔 역을 떠난 신병 36대대는 반 짜이 역으로 들어서다가 폭격을 맞았다. 사상자가 많이 발생했다. 대대장은 전투 한번 못해 보고 그 자리에서 전사했다. 살아남은 이들은 도로를 따라 행군했다. 끄 넘에 도착했을 때 다시 B52 폭격을 당했다. 설상가상으로 강을 건너던 배가 침몰하면서 배에 타고 있던 대원들이 모두 죽었다. 당연히 B전선으로 가는 길은 멀고도 멀었다. B전선에 도착했을 때 대대는 전투 능력이 완전히 바닥나 있었다. 부대를 다시 꾸려 9번 국도의 전선으로 신병들을 배치했다. 불길 속에 던져진 수십 명의 병사는 바람처럼 사라져 갔다…. 평화가 찾아온 뒤 북으로 되돌아가는 통일 열차에서 끼엔은 같은 칸에 앉은 후이를 통해 그 대대의 운명에 대해서 알게 되었다. 후이는 끼엔이 신병이었을 당시의 부분대장이었다. 후이는 장님이 되었고 얼굴도 화상으로 일그러져 있었지만 끼엔은 그를 금방 알아볼 수 있었고 이름도 기억이 났다. 물론 후이는 끼엔을 기억하지 못했다. 이미 10년의 세월이 흐른 뒤였다. 사람의 한평생보다 더욱더 길게 느껴지는 10년 세월이었다.

"끼엔, 불행 중 다행이야." 서로 안부를 주고받은 후 후이가 말했다. "만약 네가 그때 반 디엔 역에서 기차를 놓치지 않았다면, 어쩌면 죽었을 수도 있어. 우리 분대원은 반 짜이 폭격 때 첫 번째 폭탄을 맞고 모두 죽었거든. 내가 그때 살아남았던 건 볼일이 있어서 다른 칸에 가 있었기 때문이야. 기차는 밤새 달렸지. 아침에도 계속 달렸어. 이틀 후에 미군이 다시 공격할 거라고 생각했기 때문이야. 그러니 누가 알았겠어…. 아무도 네가 탈영한 줄 몰랐어. 그래서 그때 너희 집으로 전사 통지서를 보냈을 거야. 그래, 너는 그럼 반 디엔에서 어떻게 했니?"

그때 끼엔은….

그날 밤 끼엔과 프엉은 노점에 앉아 있었다. 끼엔은 집으로 돌아갈까 생각도 했다. 같이 집에 가는 거야. 기차를 따라잡을 가능성도 별로 없는데 트럭을 얻어 타고 다음 역에 가서 기다리면 뭘 하나? 하지만 그런 생각은 잠시뿐이었다. 프엉이 집으로 가자고 했을 때 그는 다시 고개를 저었다. 손을 아무리 흔들어도 멈추는 차가 없었다. 어떤 차도 멈추려고 하지 않았다. 손을 흔들면 먼지와 매연만 뒤집어쓰게 될 뿐이었다.

"내가 차를 세워 볼게." 노점에 앉아 있던 프엉이 끼엔에게 다가와서 말했다. "내가 손을 흔들면 분명 멈추는 차가 있을 거야. 전시의 교통 법규는 여성 우선이니까…. 하지만 이렇게 하자. 들어오는 차든 나가는 차든 상관 않고 무조건 내가 손을 흔들게. 그래서 처음 서는 차를 타고 쭉 가는 거야. 들어오든 나가든 말이야. 동의하지?"

"하지만…."

"왜 계속 하지만이야. 나랑 하노이로 돌아가는 게 그렇게 겁나니? 에이, 정말…. 생각해 봐. 네가 꺼림칙할 게 뭐가 있어? 네 잘못이 아니야. 미 제국주의와… 내 잘못이지. 됐어, 내 말대로 하자."

멀리서 헤드라이트 불빛이 고깔모자 모양을 길게 그리며 어둠을 뚫고 달려왔다. 먼지를 일으키며 달려오는 차는 커다란 이파 트럭이었다. 빠른 속도로 달리고 있어서 세워 줄 것 같지 않았다. 그런데 트럭이 타이어 타는 냄새가 날 만큼 급브레이크를 밟았다. 남쪽으로 가는 차였다.

불빛도 없는 어두운 운전석에서 걸걸한 목소리가 흘러나왔다.

"어디 가슈? 바람이나 쐬시려고?"

"전선으로 가는 중이에요. 바람은 무슨!" 프엉이 고함치듯 소리쳤다. 그러고는 다시 부드러운 목소리로 말했다. "오빠, 저희를 푸 리까지 태워 주실래요?"

"이 차는 푸 리까지 안 가요, 동 반까지만 가지. 타겠소?"

"네, 괜찮아요."

"저쪽 문으로 타슈. 빨리."

프엉이 끼엔의 손을 잡아끌고 운전석 오른쪽 문으로 갔다. 운전사가 몸을 기울여 문을 열어 준 다음 친절하게 손을 아래로 내밀었다.

"차가 좀 높아요. 발판은 고장 났고. 내가 끌어 올리지."

끼엔이 깜짝 놀랐다. 상황이 이해되기도 전에 프엉은 이미 운전석에 올라타 있었다.

"하지만… 프엉!"

"올라와. 왜 또 하지만이야…. 올라와!"

운전사가 기어를 넣으며 휘파람을 불었다. 차가 움직이기 시작했다. 끼엔이 트럭 문을 세게 닫았다. 그는 너무 당황스러워 가만히 앉아 있었다. 말문이 막혔다.

"고마워요, 오빠. 정말 좋은 분이세요!" 프엉이 소리를 높였다.

"오, 소자산 계급 출신이로군!"

"네, 맞아요."

"아니, 그런데… 정말 전선으로 가슈?"

"제 생각엔 그래요."

"유감천만이군."

"그게 무슨 말씀이세요?"

"유감천만이고말고. 거기에 가 보면 알게 될 거요. 그런데 왜 동 반까지만 가슈? 동 반하고 푸 리라? 거기에 들렀다가 전선으로 간단 말이슈, 소자산 계급 아가씨?"

"아, 그게 아니고요. 지금 우리는 기차를 따라가는 중이에요. 기차를 타야 전선에 가는 거죠…. 그런데 이 차가 기차를 따라잡을 수 있을까요? 반 디엔에서 일곱 시에 출발한 기찬데."

"갈 수 있소. 기차보다 먼저 동 반에 도착할 수 있소."

"그런데 기차가 동 반 역에 설까요?"

"당연히 서지, 아가씨가 기다리고 있는데 감히 그냥 지나간단 말이오? 아가씨의 브레이크용 모자는 썩 괜찮거든."

"말씀도 참 재밌게 하시네요. 전쟁터를 달리시는데도 어쩜 그리 밝으세요?"

"아, 운전하는 사람들은 원래 그래요. 국가의 운전사지. 아가씨의 소자산 계급 남자들처럼 말로만 끝내는 게 아니라 우리는 온몸으로 때우거든. 아가씨도 나중에 알게 될 거야. 이 전쟁, 이 전선 정말 즐거워. 행복하고 낭만적이지."

운전석은 어둡고, 보닛 쪽에선 뜨거운 열이 났다. 엔진에선 끝없이 삐걱삐걱 소리가 났다. 운전사는 헤드라이트를 끄고 하향등을 켰지만 여전히 빠른 속도로 어둠 속을 가르며 달렸다. 끼엔은 자신이 여기에 앉아 있는 이유를 이해할 수 없었다. 더군다나 스스로 지금의 상황을 은근히 기뻐하고 행복해하는 것 같아 깜짝 놀랐다. 대대를 곧 따라잡을 것 같아서가 아니라 단지 프엉이 아직까지 자기 곁에 있기 때문이었다. 어떻게 되든 상관없었다. 물론 속은 답답했다. 종잡을 수 없는 두려움에 마음이 불안했다.

어두운 길을 빠른 속도로 달리느라 운전사는 몸을 웅크리고 온 신경을 집중해서 핸들을 꽉 붙들었다. 그는 휘파람도 불지 않고 말도 걸지 않았으며 가끔가다 험한 욕설을 내뱉을 뿐이었다. 끼엔의 불안은 점점 커져서 가슴을 무겁게 짓눌렀다. 자신 때문에 프엉이 감당할 수 없는 상황에 내던져진 것 같았다. 그러나 프엉은 꽤 평온한 모습이었다. 속도 계기판의 푸른 불빛에 비친 그녀의 얼굴은 꿈을 꾸는 듯 어렴풋한 모습이었다. 차가 덜컹덜컹 흔들릴 때마다 프엉의 몸은 두 남자 쪽으로 이리저리 기울었다. 그녀는 재빨리 머리를 끼엔의 어깨에 기대기도 했고, 그러다가 운전사의 어깨에 기대기도 했다. 피곤에 지쳐 무신경한 모습이었다.

돌연 어둠의 장막이 걷혔다. 구름을 빠져나온 밝은 달이 창문에 어렸다.

"그렇지, 따라잡을 수 있겠어." 운전사가 희끄무레한 얼굴로 말했다. "기차가 저기 있네! 다행이야, 동 반 역에 기차보다 몇 분 먼저 도착할 수 있겠어."

운전사가 턱을 내민 방향을 따라서 끼엔이 왼쪽을 바라보았다. 들판의 제방처럼 솟아 있는 철길을 따라 덜커덩덜커덩 소리를 내며 구불구불 몸을 뒤틀고 있는 기차를 달빛이 희미하게 비추고 있었다. 기차의 선두 쪽에서 치솟고 있는 불길이 반딧불처럼 어둠을 밝혀 주었다.

"제길, 사람들까지 다 노출되었네!" 운전사가 불만을 터뜨렸다. "조명탄도 필요 없겠어. 장님 비행사도 볼 수 있겠는데. 정말 용감무쌍한 기차로군. 그러니 미군하고 싸우러 갈 때 기차를 타고 가면 그저 먼저 죽거나 나중에 죽거나 할 뿐이잖아."

프엉이 피식 웃었다. 그러고는 끼엔의 팔에서 살며시 손을 빼내더니 다시금 그의 손을 잡았다. 둘은 서로 깍지를 끼었다.

운전사는 브레이크를 밟아 서서히 속도를 줄이다가 길가에 차를 세웠다. 시동을 켠 채로 그가 말했다.

"다 왔소, 내리쇼! 철길을 따라 역으로 들어가쇼. 출입구로 들어갈 필요 없어요…. 그리고 아가씨의 브레이크용 모자로 기차를 세울 수 없다면 두 시간 후에 이곳에서 나를 기다리쇼. 내가 하노이로 데려다 주겠소. 자, 그럼 잘 가쇼."

 끼엔이 고맙다고 인사하며 운전사와 악수를 하고는 가방을 들고 뛰어내렸다. 프엉을 내려 주기 위해 아래에서 기다렸다. 프엉이 차에서 빠져나오는 데는 거의 1분이나 걸렸다.

 "두 시간 후요. 잊지 마쇼." 운전사가 엔진의 소음 속에 소리쳤다. 꽤 다급한 듯한 목소리였다. "아이고, 세상에. 아가씨는 정말 매력적이고 연약한 몸이오! 부디 이 미친 세상에 머리통 깨뜨리지 마쇼. 정말 유감천만이오. 두 시간 후요. 아가씨, 꼭 기억하고 있어요. 아이고, 세상에."

 아쉬운 듯 으으 소리를 내며 트럭이 출발했다. 멀리서 기적 소리가 들려왔다. 철길이 규칙적으로 흔들렸다. 프엉이 끼엔의 손을 잡고 플랫폼으로 달려갔다. 사람들의 모습이 눈앞에 아른거렸다. 구름이 달을 집어삼켰다. 끼엔은 굽이 떨어진 구두를 신은 사람처럼 발을 질질 끌며 걸었다. 심란한 마음에 눈앞이 캄캄했다. 먹먹하고 어지러웠다. 결국 이렇게 헤어질 수밖에, 떨어질 수밖에, 이별할 수밖에 없는 것인가. 결국 이렇게….

 끼엔은 무거운 마음으로 프엉을 꼭 끌어안았다. 그러고는 그녀의 뺨과 입술과 어깨에 키스를 퍼부었다. 쓰디쓴 절망에 뜨거운 눈물이 쏟아져 나왔다. 천둥 같은 소리가 길게 울려 퍼졌다. 기차의 시커먼 그림자가 돌진해 들어와서 기차역의 캄캄한 그림자를 뒤덮었다. 덜커덩덜커덩 소리와 함께 기관차가 피피 숨을 내뿜으며 뜨거운 수증기를 사방으로 퍼뜨렸다.

 "아, 이제 나는 어떻게 해…. 이제 나는 어떻게 해…." 프엉이 흐느껴 울었다.

 그녀의 목소리가 소음에 파묻혔다. 끼엔이 결연하게 그녀의 품을 빠져나왔다. 기차가 완전히 멈춰 섰다. 그러나 기관차가 씩씩거리며 수증기를 내뿜는 소리 말고는 웅성거리는 사람들의 말소리가 들리지 않았다. 끼엔과 프엉은 기차를 따라 걸어가 보았다. 화물칸, 또 화물칸이었다. 포장을 두른 짐이 높이 쌓여 있었다. 다음 칸에는 포탄 상자가 실려 있었다. 검은색의 다음 칸에서 무슨 냄새가 났지만 문이 잠겨 있었다. 문틈으로 들여다보았다. 분명 안에는 아무도 없었다.

"화물 열차야!" 둘은 동시에 소리쳤다.

역무원이 등불을 들고 지나갔다. 끼엔이 재빨리 달려가서 그의 팔꿈치를 붙잡고 우물쭈물하며 물었다.

"아저씨… 아저씨… 군용 열차… 이 열차는 군 수송 열차가 아닌가요?… 하노이에서 온… 열차…."

역무원은 등불을 들어 올려서 끼엔의 얼굴을 비춰 보고는 쌀쌀맞게 말했다.

"당신 미쳤소? 감옥에 가고 싶소, 아니면 총알을 맞고 싶소, 엉? 썩 꺼지쇼. 당장 꺼지란 말이오. 안 그러면 경찰을 부르겠소!"

역무원은 몸을 휙 돌리더니 가 버렸다. 프엉이 끼엔의 팔꿈치를 잡고 나지막이 말했다. "가만있어 봐, 내가 물어볼게." 그리고 재빨리 뒤로 돌아 등불을 든 남자를 뒤쫓아 갔다. 조금 후에 프엉이 되돌아왔다.

"운이 없구나, 끼엔. 군 수송 열차는 20분 전에 지나갔대…. 이건 화물 열차고. 그런데 빈으로 갈 거래. 물론 너희 부대를 태운 열차는 한참 앞서서 달리고 있지만 말이야…."

끼엔은 가슴속으로부터 저절로 신음이 터졌다. 현기증이 밀려와 프엉의 팔을 꽉 잡았다. 멀리서 경적이 울렸다. 열차 칸들이 차례차례 덜커덩덜커덩 소리를 냈다. 사람들이 열차에 기관차를 하나 더 연결하고 있었다.

"그냥 이 기차를 타는 게 어때?" 프엉이 물었다. "이 기차도 빈으로 가잖아. 너희 부대가 탄 기차랑 20분 차이가 나는 것뿐이야. 그렇지? 끼엔, 문이 열린 칸이 있나 보자. 없으면 화물칸 바닥도 괜찮아. 갈 수 있어. 걱정 마. 빈에 가면 동료 대원들을 만날 거야."

열차의 중간쯤에서 둘은 문이 살짝 열린 검은 칸을 찾을 수 있었다.

"여기에 타자!" 프엉이 속삭이며 문을 세차게 열었다. 문지방에 흙이 두껍게 쌓여 있었다. 문이 삐걱대는 소리가 크게 났다.

"누구야? 문을 살짝 열고 숨어들어야지 그렇게 활짝 열어젖히면 어떡해?" 문지방에서 누군가가 쉰 목소리로 고함을 질렀다. "네미, 지금 저놈들한테 쫓겨나게 만들고 싶어? 올라오려면 올라와. 이 손을 잡고."

"필요 없어요. 저리 비키세요." 프엉이 대답했다. 그녀는 문을 활짝 열고 열차에 올랐다.

"어라, 계집애잖아?" 쉰 목소리가 딸꾹질을 하듯 소리쳤다.

"맞아요. 다른 사람이 올라올 수 있게 좀 비키세요." 프엉이 거칠게 대꾸했다.

기관차 두 대가 동시에 기적을 길게 울렸다. 성질 급한 사나운 소리였다. 연통에서 수증기가 씩씩 뿜어져 나왔다. 끼엔이 어쩔 줄 몰라 하다가 몸을 부들부들 떨면서 기차에 뛰어올랐다.

"기차가 곧 출발할 거야. 프엉, 어서 내려!" 끼엔이 어둠 속에서 더듬더듬 말했다.

"나를 여기에 혼자 버려둘 거야?" 프엉이 가볍게 끼엔의 손목을 잡았다. 차갑게 언 그녀의 손가락이 떨리고 있었다. "너랑 조금만 더 같이 갈 거야."

"안 돼! 그러면 안 돼!" 끼엔이 깜짝 놀라 말했다. "농담하지 마, 프엉!"

프엉이 끼엔의 손을 꽉 움켜잡고 고개를 저었다.

"소리 지르지 마. 내가 무슨 농담을 한다고 그래."

기차가 덜컹 흔들렸다. 프엉이 끼엔 쪽으로 쓰러졌다. 문이 삐걱삐걱 소리를 내며 닫혔다. 어둡고 숨이 막혔다. 끼엔은 지금 무슨 말을 해야 할지, 어떻게 해야 할지 머릿속이 하얘졌다.

기차의 이음쇠들이 소리를 내며 서로 부딪쳤다. 기관차가 칙칙거리며 수증기를 뿜어냈다. 기차가 서서히 속도를 높이고 있었다.

"구석으로 들어가. 자리가 있으니까." 쉰 목소리가 말했다. "안심해. 서로 꼭 끌어안고 잠이나 자면서 인생을 즐겨. 존슨은 지금 휴식 중이야. 이 밤에 우릴 괴롭히지는 않을 거야."

둘은 천장까지 닿아 있는 상자들, 짐꾸러미들과 기차 벽면 사이에 난 좁은 통로를 따라서 손으로 더듬어 가며 구석으로 들어갔다. 여기저기에서 손과 발을 움츠리며 길을 열어 주었다. 코 고는 소리, 투덜대는 소리가 들렸다. "적이야! 적이 왔어!" 누군가 술 취한 목소리로 말했다. "장군님들, 저기 저 누님에게 자리 좀 양보해 줘요."

끼엔은 프엉이 자리를 잡고 앉을 수 있게 도와주었다. 프엉이 그를 껴안고 뺨에 뽀뽀를 하면서 다독였다. 순간적으로 이게 어떻게 된 일인가 싶었다. 기차는 달리고 있고 프엉이 곁에 있다. 같이 빈으로 간다. 잠깐 만에 자신의 정신이 이렇게 맑아질 수 있다는 것이 끼엔은 믿기지 않았다. 지붕이 높은 낡은 기차는 세 쌍의 바퀴를 달고 달렸다. 열차 칸과 문짝이 심하게 흔들리면서 삐걱삐걱 소리를 내고, 레일의 이음쇠를 지날 때마다 열차 칸이 솟구쳤다. 판자의 틈 사이로 바람이 불어와 어둠을 조금 걷어 내 주었다. 프엉의 얼굴이 새하얗게 드러났다. 어깨의 곡선과 머릿결, 기다란 목, 날씬한 몸매가 드러났다. 끼엔은 그녀의 어깨에 입을 맞추었다. 얇은 옷자락 너머로 입술을 맞추었다. 프엉이 끼엔의 머리칼을 쓰다듬으며 속삭였다.

"왜 그래, 왜 그러는데…. 나랑 같이 가는 게 싫어?"

끼엔이 눈물을 흘렸다. 감당하기 벅찬 사랑과 감사, 근심, 행복이 온몸을 감싸고 돌았다. 바로 그의 발 아래 깨져 있는 바닥 사이로 궤도와 철로, 부목이 다 보였다. 기차 벽도 틈이 넓게 벌어져 있었다. 시원한 바람이 기차 안을 지나며 뜨거운 공기를 몰아냈다. 흙 냄새, 늪 냄새도 실려 왔다. 석탄이 타는 냄새와 연기 냄새도 실려 왔다. 이성적인 의지와 상관없이 사건은 그로부터 시작되었다.

"끼엔, 우리가 오늘 밤 이렇게 같이 있다는 게 정말 신기할 뿐이야. 하지만 다른 길이 없었잖아?"

철로 위에서 기차 바퀴가 끝없이 덜컹거렸다. 신호등, 간이역, 나무숲을 스쳐 지났다. 가끔씩 짧은 다리를 지날 때는 천둥 같은 소리가 터졌다. 거대한 전쟁의 밤이 평원을 뒤덮었다. 끼엔의 가슴속에서 수많은 생각과 어리석은 감정들이 불쑥불쑥 깨어났다. 영원히 이렇게 같이 있고, 영원히 헤어지지 않는다면 모든 걸 버릴 수 있다. 중대도 없고 대대도 없고 전쟁도 없다.

6

　프엉이 작별을 고하고 떠난 뒤에도 오랫동안 끼엔의 방과 그녀의 방에는 밤이면 밤마다 불이 들어왔다. 온밤을 밝혀 주는 불빛은 도저히 잊을 수 없는 기억처럼 문틈을 우울하게 빠져나왔다. 시내를 바쁘게 돌아다니다가 집에 돌아올 때마다 프엉이 켜 두고 간 불빛을 보고 끼엔은 소스라치게 놀라곤 했다. 특히 술에 얼큰하게 취했을 때는 더욱 그랬다. 비틀거리며 계단을 올라가 그녀의 방문을 두드렸다. 미친 듯 계속해서 방문을 두드렸다. 취해서 그랬다. 끼엔은 어리석어서 그랬다. 쇳덩이처럼 무거운 고통과 슬픔이 가슴을 짓눌러서 그랬다.

　고통 때문에 마시다 보니 올라온 취기를 더욱더 큰 고통이 짓누르면서 어지럽고 맹렬하게 그의 가슴속을 깊숙이 파고들었다. 고통은 그가 가진 정신의 귀결이자 단 하나의 감흥인 듯했다.

　프엉이 없는 나날이 계속될수록 결핍감은 극심해졌다. 끼엔은 일상적인 삶에 대한 감동이 아예 사라져 버렸다. 단지 회상을 통해서만 삶을 느낄 수 있었다. 고통과 그리움은 꿈의 근원이 되었고, 상상력의 가장 깊고 어두운 체험이 되었다. 프엉이 떠난 뒤부터 끼엔은 매일 밤 잠을 이루지 못했다. 자신의 삶을 돌아보다 보면 이상하게 과거가 뒤섞였기 때문이다. 어느 한순간을 떠올리려고 하면 전혀 다른 시기의 일들이 연도도 뒤죽박죽된 채 갑자기 한꺼번에 뒤섞여 나타났다. 그것은 끼엔의 기억이 만들어 낸 새로운 공간, 과거에 겪어 보지 못했던 공간이었다.

고통은 그의 영혼을 변화시킨 듯했다. 그는 지금 새로운 사랑을 시작한 것처럼 보인다. 프엉과의 새로운 사랑, 또 다른 사랑, 과거의 책장을 마저 펼쳐 보지 못한 사랑이다. 또 다른 전쟁이었다. 또 다른 태풍의 시대였다. 과거의 또 다른 하늘 아래였다.

이미 오래전 일이다…. 사랑의 추억이건만 왜 이다지 아득하고 슬픈 것인가.

그때 끼엔과 프엉은 열여섯 살로 9학년을 마쳤을 때였다. 1964년이었다. 끼엔의 기억으로는 8월, 8월 초였다…. 쭈 반 안 학교의 청년단이 도 선 해변으로 야영을 떠났다. 프엉이나 끼엔처럼 단원이 아닌 학생들도 참가할 수 있었다.

처음 며칠은 날씨가 좋지 않았다. 파도가 심하고 온종일 비가 내렸다. 그러던 어느 날 오후, 구름이 걷히고 햇볕이 쏟아졌다. 모두들 신이 나서 호텔을 빠져나와 해변에 텐트를 쳤다. 버드나무 숲을 따라서 알록달록한 텐트가 버섯 모양으로 세워졌다. 저녁이 되었을 때 모닥불을 피워 놓고 문예의 밤 행사를 했다. 정말 즐거웠다. 불길이 높이 솟아 온 해변을 밝게 비추었다. 맥주를 비롯한 술 냄새가 아코디언 소리, 기타 소리와 어우러지고, 독창에 합창이 이어졌다. "드넓은 바다, 파도가 뱃전을 스치네." 모두들 흥겹게 노래를 불렀다. 막막한 어둠의 고독한 바다 곁에서 이야기 소리, 노랫소리는 부드럽고 왁자지껄한 화음이 되었다. 밤이 깊어 가는 줄도 모르고 놀았다. 텐트에 들어가 자기도 하고 해변에 쓰러져 자기도 했다. 불길이 잦아든 모닥불 곁에서 끼엔과 프엉만이 나란히 앉아 밤을 지새웠다. 그날 밤 프엉은 노래도 부르지 않고 친구들을 위해 기타 반주만 해 주었다. 그녀는 말이 거의 없었다. 무슨 근심이 있는 듯 보였다.

"왜 그렇게 슬픈 표정을 하고 있어?" 끼엔이 물었다. "무슨 일 있니?"

"바다가 왠지 무섭게 보여. 끼엔, 너는 그렇지 않니?"

바다는 해변으로 맑고 시원한 바람을 실어 보냈다. 멀리서 파도치는 소리가 들려왔다. 파도가 은빛으로 반짝였다. 한밤의 바다는 늦여름의 휘황찬란한 별을 모두 어깨에 짊어진 듯 웅장한 몸집으로 어둠 속에서 반짝반짝 빛을 뿌렸다.

끼엔이 마른 나뭇가지를 불 속에 던졌다. 프엉이 가볍게 기타 줄을 퉁기며 멜로디를 연주했다. 하지만 노래를 부르지는 않았다. 발소리가 천천히 명료하게 다가오고 있었다. 전등 불빛이 여기저기를 비추었다. 버드나무 숲 앞에서 몇 개의 검은 그림자가 멈추었다. 한 명이 그들 속에서 빠져나와 불꽃이 붉게 너울대는 곳으로 다가왔다.

"왜 불을 끄지 않나?" 그가 강한 어조로 물었다.

"불을 끄라고요? 왜요?" 끼엔이 놀란 눈으로 해병을 바라보았다. 장총을 어깨에 멘 키가 큰 해병은 거칠고 단호한 표정을 짓고 있었다. "우리는 캠프 파이어를 하고 있는데요."

"모래를 뿌려서 어서 꺼!"

"하지만 왜요?"

"왜라니? 이미 초저녁에 명령이 떨어졌잖아. 못 들었어? 해변의 불을 모두 끄라는 명령이었어. 시행해, 시비 걸지 말고. 금지라면 금지야. 군대의 명령이야."

"그러면 노래도 금지인가요, 해병 오빠?" 프엉이 대화에 끼어들면서 물었다.

해병이 프엉을 보고는 표정을 부드럽게 했다. 그는 총을 내려놓고 모닥불 가에 앉았다.

"아니, 노래를 누가 금지해. 어떤 일이 벌어지더라도 노랫소리는 있어야지. 네가 우리 해병들을 위해 기념으로 한 곡 불러 주겠니?"

같은 순찰조의 나머지 두 명도 다가왔다. 불빛 가까이 앉아서 프엉을 넌지시 바라보았다. "애고, 제가 그냥 물어본 거지, 노래를 부르려던 게 아닌데요." 프엉이 웃으면서 어깨를 흔들고 고개를 가로저었다.

"노래 좀 불러 줘!" 해병 하나가 사뭇 슬픈 목소리로 말했다. "작별을 위한 노래 말이야. 우리 해병들과의 작별. 바다와의 작별. 내일이면… 그래, 너희들에게 숨길 게 뭐가 있겠어. 전쟁이야! 미국과의 전쟁이야."

"어, 아직 확실한 건 아니잖아! 아직 까마득한 일이야, 아직은 막연한 상황이라고. 겁먹지 마, 학생. 그냥 즐거운 마음으로 노래 한 곡 해 줘."

"네…" 프엉이 창백한 얼굴로 벌벌 떨면서 작은 소리로 답했다.

프엉은 등을 세우고 앉아서 기타를 가슴 쪽으로 가볍게 끌어안았다. 가느다란 손가락으로 천천히 기타 줄을 잡았다. 마음을 진정시키려는 듯, 감정을 잡으려는 듯 잠시 동안 소리 없이 가만히 있었다. 프엉이 숨을 한 번 길게 내쉰 다음에 고개를 들었다. 어깨에 두르고 있던 머플러를 풀어 던지고 노래를 불렀다. 노래는 돌연 화살이 되어 듣는 이의 심혼을 꿰뚫었다. 끼엔은 가슴속의 피가 끓는 듯해 눈물이 흘러나왔다. 노래는 애잔한 듯했지만 점점 감정이 고조되면서 흘러넘치다가 세차게 부는 바람이 되었다. "세계는 지금부터 잔인한 바람만이 부네…." 프엉이 노래했다. 노랫말과 독특한 음조는 시대를 향한 열정과 슬픔, 고통을 담고 있었다. 뜨거운 갈망과 고통스런 감정이 함축된 노래였다. 프엉의 노랫소리는 전쟁이 발발한 시대에 태어난 청년의 숨결 같았다. 해병 가운데 가장 단호한 표정을 지었던 병사의 눈에서 뜨거운 눈물이 흘러내렸다.

전쟁! 전쟁! 8월 5일부터 6일에 걸친 밤바다는 그렇게 포효했다. 부채꼴 모양의 기다란 해변으로 파도가 으르렁거리며 밀려왔다. 그때 하늘에서 두 개의 광선이 사선으로 내려오다가 다시 갈라지며 순식간에 내리꽂혔다. 해변에서 자던 사람들과 천막에서 자던 사람들이 모두 일어나 불 꺼진 모닥불 주위로 몰려들었다. 모두들 말이 없었다. 숨소리도 들리지 않았다. 노래가 끝난 후에도 모두들 미동도 없었다. 프엉이 기타를 내려놓고 일어나 어둠 속으로 걸어갔다. 끼엔이 그녀의 뒤를 따라 버드나무 숲으로 따라 걸었다. 발에 밟히는 모래가 축축하고 차가웠다. 반딧불이가 파란 불빛을 깜빡이며 날아다녔다. 프엉이 멈춰 서서 나무에 등을 기댔다. 그러고는 끼엔을 향해 두 팔을 벌렸다. 어둠 속이라 아무것도 보이지 않았지만 끼엔은 첫사랑의 뜨거운 몸짓을 느낄 수 있었다.

"우리는 영원히 헤어지지 않을 거야. 그렇지, 끼엔? 죽을 때도 함께 있다 같이 죽는 거야." 프엉이 매혹적으로 속삭였다.

그날 밤, 별들이 서로 자리를 바꾸듯 혜성이 계속 떨어졌다. 별빛이 서서히 사그라졌다. 새벽녘이 되자 하늘에서 폭풍우가 몰아쳤다. 바다에서 파도가 크게 일렁였다.

"죽긴 왜 죽어. 전쟁 중이지만 이제야 우린 진짜 삶을 시작했어!"

"진짜 삶이라고?… 그래, 그럴 수 있어. 그런데 우리가 앞으로 함께 산다해도 사랑할 시간이 없을까 봐 두려워…. 무언가를 해 보기도 전에 모든 걸 잃게 될까 봐 겁이 나."

둘은 손을 잡고 버드나무 숲을 따라 야영장 쪽으로 뛰어갔다. 텐트는 모두 걷히고 없었다. 모래 먼지가 뿌옇게 흩날렸다. 담요들이 바람에 굴러다녔다. 텐트 줄이 끊어졌다. 말뚝이 뽑혀서 나뒹굴었다. 비가 쏟아져 내려 해변을 회색으로 물들였다.

그날 밤부터 어두운 폭풍의 시대가 시작되었다. 그날 밤부터 소름 끼치는 사건들이 시작되었다.

다음 해 여름, 끼엔은 군에 입대했다. 가을에 전선으로 향했다. 기다란 B전선이라 불리는 곳, 그런데 끼엔은 혼자가 아니라 프엉과 함께 떠났다. 첫사랑의 마지막 여정이었다.

그로부터 20여 년이 흘렀다. 당시의 이 나라는 이 시대의 건너편 강가에 자리해 있었다. 지금은 다른 나라가 되었다고 할 수 있다. 끼엔 또한 다른 사람이 되었다. 오직 프엉만이 갈색 눈이 반짝이는 아름다운 소녀의 모습으로, 무수한 세월의 풍파 속에서도 여전히 변함없는 모습으로 끼엔의 기억 속에 남아 있었다. 그녀의 세월을 거쳐 간 죄업의 강산, 추악한 악명, 미친 이야기들을 전혀 개의치 않는 끼엔에게 프엉은 영원히 시간 밖에서, 영원히 해맑은, 영원한 청춘이었다.

20여 년 전의 그날 밤 기차는 서글픈 경적을 울리며 푸 리를 지나쳐 갔다. 철길은 바다를 향해 휘어졌다. 정처 없는 먼 길에 길을 잃은 듯 기차는 덜컹덜컹 울어 대며 앞으로 달려 나갔다. 푸 리뿐만 아니라 남 딘과 닌 빈마저 뒤

전쟁의 슬픔

로한 듯했다.

"더 좋아!" 길을 잘못 들어선 것이 그리 좋은지 프엉은 끼엔의 어깨를 끌어안고 속삭였다. "멀어질수록 더 좋아! 폭탄이 어떻게 터지는지 한번 보자."

"하지만… 어떻게 돌아갈 건데?" 끼엔이 웅얼거렸다.

"난 돌아갈 생각이 없어. 네 곁에 함께 있을 거야. 누가 우리를 막겠어!"

지금 와서 생각해 보면 그날의 무모한 여정은 실제 있었던 일이 아니라. 그가 가진 전쟁의 기억 속에서 상상력으로 꾸며 낸 이야기 같은 기분이 들었다. 군인의 현실을 담은 무거운 이야기를 펼치기 전에 하늘이 마지막으로 허무맹랑한 이야기를 각색하도록 허락해 준 듯했다.

그날 밤 기차는 크고 작은 역에서는 한 번도 서지 않고 가끔씩 어둠 속에서 들판에 몇 분간 잠시 멈추었다가 달리곤 했다. 그런데도 사람들이 계속 올라탔다. 낙오하거나 길 잃은 군인과 청년 돌격대원, 민간인, 장사꾼, 게다가 도둑까지 있었다. 마치 시장 바닥의 기차 같았다. 전등 불빛이 춤추고 담배와 성냥 냄새가 어지럽게 흩날렸다. 연기 냄새, 몸 냄새로 숨이 막혔다. 끼엔과 프엉의 편안한 공간은 점점 줄어들었다.

"동자…아…오…오에 다… 왔…나…아?" 참혹한 목소리가 고함을 질렀다. 밤바람이 열차 안으로 휘몰아쳤다. 기차가 덜커덩덜커덩 계속 흔들렸다.

"죽으러 가는 길인데도 참 멀리까지 가네." 프엉이 빙그레 웃으며 속삭였다.

"잠이 오지 않니, 프엉?"

"졸리긴 한데 쉬 잠이 들지 않네."

"그래도 자려고 노력해 봐. 내일은…."

"만약 내일이 없다면?"

"그런 소리 마…. 눈을 감고, 하나 둘 숫자를 세어 봐…."

어쩌면 참담한 내일이 다가오는지도 모른다. 하지만 아직 한밤중이고 기차는 여전히 힘껏 달리고 있다. 낡은 기차 바퀴가 규칙적으로 철로 위를 덜컹거렸다.

"그럼 같이 숫자를 세자. 아니 그러지 말고… 우리 똑같은 꿈을 꾸자, 끼엔."

"어떤 꿈을 꾸지?"

"어떤 꿈? 너는 정말… 그냥 그렇게 하자니까 뭘 물어봐…. 내 쪽으로 누워. 우릴 보고 있는 사람은 아무도 없어…."

아마도 그의 평생에 가장 편안한 잠이었고 마지막 평온이었다. 그래서 많은 세월이 흐른 뒤에도 그날 밤의 단잠은 잠재의식 속에 남게 되었다.

전쟁이 끝난 뒤 통일 열차는 전선에서 고향으로 돌아가는 제대병을 가득 싣고 달렸다. 오랜 출정을 마감하는 마지막 밤인데도 끼엔은 좀처럼 잠을 이룰 수 없었다. 그의 해먹에는 남 딘 출신의 히엔이라는 여군이 같이 누워 있었다. 그녀는 커다란 눈이 선하고 슬퍼 보이는 상이군인이었다. 그녀도 쉬 잠을 이루지 못하는 듯해서 밤새 소곤소곤 얘기를 나누었다. 그녀는 새벽녘이 되어서야 잠이 들었다. 새벽 여명 속에서 기차는 탄 호아를 지나갔다. 끼엔은 자신을 껴안은 히엔의 팔을 풀고 해먹에서 몸을 일으켜 창밖을 바라보았다. 그의 기억 속에 무수하게 새겨진 길가의 풍경이 눈 깜짝할 사이에 스쳐 지나갔다. 논밭, 구릉, 안개, 야자 농장의 대나무 울타리, 연못, 언덕, 강변이… 가을 새벽하늘 아래 흐릿하고, 몽롱하고, 아련하게 놓여 있었다. 문득 기차 바퀴가 내는 슬프고도 단조로운 소리 속에서 무슨 얘기가 들려오는 것 같았다. 지난날의 꿈같은 속삭임이었다. 히엔의 얼굴이 흐릿해졌다. 기차가 반대 방향으로 가는 듯했다. 열일곱 시절의 모습이 바람 소리, 기차 바퀴 소리 속에서 나타났다. 열일곱 살의 그날 밤….

그날 밤 기차는 불행의 해변을 끼고 혼돈의 광경 속을 달렸다. 끼엔과 프엉은 죽음을 자초하는 바다를 건너고 있었다. 도취하고, 눈멀고, 탐닉하고, 몰두하며 마음이 가는 대로 몸을 내맡겼다. 순진무구하고 안락한 꿈결 속에서 둘 다 이성을 잃은 채 서로의 몸을 꼭 끌어안았다. 끼엔의 품 안에서 프엉은 부드럽게 움직였다. 마음껏 몸을 쭉 뻗었다가 웅크렸다. 1등 객실에 누워 있는 것처럼 행복하고 편안했다. 둘은 서로 뺨을 맞대기도 하고 등을 돌려 눕기도 하며 조화롭고 오묘하게 땅 위를 둥둥 떠다녔다. 친밀한 포옹과 애무는 불현듯 끼엔의 아련한 감각을 자극하기도 했다. 그러나 자극적인 칼날이 절반만 들어가다 만 듯 숨이 막혔다. 어지럽고, 노곤하고, 아득하고, 모호했다.

"끼엔… 뭐가 겁나니?… 겁내지 마….”

프엉의 속삭임은 어둠 속을 가르는 빛줄기의 입자처럼 때때로 끼엔의 기억 속으로 스며들었다.

"끼엔, 우리의 사랑은… 죽을 때까지 맑고 아름다울 수 있어…. 우리가 서로를 얼마나 많이 사랑하는지 알잖아….”

끼엔은 프엉의 품에 얼굴을 묻고 많은 꿈을 꾸었다. 모호하게 끝없이 이어지는 꿈들은 둘의 운명 같았다. '전쟁, 사랑!' 끼엔은 생각했다.

"비행기다!"

"아이고, 우린 다 죽었네!"

비명 소리, 고함 소리, 울부짖는 소리로 기차 안은 삽시간에 아비규환이 되었다. 기차가 흔들거렸다. 꿈의 장막이 찢어졌다. 아직 밤이었다. 기차는 여전히 달리고 있었다. 기차 안은 아수라장이었다.

"아아아아…." 기차 안이 요동을 쳤다.

소름 끼치는 끔찍한 것이 기차 안을 짓밟고 물건을 떨어뜨렸다. 끼엔은 현기증으로 허둥대며 몸을 일으켰다. 목이 달아난 듯 감각이 없었다.

"공습이다!" 절망에 찬 남자 목소리가 날카롭게 들려왔다. "기차를 세워야 해…."

폭격기가 공중을 맴돌다가 허공을 찢는 소리와 함께 달려들었다. 끼엔의 몸이 구석 쪽으로 휘청했다가 튕겨 나와 문 쪽에 떨어졌다. 누군가 그의 몸 위로 넘어졌다. 또 한 사람의 몸이 다시 그 위로 넘어졌다. 공포감이 가득 밀려왔다. 정신없고 혼란스럽고 잔혹했다. 요란한 소리를 내며 문이 활짝 열렸다. 기차가 끼익 소리를 내며 브레이크를 걸었지만 잘 멈춰지지 않았다. 어둠 속에서 공포에 질린 사람들이 서로를 밀쳐 대며 기차 밖으로 빠져나가려고 했다. 으으 신음 소리를 내며 철길로 사람들이 떨어졌다. "프엉!" "끼엔!" 그제야 끼엔은 프엉이 떠올랐다. 그는 문지방을 꽉 붙들고 몸을 바닥에 바짝 엎드렸다. "프엉!" 그가 다시 소리쳤지만 가까이 날아드는 비행기의 굉음에 소리가 묻혀 버렸다. 열차 칸이 서로 부딪치며 쾅쾅 소리를 냈다. 기차가 멈춰 서려고 애를 썼다. 끼엔은 폭격기의 공격에 정신이 혼미한 가운데 프엉을 잃을까 봐 두려워 온몸을 떨었다. 온몸이 두 동강 나는 듯했다.

"끼엔!" 그를 애타게 부르는 소리가 열차 칸 한구석에서 들려왔다. 조금 전에 소리가 났던 곳이 아니었다. 고문을 당하는 듯 목청이 갈라지는 절규였다.

프엉이 아닐 수도 있다. 자신을 부르는 소리가 아닐 수도 있다. 끼엔은 뒤쪽으로 고개를 돌려 어둠 속을 바라보았다. 바로 그 순간 병뚜껑이 뻥 터지는 것처럼 하늘이 무너지는 듯한 소리가 콰쾅 났다. 거대한 후폭풍이 문으로 들어와 끼엔을 스쳐 지났다. 비행기의 굉음이 머리를 터뜨릴 듯했다. 섬광에 비친 기차 안의 모습은 난장판이 된 창고 같았다. 모든 물체가 선명하게 드러났다. 그러나 흑백 영화 속의 마귀처럼 창백한 모습이었다. 끼엔의 눈에 바닥에 엎드려 있는 프엉의 모습이 보였다. 고개를 끼엔 쪽으로 돌리고 있던 그녀는 두 손으로 바닥을 짚고 일어서려 안간힘을 썼다. 방금 밀려든 섬광에 휘둥그레진 두 눈은 넋이 나가 있었다. 머리카락이 아무렇게나 풀어 헤쳐져 있었다. 그러나 끼엔은 온몸이 굳어서 멍하게 바라보기만 했다. 상황이 이해되지 않았다. 그는 자신의 눈을 의심했다. 왜냐하면… 그녀의 입을 어떤 커다란 손이 가로막고 있었기 때문이다. 비행기가 날아드는 굉음 속에서, 온몸의 뼈마디가 다 부서진 듯한 죽음의 감각 속에서 직면한 광경이 기이했다. 그는 공포에 질려 판단력을 잃었다. 심지어 끼엔은 어째서 저 커다란 덩치의 시커먼 사내가 프엉의 몸 위에 있는지, 손이 왜 그녀의 얼굴에 닿아 있는지, 저 거칠고 난폭한 광경의 의미가 무엇인지 이해되지 않았다. 단지 그 모습이 정상적인 상황은 아니라는 것만 떠올랐다. 우둔하고 소심하게도, 끼엔은 입을 벌려 무언가를 말하려고 했지만, 무슨 말을 해야 할지 몰랐다. 느닷없는 또 한 번의 섬광에 끼엔은 눈앞이 캄캄해졌다. 깜짝 놀란 끼엔은 문지방을 잡고 있던 손을 놓고 일어나 앉으려 했다. 허둥대던 그는 기차 밖으로 떨어졌다. 등에 강한 충격을 받고 몸이 한 번 솟구쳤다가 바닥을 몇 번 굴렀다. 단단한 무언가가 가슴을 때렸다. 고통에 겨워 그는 의식을 잃고 쓰러졌다. 그런데 프엉, 프엉은! 그녀에 대한 때늦은 생각이 그를 흔들어 깨웠다. 가까스로 정신을 차렸다.

가슴에는 심한 통증이 느껴지고, 입안에는 미지근하고 찝찔한 것이 가득 고였다. 끼엔은 침을 뱉고 사력을 다해 몸을 일으켰다. 철로가 지나는 길은 높고 비탈져 있었다. 끼엔이 위로 오르다가 미끄러져 넘어졌다. 구역질이 났다. 눈앞이 어지러웠다. 입가에서 다시 피가 흘러나왔다. 동터 오는 새벽의 철로에 죽은 듯이 서 있던 기차가 갑자기 경적을 크게 울렸다. 사람의 모습은 하나도 보이지 않았다. 비틀비틀 일어난 끼엔은 입을 꽉 다물었다. 절뚝거리며 비탈을 올랐다. 기차가 피피 소리를 내며 증기를 내뿜었다. 끼엔은 기차에 올라타려고 기차 문을 힘겹게 열었다. 하지만 이 칸이 아니었다. 그다음 칸도 아니었다. 당황하며 앞뒤를 둘러보았지만 어느 칸이 자신과 프엉이 탔던 칸인지 알아차릴 수 없었다.

그때 기차가 덜커덩 소리를 내며 흔들리더니 바퀴를 움직이기 시작했다. 두 대의 기관차가 꽤 빠르게 속도를 높였다. 기차 칸들이 차례차례 움직였다. 화상 흉터가 생긴 기차 바퀴가 삐걱삐걱 소리를 냈다.

결국 끼엔은 기관실에 올라탈 수밖에 없었다. 시커먼 기름때에 전 옷을 입은 기관사들이 끼엔을 보고 아무 말도 하지 않았다. 얼굴도 시커먼 기름때가 묻어 눈썹이 더욱 꺼뭇꺼뭇했고 눈자위만 하얗게 빛나고 있었다. 젊은 기관사가 삽으로 석탄을 퍼서 붉게 이글거리는 화로 속으로 던져 넣었다. 늙은 기관사가 경적을 울렸다. 귀청이 찢어질 듯한 소리였다. 새하얀 수증기가 기관실 가득 퍼졌다…. 끼엔의 몸속에서 그의 영혼과도 같은 것이 요동을 치자 몸이 떨려 왔다. 눈앞의 모든 것이 흔들리고 소용돌이치며 솟구쳤다. 무기력하고 빈약하고 나약한 감각에 몸이 후들거렸다. 지난 일생에서 한 번도 느껴 보지 못한, 완전히 바보가 된 듯한 감정이 그의 마음속에 일었다. 그것은 고통이었다! 창백하게 일그러진 그의 얼굴은 마비가 된 듯했다. 온몸이 바닥으로 무너져 내렸다.

젊은 기관사가 삽을 내던지고 끼엔을 부축해서 바닥에 앉도록 도와주었다. 그는 장갑을 뒤집어 벗어서 끼엔의 턱을 가볍게 닦아 주었다. 석탄 가루가 시커멓게 굳어 있는 딱딱한 장갑에서 끼엔은 자신의 피를 보았다.

"힘을 내게, 젊은이!" 늙은 기관사가 끼엔에게 말했다. "이 정도는 이겨 내야지. 방금 일은 전쟁의 휘파람 소리에 불과해."

안개 속에서 날이 밝았다. 끼엔은 몸을 추스르며 프엉이 타고 있는 기차 칸에서 무슨 일이 벌어지고 있을지 생각했다. 잠깐 동안에 겪은 전쟁은 그가 평소에 상상하던 전쟁이 아니었다. 군인으로서 맨 처음 겪고 있는 고통은 모호하고 비현실적인 모습으로 그를 옥죄었다. 프엉의 품에서 튕겨져 나온 순간부터 끼엔의 삶은 피와 고통과 좌절의 연속이었다. 10년 동안 기관총을 들고 언제나 공격의 선봉에 섰을지라도, 승리를 위해 파란 많은 위대한 항전의 수천 리 길을 전우들과 함께 굳건하게 걸었을지라도, 전장의 태풍 속을 뜨거운 열정과 더불어 청춘의 행복에 흠뻑 젖었을지라도, 전쟁의 잔악한 본성 앞에 살아남기 위한 첫 번째 영혼은 머리를 쳐들 수 없는 죽은 영혼이었을지라도, 시작은 프엉을 지키지 못한 그 순간부터였다.

사실 끼엔에게는 평화로운 시기보다 전쟁 때 더 행운이 따랐다. 전쟁을 치르면서 그는 좋은 동지들 곁에서 살았고 싸웠으며 성장했다. 물론 행운의 대가는 비쌌다. 그는 차례차례 가장 친한 친구, 형제, 동지들을 잃었다. 그의 눈앞에서 죽기도 하고 그의 품 안에서 죽기도 했다. 많은 사람이 그를 구하다가 죽어 갔다. 많은 사람이 그의 잘못으로 전사했다.

생각에 잠긴 밤이면 그는 황천을 바라보듯 어둠 속을 응시했다. 차례차례 나타난 그들은 훌륭한 이들이었고 누구보다도 이 세상을 살아갈 가치가 있는 이들이었다. 그러나 그들은 '내가 죽어야 내 친구가 산다!'는 전쟁의 단순한 법칙을 받아들이고 가뭇없이 사라졌다. 4월 30일 아침, 그러니까 전쟁의 마지막 시점에 중대의 일부와 함께 랑 자 까의 건물 안을 공격할 때 끼엔은 딱 1초 정도 망설였다. 끼엔의 그 1초가 뜨의 생명을 앗아 갔다. 뜨는 사이공을 공격할 때까지 끼엔과 함께 마지막으로 살아남은 정찰대원이었다. 총성이 연이어 울려 퍼지는 건물 1층의 둥근 창문 옆에서 끼엔은 순간 망설였다. 원래는 M79 수류탄을 먼저 여러 발 던진 후 잠시 상황을 살펴야 하는 게 맞았다. 하지만 안에서 쏘아 대는 사격에 옆으로 몸을 피할 수밖에 없었다. 끼엔이 걸음을 옮기려 할 때였다. 눈 깜짝할 사이였다. 뜨가 끼엔을 창가 옆으로 밀어내고 먼저 안으로 뛰어들었다. 끼엔이 뜨보다 불과 반 발자국 뒤에 있었지만 쏟아지는 적의 총탄은 끼엔을 맞힐 수 없었다. 비명 소리를 대신해, 신호를 주고받는 말을 대신해 뜨의 몸에서 뿜어져 나온 핏줄기가 끼엔의 얼굴에 튀었다…. 부온 마 투엇 경찰서의 3층에서도 유사한 상황이 벌어졌었다. 치마 입은 여자를 소홀히 두었다가 그녀가 몰래 총을 쏠 때 오안이 끼엔 앞을 가로막으며 쓰러졌다. 끄도 마찬가지였다. 프엉 호앙 고개의 적 공수 여단 지휘부 습격에 실패한 뒤 끄는 나머지 정찰조가 탈출할 수 있도록 혼자서 적 1개 소대를 상대하며 진격을 막다가 전사했다. 바로 그 불운한 전투에서 끄를 잃은 뒤 곧 큰 틴과 땀을 잃었다.

끼엔은 그 불운한 전투를 떠올렸다. 그날 적들의 지독한 추격 때문에 끼엔의 정찰조는 산길을 뺑 둘러서 뛰어 내려와야 했다. 그래서 아침이 되어서야 셋은 칸 즈엉 쪽 언덕으로 내려올 수 있었다. 셋 다 체력이 바닥나 대나무 숲 속 시냇가에서 잠시 휴식을 취했다. 떰이 자기 옷을 찢어서 틴의 머리에 난 상처를 싸맸다. 끼엔은 둔덕에 등을 기대고 앉아 무릎 사이로 얼굴을 처박았다. 녹초가 된 끼엔은 기관총도 어깨에서 풀어 자갈밭에 놓아두었다. 언덕 위의 적군과 칸 즈엉의 아군이 포격을 주고받았다. 폭발음과 대포 소리에 화염이 치솟고 공기가 요동쳤지만 양쪽 전선 사이에 자리한 대나무 숲은 꽤 평온해 보였다.

"우리 소대원은 이제 몇 명 안 남았네."

"가슴 아픈 얘기는 뭐하러 해, 끼엔!" 떰이 말했다. "우리가 운이 좋았다고 생각하자…. 이렇게 살아남아 있다는 게 정말 믿기지 않아."

"이게 끄 덕분이지… 운은 무슨…."

그때 흙더미가 부서져 내렸다. 계곡 안쪽에서 검은 그림자가 튀어나왔다. 끼엔이 깜짝 놀라 쳐다보았다. 몸이 부르르 떨렸다. 공수 대원이었다!

"일어서!"

끼엔이 AK 소총을 잡으려는 순간 세 발의 총탄이 끼엔의 손 바로 근처로 날아와 박혔다. 공수대원이 냇가에 서서 양발을 떡 벌린 채 끼엔 일행을 바라보며 미소지었다. 끼엔이 몸을 떨면서 일어섰다. 가슴을 겨눈 AR15 소총의 시커먼 총구에서 눈을 뗄 수가 없었다. 떰과 틴도 손을 위로 올리고 천천히 일어섰다. AK 소총 세 자루가 그들의 발치에 놓여 있었다. 공수대원은 키가 크고 젊었다. 숱 많은 머리를 길게 기르고 붉은 베레모를 어깨에 꽂고 있었다. 소매를 걷어 올린 얼룩무늬 군복은 누런 흙먼지가 달라붙어 있었다. 놈은 웃으며 손가락을 방아쇠에 걸고 세 명에게 총구를 번갈아 겨누었다. 끼엔은 죽은 듯 꼼짝 않고 서서 총알이 곧 자신의 가슴을 뚫고 뼈를 부수며 등에 구멍을 내어 피가 뿜어져 나오기를 기다렸다. 심장이 쿵쿵거리고 목이 심하게 메어 와 돌연 머리가 절레절레 흔들렸다. 참혹한 모습이었다.

"쏘지 마세요, 아저씨…! 제가… 우리가 항복할게요!" 떰이 신음했다.

괴뢰군이 만족스러운 듯 웃었다. 그는 손가락을 까딱까딱 움직였다.

"일어나! 얼른! 개새끼들…. 허허… 세 놈 다 사기꾼 같은 새끼들이군."

그들은 벌벌 떨며 한곳으로 모였다. 공포심에 유순하게 복종했다.

"빨리!" 괴뢰군이 호통을 쳤다.

"지금 즉시, 지금 즉시 실시하겠습니다! 쏘지 마세요…!" 떰이 겁에 질린 목소리로 대답하며 끼엔의 앞으로 나섰다.

계곡 언저리에 다다랐을 때 떰이 갑자기 몸을 날려 튼튼한 공수대원의 다리를 꽉 붙들었다. 사력을 다해 그와 맞섰다.

놈이 재빨리 방아쇠를 당겨 하늘로 총을 쏘아 댔다. 떰과 적군이 함께 시냇물로 굴러 떨어졌다.

"도망가… 틴, 끼엔! 도망가…!"

떰의 고함 소리를 들었을 때 힘을 합쳐 적을 때려눕히고 총을 뺏었어야 했다. 그런데 끼엔의 몸은 계곡 쪽으로 달아나고 있었다. 힐긋 돌아보니 얼룩무늬 군복이 숲 속으로 쫓아오는 것이 보였다. 끼엔과 그 뒤에 있던 큰 틴은 갑자기 방향을 바꿔 목숨을 걸고 냇가를 따라 뛰었다. 다섯, 여섯 발의 기관총 소리가 따라왔다. 끼엔이 허리를 숙이고 갈지자로 뛰었다. 총알이 왼쪽, 오른

쪽, 발뒤꿈치에서 튀고, 귓가와 머리 위를 스치며 날아갔다.

"앗!" 비명 소리와 함께 틴의 몸이 허공으로 솟구쳐 오르더니 땅바닥에 엎어졌다.

끼엔이 갈지자로 왔다 갔다 뛰다가 빽빽한 덤불 뒤로 몸을 숨겼다. 공수 대원들이 그를 향해 개인 박격포를 쏘아 댔다. 그러나 포탄은 끼엔이 뛰는 방향과는 전혀 다른 방향으로 날아갔다.

"죽지 않았어! 죽지 않았어! 죽지 않았어어어…!" 끼엔은 무서워서, 마음이 아프고 황폐해져서 정신을 차릴 수 없었다. 그는 온몸의 힘이 빠지고 무릎이 꺾일 때까지 계속해서 뛰었다. 그러나 그로부터 그의 의식은 결국 살아남았다는 악독한 만족과 더불어 추악한 희열로 인해 신음 어린 흐느낌이 끊이지 않았다.

물론 전쟁의 기억 중에서 그를 가장 비참하고 상심하게 만들고, 괴롭게 만드는 것은 당연히 호아에 대한 기억이었다.

당시는 불행한 시기였다. 무신년 총공세에서 퇴각해야 했던 고통스런 시기였다. 끼엔과 같은 사병의 눈앞에는 높은 하늘조차 막다른 골목처럼 느껴지던 나날이었다. 피투성이의 머리를 끌어안거나 등에 업거나 부축하며 밀림을 가로질러 서쪽으로 후퇴해야 했다. 건기가 시작된 지 반달도 채 되기 전에 두 번이나 포위되었고, 두 번을 피 값을 치르며 목숨을 걸고 퇴각로를 열어야 했다. 끼엔의 부대는 거의 궤멸되어 뿔뿔이 흩어진 채 싸워 가면서 도망쳐야 했다. 중대에서 끼엔과 세 명이 한 조가 되어 뽀꼬 강을 건넜다. 그리고 석양이 지는 쪽으로 탈출하기 위해 B52 공격으로 초토화된 도이 댄 지역을 지났다.

끼엔 일행은 응옥 버 러이 산자락의 협곡을 지나다가 사 터이 강 건너 캄보디아로 향하는 20여 개의 들것 대열과 맞닥뜨렸다. 아군과 맞닥뜨리면 함께 움직여야 했기 때문에 같이 갈 수밖에 없었지만 사실 끼엔은 그들과 함께할 마음이 없었다. 이 부대는 사정이 너무 좋지 않았다. 탄약은 부족하고 식량은 바닥난 상태였다. 체력도 고갈되어 있었다. 길을 안내하는 북베트남 출신 연락병이 있었지만 여자인 데다가 산악 지대 출신도 아니었다.

사방이 온통 미군 천지라서 밀림의 어느 곳으로 나가든 미군과 맞닥뜨리거나 미군이 지나간 흔적을 볼 수밖에 없는 상황이었다. 건기의 메마른 화전에는 샘물이 조금 남아 있었지만 그곳에 갔다가는 매복에 걸릴 위험성이 높았다. 포탄을 퍼부은 다음에는 헬기가 떴다. 그러고는 미군 정찰대가 숲을 가로지르며 수색 작전을 펼쳤다. 느닷없는 폭탄 세례에 부상병이 늘어나 들것을 들고 갈 사람이 줄어들었다. 세 명이 들것 두 개를 들어야 했다. 그렇게 고생스럽게 구불구불 줄을 지어 앞으로 나아갔지만 사 터이 강의 물 흐르는 소리가 들려오지 않았다. 응옥 버 러이 산자락을 계속 맴돌고 있었던 것이다. 끼엔은 호아가 길을 잃은 것이 아닌가 의문을 제기했다. 그녀는 단호하게 길을 잘못 들지 않았다고 했다. 지도도 없고 나침반도 없었기에 그녀가 가는 방향대로 어쩔 수 없이 따라가야 했다. 그러나 행군 시작 3일째가 되던 날 아침, 상황은 더 절망적으로 변했다. 사 터이 강 동쪽 강변이 있어야 할 곳에 엉뚱하게도 도저히 건널 방법이 없는 커다란 호수가 펼쳐져 있었다.

"죽겠네, 정말." 호아가 소리를 질렀다. "악어 호수잖아!"

끼엔은 호숫가 풀밭에 말없이 서서 악취가 뿜어져 나오는 끈끈한 물안개를 바라보았다. 호숫가는 갈대로 뒤덮여 있었다. 악어 몇 마리가 푸른 물때 막

위에서 눈을 치켜뜨고 그들을 주시하고 있었다.

"악어 호수라고? 그러면 이 썩은 냄새 나는 곳에 우리를 데려온 것은 경치나 즐기라는 거였어?" 끼엔은 턱을 앞으로 내밀며 물었다. 목소리는 거칠고 사나웠다.

"죄송합니다!" 호아가 고개를 떨어뜨리며 기어드는 소리로 대답했다.

"이것은 죄송한 게 아니라 죄악이야!" 끼엔이 잔인하게 말했다. "총살감이야! 알겠어! 다만 총알이 부족해서 아껴 두는 거지…."

고개를 든 호아의 두 눈에서 눈물이 흘러내렸다. 그녀가 입술을 떨면서 말했다.

"제가 속죄하겠습니다. 속죄하게 해 주세요…. 꼭 길을 찾아낼게요…."

"우리 부상병들에게 진흙 목욕을 시켜 주려고?"

"아니에요. 악어 호수, 여기는 강가와 가까운 곳이에요…. 동지, 다시 한 번 길을 찾을 수 있게 해 주세요. 곧 찾아낼게요…. 우선 지금은 좀 전에 건너왔던 마른 개울로 다시 돌아가서 몸을 숨겨야 해요. 제게 강가로 가는 길을 확인할 시간을 좀 주세요. 그런 다음 행군을 계속하도록 할게요."

L-19 정찰기가 밀림 위를 낮게 날아다녔다. 호숫가 주변에서 딸꾹질 같은 포격 소리가 한 차례 들려왔다. 또 한 차례 이어졌다. 다시 또 한 차례 이어졌다. 땅바닥이 흔들렸다. 파도가 출렁이며 물 표면에 잔물결을 만들었다.

"제가 동지들에게 속죄할게요." 호아가 다급하게 상기시켰다. "제가 지금 당장…. 하지만 우선 부상병들을 마른 개울 쪽에 은신시켜야 해요."

호아를 믿을 수 없었고, 끼엔은 그녀의 말을 따르고 싶지 않았지만 다른 방법이 떠오르지 않았다. 부상자들도 부상자를 운반하는 사람들도 모두 기진맥진했다. 모두들 너덜너덜한 옷에 온몸이 새까맣게 그을리고 상처투성이었다. 굶주림과 갈증에 여위고, 여러 날째 밀림 속을 힘겹게 뚫고 나오느라 지칠 대로 지쳐 있었다.

그들은 호숫가에서 퇴각해 마른 개울로 갔다. 말라비틀어진 대나무 숲에는 깨진 돌덩이들이 여기저기 널려 있었다. 해 질 녘의 햇살은 눈부셨고 숲 속은 뜨거운 습기로 달아올랐다. 그러나 주위는 알 수 없는 두려움 속에 믿기지 않을 정도로 고요했다. 대포 소리가 들리지 않았다. 헬기의 프로펠러 소리도 들리지 않았다. 어딘가에서 울리는 한두 발의 총성과 건너편 숲이 탁탁 타들어가는 소리만 들렸다. 부상병들은 고통과 갈증으로 신음했다. 후끈한 공기가 목덜미를 짓눌렀다. 공기는 짠맛이었고, 뜨겁고, 숨 막히고, 갈증을 일으켰다. 끼엔은 닦달하는 목소리로 호아에게 말했다.

"멀건 가깝건 오늘 밤 안으로 강가로 가는 길을 찾아내야 합니다. 만약 그렇지 않으면…. 알겠소?"

"알겠어요. 제가 지금 당장 가 보도록 할게요."

끼엔이 AK 소총을 어깨에서 풀어 바닥에 웅크리고 앉아 있는 다른 병사에게 건네고는 호아에게 말했다.

"미군이 들이닥치면 싸워야 하니까 동지의 AK 소총도 여기에 두고 가시오. 총알도 거의 다 떨어졌소. 나는 이 수류탄만 있으면 충분합니다. 동지는 내 권총을 가져가시오! 총알이 네 발 들어 있소."

끼엔은 K59 권총을 주머니에서 꺼내 호아에게 건넸다.

"교전은 될 수 있는 한 피해야 합니다! 나와 동지의 임무는 탈출로를 찾는 것이지 싸우는 게 아니니까. 알겠소?"

호아는 소총을 내려놓고 권총을 받아 들었다. 그녀가 끼엔을 바라보면서 주저하듯 말했다.

"저 혼자 가도 됩니다…. 동지는 힘을 비축하려면 좀 쉬어야지요."

"아니요, 나도 동지와 함께 가겠소."

"길을 찾는다고 맹세할 수 있어요. 저를 못 믿으시나요?"

"믿을 수 없소." 끼엔이 인상을 찡그렸다. "아무리 맹세라 하더라도 말을 어디까지 믿어야 할지 모르겠습니다. 나는 내가 본 것만 믿을 수 있어요. 게다가 이것은 부상병의 목숨이 걸려 있는 일입니다. 나와 동지의 임무는 어떤 대가를 치르더라도 강으로 가는 길을 찾는 겁니다. 나는 그렇게만 알고 있습니다."

"네, 알겠습니다!" 호아는 상심한 듯 한숨을 길게 쉬며 눈을 내리깔았다.

둘은 악어 호수 쪽의 계곡으로 내려와 방향을 살폈다. 그들은 가시덤불과 키 작은 관목들 사이에 솟아 있는 사람 얼굴 모양의 바위를 지나갔다.

"맞아요, 이쪽으로 가면 돼요!" 호아가 말하면서 바위처럼 꿈쩍하지 않는 어두운 숲 언저리를 가리켰다.

"맞습니까?" 끼엔이 의심스러운 듯 물었다.

"저기 사람 얼굴 모양의 바위를 잘 봐 두세요." 호아가 확신을 갖고 말했다. "곧 우리가 안내하던 길이 나와요."

그들은 북서쪽 방향으로 걸어가다 길 안내 표시를 발견했다. 수맥이 완전히 말라 버린 도랑이었다. 도랑에 접어들자마자 강물 냄새가 느껴졌다. 숲이 더 신선하고 푸르러 보였다. 공기도 한결 상쾌하게 느껴졌다. 그때부터 호아는 길을 잃지 않을 자신이 생긴 것 같았다. 끼엔을 이끌고 가는 그녀의 모습은 자신에 차 있었다. 밝은 곳과 어두운 곳, 메마른 곳과 젖은 곳, 크고 작은 호수의 물 내음이 코를 찌르는 곳, 풀과 꽃들의 향내가 진동하는 곳을 지나갔다. 연락병이 안내하는 길은 마른 풀밭을 지나는 곳이라서 길인지 아닌지 분간이 되지 않았다. 때때로 길이 사라지기도 했다. 그러나 앞으로 나아갈수록 사 터이 강의 물소리가 또렷해졌다. 둘은 황폐하게 버려진 카사바 밭을 지나서 내리막길 앞에 섰다. 푸른 강으로 내려갈 수 있는 곳이었다.

"강이에요!" 호아는 해맑은 표정으로 끼엔을 바라보았다.

골짜기 사이로 사 터이 강이 언뜻언뜻 모습을 드러냈다. 햇빛이 반사된 강물은 반짝반짝 은빛을 뿌리며 쉬지 않고 굽이쳐 흘렀다. 물소리가 나무들의 속삭임보다 더 가라앉아서 낮고 깊게 들렸다.

"강가에까지 내려갈 필요는 없을 거 같아요. 이 정도면 충분히 알 수 있어요. 어서 돌아가서 사람들을 데려와요. 마른 개울에 돌아가면 분명 날이 저물 거예요."

"맞아요. 조금만 쉬었다 갑시다."

"네. 저도 숨이 많이 차네요."

그들은 나란히 내리막길 위에 앉았다. 발아래로 멀리 강물이 흘렀다. 그제야 끼엔은 호아를 바라보았다. 그는 그녀를 칭찬하고, 심한 말을 했던 것도 사과하고 싶었다. 그러나 뭐라고 말해야 할지 몰랐다.

"담배 피우시나요?"

"담배가 어디 있다고 피우겠소?"

"제게 있어요. 아까 오는 길에 주웠는데 관심이 없었나요? 살렘인데 한 개비밖에 안 들었네요."

그녀는 주머니에서 담배를 꺼내고 성냥을 켠 다음, 담배 끝에 빨갛게 불이 붙을 때까지 몇 번 빨고는 끼엔에게 건넸다.

"미군이 멀지 않은 곳에 있다는 얘기군." 끼엔이 담배 연기를 내뿜으며 근심스럽게 말했다.

"꼭 그렇지는 않아요. 아군이 피운 담배일 수도 있어요. 하지만 우리가 AK 한 자루 정도는 가져왔어야 했어요."

"맞아요. 하지만 우리가 없는 사이에 미군이 습격할까 봐 걱정이 됐습니다. 우리 부상병들은 대응 사격이나 할 뿐이지 도망갈 수도 없잖아요. 게다가 총알은 거의 바닥이 났구…. 무기를 가져오지 않았으니 적과 맞닥뜨리지 않도록 더욱더 신중해야 합니다. 우리의 임무는 대원 모두를 강 건너편으로 무사히 건네주는 것이지요. 알고 있죠?"

호아가 고개를 끄덕이며 손을 내밀어 담배를 빌려 달라고 했다. 끼엔이 담배를 그녀의 입술에 물려 주었다.

"담배를 피우세요?"

"아니요, 그냥 같이 피워 보고 싶네요. 왠지 가슴이 두근두근 불안해서요."

"전투에 참여한 지는 얼마나 됐어요?"

"1966년에 B전선으로 내려왔어요. 하지만 주로 중부 전선에 있었어요. 이 지역은 잘 몰라요. 그리고 이번처럼 힘든 상황을 겪은 적이 없어요. 이 같은 상황이 오래가겠죠?"

"모든 전선이 공통적으로 겪고 있는 어려움이에요. 이제 시작일 수도 있어요."

멀리서 대포 소리가 들려왔다. 어딘가에서 헬리콥터 소리도 들려왔다.

"이 길을 잘 기억해 두세요." 불현듯 호아가 말했다.

"네. 하지만 호아가 더 잘 기억하고 있잖아요."

"제가 죄를 저질렀기 때문에 사형시킨다고 하셨잖아요."

"아이고, 그 얘기를 왜 또 하고 그래요, 호아! 흥분해서 그랬던 것뿐이에요. 다시 입에 올릴 필요도 없어요."

"아니에요. 저의 죄를 알아요. 두려움이 밀려들 때마다 길을 잃곤 해요. 게다가 밀림은 자꾸 헷갈려요. 저는 바닷가에서 태어났어요. 하이 허우가 고향이에요. 그런데 밀림에서 연락병을 하게 되니까…. 아까 마른 개울에서 출발할 때도 무서웠어요. 감히 길을 잃었다고 말씀드릴 수가 없었어요. 다행히 제가 이정표로 삼고 있는 사람 얼굴 모양의 바위를 발견하고서야 정신을 차리고 방향을 잡을 수가 있었죠."

"B전선으로 들어올 때 몇 살이었죠?"

"열여덟이었어요. 2년이 지났지만 그때를 잊을 수가 없어요."

"누군들 잊을 수 있겠어요?" 끼엔이 한숨을 길게 쉬고 담배를 바닥에 비벼 끄며 말했다. "호아는 여기에서 기다리세요. 제가 돌아가서 모두 데려올게요. 아직 갈 길도 멀고 힘든 일도 많이 남아 있으니까 잠깐이라도 쉬도록 하세요."

"아니에요, 어떻게 그럴 수가 있겠어요. 제가 연락병인걸요. 게다가 혼자 있으면 너무 무서워요. 같이 가고 싶어요."

"좋아요, 그럼 갑시다." 끼엔이 부드럽게 말하며 팔을 뻗어 호아의 어깨를 감쌌다. 호아가 천천히 그의 어깨에 머리를 기댔다. 그들은 그렇게 잠시, 그리고 오랫동안 서로 몸을 바싹 기대고 앉아 있었다. 강변을 살피는 AD6 정찰기 소리에 그들은 감미로운 분위기에서 벗어났다. 어쩔 수 없이 끼엔은 호아를 일으켜 세웠다.

둘은 발걸음을 빨리했다. 그들의 그림자가 길게 드리워졌다. 응옥 버 러이 산등성이 각 봉우리에 노을이 붉게 물들었다. 황혼녘의 밀림은 무거운 침묵 속에 빠져 들었다. 견딜 수 없는 긴장감이 둘의 가슴을 칼로 긋는 것 같았다. 그들은 말없이 걸었다.

바람이 휭하고 불어와 마른나무가 부러지는 소리가 났다. 살모사 한 마리가 오솔길을 재빠르게 가로질렀다. 악어 호수 쪽에서 불어오는 바람이 짙은 흙냄새를 실어 왔다. 10분 정도만 더 가면 부상병들이 기다리고 있는 마른 개울이었다. 그들은 사람 얼굴 모양의 바위를 지나 대나무 숲으로 접어들었다. 숲에서 날아온 새들이 황야의 뜨거운 바람을 만나 시끄럽게 울어 댔다. 얼기설기 얽혀 있는 대나무 숲을 지나다가 숲 가장자리에서 끼엔의 몸이 얼어붙었다. 낮은 비명이 터지며 목구멍이 가로막혔다. 끼엔은 창백해진 얼굴로 호아를 끌어당겨 자리에 앉혔다. 미군이었다!

이해할 수 없는 일이었다. 미군은 불과 몇 발자국 거리에 있었다. 대나무 숲이건만 미군들은 아직 끼엔과 호아를 발견하지 못했다. 미군들도 다른 방향에서 방금 이 숲 속으로 들어온 것이다. 둘이 걸어온 방향과 약간 다른 방향이었다. 정면으로 맞닥뜨리기 직전에 끼엔이 선두의 미군을 발견한 것이다. 사실 끼엔이 처음 본 것은 군견이었다. 그가 좁은 오솔길을 지날 때 장벽처럼 늘어선 왼쪽 대나무 숲에서 짐승이 튀어나온 것이다. 송아지만큼 덩치가 크고 옆구리에 얼룩 반점이 있는 회색 털의 짐승이었다. 셰퍼드는 흙에 코를 대고 킁킁거리며 끼엔의 눈앞에 있는 숲 쪽으로 여유롭게 달려오고 있었다. 개 바로 뒤에 서 있는 선두의 미군은 방탄복을 입은 흑인 병사였다. 머리엔 카키색 천을 두른 철모를 쓰고, 발에는 딱딱한 군화를 신은 그는 개가 끌어당겨 팽팽해진 가죽 끈을 손에 쥐고 있었다. 놈의 뒤에는 웃통을 벗은 흑인 병사가 건장한 어깨에 탄띠를 두르고 따라왔다. 세 번째 놈은 웃통을 벗은 금발의 백인으로 코끼리처럼 우람한 체구에 손에는 기관총을 들고 있었다. 네 번째 놈은…. 끼엔의 눈에 대나무 숲 속에 있는 다른 놈들의 모습이 가물가물하게 보였다. 놈들의 수가 얼마나 많은지 가늠할 수 없었다. 놈들은 일정한 간격을 유지하며 줄을 지어서 살금살금 다가왔다. 걸음은 빨랐지만 발소리는 아주 가벼워서 거의 아무 소리도 들리지 않았다. 늑대의 잔인하고 간교한 모습이었다.

커다란 셰퍼드가 끼엔 바로 앞의 덤불에 멈춰 서서 무언가를 발견한 듯 킁킁거렸다. 개 줄을 잡고 있던 놈이 총구로 땅을 파서 그것을 끄집어냈다. 몸을 웅크리고 앞을 주시하고 있던 끼엔은 M16 총구에 달린 하얀 단검을 알아보았다. 수류탄을 손에 꽉 쥔 끼엔은 심장이 저리고 두근거렸다. 끼엔은 떨면서 생각했다. 제발 저 개가 자신과 호아의 냄새를 맡지 않기를, 제발 놈들이 주변을 수색할 생각을 하지 않기를. 그러나 그는 미군들이 악어 호수에서부터 마른 개울까지 길 위에 부상병들이 남긴 흔적을 따라 수색을 펼치고 있다는 것에는 생각이 미치지 못했다. 심지어 그는 자신의 뒤에 있던 호아가 살금살금 기어서 그의 곁을 멀리 벗어나고 있다는 것도 알아차리지 못했다.

왼쪽 대나무 숲 속에 있는 미군들은 자기들끼리 궁시렁거리고 있었다. 아마도 욕설과 저주의 말을 지껄이는 것 같았다. 개를 끌고 오던 놈이 개 줄을 잡아당겼다. 개가 꼬리를 흔들며 다시금 땅에서 킁킁 냄새를 맡다가 갑자기 소리가 감지된 목표 방향을 향해서 잽싸게 내달렸다. 끼엔이 안도의 숨을 내쉬었다. 바로 그 순간 권총 소리가 울려 퍼졌다. 저녁 무렵의 고요한 공기를 가르는 그 소리는 밀림을 꿈틀 요동치게 만들었다. 개가 고통스런 비명을 내질렀다. 미군들의 반응은 민첩했다. 땅에 바짝 엎드리면서 몸을 옆으로 굴렸다. 개를 끌던 놈이 개 줄을 놓았다. K59에서 두 번째 총성이 울렸다. 그제야 끼엔은 방금 총을 쏜 사람이 호아라는 것을 깨닫고 정신이 아득해졌다. 개는 총을 맞은 듯했지만 호랑이처럼 더 사나워져서 으르렁거리며 총소리가 난 곳으로 돌진했다. 끼엔이 있는 곳에서 비스듬하게 뒤쪽으로 열 걸음 정도 떨어진 거리에 호아가 똑바로 서 있었다. 등성이로 낮게 내려온 해가 밀림에 햇살을 비추어 주었다. 하루의 마지막 햇살은 피처럼 붉었다. 햇살을 비스듬하게 받고 서 있는 호아의 날씬한 몸매가 검은 곡선에 하얀 살결이 대비되면서 선명히 드러났다. 머리카락이 어깨로 흘러내렸다. 길고 가는 목덜미, 반소매와 반바지를 입은 그녀의 다리는 가시덤불에 긁힌 상처투성이었다. 호아를 향해 돌진하던 개가 몸을 날렸다가 총알 두 발을 더 맞고 바닥에 나뒹굴었다. 심장에 명중한 듯했다. 이 모든 것이 눈 깜짝할 사이에 일어났다. 호아는 총알이 떨어진 빈총을 자리에서 일어서고 있는 미군을 향해 내던지고는 뒤돌아서 달리기 시작했다. 그녀는 숲을 벗어나 들판으로 뛰었다. 미군들은 총을 쏘지 않고 우르르 뒤를 쫓았다. 끼엔과 가장 가까이에 서 있다가 뛰쳐나간 놈은 거의 끼엔의 손을 밟을 뻔했다. 놈들의 숫자는 10여 명가량이었는데 대부분이 흑인이었다. 아주 씩씩하고 날랜 놈들이었다. 놈들은 바람처럼 돌진했다. 아마 순식간에 호아를 따라잡았을 것이다. 놈들이 환호성을 질렀다. 당연히 호아가 뛰어간 곳은 놈들이 끼엔에게서 멀어지도록 유인하는 방향이었고, 동시에 놈들이 부상병이 있는 마른 개울로 가는 길목에서 벗어나게 만드는 방향이었다.

끼엔은 가시덤불 사이를 기어 숲 가장자리 쪽으로 갔다. 소리 없이 몸을 일으켜 한쪽 무릎을 꿇고서 들판을 바라보았다. 그는 수류탄에서 안전핀을 뽑다가 바닥으로 떨어뜨릴 뻔했다. 손에 냉기가 돌고, 손가락이 몹시 떨렸다. 그는 온몸이 허둥거리고 머릿속이 요동을 쳐서 자기 자신을 주체할 수 없었다. 눈알이 핑글핑글 도는 것 같았다. 이끼가 낀 얼굴 모양의 바위 바로 옆, 덤불이 짓밟힌 들판에서 시커멓고 끔찍한 떼거리가 땀방울을 번뜩이며 거친 숨을 헐떡거렸다. 호아의 비명 소리는 들리지 않았지만 끼엔은 느낄 수 있었다.

미군들이 호아의 주위로 모여들었다. 그러나 단지 몇 놈만 선 자세로 끼엔을 등지고 있었다. 놈들은 소리를 지르지 않았다. 낄낄거리지도 않았고, 고함을 치지도 않았다. 치가 떨리는 사건이 벌어지고 있었다. 정적 속에서 야만적인 몸뚱이들만 난리를 벌이고 있었다. 끼엔과 놈들의 거리는 채 30미터도 되지 않았다. 끼엔은 충분히 놈들 속으로 수류탄을 던져 넣을 힘이 있었다. 모여 있는 놈들 중 최소한 절반은 날려 버릴 수 있었다. 하지만 참았다. 거의 숨까지 참아 냈다. 끼엔은 숲 가장자리 가시덤불 뒤에 몸을 숨긴 채 마냥 한쪽 무릎만 꿇고 있었다. 이 야만스런 광경을 끝장냈어야 하는 순간에, 저 고릴라들의 머리통에 분노의 흔적을 남겼어야 하는 순간에, 그 분노의 흔적은 끼엔의 손안에 쥐어 있었다. 황혼이 그를 감쌌다. 안개가 스멀스멀 피어나고 모기떼가 모여들었다. 마지막 석양의 시든 빛줄기 속에서 끼엔은 끔찍한 광경을 더 자세하게 볼 수 있었다. 그렇건만 끼엔은 수류탄에 안전핀을 다시 꽂고 천천히 기어서 자리를 빠져나왔다. 밀림에 내린 어둠과 함께 그는 무사히 마른 개울로 돌아올 수 있었다.

대원들은 즉시 서로를 부축하며 들것을 들고 이동했다. 어두운 밤이었지만 이정표가 되는 사람 얼굴 모양의 바위 지점을 피해서 가야 했다. 끼엔은 그래도 방향을 잡을 수 있었다. 호아가 낮에 찾아 준 오솔길을 따라 걸으며 모든 대원을 강가로 안내했다. 그리고 무사히 강을 건넜다. 적과 마주치지 않았기에 수류탄을 쓸 일이 없었다. 온밤 내내 그는 수류탄을 손에 쥐고 있었다. 수류탄의 쇠 껍데기가 달궈졌다.

그 후에 아무도 그에게 호아에 대해 묻지 않았다. 그도 아무 얘기를 하지 않았고 서서히 잊혀 갔다. 아마도 우리가 희생의 덕택마저 잊게 되는 것은 무엇이든 쉽게 이해하고, 쉽게 기억하고, 쉽게 잊어버리기 때문인 듯하다. 다른 사람을 살리기 위해 한 사람이 죽는 것은 일상적인 일이었다. 여러 해가 지나서야 끼엔은 사단의 전사자 유해발굴단에 참여하여 악어 호수에 다시 올 수 있었다. 당연히 그는 호아를 떠올렸고 당시의 밀림 길을 찾아보려고 했다. 그러나 빈 들판엔 아무 흔적도 없었다. 유일한 유적인 사람 얼굴 모양의 바위조차 세월의 풍상에 사라져 버리고 없었다. 단지 남아 있는 것은 어두운 숲과 바닥에 융단처럼 깔려 있는 썩은 낙엽, 시냇가, 새소리, 바람 소리, 아득하게 속삭이는 물소리, 그리고 각종 꽃의 향기였다. 그런 것들이 서로 뒤섞여서 은밀하고 희미하고 막연한 무언가를 간직하고 있었고, 지난 기억을 불러일으켰다.

어스름한 황혼녘에 끼엔은 숲 가장자리에 앉아서 눈을 감고 먼 옛날을 떠올렸다. 오랜 세월 동안 애써 기억하지 않으려고 했던 풍경들이 되살아났다.

손에 안전핀을 뽑은 수류탄이 느껴졌다. 끈질기게 손에 쥐고 있었으면서도 그날 놈들에게 감히 터뜨릴 수 없었던 그 수류탄이었다. 물론 당시에는 도저히 견딜 수 없는 끔찍한 광경 앞에서 엄청난 공포와 고통, 분노와 증오 때문에 가슴이 죄이고 찢어져 정신이 마비된 상태였다. 하지만 지금은 그런 복잡한 감정이 일지 않는다. 지금은 단지 슬픔, 거대한 슬픔, 살아남은 자의 슬픔, 전쟁의 슬픔만이 영혼을 뒤덮고 있다.

호아처럼 형제같이 사랑스런 전우들이 있었기에, 이름도 없이 다치고 죽어간 무수히 많은 사상자가 있었기에 이 나라의 명성이 밝게 빛날 수 있었고, 구국 항전의 아름다운 정신이 이어질 수 있었다. 하지만 끼엔은 전쟁의 무서운 얼굴과 발톱을 보았다. 추악하게 노골적으로 드러난 전쟁의 비인간성은 그러한 시대를 겪었다는 것만으로도 누구나 고통의 기억에 시달리게 만들고, 영원히 평범한 삶을 살아갈 수 없게 만들고, 자신을 용서할 수 없게 만든다. 전우애와 동지애 속에서 동료들이 지켜 주고 구출해 주지 않았다면, 구원해 주지 않았다면 끼엔은 분명히 오래전에 죽었을 것이다. 죽임을 당하지 않았더라도 살육의 무거운 짐을 벗어던지기 위해서, 군인이라면 대대손손 등에 지고 있어야 할 파리 목숨 같은 처지의 폭력, 그 무거운 짐을 벗어던지기 위해서 자살을 택했을 것이다.

지금은 다 지나간 일이다. 충돌과 살육의 소리는 잠잠해졌다. 바람도 잦아들고 나무도 흔들리지 않는다. 그리고 우리가 승리했기에 당연히 정의가 승리했다고 믿는다. 이것은 아주 커다란 위안이다. 정말 그렇다. 그렇지만 다시 생각해 보면, 살아남은 자신의 모습을 보고 있자면, 이 태연한 평화를 보고 있자면, 승리한 이 나라의 모습을 보고 있자면, 그저 애통하고 씁쓸하다. 그리고 특히 슬프다.

다른 사람을 살리기 위해 한 사람이 쓰러져야 한다는 것은 전혀 새로운 얘기가 아니다. 정말 그렇다. 그러나 끼엔이 살아남은 대신 이 땅에 살아갈 권리가 있는 우수하고, 아름답고, 누구보다 가치가 있는 사람들이 모두 쓰러지고, 갈가리 찢기고, 전쟁의 폭압과 위협 속에 피의 제물이 되고, 어두운 폭력에 고문당하고 능욕 당하다 죽고, 매장되고, 소탕되고, 멸종되었다면 이러한 평안한 삶과 평온한 하늘과 고요한 바다는 얼마나 기괴한 역설인가.

정의가 승리했고, 인간애가 승리했다. 그러나 악과 죽음과 비인간적인 폭력도 승리했다. 들여다보고 성찰해 보면 사실이 그렇다. 손실된 것, 잃은 것은 보상할 수 있고, 상처는 아물고, 고통은 누그러든다. 그러나 전쟁에 대한 슬픔은 나날이 깊어지고, 절대로 나아지지 않는다.

유해 발굴을 떠났던 그해에 끼엔은 잊혀 간 흔적을 찾아 울창한 밀림 속을 순례했다. 호아를 떠올리며 악어 호수를 다녔고, 그의 정찰 소대 전우들을 생각하며 고이 혼을 다녔다. 바로 그때부터 전쟁을 슬픔의 빛깔로 받아들이는 긴 여정이 시작되었다.

걸음마다, 날마다, 사건마다 차분하고 침울하게 그의 가슴속에 되살아났다. 슬픔의 빛으로 과거를 비추었다. 그것은 각성의 빛이었고, 그를 구원하는 빛이었다. 회상 속에, 그리고 결코 나아지지 않는 전쟁의 슬픔 속에 깊이 몸을 담그는 것만이 일생의 천직과 더불어 그의 삶을 존재하게 했다. 희생자들을 위한 글쟁이로, 과거를 돌아보고 앞을 얘기하는, 지나간 세월이 낳은 미래의 예언자로 살게 했다.

7

끼엔이 살아갈 미래의 날들이 점점 줄어들고 있었다. 날이 갈수록 지금처럼 산다는 것의 의미가 희박해지고 사라져 갔다. 더는 이렇게 살 필요가 없는 것이다. 끼엔은 프엉을 잃었다. 이번은 영원한 결별이었다. 그녀 없는 삶을 어떻게 살지 알 수 없었다. 첫 번째 소설의 원고들은 그로 하여금 삶에 닻을 내릴 수 있게 하는 마지막 명세서였다. 물론 아직 미완성의 원고지만 언젠가는 끝을 볼 날이 있을 것이다. 아마도 어느 날인가 그리 머지않은 날에 프엉이 끄지 않고 떠난 전등불이 수명을 다하게 되면 모든 것이 희미해질 것이고, 자신의 글과 삶도 수명이 다할 것이라는 생각이 들었기 때문이다. 그럼에도 삶이 지속된다면 물론 어쩔 수 없이 살아갈 도리밖에 없다. 하루가 가면 또 하루가 와서 그는 밤을 하얗게 지새웠다. 매일같이 술에 전 원고지가 산처럼 쌓여 갔다.

끼엔은 아침에 마지막 술 반잔을 비우고 나서 책상에서 일어났다. 지난밤부터의 얼큰한 취기를 떨치기 위해 길을 나섰다. 투엔 꾸앙 호수 근처의 카페로 갔다. 호수의 물결이 잔잔하게 일렁였다. 아침 햇살이 물 위에 반짝거렸다. 그는 커피를 마시며 담배를 피웠다. 그리고 일간지를 주문했다. 그에게는 이 신문이나 저 신문이나 똑같았다. 대강 훑어보았다. 제목과 사진만 봤다. 거리는 갈 길을 서두르는 사람들과 차량들로 활기가 넘쳤다. 먼지가 일고 햇볕이 타들어 가기 시작했다. 카페에도 사람들이 점점 북적였다. 그들은 담배를 피우고, 신문을 읽고, 커피 잔의 스푼을 휘저으며 수다를 떨고 토론을 했다. 삶은 그러한 애깃거리들로 가득 찼지만 별 볼일 없는 얘기이기도 했다. 끼엔은 지난밤에 쓴 글들을 생각하며 어깨를 움츠렸다. 기괴한 글처럼 여겨졌다. 20세기는 이미 끝이 났다. 사람들의 마음은 이미 과거를 떠났다. 지난 날에 대한 옳고 그름의 평가와도 영원히 작별을 고했다. 그럼에도 끼엔은 무언가를 찾고자 여전히 미련을 갖고 집착했다. 사람은 원래 그런 것이다. 살아가기 위해서, 단지 살아가기 위해서 환경에 적응할 뿐이다. 그런데 자신은 왜…. 끼엔은 한숨을 길게 쉬면서 신문을 한쪽으로 치웠다. 낯익은 얼굴이 그를 보면서 인사했다. 끼엔도 고개를 끄덕여 답례했다.

"글은 어떻게 돼 가고 있어요?" 낯익은 얼굴이 물었다.

"아주 지긋지긋해요." 끼엔은 대답하고 나서 급히 자리를 떴다.

"저기 우리 동네 작가 선생이 가시네." 구석 자리의 남자가 다른 남자에게 말했다.

끼엔은 노점에서 독사를 파는 사람 앞을 지나갔다. 뱀들은 사는 게 지겨운지 전혀 꿈틀거리지 않고 몸을 길게 쭉 늘어뜨렸다. 길 건너편에서는 어린아이들이 여러 색깔의 풍선을 팔고 있는 장님 할아버지 주위를 에워쌌다. 몇몇 거지가 호숫가의 돌 벤치에 길게 드러누워 있었다. 노랗게 물든 나뭇잎이 땅으로 떨어졌다. 도시는 북적거렸고 우울했다. 끼엔은 신문사로 갈까 하다가 집으로 돌아갔다. 계단을 올라가 방으로 들어갔다. 문을 잠갔다. 책상에 앉아서 원고를 펼쳐 보고 급히 덮었다. 담뱃불을 붙이고 창가를 바라보았다. 이제 무엇을 할까, 이제 어디로 가나? 잠깐 눈을 붙이고 싶었지만 눈을 감으면 다시금 프엉이 생각날 것이었다. 다시금 가슴이 아파 올 것이었다. 끼엔은 그러고 싶지 않았다. 자신이 생각을 덜 하고 살 수 있도록 누군가 도와주었으면. 군대 친구들은 오래전에 뿔뿔이 흩어지고 편지도 뜸해졌다. 오래도록 그는 자신의 심경을 옥탑방의 벙어리 여자를 제외하고는 아무하고도 나누지 않았다. 그녀를 보는 것도 아주 가끔이었다. 고주망태가 된 밤에만 머릿속이 완전히 몽롱한 상태에서 그녀에게 가는 길을 찾았다….

생각이 널을 뛰었다. 아마도 아주 오래된 기억이 곧 되살아날 모양이다. 무거운 기억이다. 몹시 고통스럽고 글에 도움이 되질 않는다. 때때로 어떤 이야기를 글로 쓰다가 갑자기 펜대 속으로 혼이 들어오면 끼엔은 자신도 모르는 사이에 그 이야기를 써 나가기도 했다. 나중에 정신을 차려서는 여러 장을 날려 버리거나 혹은 어쩔 수 없이 그대로 두기도 했다. 왜 그때가 생각났는지 알 수 없지만 끼엔은 돌연 1972년 닥 또의 전투에서 부상을 입었을 때가 떠올랐다. 처음에는 가벼운 상처였는데 결과가 나중에는 꽤 심각했다. 지금 생각해도 웃기는 건 그가 자신의 몸 상태를 전혀 알지 못했다는 것이다. 군 병원에 끼엔과 똑같은 부상을 입은 공병이 있었다. 공병이 몹시 아픈 듯 보여 끼엔은 깜짝 놀랐다. 공병은 저주를 퍼부어 대고 처지를 한탄하며 울었다. "그런데 나는 예전에 당했던 부상에 비하면 별로 아프지 않아." 끼엔이 그에게 얘기했다. "너는 왜 그렇게 많이 아픈 거지?" 그는 끼엔에게 미련한 자식이라며 욕을 했다. 그는 이러한 고통을 당하느니 차라리 장님이 되는 게 나을 거라고 했다. 지금 끼엔은 그 공병의 운명이 어떻게 되었는지 정말 궁금했다. 공병이나 끼엔과 비슷한 처지의 사람들이 모여서 지역 모임을 만들 수도 있다. 그러나 이런 사람들이… 모임을 갖는 것은 너무 번잡하고 우습게 보일 수도 있겠다는 생각이 들었다. 그렇지 않겠는가.

사이공 점령 이후 사람들이 끼엔에게 연대의 순찰대를 지휘하도록 한 적이 있다. 밤에 주둔지를 몰래 빠져나간 병사들이 떤 선 녓과 떤 선 니에서 매매춘하는 것을 단속하는 일이었다. 그런 일을 하면서 끼엔은 병사들이 품은 한을 비로소 이해할 수 있었다. 사람들은 그가 범죄를 저지를 가능성이 없다고 생각했다. 한마디로 웃기는 소리였다.

끼엔은 목 뒤로 깍지를 끼고 침대에 길게 드러누워 천장을 멍하니 바라보았다. 하노이로 돌아오지 않았어야 했다. 프엉을 다시 만나지 않았어야 했다. 만약 그랬다면 삶이 이렇게 혼돈스럽지 않고 안정되었으리라. 아마도 글을 쓰지 않았을 것이다. 아무 일도 일어나지 않았을 것이다. 지난 세월 내내, 전쟁이 끝난 후부터, 프엉을 다시 만난 날 이후부터, 그는 많은 희망을 키웠다. 그는 과거를 버릴 수 있기를 희망했다. 세월과 함께, 일과 함께 슬픔은 사라지고 삶에서 다른 길을 만날 것이다. 그리고 해마다 봄이 되면 돌아온 그의 청춘과 함께 희망으로 설렐 것이다. 물론 그 젊음은 지난날과 같은 젊음이 아니라 젊음 원래의 모습으로, 모든 것이 회복되고, 모든 것이 다시 만들어지고, 운명마저도 사랑마저도 다시 만들어지는 것을 뜻한다.

지금 그렇게 살고 있지 못하다. 이제 그는 앞으로 무슨 일을 할까 생각하지 않는다. 새로운 깨달음이 아니라 그의 가슴속에 깊고 무겁게 스며들게 된 감각이었다. 이제 끼엔은 자신에게 주어진 삶의 길이, 아름다운 미래로 나아가는 삶의 방향이 자신에게선 후퇴만 거듭한다는 사실을 깨달았다. 이 나라가 지나온 시간의 벌판 어두운 뒤편 어딘가로 그는 계속 밀려나고 있었다.

물론 이런 생각이 꼭 절망적인 결론을 의미하지는 않는다. 행복은 시간 뒤편에 누워 있고 매년 점점 뒤로 밀려난다. 그러나 까짓것 괜찮다! 그는 오늘의 평범한 일상을 재빨리 벗어날 것이고, 다시 돌아올 것이다. 빠르게 걸으면서 이미 사라져 버린 날들의 어두운 그림자 속으로 멀리 손을 내뻗을 것이다. 그리고 아름다운 날을 만나 먼 옛날의 하늘 아래로 돌아갈 것이다. 놓쳐 버린 운을 향해서 가는 길에 발걸음을 내디딜 것이다.

놓쳐 버린 운이 무엇인지는 아직도 분명하지 않다. 그것은 평화가 왔을 때 그의 동료들이 선택한 삶일 수도 있다. 남부에 남거나 서부 고원으로 가서, 북부에서 살았던 삶과 완전히 단절하는 것이다. 승전한 병사의 남아도는 힘으로 뽀꼬, 사 터이 강가, 세레뽁, 야머… 의 새로 생긴 마을에 가서 밀림과 초원에서 순수한 노동으로 삶을 일구며 드넓은 자유를 누리는 것이다. "여러 해를 B3에서 전투병 생활을 하면서 청춘을 모두 소모하고 손에 피를 묻혔어. 이제 평화가 찾아왔으니 지금부터 자연과 더불어 살면서 노동에 친숙해져야 서서히 고통도 가시고 안락한 삶을 누릴 수 있을 거야." 누가 그런 충고를 했었는지 끼엔은 잊어버렸다…. 아마도 연대의 정치위원이었던 것 같다. 얼마나 심오한 충고였던가. 가끔 끼엔은 B3에서의 생활과 일하는 풍경을 꿈꾸기도 했다. 건기에는 화전을 일구었다. 우기에는 모를 심었다. 밀림에 우기가 오면 죽순과 버섯을 땄다. 건기에 그물을 쳐 고기를 잡고, 덫을 놓아 짐승을 사냥했다. 건기에 등 바구니를 짊어 지고 다녔다. 등짝이 떡 벌어지고 손에는 굳은살이 박였다. 당시의 소금과 쌀, 카사바, 땀방울은 행복의 씨앗과 같았다. 지금은 잃어버리고 묻혀 버린 것들이다. 아마도 그런 듯싶다.

끼엔이 스쳐 지나간 곳 중에 과거에 잃어버린 약속의 땅으로 표상이 되어 눈앞에 떠오르는 곳이 있다. 바로 서남부의 드넓은 초원이다. 응오 안 묵 고개로부터 던 즈엉, 득 쫑을 지나고 20번 국도를 타고 지 린으로 가는 곳이었다…. 이 거대한 공간이 기묘한 행군 시기와 맞물려서가 아니다…. 그곳이 원초적으로 갖고 있는 매력 때문이었다. 전쟁이 끝나기 직전 고원 최남단에서 10사단이 '신속! 더 신속!'[64] 작전을 벌일 때 그는 전쟁 중 처음으로 평화로운 삶을 사랑하게 되었다. 평온하고 소박하고 온순한 노동을 동경하게 되었다. 그곳은 절대적으로 폭력과 살육과 파괴와 상반된 곳이었다. 그것이 피상적이고 경도된 인상일 수도 있다. 그렇지만 그것은 끼엔의 잠재의식 속에 영원히 낙관의 울림으로 간직되는 근원이 되었다. 끼엔의 머릿속에 어느 오후가 떠올랐다. 그는 정찰 조원들과 함께 기관총이 장착된 지프차에 앉아 있었다. 20번 국도를 벗어나 붉은 황톳길을 달렸다. 양쪽의 드넓은 커피 밭이 바다처럼 눈길을 적셨다. 그들은 길에서 멀리 떨어진, 푸른색의 외딴집 앞에 차를 세웠다. 물을 청하고 잠시 쉬었다. 오두막 형태의 작은 집이었는데 벽은 통나무와 판자로 지었다. 직삼각형 모양의 지붕은 높고 뾰족했다. 집이 널찍하고 소박하고 아름다웠다. 농장에는 트랙터와 발동기도 있고, 커피 밭에 물을 뿌리는 관개 시설도 있었다. 그러나 시끄러운 소음을 일으키지 않았다. 집 주위에는 꽃을 심어 놓았다. 뒷마당에는 과수원이 있었다. 식구는 세 명이었다. 북부에서 이주해 온 젊은 부부로 슬하에 예닐곱 살쯤 되어 보이는 아들이 있었다. 무기를 든 끼엔 일행이 땀과 먼지로 얼룩덜룩한 행군 복장을 하고 문으로 들어설 때 잠시 온 식구가 근심스럽고 어리둥절한 표정을 지었다. 그러나 놀라거나 무서워하지는 않았다. 부부의 태도는 품위 있고 다정스러웠으며, 사려 깊고 친절했다. 손님을 대접해야겠다며 식사를 권했으나 병사들이 사양하자 더는 권하지 않았다. 부인은 커피를 타러 가고, 남편이 자리에 앉아

---

64) 1975년 4월 마지막 총공세를 펼칠 때의 구호.

손님을 상대했다. 그의 말투는 예의 바르고 겸손했다. 학식이 있었고 진실했으며 솔직했다.

"신기하게도 저희는 북베트남군은 말할 것도 없고 유격대원[65]도 만나 본 적이 없습니다…. 저희처럼 선량하게 먹고사는 사람들은 두려울 게 없지요." 주인 남자가 말했다. "저희는 커피를 재배하고 사탕수수를 재배하고 꽃도 재배합니다. 티우 대통령이 전쟁에서 져도 그건 그의 문제지요. 공산주의인 여러분 역시 분명 사람이니까, 평화를 사랑할 테고, 처자식과 다정하게 평온한 삶을 누리는 걸 바랄 테니까요…. 농사꾼이 먹을 것을 하늘과 땅, 나무, 자신의 손, 자신의 돈으로 구하지 시대를 통해서 구하는 건 아니지 않습니까. 그렇지 않나요?"

다행히 그날의 정찰대원 중에 거만한 훈육관처럼 큰 소리로 뜯어고치려 하고 훈계하려고 하는 사람은 없었다. 그래서 먹고사는 문제, 가정의 행복, 농촌 생활에 대한 얘기를 편안하게 주고받을 수 있었다. 시대나 전쟁에 대한 얘기는 단 한 마디도 언급하지 않았다.

부인이 쟁반에 커피를 받쳐 들고 왔을 때 분위기는 더욱더 부드럽고 친밀해져 있었다…. 그리고 가볍고 자애롭고 상냥한 대화 속에서, 아름답게 꾸며진 방 속에서, 부인의 부드러운 눈빛과 얼굴, 남편의 순탄한 얼굴과 자신감 어린 모습 속에서, 만족스럽고 편안하고 여유롭게 시대와 동떨어져 무관한 삶을 사는 가장의 표정 속에서, 커피의 부드러운 향기 속에서, 벽에서 풍겨 나오는 생생한 소나무 향기 속에서, 창문을 넘어오는 석양빛 속에서, 푸른 나무들의 속삭임 속에서, 심지어 허리띠에 달려 있는 수류탄과 단검이 의자에

---

[65] 남베트남 민족해방전선 소속의 전사들을 지칭하는 말로 베트콩을 뜻한다.

가볍게 부딪치며 내는 덜거덕 소리 속에서 깊은 권태와 감미로운 슬픔, 설명할 수 없는 씁쓸함이 솟아 나왔다.

그 평화로운 마을에서 어느 정도 벗어난 후, 차에 앉아 있던 말라깽이 번이 자기 생각을 말했다. 그는 계획경제학과 학생이었다.

"그렇지, 저렇게 사는 사람들도 있었네. 정말 행복하고 편안한 오아시스였어. 그런데 나는 무시무시한 이론으로 무장한 대학교수님들이 생각나네. 우리가 전쟁에 이기면 그 교수님들이 이곳으로 올 수 있는 길이 열리는 거겠지. 그때가 되면 저 부부는 어떤 게 새 시대인지 알게 될 거야."

"그래, 그 부부도 고생 좀 하게 될 거야. 평화가 온 뒤 우리가 다시 찾아가면 지금처럼 친절하게 맞아 줄까?"

"아마 아닐걸. 네가 협동 농장 농장장이 되어서 찾아가지 않는 한."

"그렇다면 정말 슬픈 일이네…. 나는 나중에 우리 고향이 아까 그곳처럼 되었으면 좋겠다고 생각했는데. 우리 목 쩌우도 여기하고 환경은 비슷한데 끔찍하게 가난하거든."

끼엔은 피곤에 지쳐 대화에 끼어들지 않고 앉아서 꾸벅꾸벅 졸기만 했다. 그러나 그는 그날의 대화를 오래도록 기억했다. 나중에 몇 번 남부에 출장을 갔을 때 끼엔은 그곳에 가 볼 생각을 했었다. 그러나 사정이 여의치 않아 한 번도 실행에 옮기지 못했다. 그리고 번, 뜨, 탄, 그날 끼엔과 함께 그 농가를 방문했던 정찰대원들은 모두 전사했다….

전장 길에서 그렇게 잠시 쉬어 간 얘기를 꺼내는 것만큼 싱거운 건 없는 듯하다. 그러나 그 싱거운 기억이 끼엔의 회상 속에서 점점 매력적으로 변해 갔다. 날이 갈수록 의미가 더해지고, 깊어지고, 가슴속으로 스며들었다.

그리고 어떻게 해도 도저히 회피할 수 없는 기억으로, 그는 다시 프엉을 떠올렸다. 생각이 더는 널뛰지 않고 원래의 순조로운 흐름대로 흘러가기 시작했다. 편안해진 마음으로 그는 눈을 감았다. 그러나 무언가가 그의 가슴을 칼로 긋는 것 같았다. 하는 수 없이 자리에서 일어나 담배에 불을 붙였다. 방 안을 이리저리 왔다 갔다 했다. 잠이 오지 않았다. 이쪽의 그의 방과 저쪽의 프엉의 방은 벽이 거의 똑같았다. 똑같이 20제곱미터의 네모난 방에 바닥에는 하얗고 빨간 타일이 체스보드처럼 깔려 있었다. 구석에는 푸른색의 법랑을 올린 돌난로가 똑같이 있었다. 같은 크기의 창문으로 길 건너 우거진 오동나무를 바라볼 수 있었다. 가구도 거의 비슷했고, 배치도 유사하게 되어 있었다. 아마도 이러한 공통점은 둘 다 가난하고, 둘 다 외로운 고아의 모습이었고, 둘 다 삶의 결핍을 겪고 있었기 때문이리라. 물론 그것은 프엉의 어머니가 아직 살아 계셨을 때의 모습이었고 분위기였다. 나중에 그녀는 지금처럼 방의 가구 배치를 모두 바꿔 버렸다. 그러한 변화를 처음 보았을 때 끼엔은 자기 눈을 의심했다. 끼엔은 그녀와 헤어진 지 10년 만에 남부에서 돌아와 그녀의 방을 방문했었다. 창문 근처에 놓여 있던 구식 검정 피아노가 보이지 않았다. 그것은 어머니의 귀중한 보물이었다.

"팔아 버렸어. 방을 너무 많이 차지하니까. 그리고 나는 밤무대 가수일 뿐이야. 피아노 같은 대단한 것을 칠 일이 없어."

그 피아노는 프엉 아버지의 유품이기도 했다. 피아니스트였던 그녀의 아버지는 하노이가 해방되기 전 돌아가셨다. 프엉이 열여섯 살이었을 때 어머니는 정년 퇴직을 했다. 그녀의 어머니는 음악 선생이었다. 프엉의 모습과는 딴판이었다. 그녀는 프엉을 하늘이 내려 준 딸이라고 부르곤 했다. 그녀는 키가 작고, 체구도 작고, 얼굴은 갸름하고 항상 상냥한 표정이었다. 눈빛은 수줍고 슬퍼 보였다. 목소리는 언제나 속삭이는 듯 힘이 없었다.

"내 소원은 한 가지, 프엉을 아버지처럼 고귀한 예술가로 만드는 거야…. 클래식과 피아니스트…. 저 애가 기타와 노래에 빠져 있는 것이 걱정이구나…. 끼엔, 저 애가 축제나 파티에 들락거리지 않도록 나를 좀 도와 다오."

프엉은 천부적인 음악성과 어릴 때부터 어머니의 가르침으로 피아노를 꽤 잘 쳤다. 그러나 커 갈수록 연습을 게을리 했다. "피아노는 너무 엄숙하고, 고상하고, 복잡하기까지 해. 대혼란의 시대에는 간단하고 예리해야 호응을 얻을 수 있어." 프엉은 그렇게 선언했다. 끼엔 역시 동의했다. 클래식에 대해 조예가 없었던 끼엔은 프엉의 노래를 듣는 것을 더 좋아했다. 그녀는 노래를 썩 훌륭하게 했다. 그러나 그녀의 어머니는 생각이 달랐다. 한번은 그녀가 한탄하며 끼엔에게 철학적인 얘기를 한 적이 있다.

"프엉의 성격은 아버지랑 똑같구나. 집안 혈통이 이상한 완벽주의에 빠져 있어. 어떤 일을 하든 완벽한 경지에 도달하지. 내가 프엉을 성인이나 선녀처럼 생각할 만큼 말이야. 하지만 완벽한 아름다움이란 한도 끝도 없는 거야. 완벽한 아름다움은 선천적으로 만들어지는 것이지 세상이 만들어 주는 게 아니야…. 우리 딸처럼 해맑은 영혼을 가지고 태어난 사람은 고급 음악을 해야 해. 악기를 벗어던지면 우리 딸의 영혼은 세상에 의해 망가질 거야. 난 알아. 이것은 역경이 별로 없는 평범한 세상의 얘기라는 걸. 지금처럼 혼란스런 세상에서 프엉 같은 아이는 세상에 온몸을 내던지려고 하지. 그때는 완벽한 아름다움을 추구하려는 해맑은 영혼은 상상도 못할 재난이 될 거야. 이해할 수 있겠니? 그림, 시가, 음악은 좋은 것들이지만 프엉에게도 꼭 좋은 것은 아니야. 곧 다가올 끔찍한 세상에서 프엉이 살 수 있는 환경, 프엉의 삶을 지탱할 수 있는 유일한 예술 환경은 천부적으로 타고난 음악뿐이야…. 나는 걱정이 많아. 모든 것이 걱정돼. 나는 네 아버지를 존경한다. 하지만 프엉이 네 아버지의 말에 빠져 들고, 그 끔찍한 그림에 매혹되는 건 정말 두려워. 가장 두려운 건 프엉이 그런 무모한 꿈을 현실에서 이루려고 할 때야. 겉으로는 괜찮아 보이지만 프엉이 이 시대의 실상을 어떻게 견뎌 낼 수 있겠니. 내 말 이해하겠니?"

열예닐곱 나이의 끼엔이 그런 말을 어떻게 이해할까. 그는 전혀 이해하지 못했다. 그는 오랜 세월이 지난 후에 프엉의 어머니가 했던 말들을 떠올릴 때가 여러 번 있었다. 돌이켜 보니 프엉의 어머니는 당시에 여러 가지 영감이 있었던 것 같았다. 그러나 그는 안다. 만약 당시에 그와 프엉이 어머니의 말을 이해했더라도 지금과 다른 삶을 살기는 어려웠을 것임을. 왜냐하면 그 후 곧바로 전쟁이 터졌기 때문이다. 이미 전쟁이 터졌는데 무슨 말을 더 할 수 있을까.

그리고 이것 역시 놓쳐 버린 운이었다. 고상하고 완벽하게 아름다운 정신으로 살아가는 운, 천부적인 문화적 소양을 즐기며 살아가는 운, 인품의 가치를 누리는 운, 그런 것들을 충족할 수 없었다.

전쟁이 끝나고 다시 만났을 때, 끼엔은 재회의 행복한 나날을 보내면서 프엉을 즐겁게 해 주려고 그녀가 출연하는 공연을 보러 극장에 몇 번 간 적이 있다. 그런데 어둠 속에서 형언할 수 없는 수치심의 한계를 감내해야 했다. 대략 말하자면 장막이 걷힌 지 불과 몇 분 만에 그는 그녀를 대신해, 다른 배우들을 대신해, 극작가를 대신해, 감독을 대신해, 연주자들을 대신해, 배경 그림의 화가를 대신해, 분장사를 대신해, 자기 자신을 대신해, 관객을 대신해 창피하고 거북해서 눈을 어디에 두어야 할지 몰랐다. (이렇게 실토하건만 조용한 음악이 흐르는 무대를 목격할 때보다는 참담하지 않았다) 눈앞에 벌어지는 것들을 보지 않으려고 눈을 감아야 했다. 재능 없고, 천박하고, 노골적이고, 황폐한 것이 극단적으로 드러났다. 전후 시대의 정신적 삶을 특징적으로 보여 주는 예술 무대였다.

끼엔은 적당한 때에 극장을 빠져나와 거리로 나갔다. 그는 극장 근처의 벤치에 앉았다. 어둠 속에서 안개가 내리고 있었다. 그는 공연이 끝나기만을 기다렸다. 사람들이 시끄러운 발소리와 함께, 웃음소리와 함께, 말다툼 소리와 함께 극장을 나와 집으로 돌아갔다. 그리고 그녀의 목소리, 그녀의 웃음소리를 들었다. 프엉이 가련해서 가슴이 죄어 왔다…. 전쟁으로 폐허가 된 후에 사람들은 다시 사업을 벌이고, 예전의 생활수준을 회복할 수 있다. 그러나 정신적 재산, 내면적 삶의 가치는 한번 무너지거나 부서지고 나면 누구도 처음의 순수한 시절로 되돌리지 못한다. 그는 과거 속의 먼 옛날을 떠올렸다. 군대에 입대하기 하루 전날이었다. 저녁에 프엉의 어머니에게 작별 인사를 드렸다. 그녀는 몸이 아파서 의자에 앉은 채 꼼짝도 못하고 있었다. 창백한 얼굴이었다. 끼엔에게 거의 아무 말도 할 수 없었다. 그저 흐느껴 울었다. 밤이 깊어 끼엔이 고개를 숙여 그녀의 연약한 손에 입을 맞췄다. 그녀가 끼엔의 이마에 입을 맞추고 머리를 쓰다듬으며 프엉에게 얘기했다.

"떠나는 끼엔을 위해 나 대신 한 곡 쳐 주지 않겠니?"

프엉은 어쩔 수 없다는 듯이 그녀의 말을 들어 주었다. 프엉이 피아노 앞에 앉아서 덮개를 열고 끼엔에게 물었다.

"어떤 곡을 듣고 싶어?"

"나?… 어머니나 네가 좋아하는 것 중에서 아무거나…." 끼엔이 당황하며 대답했다. 그리고 손으로 베낀 악보 더미 위의 청동 흉상을 바라보며 덧붙였다. "네가 모차르트를 좋아하는 것 같던데, 나도 그렇거든."

"삶도 여기에 있고 죽음 또한 여기에 있고, 뭐 그런 건 아니잖아." 프엉이 빙그레 웃었다. "〈로 강의 서사시〉가 어떨까?"

"좋긴 하지. 반 까오의 곡이니까." 프엉의 어머니가 말했다. "하지만 모차르트의 곡을 쳐 줘. 〈소나타 환상곡〉을 쳐 봐. 전선에 나가는 병사를 배웅하기에 딱 알맞은 곡이야."

처음에는 피아노 음이 박자가 약간 어긋나고 메마른 듯했지만 프엉은 곧 감흥에 빠져 들었다. 프엉의 열정적인 연주는 정말 훌륭했다. 그녀의 얼굴은 빨갛게 달아오르고, 흘러내린 머리카락이 눈가에 찰랑거렸다. 끼엔은 자신이 곡을 이해하지 못할까 봐 처음엔 좀 부담스러웠다. 하지만 〈소나타 환상곡〉은 그의 영혼을 파고들었다. 특히 소나타의 끝 부분에서는 넋을 잃었다. 맑고 명랑한 멜로디 속에서 돌연 고통과 슬픔이 솟아 나왔다. 전혀 예기치 못했던 비참한 심정이었다. 그것은 원곡에 원래 고여 있던 감정이 아니라 프엉의 건반에서, 연주하는 프엉의 마음에서 솟아나는 것인 듯했다.

소파에 몸을 기대고 앉아 있던 끼엔은 손으로 눈을 가리고 살짝 눈물을 닦아 냈다. 그의 가슴속에 끝없는 사랑, 한없는 사랑의 감정이 깊이 아로새겨졌다. 그리고 그녀를 향한 무아지경과 탄복, 사랑과 동경의 마음이 활활 타올랐다.

'바로 그 순간에 나는 분명히 알게 되었다. 그녀가 고개를 숙이고 천사처럼 열정적으로 피아노를 치는 모습과 얼굴을 떠올리려고 앞으로 안간힘 쓰리라는 걸.' 끼엔은 생각했다. '어린 시절부터 또렷이 알고 있었다. 내가 이 세상에 태어나고 자라고 어른이 되고 전쟁에 뛰어들어 죽게 되든 살아서 돌아오든 그 모든 것이 단 하나의 이유 때문이라는 걸. 사랑하기 위해서, 그녀를 영원히 사랑하기 위해서, 비통하고 애통하게…'.

지금, 그 모든 것이 어디로 사라져 버렸나? 그때부터 지금까지 어떤 야만적인 바람이 이 세상에 불어 닥쳤나? 끼엔은 책상에 앉았다. 아침이 오래전에 지나갔다. 점심. 오후. 날이 저물었다. 지난날의 어두운 혼돈 시대에 죽어간 영웅들, 친한 동료들에 대해 써 놓은 원고 더미 앞에서 우리 동네의 작가는 뜨거운 눈물을 흘렸다. 괴로움. 무거운 마음. 그럼에도 언제나 눈물과 슬픔은 말 없는 위로의 원천이 되었다. 항상 그랬다. 언제나 그랬다.

20여 년 전의 새벽, 프엉에게 무슨 일이 벌어졌던가. 그 기차에서 끼엔은 알 수가 없었다. 그는 모든 것을 완전히 잊었노라고 말하고 싶었다. 아주 오래전 일이니까, 그의 생애에 일어난 수많은 사건보다도 먼저 있었던 일이니까. 그리고 끼엔 자신이 당했듯, 어떤 계기가, 어떤 세력이 있어 프엉을 당시의 상황으로 밀어 넣은 것이기에 그는 도저히 알 도리가 없었다. 지극히 단순하게 시작된 것이다. 우연한 계기의 연속이었다. 끼엔과 프엉이 항 꼬 역에서 서로를 찾은 것도 우연이었다. 끼엔과 함께 떠나는 길이 어떤 길이 될지 생각할 겨를도 없이 프엉은 끼엔을 배웅하기 위해 길에 올랐다. 그것도 우연이었다. 그러나 그녀가 짊어져야 할 운명처럼 본래부터 예고되어 있었던 신비한 필연일 수도 있다. 어쨌든, 그것은 내키지 않지만 맞닥뜨려야 하는, 기억하기 꺼려지는 부분이었다.

그랬다. 그것은 이미 완전히 잊힌 일이었지만 그럼에도 영원히 기억이 났다.

그날 밤 근접 경고 폭격에 기차는 잠시 멈춰 섰다가 다시 목숨을 걸고 길을 내달렸다. 대담하게 함 롱 다리를 건널 때 날이 새어 있었다. 어떤 현명한 명령이었는지 모르지만 기차는 반대편에서 올라오는 기차에 길을 비켜 주기 위해 탄 호아 역에 멈춰 서야만 했다. 경적 소리가 사납게 울려 퍼지고 기관사들이 역무원에게 심한 욕을 퍼부어 댔다. 그 소리에 구석에서 쓰러져 자고 있던 끼엔이 잠에서 깨어났다. 벌떡 일어난 그는 누구에게 인사할 겨를도 없이 기관실 문을 열어젖히고 아래로 뛰어내렸다. 기차는 산산이 부서진 역 중간에 길게 누워 있었다. 폭탄 구덩이들이 가득한 플랫폼은 조각조각 부서져 있었다. 새벽의 희미한 어스름 속에서 기차역은 처참한 모습을 드러내고 있었다. 사람의 모습은 전혀 보이지 않았다. 무거운 공기가 음습했다. 끼엔은 허둥대며 기차의 중간 부분 쪽으로 뛰어갔다. 낡아 빠진 검은 기차 칸은 이 칸이나 저 칸이나 하나같이 똑같은 모습이었고, 모두 문이 닫혀 있었다. 그때 문 하나가 살짝 열리더니 몇몇 사람이 기차 칸에서 뛰어내렸다. 더럽고 헝클어진 옷차림이었다. 군인인지 민간인인지 분명하지 않았고 머리에는 새집이 지어져 있었다. 하품 소리. 욕지거리 소리. 고약한 술 냄새가 풍겨 나왔다. 역사 안으로 들어간 그들은 잔해 더미 속으로 사라졌다. 문득 끼엔은 남자 몇이 방금 뛰어내린 저 기차 칸이 간밤에 자신과 프엉이 함께 있었던 바로 그 기차 칸이라고 확신했다. 문을 활짝 열어젖히고 뛰어 올라갔다. 기차 안은 여전히 희미한 어둠 속에 잠겨 있었다. 부서진 판자 틈새로 햇빛이 쏟아져 들어왔다. 이 칸은 지난밤에 폭탄 파편을 맞은 듯했다. 벽과 지붕에 구멍이 여러 개 나 있었다. 여기저기 부대가 찢겨 있었고, 바닥에 쌀알들이 흩어져 있었다. 끼엔은 눈을 크게 뜨고 살폈다. 구석을 찬찬히 응시했다. 처음 목격했을 때는 전혀 놀랍지도 두렵지도 않았다. 구석 자리의 어스름 속에 프엉이 앉아 있었다. 쌀자루에 등을 기대고 앉아 있는 듯했다. 웅크리고 앉은 그녀는 무릎 위에 올려놓은 두 팔 사이에 얼굴을 파묻고 있었다. 흘러내린 머리칼이 어깨를 뒤덮고 있었다.

"프엉… 프엉 맞지?" 목소리가 떨렸다. 믿기지 않았다. 끼엔이 잠긴 목소리로 나지막이 불렀다. 가까이 다가갔다. 다리가 후들거려 주저앉을 뻔했다.

프엉이 고개를 들었다. 두 뺨이 창백했다. 수척해진 모습이었다. 얼굴은 모르는 사람처럼 낯설게 보였다. 가슴 부위의 옷 단추가 모두 풀어진 채 앞섶이 활짝 벌어져 있었다. 목에는 여러 군데 긁힌 상처가 나 있었다.

"프엉! 나야, 끼엔! 끼엔이라고." 반가움과 걱정, 기쁨과 불안이 뒤엉킨 감정으로 끼엔은 흐느끼듯 입술을 실룩였다. 끼엔이 무릎을 꿇고 프엉의 어깨를 감싸 안았다. "날 못 알아보겠니? 못 알아보는구나! 얼굴에 석탄 가루가 묻어서 그래. 기관실에 있었어. 기관실에 탈 수밖에 없었어. 내 말 알아듣겠니?… 기차에서 떨어졌단 말이야…. 그래도 정말 다행히…. 그런데 무슨 일 있었던 거야?"

끼엔이 어깨를 꽉 끌어안았는데도 프엉은 움직임이 없었다. 프엉은 입술을 꽉 깨물었다. 입술이 터져 있었다. 그녀는 말없이 끼엔을 바라보았다. 그 눈빛은 아무 감정이 없었고, 머뭇거렸고, 낯설었다. 끼엔의 질문과 감정을 거부하는 듯한 모습이었다.

공포에 질린 끼엔이 프엉의 어깨를 흔들었다.

"무서워하지 마. 이제 돌아갈 거야. 내가 데려다 줄게. 무서워할 거 없어…. 그런데 무슨 일이 있었던 거야? 어떻게 된 거야? 왜 그런 거야?"

프엉이 고개를 저으며 눈을 감았다. 끼엔이 손으로 프엉의 옷자락을 여미며 단추를 채우려 했다. 그러나 단추는 하나도 남아 있지 있고, 모두 뜯겨져 나가 있었다. 브래지어도 벗겨진 채 한쪽 끈에 매달려 있었다. 공포와 전율로 손가락이 부들부들 떨렸다. 끼엔이 다른 쪽 끈을 당겨 묶어 주고 브래지어를 채워 그녀의 가슴을 가려 주었다. 차갑게 얼어붙은 그녀의 가슴은 더러운 땀으로 얼룩져 있었다. 겨우 열일곱 살 나이로 그가 살던 시대, 열일곱 살짜리가 세상에 대해 무엇을 알겠는가. 아무것도 몰랐다. 아무것도 이해하지 못했다. 그저 안타깝고 마음 아파서 이유도 모른 채 눈물이 하염없이 흘러내렸다. 뺨을 적시는 눈물이 짜고 떫었다. 왜 자꾸 목이 메는지도 알 수 없었다. 입술이 부들부들 떨리다가 한참 후에야 소리가 터져 나왔다.

"우리 내리자…. 여길 떠나자…. 일어날 수 있지? 자, 내리자."

"응." 프엉이 아주 작은 목소리로 대답하며 끼엔의 손을 꽉 잡았다. 천천히 일어서다 몸이 휘청 앞으로 쏠렸다.

"아이고!" 끼엔이 깜짝 놀라며 프엉의 어깨를 부축했다.

프엉은 상처를 입고 있었다. 명주 바지 오른쪽이 찢어져 허벅지가 그대로 드러났다. 흘러내린 핏자국이 무릎까지 번져 있었다. 프엉이 황급히 옷을 여미며 아래를 내려다보았다. 그제야 피가 상당히 흘러나왔다는 것을 깨달았다. 장딴지와 발뒤꿈치까지 흥건하게 흘러내린 붉은 피가 빛을 받아 반짝거렸다.

"앉아. 일단 앉아서 붕대부터 감아야겠네…" 끼엔이 어이없다는 듯한 목소리로 말했다. "다쳤는데 왜 말을 안 했어? …모르고 있었니? 아프지 않아?"

프엉이 고개를 저었다.

"앉아. 일단 내 옷을 찢어서 묶어 줄게."

"아니라니까!" 프엉이 작게 소리를 냈다. 끼엔을 뿌리치는 듯한 탄식이었다. "묶을 필요 없어. 그런 일이 아니야. 다친 게 아니라고…"

"그런데…" 끼엔이 당황하며 프엉을 손에서 놓아주었다. 그러고 나서 그녀를 멍하니 바라보았다.

프엉이 후들거리는 다리를 질질 끌면서 문 쪽으로 걸어갔다. 걸음을 옮길 때마다 피가 흘러내렸지만 전혀 아픔을 느끼지 못하는 듯했다. 눈빛은 공포에 질려 초점이 없었다. 자세는 엉망으로 망가지고, 옷은 갈가리 찢겨 속살이 드러나고, 머리카락은 폭풍을 맞은 듯 헝클어지고, 피부는 긁힌 상처투성이이고, 한쪽 다리는 붉은 피로 흠뻑 젖었는데…. 그런데 다친 게 아니라니?

프엉이 갑자기 걸음을 멈춰 섰다. 끼엔이 급히 다가가 그녀의 어깨를 부축했다. 한 사내가 불쑥 기차로 올라왔다. 놈은 커다란 덩치로 반쯤 열린 문을 가로막았다. 바깥엔 햇빛이 쏟아지고 있었다. 기차가 덜컹거리며 들어오는 소리가 울려 퍼졌다. 날카로운 경적 소리도 울려 퍼졌다. 반대편 기차가 들어오고 있구나. 끼엔은 생각했다.

"내려서 뭐하려고? 내릴 거야?" 방금 나타난 사내가 프엉의 앞을 가로막으며 큰 소리로 말했다. 거칠고 무례한 목소리였다. "기차가 곧 출발할 거야. 그런 너덜너덜한 옷차림으로 역에 내리면 체통이 말이 아니지. 진짜 맹추로구나. 돌아가. 자리에 앉아. 여기 물을 가져왔어. 먹을 것도 있고. 갈아입을 바지도 가져왔어. 다른 놈들은 어디 갔어? 이 자식은 누구야?" 놈은 단숨에 말했다. 위압적인 목소리였다. 프엉을 집어삼킬 듯한 눈빛으로 뚫어지게 쳐다보았다.

"예." 프엉이 아주 작은 소리로 대답했다. 그렇게 대답하려 한 것이 아니었지만 자신도 모르게 그런 말이 튀어나왔다. 그녀는 창백하고 겁에 질린 얼굴로 힘없이 고개를 숙였다. 무언가를 감수하는 표정이었다. 끼엔이 한 번도 보지 못한 표정이었다. 끼엔은 상황이 이해되지 않아 어리둥절하여 서 있었다.

"그런데, 넌 누구야? 여기에 왜 얼쩡거리고 있어?" 놈이 거만한 표정으로 턱을 앞으로 쑥 내밀었다. "이게 군수품 수송 열차인 줄 몰라?"

반대편 방향의 기차가 덜컹거리며 역으로 들어왔다. 요란한 소리를 내며 옆 철로로 달려왔다. 땅이 흔들렸다.

"당신은 무슨 일이죠? 우리는 친구예요." 끼엔이 소리쳤다. 화가 난 어린아이 목소리였다. 무기력하고 심란한 목소리였다. "우린 내릴 거니까 비키세요! 기차가 도착했어! 프엉, 내려! 빨리 내려!"

놈이 끼엔을 손으로 밀쳐서 프엉과 떼어 놓았다.

"무슨 일이냐고?" 놈이 아주 태연하게 손을 프엉의 어깨에 착 소리가 나도록 내려놓았다. 그는 두툼한 손가락으로 프엉의 어깨를 꽉 틀어쥐었다. "그래, 너도 정말 내릴 거야? 저 지저분한 개구쟁이 녀석이 정말 네 친구란 말이야?"

프엉이 끼엔을 보지도 않고 고개를 끄덕였다.

"그래서 가겠다고?" 놈이 고함을 질렀다.

놈은 서른 정도의 나이였다. 크고 네모난 얼굴에 이마는 좁았다. 코는 크고 납작했다. 사각턱인데 가운데 턱은 뱀처럼 날카로웠다. 입가에 잔인한 미소를 띠고, 깔보듯 두 눈을 부라렸다. 놈은 선원 복장 같은 줄무늬 옷을 입었다. 꽉 끼는 옷에 가슴과 어깨 근육이 울퉁불퉁 드러났다. 자신의 힘을 자부할 만한 건장한 체구였다. 그리고 분명 놈은 잔인한 폭력을 즐기는 깡패 같았다.

"나는 네가 나랑 빈까지 갈 거라 생각했는데. 이런, 짜증이 확 솟구치는걸!" 놈이 가슴을 긁적거리며 진심으로 한탄스럽다는 듯 말했다. "내가 이렇게 잘해 주는데도 싫단 말이야? 내가 널 구해 줬잖아, 그렇지?… 그리고 난 아무것도 얻은 게 없어…. 그러면 안 되는 거야, 젊은 친구들."

끼엔이 놈에게 다가가 우물쭈물하며 간청했다.

"그만 하세요. 우리를 내려 주세요. 기차를 놓치면 안 돼요. 기차가 곧 출발해요."

순간 기차 칸이 흔들리고 바닥이 요동을 쳤다. 폭발음들이 귀청을 찢을 듯했다. 역사 쪽에서 누군가 고함을 질렀다.

"저건 기차가 달리는 소리가 아니야." 줄무늬 옷이 말했다. "대공포 소리야. 비행기가 떴다고. 죽음이 아가리에서 똥구멍까지 갔다고."

"프엉, 어서 내려!" 끼엔이 프엉의 손목을 잡고 문 쪽으로 끌어당겼다. 저절로 숨이 거칠어지고, 턱이 덜덜 떨렸다. 심장이 쿵쿵거렸다. 그때 폭격기의 굉음이 주위를 흔들었다. 기차에 기관총과 대공포를 설치하고 대응 사격을 하는 듯했다. 기차 밖 역사 쪽에서 사람들이 혼란 속을 뛰어다녔다.

"당황하지 마." 놈이 큰 소리로 말했다. 무표정한 얼굴이었다. 침착하고 단호했다. "함 롱 다리를 공격하는 거야. 아가씨는 여기에 나랑 같이 있어. 배불리 먹고 잠을 편하게 자도록 해. 신경 쓰지 마! 그리고 넌, 넌 무서우면 내려!

내려가라고!"

끼엔은 몸을 떨었다. 비행기 소리가 척추를 긁어 대는 듯했다. 폭탄이 터져 기차가 요동쳤다. 그러나 역에 떨어진 폭탄은 아니었다. 흔들림이 멈춘 후 주위가 고요해졌다. 끼엔이 프엉의 팔을 흔들며 마구 재촉했다.

"당장 내려, 프엉! 어서 내리란 말이야, 아이고!"

그러나 놈이 커다란 손으로 집게처럼 프엉의 어깨를 꽉 틀어쥐고 있었다. 놈이 끼엔을 밀쳐냈다.

"무서우면 꺼지라고 내가 말했지. 체면 차릴 거 없어. 전쟁 중이야. 대강 눈치껏 살아남으면 돼. 죽으면 죽는 거지, 당황할 필요가 뭐가 있어. 그렇지, 아가씨? 나랑 그냥 여기에 있자고. 날 버리지 마. 날 힘들게 하지 마. 알았지?"

다시 비행기가 날아왔다. 끼엔은 몸을 떨면서 고함을 질렀다.

"놔줘, 우리를 놔 달란 말이야, 이 개새끼야!"

끼엔이 달려들어 프엉의 어깨에서 놈의 손을 떼어 내려고 했다. 놈이 인상을 찡그리며 짜증을 내더니 끼엔의 가슴을 세게 밀쳤다. 끼엔이 바닥으로 나가떨어졌다. 프엉이 깜짝 놀라 고개를 들고 넋이 나간 듯 끼엔을 쳐다보더니 다시 놈을 바라보았다. 그녀는 지금 무슨 일이 벌어졌는지조차 이해하지 못하는 듯했다. 비행기 소리도 모르고, 폭탄 소리도 몰랐다. 마치 최면에 걸린 듯 몽롱한 상태였다. 끼엔의 눈에서 눈물이 흘러나왔다. 이를 악물었다. 머리가 깨질 듯하고 뇌가 부풀어 오르는 것 같았다. 이제 그는 비행기의 굉음에도 신경이 쓰이지 않았다. 그런데 줄무늬 옷이 돌연 비행기 소리에 귀를 기울였다. 놈이 문으로 가서 머리를 내밀고 밖을 보더니, 갑자기 고개를 돌려 소리를 질렀다.

"젠장, 진짜로 이 역을 먹어 치울 모양이야. 우리 주위를 빙빙 돌고 있어! 아가씨, 우리 여기서 내려야겠어!"

끼엔은 무릎을 구부리고 바닥에 손을 짚으며 일어서려 애쓰면서 몸을 부들부들 떨었다. 목이 메는 분노가 몸을 주체할 수 없게 만들었고 힘을 소진시켰다. 바닥을 버둥대는 오른손에 무언가가 닿았다. 차갑고 납작한 것이었다. 줄무늬 옷이 프엉을 문 쪽으로 끌어당겼다. 그러나 그녀는 시선을 끼엔에게 고정한 채 끌려가지 않으려 버텼다. 대공포가 북소리처럼 울리고 기관총이 채찍 소리를 냈다. 기차 안이 흔들려 정신을 차릴 수가 없었다. 놈이 프엉을 풀어 주고 끼엔에게 다가왔다.

"정신 차려. 그렇게 누워서 심통만 부릴 거야? 아가씨를 내려 줘야 할 거 아냐?"

놈이 끼엔의 어깨를 잡고 들어 올렸다. 끼엔이 어깨를 흔들어 놈의 손을 뿌리쳤다. 부들부들 떨면서 몸을 일으키려 안간힘을 썼다.

"넘어져서 아픈가 보군. 미안해! 내가 뭐 아가씨를 영원히 차지할 생각이겠어? 네 거잖아. 그런데 나에게 욕을 하니까… 그렇게 된 거야. 정말이야! 분명히 그래! 자, 어서 고분고분 일어나. 내가 자네하고 아가씨를 대피호로 데려다 줄게. 어서! 너무 꾸물거리는군! 소자산 계급의 동지 아니신가?"

끼엔이 가까스로 일어섰다. 오른손에 납작하고 단단하고 무게감이 있는 것을 꽉 쥐고 있었다. 철근이었다!

"어, 뭐야!" 줄무늬 옷이 깜짝 놀라 뒤로 물러서다가 발을 헛디디면서 엉덩방아를 찧었다. 그가 당황하며 손을 들어 앞을 막으면서 입을 크게 벌렸다. 아아아! 돌연 급강하하는 폭격기 소리가 놈의 비명 소리를 삼켜 버렸다.

비명 소리와 허공을 찢는 비행기의 굉음에 정신이 아찔했다. 끼엔이 엉성한 동작으로 철근을 들어 올렸다가 내리쳤다. 캄캄한 어둠이 끼엔의 의식을 앗아 갔다. 퍽! 납작한 철근으로 놈의 팔꿈치를 때렸다. 놈이 절망하며 다른 손을 들어서 막았다. 뒤로 벌렁 나자빠진 놈은 놀라고 너무 아파서 숨이 막혔다. 소리도 밖으로 터져 나오지 않았다. 끼엔이 철근을 한 번 더 내려쳤다. 퍽! 프엉이 달려들어 끼엔의 손목을 잡았다. 그녀가 무어라 소리쳤지만 비행기 소리에 묻혀 버렸다. 끼엔이 철근을 놓았다. 복수의 쾌락에 미쳐 있던 끼엔은 프엉의 어깨를 잡고 눈을 뚫어지게 쳐다보았다. 그는 일그러진 얼굴을 프엉의 얼굴에 바짝 들이대면서 짐승처럼 이빨을 드러내고 울부짖었다.

"등신아!" 그리고 프엉을 문 쪽으로 세게 밀었다.

바로 그 순간 두 팔이 으스러진 사내가 바닥에서 발을 날려 끼엔을 걷어찼다. 만약 아파서 반쯤 죽은 상태가 아니었다면 놈은 이미 끼엔을 죽여 버렸을 것이다. 정통으로 걷어차인 끼엔은 고통스런 비명을 내지르며 뒤로 쓰러졌다. 다시 놈에게 달려든 끼엔은 무릎으로 놈의 가슴을 누르고 주먹으로 얼굴을 계속해서 내리쳤다. 피가 솟구쳐 나왔다. 비누처럼 끈끈했다. 57밀리미터 박격포탄이 기차 지붕 위에서 터진 듯했다. 끼엔은 주먹질을 멈추고 고개를 들었다. 프엉의 눈빛과 마주쳤다. 프엉은 문 쪽에 무릎을 꿇고 앉아 있었다. 끼엔을 바라보는 눈빛은 실성한 듯했다. 끼엔은 천천히 일어나 두 손에 묻은 피를 바지에 닦고 비틀대며 프엉에게 다가갔다.

"내 몸에 손대지 마…." 프엉은 말을 하는 게 아니라 신음을 내뱉고 있었다. 입술을 파르르 떨었다. 하얗게 질린 눈빛이었다. 덫에 걸린 짐승이 몸부림을 멈추고 덫을 걷으러 오는 사람을 기다리는 눈빛이었다.

"일어나, 여기서 나가야지!" 끼엔이 짐짓 태연하게 말하며 문을 활짝 열어 젖혔다. 곡사포탄의 불빛만 보일 뿐 비행기는 보이지 않았다.

"일어나." 끼엔이 몸을 숙여 프엉의 겨드랑이를 안아 올렸다. 그녀를 일으켜 세워 몸을 문 쪽으로 향하게 했다.

"이거 놔!" 프엉이 소리치며 흐느꼈다.

"내려!" 끼엔이 이를 꽉 물고 그녀의 등을 안아 뛰어내리게 했다. 그러고 나서 자신도 뛰어내렸다. 넓게 펼쳐진 플랫폼은 폐허의 광장 같았다. 깨어진 벽돌과 돌덩이가 널려 있었다. 어수선하고 황량했다. 좁은 하늘 아래 드러난 플랫폼은 흰 연기만 자욱했다. 끼엔은 프엉의 손을 잡아끌고 휘어진 철로를 대각선으로 가로질러 뛰었다. 기차역 출입구를 향해 빠르게 뛰었다.

"엎드려어어어…."

고함 소리는 엉겨 붙은 연기를 뚫고 멀리서부터 커다란 외침 소리로 들려왔다. 끼엔이 고개를 들었다. 대공포탄의 불꽃 속에서 그는 입이 얼어붙었다. 무언가가 번쩍하더니 엄청난 힘이 몸을 세게 밀쳤다. 눈앞에서 불꽃이 튀었다. 그는 프엉을 옆으로 세게 밀어 넘어뜨리고 자신도 그 옆에 바짝 엎드렸다. 뱃가죽이 굳어 갔다. 이렇게 죽는구나. 이렇게 죽는구나. 죽는구나아아…!

폭발음도 거의 들리지 않았다. 캄캄한 회오리가 역을 뒤덮었다. 공기가 유리창처럼 깨지고, 땅이 치솟아 올랐다가 무너져 내렸다. 그리고 고요해졌다. 비행기가 급강하했다. 또다시 폭탄. 또다시 비행기 급강하. 폭탄. 불꽃 세례들. 끼엔은 폭발음이 자신의 얼굴을 때리는 것처럼 느껴졌다. 후폭풍이 밀려와 그의 어깨를 잡아채고 잘근잘근 밟아 댔다. 그는 손을 더듬어 프엉의 손을 꽉 잡았다. 열 손가락으로 깍지를 끼었다. 차가운 손가락이 부들부들 떨렸다….

그때 프엉이 손을 뿌리치고 옆으로 한 바퀴 굴렀다. 그녀는 벌떡 일어나더니 폭탄이 떨어지는 사이를 뚫고 기차가 있는 쪽으로 뛰었다. 끼엔도 몸을 일으켜 뒤쫓아 갔다. 바람이 불어와 치솟는 연기를 흩뜨렸다. 기차가 모습을 드러냈다. 삐거덕삐거덕 바퀴가 천천히 구르고 있었다. 두 대의 기관차가 하얀 연기를 뿜어 대며 천천히 달려 나갔다. 건너편 철로에는 좀 전에 들어왔던 북행 열차가 바퀴를 허공으로 향한 채 불길에 싸여 있었다.

"프엉!" 끼엔이 소리치며 그녀의 옷깃을 잡았다.

프엉이 고개를 돌렸다. 둘은 마주 보았다. 프엉의 눈이 사납게 이글거렸다. 소리조차 지를 수 없는 고통스런 비명이 눈빛에 담겨 있었다. 끼엔이 두려움에 떨었다. 철로에 있던 기차가 속도를 내어 달리기 시작했다. 사방에서 대공포를 쏘아 대는 소리가 들려왔다. 비행기의 굉음은 들리지 않았지만 끼엔의 머릿속에는 돌진해 내려오는 폭격기의 포물선이 날카롭게 그려졌다. 프엉이 끼엔의 손을 뿌리치고 달려 나갔다. 소리를 지르며 끼엔이 쫓아가서 프엉의 다리를 걸었다. 프엉이 큰대 자로 넘어졌다. 끼엔이 그녀의 몸을 덮치고는 움직이지 못하게 했다.

폭탄이 정신없이 터졌다. 한 발은 목덜미 뒤에서 터지고, 한 발은 눈앞에서 터졌다. 그리고 불길이 치솟았다. 폭탄 한 발이 호송 기관차에 명중했다. 무서운 폭발음과 함께 기관차가 산산조각 났다. 사방으로 파편이 튀고, 석탄과 연기, 불덩이가 된 파편들이 하늘에서 비처럼 쏟아졌다. 뜨거운 비는 영원히 멈추지 않으려는 듯 한가로이 떨어져 내렸다. 그리고 다시 산같이 큰 전투기가 태양을 대각선으로 가르며 하강했다. 전투기는 20밀리미터 기관총을 토해 냈다. 붉은빛 탄환 줄기가 기차 지붕을 뒤덮었다. 기차의 중간부터 끝 부분까지 일제히 타오르기 시작했다. 불길이 문틈에서 솟아 나와 지붕으로 번졌다. 땅이 흔들렸다. 수천 번은 죽을 것 같았다. 끼엔이 프엉을 꽉 끌어안았다. 그녀는 끼엔에게서 벗어나려고 몸부림을 치고 발버둥을 쳤다. 마치 레슬링을 하듯이 이성을 잃고 정신없이 서로를 밀고 당겼다.

짙고 뜨거운 연기가 폐 속으로 들어와 숨이 막히고, 냄새가 코를 찔렀다. 끼엔은 미칠 것 같았다. 정신을 차릴 수가 없었다. 그는 마치 깨물듯 프엉의 목덜미에 입술을 꽉 붙였다. 열 손가락으로 살 속을 파고들 것처럼 그녀를 꽉 끌어안았다. 둘의 생명이 서로 견고하게 붙어 있었다.

피투성이가 된 사람이 의식도 없이 마지막 숨을 헐떡였다. 끼엔은 마치 자신이 숨을 가쁘게 몰아쉬며 죽어 가는 듯한 착각이 들었다. 그는 자기 생각도 주체할 수 없었다. 그때 살아 있는 기차 칸 쪽에서 불기둥이 치솟았다. 기차가 둘로 나뉘었다. 아직 살아 있던 기관차가 앞쪽의 몇 칸만 끌고 불길을 뒤로한 채 앞으로 빠져나갔다. 기관차는 속도를 높여서 포염 속을 헤치고 나갔다. 끼엔이 때려눕힌 건장한 사내의 기차 칸은 어느 것일까? 저 불길 속을 탈출한 기관차에 운 좋게 끌려간 칸들 중에 있을까, 아니면 남겨진 칸들 중에 있을까? 끼엔은 알 수 없었다. 기계음과 폭발음, 짙은 연기와 이글거리는 불꽃이 가득한 광란의 바다에서 무언가를 분명하게 알아보기 어렵다. 뿐만 아니라 누군가의 생명에 대해 생각할 시간이 0.5초도 없다. 이 끔찍하고 숨 막히고 폭압적인 세상에는 아무것도 남지 않았기 때문이다. 햇빛도 없고, 공기도 숨결도 없고, 사람도, 인간애도, 측은지심도 남아 있지 않다…. 마지막 폭탄으로 모든 폭발음이 사라졌다. 하늘은 갑자기 문을 쾅 닫는 듯한 천둥소리를 냈다. 그리고 잠잠해졌다. 고요하다.

끼엔이 비틀거리며 프엉을 부축해서 일으켰다. 힘이 어디에서 나왔는지 모르지만, 뜨겁게 달아오른 기차의 열기에서 벗어나기 위해 프엉을 등에 업고 몸을 휘청거리며 한동안 뛰었다. 열기에서 벗어나자 프엉을 부축해 연기를 헤치고 비틀비틀 기차역 출입구로 갔다. 우선은 역을 벗어나는 것이 중요했다. 그다음에 어디로 갈지는 생각할 필요가 없었다. 역 주변도 불길이 가득했다. 부서진 각종 잔해로 어지러웠다. 휘날리는 짙은 연기가 사방을 황량하게 만들었다. 여기저기 사람들이 쓰러져 있고, 몇몇은 살려 달라는 신음을 간헐적으로 토해 내고 있었다. 몸을 숙이고 뛰어가는 사람들의 뒷모습도 아른거렸다. 끼엔은 두려움이 느껴지지 않았다. 단지 자신의 감정이 왠지 돌처럼 무덤덤해진 듯 느껴졌다. 길가에 다양한 모습으로 쓰러져 있는 시체들이 그의 눈에 익숙한 광경처럼 보였다. 신음을 토하고, 소리를 지르고, 소란을 피울 것도 없었다.

산산이 부서진 집의 문 앞 계단참이 아직 남아 있었다. 그곳에서 잠시 쉬어 가자고 말하려는데 길가에 쓰러져 있는 자전거가 보였다. 끼엔은 자전거를 일으켜 세웠다. 낡은 봉황 자전거였는데 신기하게도 멀쩡했다. 두 바퀴도 공기가 팽팽하게 들어 있고, 체인, 페달, 손잡이 모두 전혀 파손되지 않았다. 브레이크도 잘 들고, 경적도 있었다. 팽팽하게 부풀어 오른 검은 손가방이 운전대에 매달려 있었다. 자전거의 주인은 아마도 폭탄을 맞아서 옷이 모두 불타고, 모자가 타고, 몸이 시커멓게 탄 채 주변에 쓰러져 있는 시신들 중 하나인 모양이라고 끼엔은 추측했다.

끼엔은 자전거에 올라타서 거울을 조정하고 경적을 울려 보고 가볍게 페달을 밟아 보았다. 프엉은 아까부터 지금까지 한마디도 하지 않았다. 저항도 하지 않고 끼엔이 이끄는 대로 따라다녔다. 자전거에 태우는 지금도 그렇다. 아무 말도 하지 않고, 아무것도 묻지 않고, 고분고분 뒷자리에 빠르게 올라탔다. 아주 가벼웠다. 예전에 둘이 자전거를 타고 학교에 다닐 때와 똑같았다.

길 양쪽으로 불타는 집, 무너진 집, 쓰러진 나무, 휘어진 가로등이 널려 있었다. 끼엔은 갈지자로 운전하며 잔해들을 피해서 갔다. 길을 집어삼킨 폭탄 구덩이들을 만났을 때는 자전거를 끌고 가야 했다. 그래도 프엉을 뒷자리에 태운 채 자전거를 끌었다. 문득 어제저녁이 생각났다. 어제저녁만 해도 그는 프엉을 시클로에 태우고 느긋하게 두오이 까를 지나고 있었다. 아직 채 한나절도 지나지 않았다. 이렇게 기이한 배웅길이 있단 말인가. 그는 생각했다.

하늘에서 다시 쉭쉭 비행기 소리가 들렸다. 공습경보를 알리는 징 소리가 울렸다. 이곳은 기차역과도 멀고, 변두리인 데다 간선 도로였다. 끼엔은 자전거를 길가의 A자형 대피호 옆에 세웠다. 발밑이 흔들거렸다. 함 롱 다리에서 한 차례 방공포를 쏘았다. 끼엔은 자전거를 길에 눕히고 프엉을 부축해서 걸었다. 둘은 대피호 입구에 앉았다. 사람들은 여전히 길을 다녔다. 몇몇 사람만이 가던 길을 멈추고 공동 대피호나 개인 대피호로 들어갔다. 폭탄이 터지면서 땅이 흔들렸다. 그리 가깝지도 멀지도 않은 곳이었다. 이제 해가 꽤 높이 떴다. 햇살이 눈부셨다. 길을 가는 사람들은 뜨거운 하늘을 올려다보지도 않았고, 끼엔과 프엉 쪽을 쳐다보지도 않았다. 방금 죽음의 고비에서 탈출해서 누더기가 된 가엾은 두 사람의 몰골은 다른 환경에서라면 분명 주목을 끌었을 것이다. 그러나 이런 환경에서 재난은 사람들의 마음속에 포화 상태가 되어 있었다. 심리 상태가 흡사 흙더미 같았다.

얼마 후 등에 골풀 거적을 두르고 지팡이를 짚고 가던 노인이 대피호 앞에 멈추어 섰다. 밥을 좀 달라고 했다. 끼엔이 고개를 저었다. 노인은 자기 집이 기차역 출입구 쪽에 있는데 불에 타 버렸고, 가족과 이웃이 모두 죽었다고 했다. 집도 없고, 돈도 없고, 쌀도 없고, 자식 손자도 없는데 왜 하늘이 자신을 살려 두는지 모르겠다고 했다. 지금 자신은 친척이 화전을 하는 소나무 숲에 가는데, 거기까지 갈 기력이나 남아 있을지 모르겠다고 했다. 게다가 그 친척이 살아 있는지조차 모르겠다고 했다. 그러고 나서 우린 모두 죽을 것이라고 덧붙였다. 끼엔은 앉아서 듣기만 하고 아무런 대꾸도 하지 않았다. 프엉도 마찬가지였다. 노인은 하얗게 센 머리를 건들거리며 목쉰 소리로 혼자서 말했다. 갈 때도 무슨 말을 중얼거리면서 갔다. 끼엔과 프엉은 한참을 아무 말 없이 앉아 있었다. 감정이 무뎌져서 아무런 생각도 나지 않았다. 비행기에 신경 쓰지도 않았고, 폭격을 피해 시내로부터 끝없이 쏟아져 나온 사람들이 거리를 내달리고, 서로를 부축하고, 아이를 업고, 들것을 들고 가는 모습을 쳐다보지도 않았다. 고통스럽고 애처로운 광경이었다. 둘은 아예 서로 말을 나누거나 쳐다보지 않기로 결심한 듯한 모습이었다. 갈증과 배고픔도 생각하지 않았다. 실제로는 갈증도 심하고 배고픔도 심했다. 나중에, 끝없이 이어지는 전쟁의 나날 속에서 끼엔은 자신과 주변 사람들이 그렇게 넋을 놓은 상태로 긴 시간 동안 죽은 것처럼 있는 것을 수없이 보았다. 뇌 속에 솜이 가득 들어차서 두려움도 없고, 흥분도 없고, 기쁘지도 않고, 슬프지도 않고, 갈망도 없고, 걱정도 희망도 없는 상태가 되었다. 멍해지고, 무감각해지고, 똑똑한 사람과 멍청한 사람, 용감한 사람과 겁 많은 사람이 똑같아지고, 사병과 장교가 똑같아지고 심지어 적과 아군이, 삶과 죽음이, 행복과 고통이 똑같아지는 상태가 되었다.

얼마 후에 다른 사람이 멈춰 섰다. 몸집이 왜소하고 얼굴이 야윈 중년의 남자였다. 등에는 발에 석고 붕대를 감은 뚱뚱한 여자를 업고 있었다. 그녀는 고개를 한쪽으로 젖히고 잠들어 있었다. 남자는 한참이나 길에 내팽개쳐져 있는 봉황 자전거를 살펴보았다. 그러고는 넋을 놓고 앉아 있는 끼엔과 프엉에게 이 자전거가 두 사람 것이냐고 물었다. 자기가 사고 싶은데 팔겠냐고 했다. 프엉은 대답하지 않고 말없이 쳐다보기만 했다. 끼엔도 마찬가지였다. 사내는 발만을 써서 능숙하게 자전거를 일으켜 세우고 여자를 조심스럽게 뒷자리에 앉혔다. 여자가 잠에서 깨어나 가벼운 신음을 내며 남자의 목에 팔을 감았다. 자전거가 휘청거렸다. 몸집이 왜소한 남자는 비틀비틀 자전거를 끌고 대피호 앞에 와서는 무슨 말인지를 중얼거렸다. 그는 손잡이에 매달려 있던 손가방을 풀어서 프엉의 옆에 내려놓고, 주머니를 한참 뒤져서 꼬깃꼬깃 접은 지폐를 꺼내 손가방 위에 올려놓았다. 그리고 알아들을 수 없는 응에 안 사투리를 중얼거렸다. 고맙다는 말이거나 잘 있으라는 인사말인 듯했다. 남자는 휘청거리며 힘겹게 자전거에 올라타서는 한쪽 손으로는 여자를 받치고 한쪽 손으로는 손잡이를 잡은 채 비틀비틀 페달을 밟았다. 당연히 방금 벌어진 기괴하고 바보 같고 믿기 힘든 풍경은 우스꽝스럽기 짝이 없었다. 그렇지만 지금은 기괴한 것과 멀쩡한 것의 경계가 없었다. 그렇게 남자가 자전거를 사 갔다. 끼엔은 느긋하게 자전거의 주인에 대해 생각했다. 아직도 시신이 바닥에 있을까, 아니면 누군가가 수습해 주었을까. 폭탄은 여전히 역 주변으로 쏟아지고 있었다. 흔들리는 땅. 비행기. 대공포. 바람 한 점 없고, 건조하고,

숨 막히는 무더운 날. 끼엔은 태연하게 지폐를 집어 주머니에 넣고 손가방을 열어 보았다. 물이 출렁이는 수통이 있었다. 마른 양식이 담긴 BA70 레이션, 손전등, 수첩, 해먹, 그리고 K59 권총 한 자루가 있었다. 프엉이 가방을 힐끗 보았다.

"조금 먹자. 물도 있어." 끼엔이 말했다.

프엉이 생기 없는 목소리로 무심하게 대답했다.

"그래, 먹자…. 먹어야 한다면…."

끼엔이 수통 마개를 열고 고개를 젖혀 한 모금 마시고는 프엉에게 건넸다. 그러고는 레이션 껍질을 까서 마른 양식을 꺼냈다. 수통에 든 것은 설탕을 탄 녹차였다. 짙은 노란색의 마른 양식 알갱이들은 향긋하고, 달콤하고, 짭짤하고, 맛있었다…. 그렇지만 끼엔은 프엉이 아무렇지 않은 듯 편하고 맛있게 먹는 모습이 놀라우면서도 가슴이 아팠다. 사건들이 벌어진 이후로 프엉에게는 먹는 것조차 피할 수 없는 하나의 과정이 되어 버린 듯했다. 게다가 이 음식은 피투성이와 죽음 곁에서 훔치고 약탈한 것과 마찬가지인 물건이었다…. 물론 그렇게까지 생각할 필요는 없다. 그는 오직 프엉이 먹고, 마시고, 제정신이 돌아오고, 더 침착해지고 원기를 회복하기를 바랄 뿐이었다. 그러나 프엉이 물을 꿀꺽꿀꺽 길게 마시는 행동과 식량을 집어 입으로 가져가서 우물우물 씹는 모습이 갈증이나 배고픔, 고난이나 괴로움, 스트레스와는 차원이 다른 비정상적인 행동으로 느껴졌다. 그러나 그게 실제로 어떻다는 것인지는 설명할 수 없었다. 단지 그런 행동을 볼 때마다 견디기 힘들 정도로 놀랍고 슬프고 마음이 아프다는 것이었다.

끼엔은 프엉에 비해 아주 조금만 먹었다. 실제로 그는 거의 먹지 못하고 프엉이 먹는 모습을 심란하게 지켜보기만 했다. 그리고 그제야 그녀가 얼마나 처참한 몰골을 하고 있는지 깨닫게 되었다. 끼엔의 옷은 구겨지고 몇 군데 찢어지고 모래흙과 석탄재에 더러워졌을 뿐인데, 프엉의 옷은 갈기갈기 찢어져 걸레만도 못했다. 그 찢어진 틈으로 하얀 살결, 멍든 자국, 긁힌 상처, 얼룩진 피가 그대로 드러났다. 얼굴은 연기에 그을리고, 입술은 붓고, 두 눈은 초점이 없었다. 그리고 한쪽 다리에선 아까 기차에서만큼은 아니었지만 여전히 피가 흘러나왔다. 프엉이 자세를 바꿔 비탈진 풀밭에 다리를 뻗었을 때 가랑이에서 새빨간 핏물이 새어 나와 무릎까지 흘러내렸다. 끼엔은 다시 한 번 놀라면서도 다친 게 아니라는 프엉의 말을 떠올렸다. 머릿속으로 여러 가지 생각이 밀려왔다….

"프엉, 다 먹어." 끼엔은 프엉이 레이션을 절반쯤 남겨 놓고 손을 비벼 부스러기를 털어 내는 모습을 보고 말했다. "먹고 힘을 내야지. 지금부터 하노이로 돌아갈 방법을 찾으려면 좀 더 고생을 해야 할 거야."

프엉이 고개를 젓고는 눈을 내리깔았다. 끼엔은 프엉에게 무서우니까 피를 닦으라고 말하려다가 그만두었다. 둘 사이에서 무언가를 잃어버렸고, 무언가가 바뀌었다. 또렷하고 심각했지만 말로는 설명할 수 없는 것이었다. 심지어 오랜 세월 동안 사랑의 감정으로 충만했던 것들도 이제 침묵으로 표현할 수밖에 없었다. 서로 침묵하며 안정을 찾아야 했다. 그러나 계속 이렇게 돌처럼 앉아 있을 수만은 없어서 결국 끼엔이 입을 열었다. 부드러운 목소리였다.

"저 마을에 들어가 보자. 너는 등을 기대고 쉴 곳이 필요해. 기운을 좀 차린 다음에 하노이로 돌아갈 방법을 찾아보자."

프엉은 아무 말도 하지 않았다. 눈을 들어 자신을 쳐다보지도 않고 무심하게 있었다. 점심 무렵의 하늘은 푸르고 고요했다. 길 건너 덤불이 띄엄띄엄 흩어져 있는 빈 들판 뒤로 나무숲이 보였다. 과수원 같았다. 그 뒤로 키 낮은 초가지붕 몇 개가 보였다. 끼엔이 다시 말했다.

"가자! 저기, 별로 멀지 않아. 프엉, 힘이 좀 생긴 것 같니?"

프엉이 힘없이 고개를 끄덕였다. 끼엔이 옷 단추를 풀며 말했다.

"프엉, 잠깐만 내 옷을 입고 있어. 어쨌든…."

프엉이 고개를 들어 메마른 눈빛으로 끼엔을 바라보았다. 프엉은 작게 말했지만 목소리는 격했다.

"뭐가 어쨌든이야? 어쨌든이라고…. 몹시 역겹다는 거지? 안 입어. 옷을 갈아입어서 뭐해. 어쨌든 더는 역겨울 것도 없어…. 끼엔, 쓸데없이 내 걱정 할 필요 없어. 너의 일은 부대로 돌아가는 거야. 내가 북으로 가든 남으로 가든 상관하지 마!"

끼엔은 옷을 벗던 손을 내려놓고 당황하며 말했다. 적당한 말을 찾으려 애 썼다.

"그런 뜻이 아니야. 우리 상황을 이해해 봐…. 우리가 서로 챙겨 주지 않으면 누가 챙겨 주겠어? 그리고 이미 벌어진 일들은… 프엉, 다시는 생각하지 마. 내 생각엔…."

그러나 프엉이 그의 말을 끊었다.

"무언가를 묻어 두고 잊고 싶다면 우선은 자기 자신이 그것에 대해 한마디도 꺼내지 않는 거야. 누가 그런 얘기를 한다 해도 절대로 듣고 싶어 하지 않는 거야."

끼엔은 거의 아무 감정 없이 이렇게 차갑고 단호하게 말하는 프엉을 처음

보았다. 가슴이 아팠다. 그는 가까스로 몸을 일으켰다.

"알았어!" 그가 말하며 프엉에게 손을 내밀었다. "가자!"

"그래." 프엉이 한숨을 길게 토해 내며 대답했다. 그녀가 끼엔의 손을 잡고 몸을 일으켰다. 둘은 손을 잡고 걸었다. 그림자가 발밑에 오그라들었다. 오후의 햇볕이 목덜미를 짓눌렀다. 두 개의 고독한 영혼이 한낮 햇살 속에 슬픔을 말리며 걷는 듯했다. 길을 지나는 사람들이 둘을 쳐다보지 않을 수 없었다. 특히 프엉이 그랬다. 그렇게 아름다운 얼굴에, 이렇게 나이 어린 여성이 더럽고, 상처투성이에, 너덜너덜한 걸레 조각을 걸치고, 남의 시선을 아랑곳하지 않은 채 걸어가고 있었다. 사람들은 심란한 눈길로 보다가 서글픈 절망감에 빠져 들었다.

"저기 좀 봐!" 어떤 이가 소리를 질렀다. "정말 아름다운 한 쌍이지?"

들판을 가로지르는 오솔길을 따라 과수원으로 갔다. 작열하는 햇볕 아래 과수원은 폐허가 되어 있었다. 폭탄 구덩이 주위로 흙더미가 어지럽게 널려 있었다. 뜨거운 바람이 불어와 둘을 녹초로 만들었다. 사람이 살고 있지 않은 듯했다. 길에서 보았던 몇몇 초가지붕은 작은 마을이 아니라 마을과 동떨어진 곳에 위치한 중학교였다. 오래전에 이곳은 선생과 학생의 발길이 끊긴 듯했다. 운동장에는 잡초가 자라고, 가로세로 난 교통호는 무너져 있었다. 교실은 부대의 막사로 사용되는 듯했다. 바닥은 습기가 가득하고, 사방으로 머리 높이만큼 흙더미가 쌓여 있었다. 끼엔과 프엉은 교통호를 따라 교실 안으로 들어갔다. 책걸상이 얼마 남아 있지 않았다. 그나마 여기저기 팽개쳐진 채 널려 있었다. 교단은 먼지로 뒤덮였고, 칠판은 뒤집힌 채 바닥에 떨어져 있었다. 교실 한가운데엔 석탄재와 나무토막이 쌓여 있었다. 책상 다리를 잘라 낸 것이었다. 초가지붕은 구멍이 여럿 나 있어 교실 안도 바깥 운동장과 마찬가지로 환했다. 황폐한 광경에 끼엔은 비통한 심정이 되었다. 그에게 학교는 어쨌든 아주 친밀한 곳이었다.

"학교가 이런 꼴이 되다니!" 그가 낮게 탄식했다. "이렇게 심하게 망가뜨리다니. 사람들이 삶을 존중하는 법을 모르는 건가?"

"분명 군인들이 지나가면서 그랬을 거야. 군인이잖아. 전쟁이잖아. 전쟁은 어떤 것도 가리지 않아. 성급하게 다 망가뜨리는 거야!" 프엉이 철학적으로 말했다. 전쟁을 한참이나 치른 후에야 흔히들 하는 말이었다. 그러나 당시에는….

끼엔이 비탄에 잠겼다. 프엉의 말에 반박하고 싶었지만 참았다. 끼엔은 심란했다. 말은 그렇다 치더라도 그녀의 표정이 너무도 냉담했고, 시선은 무심하고 공허했기 때문이다. 불현듯 끼엔은 두려워졌다. 프엉이 어디 아프거나 신경 계통이 끊어진 것 같았다. 그는 더 괜찮은 집을 찾아가려던 생각을 접었다. 그는 서둘러서 프엉이 누워 쉴 수 있도록 자리를 정리했다. 인적 없는 이곳이 편한 점은 사람들의 질문이나 시선을 받지 않아도 된다는 것이었다. 끼엔은 깨끗하고 다리가 성한 긴 의자를 골라 나란히 붙였다. 잠시나마 쓸 수 있는 침대가 되었다.

"여기에 누워서 눈 좀 붙여, 프엉. 너…."

프엉이 그의 곁에 다소곳이 앉았다.

"너도 자야지!"

"그래."

"그럼 왜 해먹을 치지 않아?"

"그러면 안 될 것 같아서." 끼엔이 부드럽게 말했다. "남의 거니까. 그리고 죽은 사람 것인지도 모르겠고."

"죽은 사람 거라고? 하지만… 우리에겐 다른 것이 없잖아. 달랑 하나 있는 걸 갖고 뭘 고민해?"

"됐어." 끼엔이 인상을 찡그리며 손을 흔들었다. "그렇게까지 말할 필요 없어."

"하지만 해먹을 안 치면 너는 어디에서 자? 내 옆에서 자려면 소름 끼치지 않을까?"

끼엔이 기계적으로 고개를 저었다.

"알았어. 그렇다면…." 프엉이 한숨을 길게 쉬며 자리에 누웠다. 팔베개를 하고 몸을 옆으로 돌려 끼엔의 자리를 만들어 주었다. 그러나 끼엔은 여전히 멍하니 앉아 있었다.

"이 근처에 물가가 있으면 좋을 텐데…." 프엉이 작은 소리로 말하며 끼엔의 손을 가볍게 잡았다. "내가 우선은 좀 씻어야 할 것 같아. 그렇지 않니?"

"물이 있을 수도 있어. 내가 나가서 찾아볼게. 너는 자고 있어."

"아니야. 가지 마. 나를 혼자 두지 마. 그냥 그랬으면 좋겠다는 것뿐이야. 너랑 헤어지기 전에 마지막으로 같이 자는데, 더 예뻐 보이면 좋겠다고 생각했던 거야. 실제는… 씻는다고, 피부를 벗겨 낸다고 달라질 건 없어. 내 인생이 그래. 내 운명은 이미 정해졌는걸!"

"무슨 말을 하는 거야. 도무지 알아들을 수가 없잖아. 그런 식으로 말하지 마…. 그리고 우리가 왜 헤어져. 왜 우리가 마지막이야?"

"앞일을 어찌 알겠니. 그래서 분명하게 말할 수 있는 건 없어. 그럴 수도 있고 그렇지 않을 수도 있지."

"분명하게 알아 두어야 할 것도 있어. 많은 것이 그래. 스스로 다짐할 줄 알아야 해!" 끼엔이 불만스럽게 말했다. "여기는 우리들 집이 아니기 때문이야. 여기는 전쟁터야. 전투를 치른다고. 믿음이 있어야 해."

"그러니까 넌 전투를 하러 가면 되잖아. 내가 처음에 이 길을 나선 건 너를 전장으로 배웅해 주기 위해서였어. 그렇지?"

"처음에? 그럼 그다음은?"

"세상에, 그다음이라니…. 넌 그걸 또 물어보니? 그 얘길 다시 꺼내서 뭐 해? 그 일은 그렇게 될 수밖에 없었던 거지. 그리고 지금 이후로는 또 어떻게 될지 누가 알겠니?"

"어떻게 그런 식으로 얘기할 수 있어?" 끼엔이 슬퍼서 소리쳤다. "나는 마음이 너무 아파. 너를 지난밤 그런 지경에 빠뜨린 건 나였으니까. 하지만 세상엔 수없이 맞닥뜨리는 불행이 있어. 우리가 겪은 폭격도 그 정도로 심할 줄은 아무도 예측하지 못했어. 하지만 어쨌든 우리는 여기까지 왔잖아. 무슨 일을 겪게 되더라도 다 괜찮아진다는 뜻이야. 하노이로 돌아가는 방법을 찾을 수 있을 거야. 모든 일이 정상으로 돌아올 거야. 예전과 같아질 거야. 왜 비관하니? 다 길이 있게 마련이야. 조심하지 않으면 스스로 자기 자신을 무너뜨리게 되는 거지."

"예전과 같아진다고? 해가 서쪽에서도 뜰 수 있다는 뜻이야? 그만두자, 끼엔. 어린애 같은 얘기는 더 하지 말자. 실제로 우리가 어린애라 하더라도 문제가 다 해결된 다음에는 어린애로 돌아가지 못하잖아. 그런 게 안 보이니?"

"그런 게 아니야. 우린 어린애가 아니잖아. 바로 네가, 네가 나의 아내라고 했잖아. 기억나니? 우리는 어린애가 아니지만 아무것도 우리 사이를 가로막을 순 없어. 우리 사이는 예전과 같아질 수 있어."

"아이고, 그만 자자. 나 너무 졸려. 이제 더는 아무 생각도 하지 마. 우리는 잘못이 없어. 아무에게도 잘못이 없어. 우리는 티 없이 태어났고 티 없이 자라 왔어. 서로 티 없이 사랑했어. 내가 너를 사랑했고 너도 그랬어. 아름답고 해맑았지. 꿈과 희망이 있었고. 우리 엄마도 그랬고, 네 아버지도 그랬어. 얼마나 아름다운 삶이었니…. 그리고 나는 너의 아내고말고. 하지만 그건 과거의 운명이었어. 지금은 운명이 달라졌지. 우리가 그걸 선택했어. 이해할 수 없는 선택이지만. 피할 수 없었던 거니까 선택이라고 해야지. 어제 일은 잊자. 내일에 대해서도 걱정하지 말자. 어찌 될지 알 수 없는데 어떻게 걱정부터 하겠니. 자꾸 스스로를 괴롭히면 안 돼. 그래서 뭐하겠니…. 내 말 들어. 자자. 생각하지 마. 생각해서 뭐해. 어느 쪽이든 너는 네 갈 길을 갈 거고, 나는 내 갈 길을 가게 될 테니까…."

프엉은 말을 끝맺지 못했다. 그녀의 손이 끼엔의 손에서 미끄러져 내렸다. 그녀는 곤히 잠들었다. 끼엔은 꼼짝 않고 앉아서 프엉의 자는 모습을 바라보았다. "너는 네 갈 길을 갈 거고, 나는 내 갈 길을 가게 될 테니까…." 프엉은 진리 앞에 고개를 숙이듯 어둡고 잘못된 결론을 내려놓고 그것에 순종했다. 끼엔은 무력감과 분노에 이를 사리물었다. 프엉의 영혼을 지배하는 인식이 무엇인지 상상해 보았다. 아마도 그녀의 영혼 속으로 들어온, 그녀가 지칭한 새로운 운명이라는 것에 너무도 일찍 무릎을 꿇었기 때문인 듯했다. 그 운명을 받아들이면서 균형감을 회복하고, 냉정하고 침착하게 고통을 씻어 내리는 것이다. 그리고 매몰차게 어제의 일들을 묻어 버리면서 해맑고 아름답다고 칭송했던 과거의 사랑까지도 함께 묻어 버리려는 것이다. 그렇다면 우리 사이는 끝난 것인가! 끼엔은 그렇게 생각했다. 그리고 알았다. 자신이 프엉을 버리게 될 것이고, 그녀의 운명이 어떻게 되든 내버려 둘 것임을. 눈앞의 그녀는 과거의 그녀와 전혀 다른 존재가 되어 있었다. 흰색이 뒤집혀 검은색이 되었다.

그녀는 불가항력의 상황에서 험한 고초를 겪고 나서, 조금 전 자기가 하고 픈 말을 다 쏟아 낸 후에, 지금 단잠에 빠져 들었다. 어떻게 이럴 수가 있단 말인가?

더럽고 너덜너덜한 옷에 피 묻은 속살이 다 드러났지만 그럼에도 그녀는 부드럽고 아름답고 새하얗고 매끈매끈했다. 끼엔에게 자리를 남겨 주려고 몸을 옆으로 해서 누웠는데 점점 추위가 느껴지는지 무릎을 구부리고 웅크렸다. 자는 모습이 아이 같았다. 무릎이 가슴에 닿았다. 그녀는 깊은 잠에 곯아떨어졌다. 지금은 더 바랄 것이 없는 것 같았다. 그녀는 마음을 놓았다. 두려움도 없었다. 끼엔은 그렇게 생각했다. 끼엔은 잠깐 망설이다가 프엉의 목덜미 뒤로 손을 집어넣어 몸을 살짝 일으킨 다음 갈가리 찢긴 옷을 벗겨 냈다. 옷을 뒤집어 얼굴을 닦고, 목을 닦고, 몸 전체를 닦아 주었다. 바지도 벗겨 내어 허벅지의 핏자국을 닦아 냈다. 끼엔은 떨리는 숨결과 손길로 자신의 옷을 프엉에게 입혀 주었다. 그러고는 해먹을 치고 자리에 누웠다. 잠들지 못할 것 같았음에도 잠에 빠져 들었다. 의식을 잃은 듯 깊은 잠 속에 파묻혔다. 잠에서 깨어났을 때 오후가 되어 있었다. 프엉이 보이지 않았다. 그녀에게 입혀 준 옷은 그의 가슴에 덮여 있었다. 바지와 손가방이 그의 목덜미 뒤에 베개로 받쳐져 있었다. 끼엔은 담배 냄새에 깜짝 놀라 일어나 앉았다. 그리고 이상한 것은 의자 끝에 둥글게 뭉쳐 두었던 그녀의 옷이 바닥에 놓여 있었다는 것이다. 담배꽁초도 몇 개 보였다.
 끼엔은 옷을 입고 가방에서 권총을 꺼내어 주머니에 넣고 교실을 나왔다. 그림자가 기울어진 모습으로 봐서 네 시 정도 된 것 같았다. 끼엔은 학교 주변을 샅샅이 살피며 프엉을 찾아보았다. 그러나 이름을 부르지는 않았다. 다른 교실에 가로세로 해먹이 걸려 있는 게 보였다. 병사들은 대부분 잠을 자고 있었다. 몇몇은 모여 앉아 카드놀이를 하고 있었다. 끼엔은 점심때 걸어왔던 오솔길을 거슬러서 들판으로 갔다. 아침에 둘이 머물렀던 대피호를 바라보았다. 프엉의 모습은 어디에도 보이지 않았다. 잠을 너무 오래 자서 머리가 멍했다. 판단력도 흐리고 반응도 느렸다. 심지어 끼엔은 가슴속에 쌓여 있던 걱정거리들도 전혀 느껴지지 않았다. 그는 학교를 둘러싸고 있는 나무숲을 느긋하게 수색했다. 생각보다 과수원이 꽤 넓었다. 나무가 듬성듬성 서 있었다. 몇 군데에 시원한 그늘이 있었다. 적막했다. 나뭇잎을 흔드는 바람 소리, 간헐적인 새소리, 끼엔의 발소리, 그리고 늙은 보리수의 시원한 그늘 아래로 나뭇잎으로 위장한 두 대의 트럭 외에는 아무것도 없었다. 두 대의 트럭 옆을 지날 때 왠지 심장이 쿵쿵 뛰었다. 끼엔은 소리 높여 프엉을 불렀다. 아무런 메아리도 없었다. 조금 더 가다가 걸음을 멈췄다. 과수원의 이쪽은 커다란 연못과 접해 있었다. 물이 맑은 것으로 봐서 꽤 깊은 듯했다. 연못 저편으로는 아스팔트를 깐 큰길이 있었다. 아마도 1번 국도인 듯했다. 끼엔은 잔물결이 이는 연못을 한참 동안 넋을 놓고 바라보았다. 얼굴을 씻을 엄두도 내지 못하고 학교로 돌아왔다. 끼엔은 실낱같은 희망을 안고 빠른 속도로 교실을 향해 뛰었다. 부질없는 희망이었다. 교실엔 아무도 없었다. 침침한 어둠만이 내려 있었다. 들끓는 모기 떼. 몇 개의 의자. 피 묻고 더러운 옷가지. 해먹. 이렇게 끝내자면 어쩔 수 없는 노릇이다. 프엉이 나를 버리고 떠났다. 아마도 이 상황에 대한 해결책이었던 모양이다. 끼엔은 그렇게 생각했다. 이제 자신이 할 일은 부대 복귀를 위해 시내로 들어가서 군 당국을 찾아가는 것밖에 없다. 그는 해먹에 몸을 던졌다. 그러나 곧바로 다시 일어나 앉았다. 행운의 실마리를 잡을 수 있겠다는 생각이 스쳐 지나갔다. 그는 밖으로 나와 바로 옆 교실로 들어갔다.

해먹, 배낭, 권총, 가방…. 모두들 장교인 듯했다. 한가하게 누워 있는 사람도 있고, 카드놀이를 하는 사람도 있다. 끼엔은 주저하고 망설이다가 중얼거리듯이 물었다. 바닥에 비닐을 깔고 앉아 카드놀이를 하던 이들 중 하나가 자기 패를 내려놓고 고개를 들어 끼엔을 바라보았다. 그는 곰보 얼굴에 턱수염이 듬성듬성 나 있었다. 생각에 잠겨 잠시 망설이는 듯하더니 기침을 가볍게 콜록이며 말했다.

"애인이야? 그랬군…. 썩 괜찮은 아가씨던데. 그렇지? 단정한 말씨에 꽤 예쁘더군. 그렇지? 목이 길고, 피부가 하얗고, 얼굴이 아주… 그렇지? 걸음걸이도 나긋나긋하고, 아주 홀딱 반하겠던데… 맞지?"

"대장님께 보고드립니다. 네, 맞습니다. 그런데…."

"연못에서 목욕하고 있던걸! 내가 봤어…."

"네?" 끼엔이 소스라치게 놀랐다. "연못 말입니까?"

"그래, 연못. 그런데 왜 그렇게 멍한 얼굴을 하는 거야. 아가씨가 어디 가서 죽은 것도 아닌데 말이야. 목욕하고 나오는 것도 내가 봤어. 한참 됐는데, 점심때였으니까. 그런데 그때부터 지금까지 아가씨를 못 만났단 말이야?"

"제기랄, 무슨 수로 만날 수 있겠어?" 웃통을 벗은 채 해먹에 누워 있던, 꼭 씨름꾼같이 생긴 사람이 몸을 일으키며 쉰 목소리로 말했다. "아가씨가 지금 8수송단 숙영지에서 놀고 있을 테니 말이야. 내 말 알아들었어?"

"그렇습니까? 그렇지만…."

"그렇지만! 뭐가 그렇지만이야? 정말 바보 같은 소자산 계급 녀석이군. 군대에 들어왔으면 그런 얼간이 같은 습관은 버려야 해!"

"네." 끼엔은 당황했다. "네, 그렇지만…."

"또 그렇지만!" 사내가 벌떡 일어섰다. 육중한 몸이었다. "그런데, 넌 무슨 군인이 그 모양이야. 이런 상황에 여자 때문에 괴로워할 시간이 있다니. 함롱 방공 포대 소속이야, 아니면 탈영병이야?"

"이봐, 푹. 왜 그렇게 사람을 몰아붙이는 거야?" 곰보 얼굴이 얼른 끼어들며 말했다. "그리고 자네, 전투병이잖아. 용감해야지! 대수롭지 않은 일이야. 아가씨는 지금 운전병들 숙영지에 있을 수 있어. 무슨 일을 하고 있는지는 모르지만…. 연못 뒤쪽에 차가 은폐되어 있어. 8수송단의 갓 57 트럭 두 대야. 보리수 아래에 있어."

"보리수요…." 끼엔은 창백한 얼굴이 되어 작은 소리로 말했다. "하지만 좀 전에 제가 거기에 갔었는데 아무도 없었습니다."

"만약 그 자식들하고 아가씨가 짐칸에 있다면 네가 무슨 수로 볼 수 있겠어?" 씨름꾼 사내가 비웃으며 말했다. "계집애가 아주 간댕이가 부었군. 분명 도시 계집애일 거야. 그렇지?"

"제가 이름까지 불렀습니다. 그런데 아무 소리도 없었습니다. 그곳이 아닐 수도 있습니다."

"아무 소리도 없었다고?" 푹이란 이름의 육중한 사내가 쉰 목소리로 장황하게 상소리를 지껄이기 시작했다. "내가 너라면 말이야, 벌써 따먹어 버렸다. 맛있어 보이면 진짜 맛을 봐야지. 하지만 그런 닳아빠진 창녀는 공짜로 줘도 나는 뭐…."

끼엔이 사내의 입에 정통으로 주먹을 날려서 말을 끊어 버렸다. 그러고는 뒤로 물러서서 바지 주머니에서 K59 권총을 꺼냈다. 카드놀이를 하던 사람들이 모두 얼어붙었다. 끼엔은 총알을 장전하고 침착하게 대처했다. 조금도 떨지 않고, 푹의 가슴에 총구를 겨냥했다.

"미련하고 천박한 새끼! 정말…."

끼엔은 짧게 말을 내뱉은 후 총구를 내리고 뒤돌아 밖으로 나왔다. 아무도 쫓아오지 않았다. 아무도 소리를 지르지 않았다. 아무 일도 없었다는 듯이, 다시 카드놀이를 계속하는 듯했다.

끼엔이 학교 운동장을 벗어났다. 고개를 숙인 그는 길도 살피지 않고 방향도 살피지 않았다. 머릿속이 깊은 어둠에 잠긴 듯했다. 눈앞에 보리수 그늘에 서 있는 두 대의 트럭이 나타났을 때, 끼엔은 깜짝 놀라서 그 자리에 섰다. 그는 결코 이곳으로 올 마음이 없었다. 지금도 가까이 가고 싶지 않다. 아무것도 보고 싶지 않다. 아무것도 필요치 않다. 그러나 발걸음은 계속해서 내디뎌졌다. 안 좋은 것을 보면 치욕스럽고 괴로울 것이 뻔했지만 몸이 말을 듣지 않았다. 끼엔은 몰래 운전석을 엿보고 짐칸을 엿보았다. 첫 번째 트럭에는 아무도 없었다. 뒤에 있는 트럭의 운전석에도 사람은 보이지 않았다. 장전된 권총이 손에 들려 있었다. 끼엔은 짐칸의 장막을 들어 올렸다. 퀴퀴하고 역겨운 냄새가 났다. 파티라도 벌였는지 술 냄새, 맥주 냄새, 담배 냄새, 땀 냄새와 음식 냄새가 뒤섞여 있었다. 드르렁드르렁 코 고는 소리와 라디오에서 흘러나오는 모호한 노랫소리가 들렸다. 잠꼬대 소리도 들렸다. 낡은 반바지를 입은 서너 명의 사내가 비좁은 짐칸 안에서 드러눕고 엎어져 서로의 몸에 다리를 올려놓은 채 뒤엉켜 자고 있었다.

끼엔은 자리를 박차고 뛰었다. 비틀거리며 달려갔다. 장이 뒤틀렸다. 헛구역질이 났다. 역겨운 술 냄새 때문이었는지 끔찍한 상상 때문이었는지 모르지만 심한 구토가 몰려왔다. 트럭에서 최대한 빨리 멀리 벗어나기 위해 끼엔은 비틀비틀 몸을 휘청거리며 뛰었다. 머리 위로 비행기가 날아가는 소리가 들렸다. 대공포를 쏘아 대는 소리도 들렸다. 숲 속의 새들이 흩어지며 날아올랐다. 끼엔은 키 큰 나무로 울창한 숲 한가운데, 연못가에서 걸음을 멈추었다. 석양빛으로 붉게 물든 하늘 높이 미군 폭격기들이 수없이 날아들었다. 새카만 강철의 광풍이 몰아칠 듯했다. 단단히 구축한 대공 방어망을 아랑곳하지 않고 폭격기들은 끔찍한 굉음을 냈다. 폭격기들은 급강하 없이 3천 미터 고도에서 엄청난 크기의 손바닥 모양으로 대형을 유지했다. 그리고 동시에 폭탄을 투하했다. 끼엔은 하늘을 가득 덮은 폭탄 더미들이 이곳에서 꽤 먼 곳에 떨어질 것을 알고 있었지만 야만적인 폭탄 양에 몸을 바짝 엎드려야 했다. 하늘 높이 불기둥이 치솟아 오르고, 후폭풍이 오후의 풍경 속으로 세차게 밀어닥칠 때, 불현듯 프엉의 모습이 눈에 들어왔다.

끼엔에게서 채 열 걸음도 떨어지지 않은 왼쪽 덤불 쪽, 연못가 안쪽에 솟아 있는, 옻칠한 듯한 검은 바위 위에서 프엉은 알몸으로 목욕을 하고 있었다. 그녀는 무릎을 꿇은 자세를 하고 있었지만 하얗고 매끈한 몸매가 고스란히 드러났다. 앞쪽으로는 연못이 넓게 펼쳐져 환히 트여 있었고 뒤쪽으로는 성기게 돋아난 덤불과 함께 키 낮은 잡초들만이 연못가를 뒤덮고 있었기 때문이다. 프엉은 비행기를 올려다보고, 비처럼 떨어지는 폭탄과 치솟은 불기둥, 훨훨 머리채를 풀어 헤치는 짙은 연기를 바라보았다. 그러나 조금도 놀라거나 두려워하지 않는 듯했다. 한 번 보고는 다시는 보지 않았다. 전혀 개의치 않고 침착하고 태평하게 목욕을 했다. 무릎을 꿇고 등나무 모자로 물을 퍼서 어깨에 부었다. 그러고는 목을 위로 젖혀서 물을 붓고, 몸을 쭉 펼쳐서 물을 붓고, 가슴에 물을 부었다. 끼엔은 자기도 모르게 프엉을 부르는 소리가 튀어나갈까 봐 입술을 깨물었다. 그리고 세상사에 달관한 듯 온몸을 드러낸 채 목욕하고 있는 프엉의 모습을 말없이 살폈다. 지극히 여유로운 모습이었다. 프엉이 몸을 곧게 세웠다. 물에 흠뻑 젖은 그녀는 눈부시게 아름다웠다. 프엉은 손가락으로 머리를 빗으면서, 멀리 사라져 가는 폭격기들을 힐끗 올려다보았다. 그러고는 춤을 추듯 몸을 가볍게 돌리고 사뿐사뿐 연못가에 올라섰다. 주위를 한번 둘러볼 생각도 하지 않고, 풀밭에 놓여 있던 초록색 수건을 집어 들었다. 프엉은 꼼꼼하게 몸을 닦았다. 아름다운 두 팔, 둥근 어깨선, 가볍게 흔들리는 팽팽한 가슴, 매끈하고 잘록한 허리, 양 허벅지 사이의 움푹 들어간 자리에 카펫처럼 잘 정돈된 무성하고 매끄러운 음모, 탄력 있고 늘씬한, 조각같이 아름다운 다리, 연유 빛깔 피부….

덤불숲에서 끼엔은 프엉의 신체적 특징과 몸의 움직임과 살결의 떨림까지 세세하게 응시했다. 그의 시선은 어쩔 수 없는 부끄러움과 함께 어지럽고 미칠 듯한, 뜨거운 욕망을 담고 있었다. 그러나 동시에 무정하고 엄격한 시선이었고, 냉정한 관찰이기도 했다. 그는 프엉이 엉덩이를 씰룩거리고 어깨를 틀면서 아래 위 속옷을 입고 겉에 꽤 괜찮은 블라우스를 입는 모습을 지켜보았다. 그는 다시 이를 물었다. 둘의 삶에 내려졌던 재난이 프엉에게는 재난이 아닌 듯했다. 끼엔은 생각했다. 도리어 그녀는 그 재난을 삶의 새로운 요소로 받아들이고 적응해야 하는 것으로 여기는 듯했다. 심지어 꽤 만족스러워하는 듯했다. 끼엔은 이제 프엉이 천부적인 완벽성도 매력적인 모습도 해맑은 영혼도 모두 잃어버렸다고 확신했다. 환경에 떠밀린 것이 아니라 프엉 스스로 미련 없이 벼랑에서 뛰어내렸다. 그녀는 조금 전같이 밝은 대낮에도 수치심 없이 알몸을 드러냈던 것처럼 무심하고 경멸적이고 담담하고 냉소적인 태도로 새로운 삶을 시작했다. 순결한 영혼으로 항상 밝게 빛나고 진실되고 열정적이던, 그의 아름다운 애인 프엉에서, 구원할 방법도 없이 순식간에 낯선 여자로, 산전수전 겪은 여자로, 완전히 다른 여자로 변해 버렸다. 끼엔은 생각했다. 그녀가 모든 환상을 포기하고, 희망을 접고, 자기 자신에게도, 끼엔에게도, 과거에도, 나라와 모든 사람의 고통스럽고 가엾은 처지에도 차갑고, 냉담하고, 무심하게 변했다고. 마음이 무거웠다. 끼엔은 몸을 흔들며 느긋하게 사뿐사뿐 걸어가는 프엉의 모습이 완전히 사라질 때까지 하염없는 눈길로 그녀를 쓰다듬듯 따라다녔다. 고통스런 실망감이 가슴에 가득 차올랐다. 끼엔은 다시는 프엉과 만날 수 없을 거라 생각했다. 그녀를 단호하게 버리기로 결심했기 때문이다. 결국 지금 이후로 프엉은 끼엔에 대한 모든 일을 용서할 것이다. 이 무모한 표류 여행에 그녀를 끌어들인 일부터, 그녀의 눈앞에서 잔인한 맹수로 변해 살인자가 된 것, 지금 이처럼 차갑게 그녀를 쫓아내는 것까지 다 용서할 것이다. 끼엔은 알았다. 그녀의 천성이 본래 그러하기에 모든 것을 용서하게 되리라는 것을. 그러나 그는 프엉을 절대로 용서하지 못한다.

끼엔은 꼼짝 않고 앉아 있었다. 연못 저편 멀리서 시커먼 연기가 아직도 육중하게 하늘 높이 치솟고 있었다. 후덥지근한 열기가 밀려왔다. 바람 한 점 없는 적막하고 피곤한 오후였다. 끔찍한 하루가 드디어 침묵에 빠졌다. 그러나 고통이 은밀하게 가슴을 파고들었다. 끼엔은 천천히 총을 들어 올려서 시커먼 총구를 우울하게 한참 동안 바라보았다. 그리고 팽팽하고 딱딱한 방아쇠에 손가락을 걸었다. 무슨 까닭으로 삶이 죽음보다 낫다고 하는 걸까? 그리고 어째서 다른 사람의 신체와 인생에 강편치를 날릴 때는 그다지 손을 떨지도 않으면서, 자신을 향해서 오는 극렬하고 폭력적인 행동에는 몸을 벌벌 떨면서 감히 그러면 안 된다고 하는 걸까? 둘 다 똑같은 죽음이 아니던가? 끼엔은 총구를 코끝에 대고 방아쇠에 건 손가락을 조금 떨면서 눈을 감은 채 고민에 빠져 스스로에게 물었다. 그때 아주 먼 곳으로부터 그의 이름을 길게 부르는 소리가 울려 퍼졌다.

"끼엔…." 슬프고 감미로운 목소리가 비탄에 잠겨서 물결처럼 울려 퍼졌다. "…끼에엔…."

깜짝 놀란 끼엔은 권총을 풀밭에 내려놓으며 탄창에서 총알을 뺐다. 프엉이 연못가로 달려왔다가 그가 있는 곳을 스치고 지나갔다. 그녀가 점점 멀어졌다. 끼엔은 권총을 발로 차서 물에 빠뜨렸다. 물고기가 자맥질하는 듯한 소리가 났다. 주위는 아무렇게나 자란 풀과 나무들이 습기에 젖은 채 강렬한 냄새를 뿜어냈다. 물안개가 피어올라 어둠과 섞였다. "끼엔…!" 부르는 소리가 여러 번 계속되고 있어 그는 덤불 속에 한참을 더 앉아 있어야 했다.

끼엔은 그곳을 벗어났다. 학교 쪽으로도 가지 않았다. 노을이 지고 하늘에 어둠이 밀려왔다. 습기를 가득 머금은 흐릿한 안개 때문에 연못이 더 넓게,

숲이 더 울창하게 보였다. 끼엔은 과수원을 가로지르는 지름길을 찾아 시내로 들어가는 도로로 빠르게 접어들었다. 점심때가 가까울 무렵 그와 프엉은 기차역에서부터 이곳까지 도망쳤었다. 지금은 끼엔 혼자서 걸음을 재촉했다. 시내 어귀에 다다랐을 때 문득 가냘프고 애절하게 자신을 부르는 프엉의 목소리가 들려왔다. 어느 방향에서 들려오는지는 알 수 없었다. 아마도 오후에 불렀던 그 소리가 사그라지지 않고 허공을 떠돌다가 한밤의 어둠 속으로 밀려드는 듯했다.

바로 그날 밤 끼엔은 군 행정 당국을 찾아갔다. 다음 날 그는 훈련병들과 함께 농 꽁까지 행군해서 보충대에 들어갔다. 그 뒤로 전쟁 이후에 다시 만날 때까지 프엉의 소식을 듣지 못했다. 그러나 전혀 소식을 몰랐던 것은 아니다….

파리 협정 체결 후 상대적으로 평온할 때 끼엔의 정찰 소대는 닥 버 라 강가에서 처음으로 휴양을 즐기고 있었다. 그때 끼엔은 편지를 한 통 받았다. 북부가 아니라 5지역 전선의[66] 2사단에서 온 편지였다.

"제 이름은 끼입니다. '벌집' 끼라고도 합니다. 지금 저는 쩐 사령관의 정찰 부관으로 일하고 있습니다." 편지는 이렇게 시작됐다. "제2사단이 꽁 뚬 시내를 공격할 때 당신이 속한 정찰 연대가 우리를 지원해 주었습니다. 올해에 있었던 작전이니까 당신도 분명 기억할 겁니다. 하지만 당신이 저를 알아볼 수는 없었겠지요. 역시나 당연한 일입니다. 저는 당신을 보자마자 곧바로 알아보았습니다. 그때 만약 우리가 처음 만났을 때를 얘기해 주었다면 당신도 제가 누구인지 금방 기억해 냈을 겁니다. 하지만 작전 중에 당신을 몇 번

---

[66] Khu 5: 중부전선. 동으로는 바다, 서로는 B3, 남으로는 Khu 6, 북으로는 B5와 접한다.

만났지만 저는 아무 말도 하지 않았습니다. 한편으로는 전투 상황이 치열하고 급박한 지경이었기 때문이기도 했고, 한편으로는 망설여지기도 했기 때문입니다. 이미 오래된 일이고 다 지나간 일인데 얘기를 꺼내 봤자 당신의 마음을 어지럽혀 전투에 안 좋은 영향을 미칠지도 모르겠다고 생각했습니다. 하지만 자세히 관찰해 보니 당신은 이미 노련해져 있었고, 능숙한 정찰대원이 되어 있었습니다. 모든 일에 대처할 수 있는 충분하고 강인한 정신력도 갖추고 있었습니다. 그리고 이제는 평화가 찾아왔으니 과거 일을 조금은 진정시킬 수 있을 거라 생각합니다. 이곳 평야 지대에 왔을 때 저는 당신에게 당장 편지를 써야겠다고 마음먹었습니다. 끼엔 씨, 당시의 사정은 이랬습니다. 당신은 탄 호아 시내 가까이에 위치한 버려진 낡은 중학교를 기억하고 있을 겁니다…. 당신과 충돌이 있은 후," 편지가 계속되었다. "우리는 모두 정신이 멍한 상태였습니다. 당시에 우리는 간부이긴 했어도 모두들 아직 풋내기였습니다. 말을 조리 있게 하지 못했습니다. 그때 당신 뒤를 쫓아가서 다시 말을 하고 위로하지 못한 것이 후회스럽습니다. 하지만 당신은 총을 갖고 있었습니다. 그래서 어떻게 할 도리가 없었습니다. 서로 총을 쏘아 댈 수는 없는 노릇이었으니까요. 조금 후에, 그다지 오래되지 않았던 것 같습니다. 바로 그 아가씨가 우리에게 와서 당신이 어디에 있는지 아느냐고 묻더군요. 또 우리의 두서없는 설명에 그녀는 안절부절못했습니다. 그녀는 밤이 이슥할 때까지 목이 쉬도록 당신 이름을 부르며 찾아 헤맸습니다. 한참 후에야 우리는 그녀를 달래어 숙소로 돌아왔습니다. 당신이 떠난 게 분명해 보였기 때문입니다. 당신이 그렇게 행동한 것이 맞았는지 틀렸는지는 판단할 수 없지만 우리의 잘못은 아주 심각한 것이었습니다. 왜냐하면 우리가 당신을 자극했던 얘기의 내용과는 정반대로 끼엔 씨, 당신의 여자는 얼굴도 예쁠 뿐만 아니라 성격도 무척 사랑스러웠으며 당신을 아주 많이 사랑하고 있었기 때문입니다…. 우리는 그 학교에 하루를 더 머물렀습니다. 그 아가씨도 마찬가지였습니다. 그녀는 그곳에서 내내 당신을 기다렸습니다. 우리는 그녀에게 소나무 숲에 데려다 주고, '가장 믿을 만한 동행자들과 함께 하노이로 가는 군용 차'를 잡아 주겠노라고 제안했습니다. 하지만 아가씨가 거절했습니다. 그녀는 남쪽으로 내려가겠다고 했습니다. 그래서 '그다음엔 어떻게 할 건지' 물어봤습니다. 아가씨는 '상황에 따라 결정할 것'이라고 답했습니다. 물론 몹시 슬픈 표정이었습니다. 우리는 더 머물 수가 없었습니다. 다음 날 저녁에 떠나야 했습니다. 그때 아가씨는 그 폐허의 학교에 계속 남았습니다. 그랬습니다. 그렇게 된 것이었습니다. 당시의 일은 항상 제 마음속에 짐으로 남아 있었습니다. 그래서 화염 속에서 7년이 지난 후에도 당신을 알아보았던 겁니다. 또한 그래서 당신에게 편지를 쓰게 된 것입니다. 만약 이 편지를 받기 전에 당신이 이미 그녀를 만났다면 더없이 좋은 일이고, 만약 아직 못 만났다면 이 편지가 둘의 관계에 어떤 작용을 하게 되기를 바랍니다. 전쟁은 지나갔습니다. 지난 추억의 옛사람을 다시 만날 수 있다는 희망이 넘쳐 납니다. 끼엔 씨, 그녀를 찾아보세요. 그녀가 살아 있다면 만나야 합니다. 세상에는 알아야 할 필요가 있을 때는 알지 못하고 이해하지 못하다가, 정작 알게 되고 이해하게 되었을 때는 아무 소용 없는 경우가 있습니다. 그래도 아는 것이 모르는 것보다는 낫습니다…."

전우의 편지는 끼엔의 가슴을 덥혀 주었다. 위로가 되었고 격려가 되었다. 지난 삶에서 절대로 잃을 수 없는 것에 대한 신비로운 희망을 갖게 되었다.

잃어버릴 뻔했던 모든 것이 그렇게 아직 남아 있었다. 전쟁을 겪을수록 파멸의 힘보다 더욱 강한 것이 존재한다는 것을 목격하게 되었다. 전쟁이 모든 것을 잿더미로 만드는 힘을 가졌다 해도, 모든 것을 파멸시킬 수는 없다는 것을 점점 믿게 되었다. 모두 여전히 남아 있었다. 원래 모습 그대로 남아 있었다. 물론 추악한 것도 남아 있었고, 아름다운 것도 남아 있었다. 분명히 이미 다른 사람이 되었지만 본래의 자기 자신만은 바뀌지 않았다. 끼엔은 프엉 역시 그럴 것이라고 믿었다. 일반적으로 말해서 모든 사람, 전쟁으로 변화를 겪은 그 누구나 여전히 과거 속의 자기 자신과 다름없다.

끔찍한 전쟁을 거부하고, 잔인한 폭력과 오욕을 거부하고, 인간의 삶을 틀에 꿰맞추는 교조주의와 하찮은 고정관념을 거부한다. 그의 프엉은 영원히 어리고, 영원히 시간 밖에 있고, 영원히 모든 시대 바깥에 있다. 그녀는 영원히 아름답고, 지나온 삶에서 깨달은 것처럼 그녀의 아름다움은 그 어떤 사람의 아름다움과도 다르다. 그녀는 비의 계절을 방금 지나 바람의 계절로 들어가는 초원과 같다. 풀 이파리 파도치며 일렁이고 하늘을 뒤덮은 국화가 사랑스럽게 넘실거린다. 그녀는 아름답다. 빠져 들게 하고 이성을 잃게 한다. 가늠하기 어려운 신비로운 미모는 의식이 몽롱해질 정도로 매력적이다. 가슴이 아프도록 아름답고, 상처 입은 미모처럼, 위험한 미모처럼, 접근할 수 없는 미모처럼 그녀는 아름답다.

오랜 세월이 흐른 뒤, 끼엔은 메마른 실망감에 몸을 담그고 있던 어느 날 밤 자신의 삶이 눈앞에서 물결이 되어 흘러가면서 죽음의 땅에 다다르는 것을 어렴풋이 느꼈다. 자기 자신을 놓아 버리려던 마지막 순간에 지난 옛날 쓰디쓴 황혼녘에 프엉이 부르던 그 소리를 들었다. 그 소리에 끼엔은 정신을 차렸다. 첫사랑이 마지막으로 부르는 소리였고 동시에 그것은 비록 놓쳐 버리고 놓아 버린 것이었지만 절대로 잃을 수 없고, 영원히 간직하고 있으며, 과거의 길에서 그를 기다리던 행복한 삶과 밝은 미래를 마음에 새기게 하는 메아리였다.

지난 40년의 삶이 눈앞에서 끝없이 펼쳐졌다. 추억, 수많은 추억이 그로 하여금 길을 나서도록 손을 까불며 불러 대고 어서 가라 재촉했다. 과거는 최후가 없고 과거는 우정, 형제애, 동지애, 그리고 일반적으로 불멸의 인간성과 더불어 영원히 정절을 유지한다.

과거의 지평선까지 펼쳐져 있는 공간 속에서 불길에, 삶의 첫 번째 전쟁의 불길에, 첫 번째 표류에 그가 영원히 휘말리는 것은 또한 어린 시절의 깊은 밑바닥에서부터 솟아난 사랑의 섬광이기도 하다.

8

　우리 동네의 작가는 이곳을 떠날 때 아무에게도 알리지 않았다. 그리고 사실 아무도 그에게 관심을 기울이지 않았다. 그는 수시로 사라졌었다. 일주일일 때도 있었고, 몇 달일 때도 있었다. 이번에는 몇 년일 수도 있다. 심지어 영원히일 수도 있다. 그것은 전혀 낯선 일이 아니고, 또한 어려운 일도 아니다. 자신을 자유롭게 하는 법을 아는 사람은 하늘의 바람처럼 수많은 운명의 계기와 수많은 길을 만날 수 있기 때문이다.

　그는 떠나던 날, 문을 열어 둔 채 나갔다. 다음 날 동틀 때 북풍이 창문으로 밀려들었다. 뿌연 먼지와 부슬비가 방 안으로 들어와 유행에 뒤떨어진 삶의 흔적인, 몇 안 되는 투박한 가구들에 내려앉았다. 난로에서 석탄재가 날아오르고, 책상과 책꽂이에 있던 서류들이, 그리고 책상 구석에 쌓여 있던 원고 더미들이 허공에 흩어져 날다가 바닥 여기저기로 떨어졌다. 방에서 함께 밤을 보냈던 그날의 여인이 잠에서 깨어났을 때는 혼자 남겨져 있었다. 그녀는 어지럽혀진 빈방을 소리 없이 정리했다. 바닥에 뒤죽박죽 떨어져 있던 종이들을 모두 주워서 원고 뭉치와 함께 쌓았다. 산더미가 되었다. 나중에 동네 사람들은 그녀가 낑낑거리며 산더미를 들고 그녀의 옥탑방으로 올라가는 것을 보았다.

　그녀는 모든 것이 이해하기 힘들었다. 그가 왜 집을 나간 것인지, 어디로 간 것인지 알지 못했다. 그런데 그녀는 누구에게 말할 수도 물어볼 수도 없었다. 단지 더욱 어둡게 무거워진 침묵으로 슬픈 심정을 토로할 뿐이었다. 흐르는 세월도 상관하지 않고, 떠나기 전 그가 원고를 모두 난로에 던져 넣으려 했던 사실도 잊고서, 그녀는 숨 막힐 정도의 엄청난 원고 더미를, 순서도 헝클어진 채 먼지를 뒤집어쓴 원고 더미를 처음 가져온 그대로 정성스레 보관했다. 동네 사람들은 그녀가 빙의 부적을 써서 재산을 지키는 신이 되었다고 농담했다. 개인적으로 나는 우리 동네의 작가에 대한 벙어리 여자의 남모를 기다림은 베갯머리에 작품을 늘 놓아둔 유일한 독자로서의 충절 같은 것이라 여겼다. 그리고 만약 그렇다면 세상 밖으로 절대 나오지 않을 그 작품은 한 독자에게 최소한의 가치를 인정받은 셈이다. 달리 말하면 한 독자의 마음 속에 그 가치가 보증된 셈이다.

나중에 나는 수단을 써서 벙어리 여자의 옥탑방에 보관되어 있던 모든 원고를 손에 넣을 수 있었다. 왜 그랬는지 모르지만 나는 그녀가 한 장 한 장 인내심을 갖고 세심하게 읽었을 은밀한 보증이 있어서 작품에 대해 꽤 안심했다. 물론, 나도 그녀처럼 꼼꼼하게 읽었다. 동네의 평범한 사람들이 기이하다고 평하고, 설명할 수 없는 현상으로 지칭하는 인물에 대해 이해하고 싶은 호기심 때문이었다. 사람들은 그를 일컬어 귀신 들린 놈, 지난 시대가 낳은 후유증이라고 했다. 그는 참회를 위해 마시고, 삶의 수많은 우여곡절과 무수한 죄악을 묻어 버리기 위해 마셔 대는 알코올 의존자였다. 여자의 사랑과 구원을 받은 자였지만 그의 영혼은 남자도 사랑하고 여자도 사랑했다. 동네의 마지막 공식 소자산 계급으로 반항적이고 극단적이었지만 지극히 나약하고 우유부단한 자였다. 대체적으로 그러했는데 어느 것도 분명한 것이 없는 인물이었다. 그렇지만 우리들 대부분이 하나의 똑같은 감동만 느끼는 이 시대에 나는 엇박자의 성격을 가진 인물들에 매력을 느꼈다. 그래서 곤혹스럽기는 했지만 그의 작품을 최선을 다해서 읽었다.

 처음에는 평소의 독서 습관대로 잘 읽어 나갈 수 있게 글의 순서를 찾고자 정리에 무던히 애를 썼다. 그러나 무모한 짓이었다. 순서가 아예 없는 듯했다. 어떤 페이지든 거의 글의 시작이었고, 어떤 페이지든 글의 마지막인 듯했다. 어쨌든 페이지 번호가 매겨져 있다 해도, 불에 타거나 벌레가 먹어서 없어진 부분이 있다 해도, 작가가 버린 페이지가 원고에 섞여 있다 해도 헝클어진 영감에 의거한 창작물임에는 변함이 없다고 생각했다. 나는 그것을 광기라고 말하고 싶지는 않다.

 한 페이지씩, 한 단락씩 읽을 때는 내용을 따라갈 수도 있고, 때로는 꽤 감동을 받기도 했다. 익숙한 전선이지만 이제는 아무도 기억하지 않는 지명들이 나를 감동시켰다. 인접 거리에서 벌어지는 전투 풍경, 병사들의 세세한 일상, 페이지마다 짧게 스쳐 지나가지만 분명하게 드러나는 동료 대원들의 면모가 감동적이었다. 그렇지만 글의 맥락이 수시로 끊겼다. 작품은 처음부터 끝까지 하나의 줄거리로 이어지지 않았다. 완전히 별개의 그림들이 대략적으로 엮인 듯했다. 시간의 틈 속으로 떨어지듯 페이지 중간에 어떤 이야기가 갑자기 끊기고 깨끗이 사라졌다. 나는 여전히 그것을 글쓴이의 사고력 결함이 드러나는, 글쓴이의 역량 부족이 드러나는 구성 실패, 맥락 부족, 포괄성 부족이라 부른다. 한 정찰 소대의 모습을 여러분도 상상해 보라. 앞 페이지에서 그들은 상대방을 몹시 두렵게 만드는, 전투력이 강한 섬멸전의 병사들인데, 뒤 페이지에서는 세상에나, 그들은 터무니없이 암담하고, 너무 겁에 질려 말을 더듬고, 몹시 허약하고 멍청한 인물로 변한다. 심지어 작가는 악몽과 함께 그들을 울창한 숲 속과 어두운 계단 구석을 떠돌아다니는 귀신으로, 서글픈 저승사자로 만들기도 한다. 그들은 제각기 다른 방식으로 죽었다. 그런데 전후 소시민들의 몰락한 삶 속에 다시 나타나 다리를 질질 끌며 거리를 다니고, 칠칠맞게 산다. 그리고 결국 작가와 함께 그들은 어린 시절로, 어린 여자친구와 함께, 전쟁 이전의 해맑고 순수한 것에 대한 믿음과 함께, 예전의 천국 같은 세상으로 돌아가려 하지만 그 길이 어디에도 없다는 것을 깨닫고 당황스러워한다. 슬프게도, 그들은 훌륭한 성품을 지닌 사람들이었지만 오히려 영원히 고독하게 되고, 짝을 잃었을 뿐만 아니라 사랑할 가능성마저 잃게 되며, 과거의 충격에 끝없이 시달리면서 삶을 살아가는 방식마저도 퇴화하게 된다.

그리고 작가 자신은 '나'라고 칭했지만 정찰대원들과 혼령들과 숲에서 발굴한 유해들과, 문화적 삶과 동떨어진 아이들과, 머릿속은 편견으로 가득 찬 자유로운 아이들 중에서 누가 '나'인지 정확하지 않다. 나도 모른다. 아무것도 이해할 수 없다. 내가 단지 이해하는 것은 왜 작가가 자신의 창작물을 출판할 방법을 찾지 않았는지, 어째서 작가가 단지 쓰기 위해서 쓰고, 생각하기 위해서 생각했으며, 절대적으로 비밀이 보장되는 벙어리 여자에게 모든 원고를 맡기면서 자신의 혼란스런 이상을 세상 밖으로 파묻어 버리게 했는가 하는 것이다.

나는 점점 내 나름의 방식대로 작품을 읽게 되었다. 이 산더미 같은 원고를 읽는 단순한 방법은 순서와 상관없이, 놓여 있는 대로 한 장씩 읽는 것이다. 그것은 우연의 연속이다. 놓여 있는 것이 원고든, 편지든, 수첩에서 찢어 놓은 메모든, 일기든, 글의 초안이든, 아무것도 상관하지 않는다. 나는 그것들을 한꺼번에 모아서 읽은 후, 다시 펼쳐서 차례차례 한 장씩 읽었다. 나는 그 속에서 사진, 시, 손으로 베낀 악보, 이력서, 훈장 증명서, 상이군인 증명서, 2번 카드부터 에이스 카드까지 모두 얼룩져 있는, 구겨진 카드…를 보았다.

내 나름의 방식은 글을 이해하는 데 도움이 되었다. 우리 동네의 작가가 버리고 간 작품이 지금 눈앞에서 원래와는 다른 구조로, 그리고 그의 결코 허구적이지 않은 실제적 삶이 조화롭게 투영되어 나타났다. 나는 우연하게 놓인 순서대로 작품 거의 전부를 베꼈다. 글자색이 바랬거나 글씨를 휘갈겨 썼거나, 내용이 분명하게 겹쳐 있거나, 제3의 사람에게 쓴 편지로 이해가 어렵거나, 잡다하고 난해한 메모들을 제외했을 뿐이다. 원고에서 나는 절대 한 글자도 추가하지 않았다. 나는 단지 큐빅 퍼즐 놀이를 하듯 페이지들을 회전시키고 비틀었을 뿐이다. 그러나 모두 베낀 후에 다시 읽어 보니 내 자신의 이상과 감각과 심지어 내 자신의 경우까지 보여서 당황스러웠다. 우연한 문장 배열이 우연히 나와 작가의 사상을 일치시키고, 사뭇 친한 사이로 만들었다. 심지어 전쟁 때 그와 서로 알고 지냈다는 생각까지 들었다.

그랬다. 그는 끔찍하게 변했지만 나는 그를 알아보았다. 그는 키가 크고 말랐으며, 얼굴은 못생겼고 말수가 적었다. 그리고 눈빛이 야만적이었다. 말린 가죽처럼 쭈글쭈글한 피부는 건조하고 햇볕에 그을렸으며 땀구멍이 컸고 총상을 입은 흉터가 남아 있었다. 입은 꽉 다물고 있었다. 뺨에는 광대뼈 가까이 총알이 스쳐 지나간 상처로 골이 패어 있었다. 우리는 어느 날 전장 길에서 만났다. 어깨에는 기관총을 메고, 등에는 배낭을 지고 붉은 먼지와 진흙 속을 함께 걸었다. 맨땅을 걸었다. 베트남-미국 전쟁에서 나는 그와 같았고, 평범한 병사들과 같았다. 같은 운명으로 수많은 우여곡절, 승리와 패배, 행복과 고통, 잃은 것과 남은 것을 함께 나누었다. 그러나 우리들 개개인은 전쟁에 의해 각자의 방식으로 파멸되었다. 개개인이 마음속에서 개별적인 전쟁을 시작한 날부터 공통의 전투와는 전혀 다른 싸움을 따로 하게 되었다. 사람에 대해, 전쟁 시절에 대해 가슴 깊은 곳의 인식이 지극히 달랐으며, 당연히 전후의 운명이 제각각 달랐다. 우리가 서로 같다고 말할 수 있는 점은 전쟁에 쫓고 쫓기는 심각한 과정 속에서, 서로 완전히 같아 보이는 환경이지만 서로 완전히 다른 처지에 처해 있었다는 것이다.

그러나 우리는 같은 슬픔, 전쟁의 거대한 슬픔, 고통을 극복할 수 있는, 행복보다 고귀한, 고상한 슬픔을 가지고 있었다. 슬픔 덕에 우리는 전쟁을 벗어날 수 있었고, 만성적인 살육의 광경, 무기를 손에 쥔 괴로운 광경, 캄캄한 머릿속, 폭력과 폭행의 정신적 후유증에 매몰되는 것도 피할 수 있었다. 각자의 삶으로 돌아가는 길은 아마도 전혀 행복하지 않고 죄악이 가득할 수 있지만 그것만이 우리가 희망을 가질 수 있는 가장 아름다운 삶의 길이다. 왜냐하면 평화로운 시대의 삶이기 때문이다. 분명 그것이 작가가 작품에서 정말 말하고자 하는 것이었으리라.

그렇지만 나에 비해서 그는 여러 가지 이유로 특히 전쟁의 슬픔이 더욱 심각했다. 슬픔은 오늘의 삶을 위해 조금도 마음을 편안하게 해 주지 않았다. 그에게 주어진 삶의 세월은 계속 뒷걸음질만 쳤다.

아마도 그것은 우리가 흔히 말하듯 희망 없는 정신세계가 만들어 낸 비상식적이고 폐쇄적이고 비관적인 상황일 것이다. 그러나 그럴지라도 그가 영원히 과거를 향해 돌아가는 길은 사뭇 행복할 것이라고 믿는다. 그의 영혼은 지난날에 대한 망각 없이, 영원히 봄날 같은 감정 속에 살아갈 것이다. 오늘

날엔 다 묻히고, 시들고, 변형되었지만, 그는 사랑으로, 우정으로, 동지애로, 우리로 하여금 전쟁의 수천수만의 고통을 극복할 수 있게 해 준 그 정서를 회복할 것이다. 나는 과거로 돌아가려는 그의 감흥과 낙관에 질투심을 느낀다. 감흥과 낙관에 의거하기에 그는 고통스런 세월을 영원히 찬란하게 살 수 있고, 불행한 나날을 인간애로 충만하게 살 수 있으며, 우리가 왜 전쟁에 발을 디뎠어야 했는지, 우리가 왜 모든 것을 견뎌야 했고, 모든 것을 희생해야 했는지를 분명하게 알 수 있다. 그가 살아가는 날은 모든 것이 여전히 아주 젊고, 건강하며, 해맑고, 진실된 날이다.

발문 바오 닌과 『전쟁의 슬픔』

옮긴이의 말 의심과 비난, 환영과 찬사

작가 연보

발문

바오 닌과 『전쟁의 슬픔』

방현석(소설가)

『전쟁의 슬픔』은 '사랑의 숙명'이라는 제목으로 1991년에 처음 발표되었다. 베트남전쟁이 끝나고 16년, 베트남은 유사 이래 가장 평화로운 독립의 시간을 보내고 있었다. 전쟁의 기억을 지우고 시장 경제 중심의 새로운 가치를 내면화해 가던 베트남인들에게『전쟁의 슬픔』은 예기치 못한 융단 폭격이었다. 페이지마다 홍수처럼 범람하는 전쟁의 상처와 슬픔이 독자들의 가슴을 휩쓸었다. 야만적인 욕망과 잔인한 폭력, 짓밟힌 사랑. 바오 닌은 전장에서는 널려 있었으나 그 이전의 어떤 소설에서도 찾아볼 수 없었던 전쟁의 실상과 본질을 놀라운 필치로 복원해 냈다.

과거를 닫고 미래로 가자! 변화된 세계 질서 안으로 진입하려는 베트남 정부가 내건 슬로건이 넘실거리는 거리의 한 모퉁이에서 바오 닌은 조용히, 그러나 단호하게 속삭였다. 결국 사람은 아무것도 잊을 수 없다!

해방 전쟁의 영웅적인 투쟁과 그 과정에서 희생된 전사들을 모욕하는 소설이라는 비판이 격렬하게 제기되면서『전쟁의 슬픔』은 한동안 절판되었지만 그 충격은 쉽게 가라앉지 않았다. 부수를 헤아릴 수 없는 해적판이 쏟아지며

『전쟁의 슬픔』은 당대의 필독서가 되었다.

『전쟁의 슬픔』은 국경 밖에서도 커다란 반향을 불러일으켰다. 먼저 영어와 불어로 번역, 출판되면서 작가 바오 닌은 국제적인 명성을 얻었다. 그러나 그때까지도 동남아시아에 위치한 사회주의 국가의 신인 작가는 베일에 가려져 있었다. '자전적인 소설'이란 평가를 근거로 작가인 바오 닌을 소설의 주인공인 끼엔과 동일시하여 자국에 소개하는 오류가 반복되었다. 영어판을 저본으로 삼고 불어판을 참고하여 중역한 것으로 알려진 한국어판도 예외가 아니었다.

1952년 1월 18일에 하노이에서 태어났다. 베트남 중부 지방, 베트남전 당시 남과 북의 경계였던 17도선에서 가까운 꾸앙 빈 성 바오닌 마을이 원래 고향이다. 1969년 하노이 고등학교를 졸업하고 북베트남 인민군에 입대했다. 이해에 영광의 제27 청년 여단에 입대한 소년병 500명 중 끝까지 살아남은 10명 가운데 하나다. 캄보디아·라오스 전쟁에도 참가하고 1975년 사이공 함락 전투에도 참여했다. 그 후 실종자 수색대에서 일하다 1976년 제대하고 1977년에서 1982년까지 하노이 종합 대학에서 생물학을 전공했다. 1986년 작품 활동을 시작하여 단편집으로 『일곱 난쟁이 캠프』, 『바오 닌 단편소설집』이 있다.

그러나 바오 닌에게 직접 확인한 그의 이력은 알려진 것과 여러 부분에서 달랐다. 출생지와 출신 학교에서부터 작가로 입문하는 과정에 이르기까지, 외국 출판물에 정설처럼 소개된 그의 이력은 상당 부분 추측에 의한 오류였다.

바오 닌은 1952년 1월 18일 응에 안 성 지엔 쩌우 현에서 태어나 두 살 때 하노이로 이사했다. 그의 필명 바오 닌은 바로 그의 선조들의 고향 마을 이름이다. 어머니는 중학교 교사였고 아버지는 뒷날 국립어학연구원(국립국어원)장을 역임하기도 한 언어학 교수였다.

1969년 17세의 나이로 10학년(당시 베트남 초-중-고교 학제는 4-3-3으로 총 10학년)을 쭈 반 안 학교('브어이 학교'로도 불림)에서 마치고 베트남 인민 군대에 자원입대했다. K47 소총수로 3개월간 사격 등 군사훈련을 받은 그는 인민군 이등병으로 10사단 24연대 5대대에 배치되었다. 그리고 바로 B3전선 서부 고원 지역에 투입되었다.

동료 소대원들이 첫 전투에서 대부분 희생되는 바람에 5개월 만에 하사로 진급한 그는 열세 명으로 편성된 소대의 지휘관이 되었다. 수많은 전투가 그의 소대를 기다리고 있었다. 소대원의 희생이 계속되었고, 그 빈자리는 새로운 병사로 다시 채워지기를 반복했다.

1975년 바오 닌은 소대를 이끌고 사이공진공작전에 참여했다. 종전을 하루 앞둔 4월 29일, 열세 명이었던 소대원은 다섯 명으로 줄어 있었다. 그의 소대는 떤 선 녓 국제공항 점령 작전에 투입되었다. 저항하는 남베트남 공수부대와 교전 과정에서 남은 다섯 명의 소대원 중에서 세 명이 전사했다. 전쟁이 끝나던 날 아침의 일이었다. 떤 선 녓 공항을 점령하고 사이공진공작전이 끝났을 때 생존한 소대원은 자신을 포함해 단 두 명이었다.

전쟁이 끝난 뒤 바오 닌은 전사자 유해발굴단에서 8개월간 활동한 다음 전역하여 하노이 농업 대학에 입학했다. 농업 대학을 졸업하고 실업자로 지내던 그는 쌀과 담배 등을 전매하는 '사업'에 뛰어들었다. 남부에서 쌀을 사다가 북부에서 파는 불법 거래였다. 전우 20여 명과 함께 군복을 입고 몰려다니면 공안원도 감히 건드리지 못했다. 전쟁의 악몽에서 벗어나지 못한 채 황폐하게 방황하며 보낸 5년이었다. 학계의 거물이었던 아버지와 교사였던 어머니는 "군대 가서 애 버렸다"고 나무라며 "군인의 명예를 실추시키지 마라"고 충고했다.

그가 전역병들과 몰려다니며 벌이던 불법 거래를 집어치우고 소설을 쓰기 시작한 것은 부모의 반대 때문이 아니라 그 모든 것이 시들해져서였다. 그의 습작을 보고 레 르우[1]와 응우옌 록 같은 작가들이 "이 정도면 된다"며 소설을 쓰라고 한 격려에 고무되어 응우옌 주 문학학교[2]에 들어갔다. 전문 교육을 받지 못한 신인 작가나 재능 있는 문학도를 위한 문예 창작 교육 기관인 이 학교에서 본격적인 작가의 길로 들어섰다.

그는 그때까지 특별히 문학을 공부한 적이 없었다. 다만 지식인 가정에서 자랐기 때문에 어려서부터 책을 읽을 기회가 많았다. 당시 응우옌 주 문학학교에는 전쟁 시기부터 이미 문필 활동을 펼쳤지만 정규 문학 교육을 받지 못한 쟁쟁한 문인들이 교실을 채우고 있었다. 이 학교의 수업은 기능적인 것보다는 인문적인 소양 강화에 중점을 두었고, 각 분야의 권위자를 초청해서 진행하는 역사·철학·문예 이론 특강이 주를 이루었다. 그는 이 학교에서도 성실한 학생은 아니었다. 많은 전역병이 그랬던 것처럼 그도 술집을 전전하며 드문드문 수업에 나갔다. 그러나 치열하게 썼다. 십 대 후반에서 이십 대 전

---

[1] 레 르우(Lê Lựu, 1942~). 소설가.
[2] 베트남을 대표하는 시인 응우옌 주(Nguyễn Du, 阮攸, 완유, 1766~1820)를 기리는 의미에서 학교 이름을 지었다. 베트남을 대표하는 문학학교로서 현재 활동하는 수많은 작가가 이곳 출신이다.

반을 전장에서 보내고, 이십 대 중반에서 삼십 대 중반까지 전쟁의 후유증에 시달리며 방황했던 그가 소설을 쓰기 시작한 것은 자신이 겪은 전쟁과 싸우겠다는 선전 포고였다.

바오 닌의 첫 장편인 『전쟁의 슬픔』은 소재의 측면에서 보면 분명 '전쟁 소설' 이다. 이 소설은 레마르크의 『서부 전선 이상 없다』나 헤밍웨이의 『누구를 위하여 종은 울리나』와 마찬가지로 한 집단이 정치적 의지를 관철하기 위해 인간으로 하여금 인간을 죽이게 하는 전쟁을 소재로 삼고 있다.

그러나 이 작품은 결코 전쟁 소설에 머무르지 않는다. 순결하고 아름다운 소년과 소녀의 사랑이 참혹하게 짓밟히고 종국에는 돌이킬 수 없는 파경으로 치닫는, 사랑의 비가(悲歌)가 이 소설의 전편을 관통하고 있다. 그래서 이 소설의 플롯은 끼엔과 프엉의 절대적인 사랑의 행방에 초점이 맞추어져 있다. 『전쟁의 슬픔』이 전쟁 소설이기보다 치명적인 '연애 소설'인 이유가 바로 이 플롯의 비밀에 있다.

열일곱 어린 연인의 싱그럽고 풋풋한 사랑은 하노이를 떠나면서 격정과 절망에 휩싸이고, 끼엔은 죽음의 전쟁터로 홀로 들어간다. 10년 만에 돌아온 하노이에서 두 연인은 감격적인 해후를 하지만 그들은 이미 옛날의 그들일 수 없다. 이번에는 프엉이 하노이를 떠나면서 끼엔은 다시 홀로 남겨진다. 그래서 이 소설의 기법상 유형은 공간 이동과 더불어 이야기가 전개되는 '여행 서사' 다.

바오 닌은 끼엔이 프엉과 함께 성장했던 하노이의 공동 주택을 떠나 전쟁터로 갔다가 돌아오는 여정을 따라 서사를 펼쳐 나간다. 그러나 이 어린 연인이 걸어야 했던 아픈 사랑의 여정은 이 소설 속에서 실낱처럼 가늘고 희미하다. 더구나 이 여린 사랑의 서사는 자주 피에 잠기고 화약 연기에 덮여 밀림 속에서 길을 잃어버리곤 한다.

사랑은 짧고 전쟁은 길었다.

이 소설의 모든 페이지는 전장의 피비린내로 가득하다. 그러나 마지막 페이지를 덮고 난 독자를 아프게 만드는 것은 그 피비린내가 아니다. 이 소설은 어떤 이념도 집단도 증오하지 않는다. 옹호하지도 않는다. 광포한 살육의 나날을 견디는 힘은 이념도 집단도 아니다. 더없이 거칠고 한없이 허망한 전쟁도 끝내 무너뜨리지 못한 것은 애틋하고 간절한 사랑이다.

그래서 이 소설은 사랑과, 사랑할 나이에 전쟁을 해야만 했던 끼엔의 전쟁 비망록이다. 사랑과 이별하고 전쟁을 하며 보낸 10년은 사랑이 아니었던가.

바람처럼 흩어져 버린 10년, 그러나 '한평생보다도 긴' 10년이 『전쟁의 슬픔』이다. 프엉을 오해하여, 울며불며 자신을 찾아다닌 그녀를 뒤로하고 끼엔은 홀로 전쟁터로 걸어 들어갔다. 그 전쟁터에서 무슨 일이 있었던가. 이 소설은 바로 그 전쟁터의 끔찍한 맨얼굴을 우리에게 보여 준다.

작가 바오 닌은 전쟁에 대한 어떤 미화도 용납하지 않는다. 그렇다고 엄살을 떨며 과장하지도 않는다. 그는 다만 안타깝고 끔찍하고 잔인하며, 아주 가끔 따뜻했던 전쟁이 어린 연인의 청춘과 사랑을 어떻게 미궁에 빠뜨렸는지를 냉정하면서도 격정적으로 진술하고 있다.

누군가 살아남기 위해서는 누군가 쓰러져야 한다. 그것이 전쟁이라고 바오 닌은 말한다. 그리고 그가 묻는다.

다른 사람을 살리기 위해 한 사람이 쓰러져야 한다는 것은 전혀 새로운 얘기가 아니다. 정말 그렇다. 그러나 끼엔이 살아남은 대신 이 땅에 살아갈 권리가 있는 우수하고, 아름답고, 누구보다 가치가 있는 사람들이 모두 쓰러지고, 갈가리 찢기고, 전쟁의 폭압과 위협 속에 피의 제물이 되고, 어두운 폭력에 고문당하고 능욕 당하다 죽고, 매장되고, 소탕되고, 멸종되었다면 이러한 평안한 삶과 평온한 하늘과 고요한 바다는 얼마나 기괴한 역설인가. 『전쟁의 슬픔』, 266쪽

정의? 휴머니즘? 그는 전쟁에 대한 어떤 의미 부여에도 동의하지 않는다.

정의가 승리했고, 인간애가 승리했다. 그러나 악과 죽음과 비인간적인 폭력도 승리했다. 들여다보고 성찰해 보면 사실이 그렇다. 손실된 것, 잃은 것은 보상할 수 있고, 상처는 아물고, 고통은 누그러든다. 그러나 전쟁에 대한 슬픔은 나날이 깊어지고, 절대로 나아지지 않는다. 『전쟁의 슬픔』, 266쪽

바오 닌은 소설 속에서 '아마도 당대의 작가들 중에 끼엔처럼 무수한 죽음을 목격하고 많은 시체를 본 사람도 드물 것'이라고 했다. 실제 베트남전쟁에 참전하고, 전후에는 전사자 유해 발굴단에서 활동한 바오 닌처럼 많은 죽음을 목격하거나 시체를 본 작가도 드물 것이다. 필자와의 대담에서 바오 닌은 베트남전쟁에서 얻은 유일한 교훈은 '전쟁을 해서는 안 된다'는 것이었다고 말했다. 그는 아무리 좋은 전쟁도 가장 나쁜 평화보다 나을 수 없다고 확신했다.

분명한 것은 결코 전쟁으로써 전쟁을 막을 수 없고, 피로써 피를 씻을 수 없으며, 증오로써 증오를 잠재울 수 없다는 것이다. 이것이 바로 20세기의 가장 큰 교훈이지만 사람들은 21세기에 들어서자마자 곧바로 이 교훈을 잊어버린 듯하다. (중략) 마치 20세기에는 보존하거나 기억해야 할 그 어떤 경험도 교훈도 없었던 것처럼 젊은 세대는 다시 제로에서 심지어는 마이너스 숫자에서 시작해야만 한다. 계간《아시아》2008년 가을호

바오 닌이『전쟁의 슬픔』을 쓰는 일은 자신이 치른 바로 '그 전쟁과 다시 싸우는 것'이었다.『전쟁의 슬픔』은 가짜 교훈을 걷어 내고 가려진 전쟁의 진상을 드러내기 위해 그가 외롭게 감행한 단독 전쟁이었다. 잊혀 가는 영혼과 퇴색해 가는 사랑을 되살려 그 옛날의 꿈을 다시 환히 밝히기 위한 전투였다.

그러나 전쟁의 가려진 진면목을 드러내는 일은 곧 금기를 건드리는 일이었다. 베트남 문학에서 익숙하게 만날 수 있었던 영웅적인 전사들 대신 이 소설에서는 도박과 마약에 몰두하는 정찰병들과 탈영을 감행하는 병사가 활보한다.

『전쟁의 슬픔』은 전후 베트남에서 발표된 전쟁에 대한 모든 소설을 뛰어넘는 것이었다. 독자들의 반응은 뜨거웠지만 이 작품과 작가 바오 닌에 대한 공식적인 언급은 금기가 되었다. 바오 닌은 자신을 향해 쏟아지는 비난을 오랜 침묵으로 견뎠다.

2005년 베트남에서『전쟁의 슬픔』이 다시 출간될 수 있었던 것은 국제무대에서 이 작품이 거둔 성공 덕분이었다.

『전쟁의 슬픔』이 16개국 언어로 번역 소개되어 높은 평가를 받으면서 베트

남 내에서 바오 닌이 복권될 수 있었던 것은 이 글의 서두에서 언급한 것처럼 이 소설이 결코 '전쟁 소설'에 머무르지 않고 인류의 보편적인 가치와 감정, 눈부시게 순정하고도 아픈 사랑의 서사를 격조 높게 펼쳐 보이는 데 성공했기 때문이다.

아울러 이 작품은 우연과 비합리성이 난무하는 전쟁의 서사에 적확하게 조응하는 탁월한 플롯으로 독자를 전장 속에 가두는 데 완벽하게 성공하고 있다. 모두 여덟 개의 장으로 이루어진 이 소설을 읽는 동안 독자들이 부비트랩이 깔린 정글을 걷는 것과 같은 긴장감에서 벗어날 수 없는 이유가 바로 이 비약과 반복의 플롯에 있다.

베트남전쟁이 인류에게 남긴 유산은 많을 것이다. 그중에서 빼놓을 수 없는 하나가 바오 닌과 그의 소설 『전쟁의 슬픔』이다. 이 유산은 베트남전쟁이 남긴 유산 중에서 인류에게 가장 오래 남을 것이다.

옮긴이의 말

의심과 비난, 환영과 찬사

통일 이후 사이공의 모습을 담은 르포 두 편을 읽은 적이 있습니다. 글을 쓴 두 외국인이 취재 시기도 비슷하고 동선도 거의 겹쳤음에도 불구하고 한 편은 '활기찬 통일 베트남'을, 다른 한 편은 '살벌한 공산주의 체제'를 얘기했습니다. 두 글의 차이점은 취재 대상이었던 사이공이 만들어 낸 것이 아니라 각각의 글쓴이가 본래 가지고 있던 시선이 만들어 낸 것이었습니다. 총칼은 내려놓았지만 상대편에 대한 적개심을 여전히 유지하고 있는 이들이었기에 눈앞의 실상을 있는 그대로 보지 못했을 뿐만 아니라 굳이 보려 하지도 않았습니다.

전쟁이 끝나도 전쟁에 길들여진 머리는 쉽게 변하지 않는 듯합니다.

베트남에서 『전쟁의 슬픔』이 겪은 우여곡절은 '너를 죽여야 내가 산다'는 살벌한 전쟁 논리 앞에서 '아니야. 너나 나나 같아'라고 얘기하는 게 얼마나 힘든 일인지를 보여줍니다.

바오 닌이 베트남 문단에 등장하기 이전까지 베트남전쟁 문학은 조국 통일과 민족 해방의 영광, 정의로운 항쟁, 구국의 의지, 집단을 위한 개인의 영웅적이고 숭고한 희생을 노래하는 것이 전부였습니다. 그러했기에 바오 닌이 자신의 책 제목을 '전쟁의 슬픔'으로 지으려고 했을 때, 대부분의 반응이 분노에 찬 비난이었고, 친했던 이들조차 우려를 표했습니다. 영광스런 조국 통일 민족 해방 전쟁에 슬픔이 도무지 웬 말인가!

그래서 그의 작품은 '사랑의 숙명'이란 제목으로 1991년에 세상에 첫 선을 보입니다. 책이 나오자마자 문학계와 독자들로부터 뜨거운 환영과 찬사를 받습니다. 문학계는 바오 닌의 '집단이 아니라 개인을 중심에 놓은 새로운 관점과 시공간을 자유자재로 넘나드는 서술 방식'에 주목했고, 독자는 안타까운 처지의 주인공에 동감하며 위로를 얻었습니다. 그 결과 베트남 작가 협회 산하 문학상 수여 집행 위원회는 '1991년 최고 작품상' 최종심에 『사랑의 숙명』을 올려놓습니다. 그러자 공산당과 행정 관료 조직에서 한바탕 소용돌이가 일어납니다. 결국 최종심 심사 위원들은 『사랑의 숙명』을 수상 대상에서 제외시켜 버립니다. 그런데 극적인 반전이 일어납니다. 최종심 심사 위원들보다 원로 위치에 있으면서 창작위원회 위원장을 맡고 있던 응우옌 응옥(Nguyễn Ngọc) 작가가 최종심 심사 위원 교체를 단행한 것입니다. 이유는 '기존의 심사 위원들이 저명 작가가 아닌 행정 관료, 당원들로 구성되어 있기에 문학적 전문성이 떨어진다는 것'이었습니다. 아홉 명으로 구성된 신임 심사 위원들은 공개 투표에서 다섯 표, 비밀 투표에서 일곱 표를 던지며 『사랑의 숙명』을 최고의 작품으로 공인합니다. 이러한 결정에 반발한 문학계 인사들과 공산당은 언론 보도를 통해 『사랑의 숙명』에 대한 비판을 쏟아냅니다. 하지만 자신감을 얻은 바오 닌은 재판을 발간하던 1993년에 원래의 제목인 '전쟁의 슬픔'으로 책을 내게 됩니다. 『전쟁의 슬픔』은 점점 입소문을 타면서 불법 복사판이 거리를 가득 메우게 됩니다.

이러한 상황을 제어할 수 없었던 반대쪽 인사들은 1994년에 영문 번역본

이 나오자 반격의 기회를 얻게 됩니다. '베트남전쟁을 다룬 기존의 미국 작품보다 월등하다는 찬사가 쏟아지는 것'에 의심 어린 눈길을 보내던 그들은 번역본의 내용을 확인해 보게 됩니다. '원문과 다른 첨삭이 미국 측의 입맛대로 이루어져 있다는 것'에 분개하며 『전쟁의 슬픔』이 베트남과 베트남 민족의 명예를 심각하게 훼손시켰고, 제국주의 침략자들에게 면죄부를 주는 데 이용이 되고 있다'고 맹폭을 퍼붓습니다. 심지어 '1991년 최고 작품상'으로 『전쟁의 슬픔』을 추천했던 심사 위원 일부도 '바오 닌에게 속았다'며 맹폭의 대열에 합류합니다. 결국 판금 조치와 함께 불법 복사판들도 수거되고, 도서관에 소장되었던 책들마저 폐기 처분을 당합니다. 이로부터 11년간 베트남어로 된 『전쟁의 슬픔』은 베트남 어디에서도 찾아볼 수 없게 됩니다. 단지 THE SORROW OF WAR라는 이름의 영문판이 하노이와 호찌민의 배낭족 거리에서 눈에 띄게 되었습니다.

2005년에 해금이 이루어지면서 그의 작품은 다시 '사랑의 숙명'이란 이름을 달고 세상의 빛을 보게 됩니다. 해금 조치는 취해졌지만 언론은 출간 소식을 알리지 않았습니다. 하지만 독자들의 입소문을 타고 『사랑의 숙명』은 또다시 뜨거운 반응을 얻습니다. 결국 독자들의 힘으로 다시 2006년 출간본에서는 '전쟁의 슬픔'이라는 원래의 이름을 되찾게 됩니다.

작년에 베트남에서 '2011년 좋은 책 선정위원회'가 작품 출간 연도와 상관없이 시중에 유통되는 모든 책을 대상으로 심사하여 『전쟁의 슬픔』을 '가장 좋은 책'으로 선정했습니다. '작품성에서 최근 20여 년간 『전쟁의 슬픔』을 뛰어넘는 작품이 없다'는 것이 선정 이유였습니다. 또한 반대도 여전했습니다. 『전쟁의 슬픔』이 제국주의 침략자들에게 면죄부를 주는 데 지속적으로 이용되고 있다. 그리고 『전쟁의 슬픔』이 다른 좋은 작품을 가리는 차단막이 되고 있다'는 이유였습니다.

　『전쟁의 슬픔』은 16개국 언어로 번역 출간되었는데, 이는 베트남 문학 작품으로서는 최고 기록에 해당합니다. 영어를 필두로 하여, 프랑스어, 스페인어, 포르투갈어, 그리스어, 이탈리아어, 스웨덴어, 덴마크어, 노르웨이어, 네덜란드어, 폴란드어, 일본어, 중국어(타이완), 태국어, 이란어, 한국어(영역본, 프랑스어역본 중역)로 번역이 되었습니다. 그리고 바오 닌은 『전쟁의 슬픔』으로 1991년 베트남 작가 협회 최고 작품상, 1995년 런던 인디펜던트 신문 번역 문학상, 1997년 덴마크 ALOA 외국 문학상, 2011년 일본 니케이 신문 아시아 문학상, 2011년 베트남 교육연구원 '2011년 좋은 책 선정위원회' 가장 좋은 책 상을 수상했습니다. 2008년에는 영국의 번역가 협회가 '20세기 세계 명작 50선'을 선정하고 순위를 매겼는데 『전쟁의 슬픔』을 37위에 올려놓기도 했습니다.

　2008년 미국 헐리우드 영화계에서 『전쟁의 슬픔』을 영화로 만들기 위해 바오 닌으로부터 판권을 샀습니다. 영화 제작 과정에 바오 닌도 참여하여 시나리오와 대사를 검토했습니다. 하지만 영화 제작자 측이 바오 닌이 요구한 내용 수정을 거부하는 사태가 벌어지면서 결국 바오 닌은 결별을 선언합니다. 하지만 판권은 이미 원작자의 손을 떠난 상태이기에 영화 제작자 측이 마음대로 해도 되는 상황입니다. 영화가 어떤 모습으로 완성될지 자못 궁금합니다.

　『전쟁의 슬픔』이 이미 1999년에 한국어로 번역 출간된 바가 있는데 다시 번역할 필요가 있는지 고민했습니다. 원본과 영역본 대조 결과, 원작의 훼손이 많다는 사실을 알 수 있었고, 기존 한국어 버전과의 대조 결과, 이야기의 구성과 내용은 유사하지만 개별 문장의 느낌은 많이 다르다는 사실을 확인할 수 있었습니다. 성조가 여섯 개나 되는 까다로운 베트남어를 호주인 번역자가 베트남인과 협력하여 공동 번역하다 보니 발생한 문제인 것 같습니다. 때문에 '원작자의 육성을 살리고자 한다면 직접 베트남어를 한국어로 옮기는 것이 옳다'는 결론을 내리게 되었습니다.

『전쟁의 슬픔』에 대한 논란이 여전히 진행형이듯, 이른바 베트남전에 대한 논란 역시 베트남에서도, 한국에서도, 미국에서도 여전히 진행형입니다. 많은 분들이 이야기 끝에 이렇게 말합니다. '네가 전쟁을 알아?' 한국군 주둔지 답사 여행 중 가는 곳마다 눈물을 흘리던 백마 부대 출신 유명 작가도 그런 말을 들었습니다. 역시 베트남전에 참전했던 예비역 장교가 말했습니다. '당신은 사병이라서 베트남전을 잘 모른다.' 심지어 바오 닌을 비판하는 이들도 이렇게 말합니다. '바오 닌은 전쟁을 잘 모른다.'

상대를 죽이지 않으면 내가 죽는 살벌한 전쟁터, 조금 전까지 밥을 같이 먹던 전우가 총에 맞아 죽고, 어젯밤에 어머니와 애인을 그리워하며 눈물을 흘리던 친구가 방금 포탄에 맞아 형체도 없이 사라지는 현장에서 역지사지는 절대로 가능하지 않습니다. 그대로 놔두고 가면 아군의 인명 피해가 계속 발생할 게 분명하기에 마을 주민들에게 무시무시한 보복을 가하는 것 역시 당연한 전략입니다.

그럼에도 바오 닌은 전쟁이 몰고 온 당연한 살육, 희생자들을 영웅시하고 신격화하는 시절 동안 무명무실 무감하게 사라져 간 모든 것들에 진심으로 위로를 건네고자 합니다. 1994년 『전쟁의 슬픔』 판금 조치 당시의 심정을 물으니 바오 닌은 이렇게 답했습니다. '관심 없었다. 그건 그들의 일이니까.' 개런티 옵션을 포기하고 헐리우드와 결별을 선언할 때도 '관심 없다. 이젠 너희들의 일이다' 라고 말했습니다.

  이 책을 읽는 독자들이 바오 닌의 시선이 머문 곳에서 평화를 꿈꿀 수 있기를 바랍니다.

2012년 4월

하재홍

작가 연보

1952년 1월 18일 베트남 중부 응에 안(Nghệ An) 성 지엔 쩌우(Diễn Châu) 현 출생. 본명은 호앙 어우 프엉(Hoàng Ấu Phương). 그의 필명은 선조들의 고향인 꾸앙 빈(Quảng Bình) 성 꾸앙 닌(Quảng Ninh) 현 바오 닌(Bảo Ninh) 사에서 따왔다. 이제까지 생일로 알려진 10월 18일은 신분증에 등재된 것으로, 군 입대 당시 행정당국의 기재 착오에 의한 것이다. 어머니는 중학교 교사, 아버지는 언어학 교수로 훗날 국립어학연구원의 원장을 역임한다.

1954년 하노이로 이사.

1969년 하노이 쭈 반 안 고등학교 10학년 졸업 후 17세의 나이로 베트남 인민군에 자원입대. K47 소총수로 3개월간 훈련을 받은 후 10사단에 배치, 곧바로 B3전선(서부 고원 지역)에 투입되다. 동료 소대원들이 첫 전투에서 대부분 희생되는 바람에 5개월 만에 하사로 진급, 13명으로 편성된 소대를 이끈다. 이후, 중부와 남부 베트남을 오가면서 무수한 작전과 전투에 참가한다.

1975년 종전을 하루 앞둔 4월 29일 남베트남의 사이공(현 호찌민 시) 진공작전에 투입. 그때, 13명이던 그의 소대원은 5명으로 줄어 있었다. 4월 30일, 떤 선 녓 공항 점령 작전에 참가. 남베트남 공수 부대와 교전 후 최후까지 살아남은 소대원은 그를 포함하여 단 두 명이었다. '날은 이미 하얗게 밝았다. 꽤 많은 수의 호기심 어린 군중이 우리 해방군 세 사람의 '숙영지'를 커다란 원을 그리며 에워싸고 있었다. 꾸앙과 응이는 황급히 일어나 해먹을 빠져나갔지만, 나는 그대로 누워 있었다. 해먹의 그물코 사이로 나는 드리워진 나뭇잎을, 더 높이, 아득히 높은 오월의 푸른 하늘을 올려다보았다. 평화, 그렇다, 평화가 왔다. 불현듯 나는 그것을 기억해 냈고, 이 장기 항전에서 죽어간, 또는 살아남은 수많은 사람들의, 수많은 세대의 거대한 꿈의 도시, 단장의 사이공, 그 가슴에 내가 안겨 있다는 사실을 비로소 실감할 수 있었다. 눈물이 얼굴 전체를 흠씬 적셨지만, 그럼에도 나는 내 자신이 조용히 울고 있다는 사실조차 깨닫지 못했다." (바오 닌, 「꼬마들의 집은 어디인가」, 《한겨레21》 2005년 4월 29일)

1976년 종전 후 전사자 유해발굴단에서 8개월 간 활동한 뒤 전역.

1976~1981년 하노이 농업대학 유전학과 수학.

1981년 결혼, '베트남 과학원'에서 근무. 그 후 실업자로 지내면서 쌀 불법거래 등에 뛰어드는 등 방탕한 생활을 지속하다.

1984~1986년 베트남 유일의 작가 양성소인 응우옌 주 창작학교(현 하노이문화대학 창작-이론-비평학과) 제2기 수학. 이후 창작 활동에 전념함. 응우옌 주 창작학교 출신 작가로 휴 틴(Hữu Thỉnh), 쩐 당 코아(Trần Đăng Khoa), 따 주이 안(Tạ Duy Anh), 응우옌 빈 프엉(Nguyễn Bình Phương) 등이 있다.

1986년 단편 『실종자들』을 《군대 문예》 잡지에 실으면서 등단. 《젊은 문예 신문》 근무.

1987년 단편집 『일곱 난장이 캠프』 출간.

1991년 장편 『사랑의 숙명』 출간. 검열 당국 때문에 『전쟁의 슬픔』이라는 제목을 쓰지 못함.

1992년 『사랑의 숙명』으로 베트남 작가 협회 '1991년 최고 작품상' 수상.

1993년 장편 『사랑의 숙명』을 원래의 제목인 『전쟁의 슬픔』으로 재출간.

1994년 『전쟁의 슬픔』 영어 번역본 THE SORROW OF WAR 출간. 재평가 끝에 판금 조치 당하고, 도서관에서도 폐기 조치됨. 보수적 신문인 《꽁 안》뿐만 아니라 비교적 객관적인 논조의 신문인 《뚜오이 째》까지도 비판의 칼날을 세웠다.

1995년 영국 《인디펜던트》 최우수 외국소설 선정.

1997년 덴마크 ALOA 외국문학상.

1999년 영어를 저본으로 한 한국어 번역본 『전쟁의 슬픔』(박찬규 옮김, 예담) 출간.

단편소설 「각주구검」, 「301」을 영화로 제작.

2000년 6월 민족문학작가회의(현 한국작가회의) 초청으로 첫 번째 방한. 제6회 '세계작가와의 대화' 참석. 베트남전에 청룡부대원으로 참전한 소설가 황석영과 서울에서 만남.

2005년 『전쟁의 슬픔』, 해금이 되어 『사랑의 숙명』이라는 제목으로 재출간. 단편집 『교통마비 시간 동안의 횡설수설』 출간.

2006년 원 제목으로 『전쟁의 슬픔』 재출간.

2008년 단편집 『옛날 얘기는 끝냅시다, 됐죠?』 출간. 미국 헐리우드에서 『전쟁의 슬픔』 영화판권을 구입. 포스코 청암재단 주최 '아시아 문학포럼 2008' 참석차 방한. 영국 번역가 협회가 '20세기 세계 명작 50선'을 선정하고 순위를 매겼는데, 『전쟁의 슬픔』을 37위에 올려놓음.

2009년 계간 《아시아》 여름호에서 특집으로 다룸.

2011년 일본 닛케이 아시아 문학상 수상. 베트남 교육연구원 '2011년 좋은 책 선정위원회'가 수여하는 '가장 좋은 책' 수상.

2012년 현재까지 한국에 장편『전쟁의 슬픔』을 비롯하여 단편「각주구검」(《실천문학》 2000년 가을호),「물결의 비밀」(《아시아》 2006년 여름호),「0시의 하노이」(《아시아》 2012년 봄호), 산문「오토바이의 시대」(《아시아》 2009년 여름호),「꼬마들의 집은 어디인가」(《한겨레21》, 2005년 4월 29일자) 등 번역 소개.『전쟁의 슬픔』은 현재까지 한국어를 비롯하여 영어, 프랑스어, 스페인어, 일본어 등 16개 국어로 번역 출간됨.

슬하에 아들 하나를 두고 있다.

〈아시아 문학선〉을 펴내며

　우리는 무엇보다 언어에 주목한다.
　지난 5백 년 동안, 우리에게 알려진 세계의 언어들 중 거의 절반이 사라졌다고 한다. 에트루리아어, 수메르어, 컴브리아어, 메로에어, 콘월어, 음바바람어… 지금 이 순간에도 지구 곳곳에서 수많은 언어들이 사라지고 있다. 소멸의 속도도 점점 빨라진다. 대신 그 자리를 영어와 또 하나의 언어, 그러나 기왕에 존재했던 어떤 언어와도 전혀 다른 종류의 기계어 '비트'가 메워 나가는 중이다.
　한 가지 언어가 사라진다는 것은 무슨 뜻일까. 그것은 한 집단의 기억이 최후를 맞이한다는 뜻이다. 물론 성실한 언어학자들의 노력으로 운 좋게 몇몇 단어가 살아남을 수도 있다. 그렇지만 엄밀한 의미에서 그것은 살아 있는 언어가 아니다. 언어는 언어학자의 노트에 적히는 것만으로 생명을 보장받을 수 없다.
　이제 우리는 이와 같은 일방통행의 역사에 작으나마 흠집을 내고자 한다. 그 출발이 바로 〈아시아 문학선〉이다.
　우리는 서구가 주도했던 지난 시기의 근대화 과정에서 수많은 문명의 유전자가 흔적도 없이 사라졌고, 지금도 아시아 어딘가에서 어떤 기억의 보살핌도 받지 못한 채 속절없이 사라져가는 것들이 많다는 사실을 잘 알고 있다. 그러나 우리는 겸손해야 한다. 소멸은 대개 슬프지만, 때로는 자연스럽게 권장되어야 할 어떤 것이기도 하다. '불멸의 신화'가 지닌 폭력성을 흔히 목격하지 않았던가. 우리는 서구 근대의 가치를 대체하는 아시아 담론을 창출하겠다는 다부진 야심을 갖고 있지 않다. 우리는 다만 아시아의 수많은 언어가 제각기 품어 온 기억의 서사들을 존중하려 할 뿐이다.

특히 문학에 관한 한, 아시아는 이른바 세계화가 가장 덜 진척된 영토로 존재한다. 아시아 문학은 대다수 서구인들에게 여전히 낯설고 어색하면서도 이따금 신기하고 흥미로운 존재다. 가상공간과 더불어, 빈약한 서사를 보충해 줄 최후의 영토로 간주되기도 한다. 그런 시선 속에서, 지난 몇 세기 동안, 아시아는 수없이 발명되고 발견되었다. 그 결과 논과 밭, 구릉과 숲으로 이루어진 아시아의 주름진 대지는 2차원의 매끈한 평면으로 아주 쉽게 왜곡되었다. 거기에서 소수와 은유는 묵살되고, 틈과 사이는 간단히 메워졌다.

이제 우리는 다시 주름들을 기억하려 한다. 고속도로와 지름길이 길의 다가 아니듯, 표준어와 다수만 아시아의 입체를 구성하지는 않는다. 그러나 놀랍게도, 서구인에게 낯설고 어색한 것 이상으로, 우리 스스로 아시아를 얼마나 낯설고 어색하게 생각하고 있는지! 불행히도 우리 주변에는 읽고 싶어도 읽을 아시아조차 많지 않다. 우리의 기획은 이런 경이로운 무관심과 태만을 반성하는 데서 출발한다. 동시에 우리는 혹 '미지의 세계' 아시아를 또 하나의 개척영역, 흔히 말하듯 '미래의 먹거리' 쯤으로 상정하는 것은 아닌가, 우리 안의 유혹을 끊임없이 경계한다.

이렇게 경계선을 넘으려 한다.

바라건대, 저 너머에는 새로운 세계문학이!

〈아시아 문학선〉 기획위원회

〈아시아 문학선〉 기획위원
전승희(문학평론가, 미국 하버드대학 한국학연구소)
김남일(소설가, 아시아문화네트워크)
자카리아 모하메드(팔레스타인, 시인·신화 연구)
A. J. 토마스(인도, 시인·번역가·영문학·전《인도문학》편집장)
자밀 아흐메드(방글라데시, 연극연출가·평론가·다카대학 교수)
하리 가루바(나이지리아, 문학평론가·남아프리카 케이프타운대학 교수)

옮긴이 하재홍
경원대 국문과를 졸업했으며 호찌민 국립 인문사회과학대학 베트남 문학과 박사 과정을 수료했다. 서울대 교육종합연구원 객원연구원, 하노이대 한국어과 강사를 했다. 석사 논문으로 「베트남 전쟁 주제의 한국 문학과 베트남 문학의 사실성 비교」, 박사 논문으로 「베트남전쟁 주제의 미국과 베트남의 대표적 소설 비교」를 썼다. 문화 교양서『유네스코와 함께 떠나는 다문화 속담여행』과 어학 교재『엄마 아빠와 함께 배우는 베트남어』를 공저했다. 옮긴 책으로 응우옌 응옥 뜨의 중편소설『끝없는 벌판』(2007), 반 레의 장편소설『그대 아직 살아있다면』(2002) 등이 있다.

전쟁의 슬픔

2012년 5월 10일 초판 1쇄 펴냄
2016년 5월 23일 초판 5쇄 펴냄
2025년 1월 17일 초판 8쇄 펴냄

지은이 바오 닌 | **옮긴이** 하재홍 | **펴낸이** 김재범
디자인 끄레어소시에이츠
펴낸곳 (주)아시아 | **출판등록** 2006년 1월 27일 | **등록번호** 제406-2006-000004호
주소 경기도 파주시 회동길 445(서울 사무소: 서울시 동작구 서달로 161-1 3층)
이메일 bookasia@hanmail.net | **홈페이지** www.bookasia.org

ISBN 978-89-94006-45-1 03890

*값은 뒤표지에 표시되어 있습니다.